DÉSARMEMENT

DÉSARMEMENT

JUNE GRAY

Traduit de l'anglais par
Guy Rivest

Éditeur : François Doucet
Traduction : Guy Rivest
Révision linguistique : Féminin pluriel
Correction d'épreuves : Catherine Vallée-Dumas, Nancy Coulombe
Conception de la couverture : Matthieu Fortin
Illustration de la couverture : © Thinkstock
Mise en pages : Matthieu Fortin
ISBN papier 978-2-89752-107-3
ISBN PDF numérique 978-2-89752-108-0
ISBN ePub 978-2-89752-109-7
Première impression : 2014
Dépôt légal : 2014
Bibliothèque et Archives nationales du Québec
Bibliothèque Nationale du Canada

Éditions AdA Inc.
1385, boul. Lionel-Boulet
Varennes, Québec, Canada, J3X 1P7
Téléphone : 450-929-0296
Télécopieur : 450-929-0220
www.ada-inc.com
info@ada-inc.com

Imprimé au Canada

Diffusion
Canada :   Éditions AdA Inc.
France :   D.G. Diffusion
            Z.I. des Bogues
            31750 Escalquens — France
            Téléphone : 05.61.00.09.99
Suisse :   Transat — 23.42.77.40
Belgique : D.G. Diffusion — 05.61.00.09.99

Participation de la SODEC. SODEC
Nous reconnaissons l'aide financière du gouvernement du Canada par l'entremise du Fonds du livre du Canada (FLC) pour nos activités d'édition.
Gouvernement du Québec — Programme de crédit d'impôt pour l'édition de livres — Gestion SODEC.

Catalogage avant publication de Bibliothèque et Archives nationales du Québec et Bibliothèque et Archives Canada

Gray, June, 1979-

   [Disarm. Français]

   Désarmement

   (Série Désarmement ; 1)
   Traduction de : Disarm.

   ISBN 978-2-89752-107-3

   I. Rivest, Guy. II. Titre. III. Titre : Disarm. Français.

PS3607.R39D5714 2014   813'.6   C2014-941431-5

Aux époux et épouses de militaires.
Vous êtes les gens les plus tenaces,
les plus gentils et les plus courageux
que j'ai eu le plaisir de connaître, et je suis
fière de faire partie de votre groupe.
La vie militaire est dure, mais nous sommes encore plus forts.

PREMIÈRE PARTIE

DÉSARMEMENT

1

ÉVALUATION DE LA SITUATION

Ce n'était pas ma faute — en tout cas, pas tout à fait. C'était à proprement parler Henry Logan, mon colocataire et capitaine dans l'Armée de l'air, qui était à blâmer. Contrairement à son habitude, il était d'humeur sombre depuis ces cinq dernières semaines et je désespérais de plus en plus de voir apparaître un sourire sur son visage. Alors, ce samedi soir, je lui proposai de nous rendre dans notre bar préféré à Bricktown et de passer tranquillement la soirée devant un verre, certaine qu'Henry, même de mauvaise humeur, ne refuserait jamais une bière.

Après avoir garé sa Mustang décapotable, nous descendîmes la rue en silence jusqu'au Tapwerks. J'attendis qu'il se confie, qu'il me dise ce qui le préoccupait, mais en vain.

— Qu'est-ce que tu as depuis quelque temps ? lui demandai-je.

Henry fourra les mains dans les poches de son blouson et haussa les épaules.

— Rien, pourquoi ?

Je le regardai en haussant un sourcil. Il pouvait jouer l'innocent avec n'importe qui sauf avec moi. Je le connaissais depuis treize ans et vivais avec lui depuis deux ans. Je pouvais décoder la moindre de ses expressions, parfois au point de lire ses pensées.

— Allez. Tu as tes menstruations ou quoi? lui demandai-je en lui donnant un petit coup de coude moqueur. Veux-tu m'emprunter un tampon?

Mes questions réussirent finalement à lui soutirer un petit rire.

— Elsie, tu es vraiment une sale morveuse, dit-il.

Il tendit la main pour ébouriffer mes boucles brunes, mais j'avais prévu son geste et j'écartai la tête à la dernière seconde pour l'éviter.

— Hé, dis-je, ne touche pas à mes cheveux.

Je glissai mon bras autour du sien tandis que nous faisions la file à l'extérieur du bar — Tapwerks était vraiment l'endroit à fréquenter les week-ends — en essayant de me réchauffer contre lui. Il mesurait deux mètres et il était bâti comme un semi-remorque; il avait beaucoup à partager.

Alors que j'étirais le cou pour regarder les gens dans la file vêtus de leur meilleure tenue de ville, j'aperçus tout à coup le visage d'Henry partiellement éclairé par la douce lueur émanant des fenêtres du bar. Je m'aperçus qu'il n'était plus cet ado maladroit avec qui j'avais grandi, mais qu'il était devenu un *homme*, et superbe en plus. J'avais toujours su qu'il était beau — j'avais le béguin pour lui depuis que mon frère avait commencé à frayer avec lui pendant leur dernière année du secondaire —, mais la façon dont les ombres jouaient sur son visage me révélait des angles dont je n'avais jamais perçu l'existence. Ses cheveux noirs courts et la barbe de quelques jours sur son menton proéminent contrastaient joliment avec sa peau olivâtre, et il avait un nez fier orné d'une petite fente qui s'agençait avec la fossette sur son menton. Mais c'étaient ses yeux qui retenaient mon attention, ces yeux d'un bleu de glace qui semblaient pouvoir deviner toutes mes pensées.

Je le fixai pendant un bon moment, éprouvant un étrange chatouillement dans la poitrine, quand je me rendis compte qu'il me fixait lui aussi.

— Ça va, Elsie? demanda-t-il de cette voix rauque, graveleuse qu'il avait.

Sa voix avait-elle été toujours aussi sexy?

Je lui adressai mon sourire le plus radieux en écartant le sentiment déroutant qui m'avait envahie.

— Je me demandais seulement pourquoi tu n'avais pas de petite amie.

Il plissa un peu les lèvres et je sentis son coude me frapper légèrement les côtes, mais il ne prit pas la peine de répondre à la question.

———

À l'intérieur, les deux étages étaient bondés et toutes les tables étaient occupées, alors nous restâmes debout au bar en essayant de notre mieux d'attirer l'attention du barman. Je ne mesurais qu'un mètre soixante-cinq, alors Henry avait en théorie une meilleure chance de se faire voir, mais, curieusement, les yeux du barman n'arrêtaient pas de passer au-dessus de lui comme s'il était invisible.

— Laisse-moi essayer.

Je grimpai sur l'appui-pied en laiton qui courait le long du bar et serrai les bras en accentuant instantanément le clivage de mon tee-shirt à col en V.

Le barman réagit. Il finit de prendre ses commandes et se dirigea illico vers moi avec un sourire appréciateur.

— Et pour vous?

— Cidre de pomme, Sam Adams, et deux téquilas, dis-je avant de me redresser.

Henry me jeta son regard de grand frère quand je le rejoignis sur le plancher.

— Quoi? demandai-je en me préparant à un sermon. Quand on les a, il faut s'en servir.

Il me regarda en plissant les lèvres d'un air désapprobateur, mais ne dit rien. Bon sang, n'y avait-il rien qui puisse réussir à le faire parler?

Après avoir avalé nos petits verres de téquila, Henry et moi demeurâmes debout, les bouteilles froides à la main. Il continua à me regarder d'un œil mauvais et je fis semblant de ne pas le remarquer en détournant les yeux. Heureusement, j'aperçus quelques-uns de ses copains de l'armée à l'autre bout de la pièce et ils nous firent signe de venir les rejoindre à leur table. Henry me saisit la main tandis qu'il nous frayait un chemin à travers la foule, son corps baraqué écartant les gens pour éviter que la foule ne m'avale.

— Hé! cria Sam, un autre capitaine, en levant sa bouteille de bière en guise de salutation.

Je frappai sa bouteille avec mon verre de cidre et Henry lui fit un léger signe de la tête et dit:

— Salut, mon vieux.

Les deux hommes échangèrent un regard silencieux avant qu'Henry incline brièvement la tête.

Beth, la petite amie de Sam, me serra dans ses bras avant que je puisse saisir le message entre les gars.

— Comment ça va? demanda-t-elle. Je ne t'ai pas vue depuis un moment.

— J'ai été sage. Occupée, dis-je en gardant un œil sur Henry. Et toi?

Beth commença à dire quelque chose, mais le groupe de musique se mit à jouer et l'interrompit. Pendant un certain temps, nous restâmes là à agiter la tête au rythme de la musique rock, tous sauf le cadavre sur pied près de moi. Parfois, Henry avait vraiment le don de jouer les trouble-fêtes, mais étant son amie, il était de mon devoir de le sortir de son cafard.

Je me hissai sur la pointe des pieds et le tirai vers moi pour lui crier à l'oreille:

— Tu veux danser?

Il me regarda, jeta un coup d'œil à la piste de danse pratiquement vide, puis tourna de nouveau les yeux vers moi.

— Vraiment pas.

Je fis semblant de ne pas avoir entendu. Je lui saisis la main avec un sourire impertinent, puis l'entraînai à travers la foule jusqu'à la piste.

— J'ai dit non, fit-il en se retournant pour partir.

Mais je lui tenais toujours la main, alors je me positionnai devant lui en dansant pour lui bloquer le passage. Je mis ses bras autour de ma taille et lui servis mon sourire le plus séduisant tandis que je commençais à agiter les hanches au son de la musique.

Il leva les yeux au ciel, mais je continuai à danser, certaine que tôt ou tard, il allait céder. Il savait comment avoir du bon temps; il fallait seulement le faire sortir de sa coquille.

La foule se fit plus dense sur la piste et je me retrouvai serrée contre Henry, mes hanches se pressant contre lui avant que mon cerveau ne leur ordonne d'arrêter.

L'effet fut à la fois double et instantané. L'expression sur le visage d'Henry changea au même moment où je sentis quelque chose bouger dans son jean. Je rougis subitement, mais quand j'essayai de m'écarter, ses bras m'enlacèrent et il m'attira davantage vers lui.

— Où est-ce que tu vas? demanda-t-il dans mon oreille, son souffle chaud me chatouillant le cou. Je pensais que tu voulais danser?

Mon cœur battait la chamade, mais j'avais attiré la bête hors de sa tanière et je devais maintenant lui faire face. Je levai les yeux vers lui en agissant comme si une érection contre mon estomac était une chose insignifiante et essayai de profiter de notre proximité.

— Pourquoi tu ne veux pas me parler?

— Je ne veux pas parler ce soir, répliqua-t-il, les yeux braqués sur ma bouche.

Je retins mon souffle quand il fit glisser sa langue sur sa lèvre inférieure.

— Il y a d'autres choses que je préférerais faire.

C'est à peu près à ce moment que je perdis mon calme. C'était Henry, mon ami le plus proche, mon colocataire, mon grand frère de substitution. Il représentait beaucoup de choses à mes yeux, mais ce n'était certainement pas quelqu'un avec qui je m'enverrais en l'air. J'avais depuis longtemps cessé d'espérer cela, quand il m'avait clairement fait comprendre qu'il ne me considérait que comme une petite sœur.

Et maintenant, il était là, la tête penchée avec un regard sombre, les bras bien serrés autour de ma taille. La jeune fille de quinze ans en moi gloussait de joie, mais la femme de vingt-six ans était, je devais l'avouer, un peu troublée.

Je me défis de son étreinte et reculai d'un pas. Mon visage était bouillant, mon cœur faisait son possible pour s'éjecter de ma poitrine et mon corps frémissait de ce type particulier d'euphorie sexuelle.

Le visage d'Henry se fendit d'un sourire impudent.

— Nous en avons fini de ce petit jeu? me cria-t-il pour couvrir la musique.

J'inclinai la tête. Oui, nous en avions certainement fini. Pour l'instant.

———

Il y a une chose que vous devriez savoir à propos d'Henry et moi : nous n'avions jamais été censés vivre ensemble. Lui et mon frère Jason s'étaient rencontrés à l'école secondaire et avaient fréquenté l'université ensemble. Depuis aussi longtemps que je puisse me souvenir, Jason avait toujours eu l'intention d'intégrer l'Armée de l'air — la chose allait un peu de soi puisque mon père et mon grand-père étaient tous deux des pilotes à la retraite. Je pense qu'Henry avait frayé suffisamment longtemps avec Jason pour se convaincre qu'il était fait pour la vie militaire. Alors, ils avaient subi l'entraînement ensemble et avaient finalement prêté serment en se joignant à l'Armée de l'air, Jason en tant qu'agent de renseignements et Henry en tant qu'officier des Forces de sécurité. Évidemment, ils avaient tous deux été envoyés à la même base à Oklahoma City et, bien sûr, avaient vécu ensemble dans un appartement au sud de la ville.

J'avais toujours été la cinquième roue du carrosse. J'étais de deux ans plus jeune qu'eux et un peu emmerdante, leur demandant toujours de les accompagner dans leurs aventures. En plus, j'étais une fille et j'en portais les stigmates, alors j'étais presque toujours laissée derrière, rejetée, le cœur brisé. Très tôt, avant même qu'il fasse enlever son appareil dentaire, j'étais convaincue que Henry et moi finirions par nous marier. Au début de mon adolescence, quand j'avais à peine dépassé le stade des histoires de Disney, je le voyais comme mon prince charmant. Puis, pendant mes années rebelles, je l'imaginais comme le mauvais garçon qui m'enlèverait pour m'emporter sur sa moto. Mais ces illusions n'étaient rien d'autre que les rêves éveillés d'une fille qui finit par grandir et comprendre que le garçon de ses rêves est loin d'être parfait. La triste réalité se résumait au fait qu'Henry était un gars imparfait qui souvent se laissait aller à se comporter en abruti, comme ont coutume de le faire tous les hommes.

Après avoir obtenu mon diplôme universitaire, j'avais accepté un emploi de conceptrice de site Web à Oklahoma City et j'avais squatté leur canapé pendant quelques mois tandis que j'épargnais suffisamment d'argent pour me payer un appartement. Henry n'aimait pas trop l'idée et, en fait, il avait fait de son mieux pour me trouver un autre endroit où vivre. Je me souviens encore de m'être mise à table un dimanche matin pour trouver le journal ouvert à la page des petites annonces, dont quelques-unes étaient déjà encerclées. C'était sa façon bien peu subtile de me dire d'arrêter de lui faire perdre ses moyens.

Henry m'avait incitée à trouver plus vite un appartement, mais à ce moment, Jason avait été affecté en Afghanistan et m'avait demandé d'occuper sa chambre pendant les six mois où il serait parti. Pour économiser de l'argent, je m'étais empressée d'accepter son offre. Je n'avais alors aucune idée que mon frère ne reviendrait jamais.

Il recueillait des renseignements, arpentant un quartier de Kaboul en parlant aux gens du coin, quand quelqu'un s'était mis à tirer de nulle part. Jason n'avait eu aucune chance. Même maintenant, sa mort n'a aucun sens à mes yeux et je m'accroche encore à l'espoir qu'un jour, ils le trouveront quelque part dans les montagnes afghanes, tabassé, mais toujours vivant; que la personne que nous avons mise en terre était en réalité quelqu'un d'autre.

C'est une idée farfelue, mais j'ai un immense talent quand il s'agit de me faire des illusions.

C'est ainsi que je sortis de ma chambre le lendemain matin avec un grand sourire, en faisant semblant qu'il ne s'était rien produit au Tapwerks la veille au soir. Je marchai à pas traînants jusqu'à la cuisine dans mon pyjama de flanelle et démarrai la cafetière. Henry sortit de sa chambre, l'air toujours aussi maussade, et prit les tasses à café. Je commençai à faire cuire des œufs et il mit le pain dans le grille-pain. Quand le café fut prêt, il versa le mien et le prépara à mon goût, puis apporta les tasses sur la table. Je fis glisser les œufs sur des assiettes, plaçai une rôtie beurrée sur chacune et le rejoignis à la table.

Nous mangeâmes en silence, nous taisant pour éviter de parler de la veille. Je n'étais même pas certaine qu'il vaille la peine d'en parler; peut-être qu'il jouait seulement un jeu pour enseigner une leçon à la fouineuse que je suis. Mais merde, c'était une longue et dure leçon.

Je dus avaler rapidement une gorgée de café quand une bouchée de rôtie resta bloquée dans ma gorge, attribuant à la privation de sexe mes pensées impures à propos d'Henry. J'avais seulement besoin d'une bonne baise, c'était tout.

Je n'avais pas eu de sexe depuis plus d'un an, quand ma relation avec un type du travail s'était terminée quelques mois après la mort de Jason. Je n'avais pas pu supporter ma peine et Brian n'avait pu m'apporter aucun réconfort, alors la relation avait pris fin. Pourtant, même si Brian n'avait pas été le meilleur amant, il s'était situé un cran plus haut que le vibrateur.

C'est vers cette époque que mon amitié avec Henry avait été mise à l'épreuve et renforcée, alors que nous nous querellions et nous réconciliions par cycles à cause de notre chagrin. Mais à la fin, Henry et moi avions forgé un lien indéfectible fondé sur la perte de Jason. Nous étions devenus une famille.

— Qu'est-ce que tu fais, aujourd'hui? demanda-t-il en grattant la toison noire sur sa poitrine.

— Je prévois aller à Earlywine, répondis-je en finissant mes œufs. Pourquoi? Tu voulais faire quelque chose?

— Non, dit-il en se prenant la tête dans les mains. Je vais juste retourner au lit pour faire passer cette gueule de bois.

— Tu as la gueule de bois? demandai-je.

Nous avions quitté le Tapwerks peu après ce moment tendu sur la piste de danse. Il n'avait bu que le petit verre de téquila et une bière.

Il prit les assiettes vides et les mit dans l'évier.

— J'ai avalé quelques bières après que tu fus allée au lit, hier soir.

Je haussai les sourcils. C'était la troisième fois en autant de semaines qu'il avait bu seul. De toute évidence, quelque chose le préoccupait.

— Henry, commençai-je en m'adossant à l'évier. Tu veux parler?

Il se gratta le menton en réfléchissant pendant un moment.

— Peut-être une autre fois, dit-il, puis il retourna dans sa chambre.

Je jetai quelques vêtements dans la laveuse et rangeai ma chambre, laissant amplement le temps à Henry de venir me trouver et de se mettre à table. Au milieu de l'après-midi, je compris finalement qu'il n'allait pas vraiment parler, alors j'enfilai mes vêtements d'exercice et roulai jusqu'au parc pour oublier mes inquiétudes en courant.

Earlywine est une vaste zone herbeuse qui s'étend sur trois pâtés de maisons avec au centre un plan d'eau et un immeuble du YMCA. Une piste de jogging à deux voies borde le parc et, comme d'habitude, il y avait foule en ce chaud dimanche après-midi. Partout où je regardais, des familles s'affairaient à un BBQ, des jeunes jouaient au soccer et des gens couraient ou pratiquaient la marche sportive. En observant toute cette activité, je me sentis soudain frappée par le mal du pays. Je n'étais pas retournée en Californie depuis Noël, et mes parents commençaient à me manquer, mais retourner à la maison, ça signifiait revenir à l'endroit où j'avais le mieux connu Jason, et c'était encore douloureux, même après tout ce temps.

Tandis que je courais pour me changer les idées, je zieutais les beaux mecs et, que Dieu me vienne en aide, je ne pouvais m'empêcher d'imaginer chaque beau mec courant nu. C'était entièrement la faute d'Henry de m'avoir mise en appétit avec son petit jeu d'hier soir. J'avais réprimé cet appétit pendant si longtemps que j'en étais venue à m'en accommoder, mais il s'était réveillé et, bon sang, j'étais affamée.

Un gars me dépassa. Il ne portait que des souliers et un short. J'eus tout le loisir de l'examiner de dos. De superbes muscles en sueur ornaient son dos, et ses mollets étaient bien en évidence pendant qu'il courait. Il dut sentir que je le reluquais parce qu'il tourna la tête et m'adressa un grand sourire, m'exhortant à le rattraper.

Je me préparais à accélérer mon rythme quand j'entendis quelqu'un crier mon nom. Je m'arrêtai en apercevant Danielle, la petite amie d'un des copains d'Henry, qui se dirigeait vers moi.

— Salut ! lui dis-je en lançant un dernier regard au gars, tout en espérant qu'il fasse un autre tour du parc.

Je retournai mon attention vers Danielle, et remarquai sa tenue de jogging.

— Tu es superbe.

Elle sourit de toutes ses dents.

— Merci. La semaine dernière, je suis parvenue à perdre le poids que je voulais, alors je me suis acheté une nouvelle tenue pour fêter ça.

Je levai les pouces dans sa direction pour la féliciter. Quand nous nous étions rencontrées à une fête plusieurs mois auparavant, Danielle avait des kilos en trop, mais maintenant, elle portait un pantacourt et un débardeur, et elle paraissait plus en santé que jamais. Je me sentis tout à coup mal fagotée dans mon short de jogging qui se retroussait au milieu et mon vieux tee-shirt de l'UCLA avec un trou à une des aisselles.

— Alors, es-tu prête pour le déploiement ? demanda Danielle en commençant ses étirements de jambes.

Je figeai.

— Quel déploiement ?

— Henry ne te l'a pas dit ? fit-elle d'un air inquiet. L'escadrille part dans deux semaines.

— Quoi ?

Mon cœur, qui essayait déjà de récupérer après que j'eus couru trop vite, battait maintenant contre mes côtes.

— Depuis quand le savent-ils ?

— Mike le sait depuis deux mois, dit-elle en haussant les épaules d'un air contrit.

J'essayai de me creuser la tête pour trouver les raisons pour lesquelles Henry ne m'avait pas parlé du déploiement et une seule chose me vint à l'esprit.

— Ils partent en Afghanistan, n'est-ce pas ? demandai-je, la gorge serrée.

Les épaules de Danielle s'affaissèrent.

— Pourquoi ne te l'aurait-il pas dit? Vous n'êtes pas colocs?

J'étais tellement furieuse que mes narines se dilataient de manière peu attrayante.

— Oui, nous le sommes.

— Je suis désolée. Je ne voulais pas susciter des problèmes.

Je lui adressai le plus faible sourire que je pus émettre dans les circonstances.

— Ce n'est pas ta faute.

Je lui dis au revoir et me dirigeai vers mon auto. Henry n'allait pas avoir la chance de mourir en Afghanistan comme mon frère parce que j'allais le tuer d'abord.

2

VERROUILLAGE ET CHARGEMENT

Je ne réagissais pas de manière excessive à la nouvelle du déploiement ou, à tout le moins, je ne le pensais pas. C'est seulement qu'en matière de partage de secrets, Henry et moi n'avions pas battu de records. Il y avait eu tout d'abord l'incident avec Bobby Santos à l'école secondaire. Bobby était un gentil garçon — peut-être un peu trop timide —, qui avait demandé l'aide d'Henry pour m'inviter au bal de fin d'année en sachant que Jason aurait probablement refusé. Pour une quelconque raison, Henry avait oublié de m'en parler et je ne l'avais découvert qu'après le bal, quand le cousin de Bobby m'avait confrontée dans le corridor pour lui avoir fait faux bond. Henry s'était excusé en disant qu'il avait simplement oublié parce qu'il avait d'autres choses en tête. Oublié, mon cul.

Puis il y avait eu le pire de tous les secrets, celui qui avait failli me faire déménager. Henry avait appris la mort de Jason pratiquement la même journée où c'était arrivé, mais il ne me l'avait dit que beaucoup plus tard, quand la chose était devenue officielle et que la famille et les amis en avaient été informés. Il m'avait dit qu'il essayait de me protéger, qu'il voulait repousser le moment où ma vie allait changer. Maintenant, je peux voir la délicatesse du geste, mais à ce moment-là, j'étais tellement en colère que j'étais partie sans un mot et étais restée en Californie pendant une semaine entière. Les funérailles de Jason n'avaient eu lieu qu'un mois plus tard, quand son corps avait finalement été rapatrié, mais à l'époque, j'avais seulement besoin de m'éloigner.

Je me demande encore comment il a réussi à se comporter normalement et à éviter de révéler que son meilleur ami avait été tué au combat. Apparemment, Henry était un acteur très convaincant. Alors vraiment, je ne réagissais pas excessivement quand, en revenant du parc, je brûlai un feu rouge, faillis emboutir le portail de l'édifice à logements, qui s'ouvrait trop lentement, et garai ma Prius comme un chauffeur ivre. Je montai quatre à quatre les marches de l'immeuble et pénétrai dans l'appartement en claquant la porte derrière moi.

— Henry ! criai-je en m'élançant vers sa chambre et en frappant du poing sur sa porte tout en me réjouissant à l'idée d'empirer sa gueule de bois. Henry Mason Logan, ramène ton cul ici tout de suite !

Sa porte s'entrouvrit et il me jeta un coup d'œil, le visage encore empreint de sommeil.

— Qu'est-ce qui se passe ? demanda-t-il d'une voix rauque.

— Est-ce que tu pars en déploiement en Afghanistan dans deux semaines ?

Il se trouva soudain complètement réveillé.

— Ouais.

— Prévoyais-tu finir par me le dire ?

— Ouais, à un moment ou l'autre.

— Quand ? En allant prendre l'avion ? fis-je en réprimant mes larmes. Pourquoi tu ne me l'as pas dit ? Je pensais que nous étions des amis !

Il ouvrit la porte d'un air las.

— Je ne savais pas comment te le dire.

Il s'approcha d'un pas, mais je reculai.

— Je pense que « Hé, je m'en vais où ton frère est mort » aurait suffi.

— C'est exactement pour ça que je ne te l'ai pas dit. Je savais que tu flipperais, répondit-il en passant une main dans ses cheveux.

— Comment je pourrais ne pas flipper ? Jason y est allé et il n'en est jamais revenu !

Mon corps entier tremblait tellement j'essayais de ne pas pleurer. Henry m'avait souvent vue verser des larmes auparavant, mais, pour une raison quelconque, il me semblait important de garder mon calme en ce moment.

— Ce qui est arrivé à Jason ne m'arrivera pas, dit-il en s'approchant de moi les bras tendus. Elsie...

— Je m'en fiche, répondis-je en évitant qu'il me touche.

J'étais injuste, je le savais, et pourtant, je ne pouvais m'empêcher de m'affoler. Je perdis la maîtrise de mes émotions et éclatai en sanglots. La mort de Jason m'avait marquée pour toujours. Je ne voulais même pas imaginer ce qui m'arriverait si je perdais Henry aussi.

— Est-ce qu'il y a un moyen pour toi de ne pas y aller ? murmurai-je. S'il te plaît ?

Je me sentais égoïste de le demander, mais ne pouvais pas m'en empêcher. Je frisais le désespoir. Si Henry allait en Afghanistan, il n'en reviendrait jamais ; je le sentais au plus profond de moi-même.

Il secoua la tête en haussant les sourcils, puis sa mâchoire se raidit quand il laissa tomber sur un ton irrité :

— Tu sais que je ne le peux pas.

— Mais...

Il me saisit les bras.

— Écoute-moi, Elsie. Je *ne peux pas*. C'est impossible, dit-il fermement, puis il ajouta, sur un ton plus doux : mais je le ferais si je le pouvais.

J'étais incapable de parler et ne savais même pas ce que je dirais si mes cordes vocales n'étaient pas nouées, alors j'entrai dans ma chambre pour m'éviter de songer à la vérité.

———

Je n'adressai pas la parole à Henry pendant les vingt-trois heures qui suivirent. J'avais besoin d'un peu de temps pour me calmer, pour évacuer ma colère en réfléchissant afin d'éviter des choses que je regretterais vraiment.

Je ne pouvais décider ce qui me blessait le plus : le fait qu'il s'en allait là où j'avais perdu mon frère ou le fait qu'il me l'ait caché.

La colère et la peur — surtout la peur, pour être réellement honnête — me traversaient en vagues successives. Si je voyais Henry, j'ignorais si je voudrais lui foutre mon poing dans l'estomac ou si je voudrais l'étreindre et ne jamais le lâcher.

Le lendemain matin, il s'était levé avant moi, attendant dans la cuisine avec une branche d'olivier sous la forme d'une tasse de café préparé à la perfection. Mais je passai devant lui et fis mon propre café pour emporter sans me soucier de lui dire au revoir avant de franchir la porte.

Je demeurai au travail jusqu'à dix-neuf heures trente et dînai avec un collègue avant de finalement me décider à retourner à la maison. Henry s'était endormi sur le canapé, un livre ouvert sur son estomac.

Je m'approchai par curiosité et vis le titre du livre : *L'art de la guerre*, de Sun Tzu. Un livre tout à fait approprié puisque nous étions au milieu de notre propre bataille.

J'avais l'intention de partir, mais quelque chose dans sa façon de dormir m'incita à rester : la manière dont ses sourcils étaient froncés même en dormant, sa bouche pincée en une fine ligne. Pendant une minute, j'écartai ma colère et me souvins de la première fois où nous nous étions rencontrés. Nous venions tout juste de déménager à Monterey après que mon père eut pris sa retraite de l'Armée de l'air, alors Jason était le petit nouveau à l'école secondaire. Henry s'était présenté dans la file à la cafétéria et avait invité Jason à venir s'asseoir avec ses amis. Peu de temps après, Henry était venu dîner chez nous.

À cette époque, j'étais encore au premier cycle du secondaire, insolente et maigrichonne, avec des boucles qui frisaient toujours après la journée d'école, alors je n'étais pas du tout préparée quand le garçon de mes rêves était entré dans la maison sur les pas de mon frère. Henry avait de longs cheveux noirs rebelles et il affichait une sorte d'intensité tranquille qui ne lui convenait que trop bien. Il ne souriait pas beaucoup à cause de son appareil dentaire, qui lui donnait une mine renfrognée, mais il était joli garçon même alors. À mes yeux d'adolescente, il était plus sexy que n'importe quoi que pouvait offrir *Tiger Beat,* plus sexy même que Jonathan Taylor Thomas.

— Tes cheveux sont en désordre, m'avait-il dit pendant que nous nous serrions la main.

— Les tiens sont pires, lui avais-je répondu sans hésiter.

Puis il avait souri, l'appareil dentaire bien en évidence et les yeux plissés, son visage complètement transformé. Et à partir de ce moment, j'étais fichue.

Maintenant, ses cheveux longs et son meilleur ami avaient disparu, et ce qu'Henry et moi avions encore en commun s'évanouissait à toute vitesse. Et la seule chose que nous partagions sans l'ombre d'un doute — la confiance — était mise à l'épreuve.

Pourtant, je n'étais pas complètement débile et déraisonnable. Je savais que des familles faisaient chaque jour leurs adieux à des êtres aimés, que je n'étais pas la seule personne au monde dans cette situation. Un tas de membres des Forces armées partaient pour une année entière — ratant les anniversaires, les fêtes et même la naissance d'un enfant —, et je n'étais certainement pas la seule à voir partir à la guerre une personne que je chérissais.

Je *savais* ça, mais ça ne m'empêchait pas de me sentir blessée. Henry partait dans deux semaines. J'allais me retrouver seule dans cet appartement avec pour unique compagnie mes peurs et mes cauchemars.

Sans se réveiller, Henry émit un petit son du fond de sa gorge, une sorte de croisement entre un gémissement et un grognement. Je sentis s'évanouir les vestiges de ma colère quand l'entrejambe de son jean se mit à bouger, mais avant même d'entrevoir où ça pourrait mener, je le poussai du coude.

— Henry.

Il ouvrit les yeux et son sourire ensommeillé faillit faire fondre ma petite culotte. Est-ce qu'il avait cet air juste après l'amour? Pourquoi voulais-je tellement le découvrir, tout à coup?

— Salut, dit-il d'une voix rauque en m'agrippant le bras pour m'empêcher de partir de nouveau.

— Parle-moi, Elsie.

J'examinai son visage et y vis du regret.

— J'aurais souhaité que tu me le dises.

Ses yeux fixaient les miens.

— Crois-moi, je l'aurais voulu aussi, dit-il. Je détestais devoir te le cacher, mais je ne savais vraiment pas comment te l'apprendre.

J'inclinai brièvement la tête.

— Je sais. Mais j'ai besoin d'être sûre de pouvoir te faire confiance...

— Bien sûr que tu peux me faire confiance.

— ... pour me traiter comme une adulte.

Il soupira, sa large poitrine montant et descendant.

— Je ne peux pas m'en empêcher. J'ai toujours eu l'impression de devoir te protéger, dit-il en serrant ma main. Et je sais que tu es une adulte. Tu es devenue une femme merveilleusement belle.

Même si je m'étais sentie rougir, je dis :

— Tu n'obtiendras rien par la flatterie.

— Parfois, ça me sort du pétrin, répondit-il avec un petit sourire. Alors, nous avons le week-end pour faire quelque chose d'amusant. Qu'est-ce qu'on devrait faire?

Je haussai un sourcil.

— Tu veux passer ton dernier week-end avec moi? Tu ne vas pas aller voir tes parents?

— Non.

Il ne dit pas un mot à propos de sa relation compliquée avec ses parents. Il n'en parlait jamais.

— Et je suis pratiquement prêt pour mon déploiement, ajouta-t-il. Alors, je suis tout à toi ce week-end.

J'essayai de trouver une chose que nous n'avions pas faite depuis un moment, quelque chose que nous aimions faire quand Jason était encore présent.

— Que penses-tu de partir en randonnée et en camping au Red Rock Canyon?

— Et faire un peu de descente en rappel? demanda-t-il, les yeux brillants d'enthousiasme.

— Certainement.

Il s'assit et jeta le livre de côté. Il me serra la main en une promesse muette qu'il n'allait plus jamais me faire de mal.

— On va bien s'amuser.

3

RENSEIGNEMENTS CLASSÉS SECRETS

Quelque temps après la mort de Jason, j'avais commencé à faire des cauchemars. Au début, ils étaient violents. Je me débattais et criais, mais Henry avait chaque fois été présent pour me réveiller, pour me tenir la tête pendant que je pleurais. Parfois, je grimpais dans le lit avec lui au milieu de la nuit, en une sorte d'assaut préventif contre les terreurs nocturnes. Le simple fait de dormir près de lui, sans même le toucher, me réconfortait suffisamment pour que je puisse dormir.

Il y avait un bon moment que je n'avais eu aucun cauchemar. Jusqu'à cette nuit. Je rêvai que Jason marchait dans un quartier délabré et désert, entouré d'immeubles en ciment, sans son arme ni aucun moyen de communication. Il croisa un chien errant, puis s'arrêta pour le caresser et, pendant ce court instant de distraction, un tireur embusqué sur un toit l'abattit. Toutefois, ce rêve était différent parce qu'Henry s'élança dans la rue sans gilet pare-balles et s'accroupit près de mon frère étendu sur le sol. Il avait été atteint derrière la tête.

Je me réveillai tremblante et en sueur, tout à coup saisie d'un besoin irrésistible de voir Henry et de m'assurer qu'il allait bien. Alors, même s'il était passé minuit, je traversai à pas de loup le salon et jetai un coup d'œil dans sa chambre.

Je fus soulagée de le trouver bien en vie, étendu sur son lit et vêtu seulement d'un pantalon de jogging, regardant la télé les mains croisées derrière la tête.

— Salut, dit-il. Ça va?

— Je...

Il se redressa.

— Des mauvais rêves?

— Cette fois, tu en faisais partie.

Il tapota l'espace près de lui.

— Tu veux grimper?

Je m'arrêtai au pied du lit, tout à coup incertaine. Nous avions passé ici beaucoup d'heures à parler, à pleurer et à cimenter notre amitié. Il n'avait jamais essayé quoi que ce soit, n'avait jamais exprimé une quelconque attirance sexuelle envers moi jusqu'à l'autre soir. Alors, pourquoi étais-je soudainement si nerveuse?

— Tu viens? demanda-t-il en mettant fin à mon incertitude.

Sans mot dire, je grimpai dans le lit, m'étendit près de lui et fixai le plafond.

— Tu veux en parler?

Je secouai la tête et nous restâmes sans parler pendant un long moment.

Finalement, il brisa le silence.

— Je suis vraiment désolé de ne pas te l'avoir dit plus tôt, Elsie.

Je le regardai.

— Je suis navrée d'avoir réagi exactement comme tu le pensais.

— Je n'arrivais pas à trouver le bon moment ou le bon endroit pour te le dire. Crois-moi, j'y pensais jour et nuit.

— Tu n'as pas à me protéger sans arrêt, tu sais. Je peux m'en occuper. Je ne suis plus une petite fille, au cas où tu ne l'aurais pas remarqué.

Il braqua ses yeux bleus sur mon visage avec un regard qui me fit rougir.

— Je l'avais remarqué.

J'étais certaine qu'il pouvait entendre mon cœur battre à travers mon tee-shirt.

— Alors, finis les secrets, OK ? Je sais que tu auras toujours tes renseignements classés secrets, mais... eh bien, ça m'a blessée que tu me caches une chose si importante.

Il tendit son petit doigt et nous scellâmes l'entente.

— C'est promis.

Nous nous regardâmes pendant un long moment en silence.

— Alors, qu'est-ce que nous faisons, maintenant ? demandai-je finalement.

— Nous allons composer avec ça, je suppose. Il n'y a pas grand-chose d'autre à faire, répondit-il en poussant un soupir. Les probabilités qu'il m'arrive la même chose qu'à Jason sont vraiment minces, tu sais. Mon travail, c'est de garder la base et non de me mêler aux habitants.

— Tu peux me mettre ça par écrit ? lui dis-je en souriant. Je veux une garantie écrite, et même notariée, que tu reviendras sain et sauf.

Il émit un petit rire.

— Je ne peux pas faire ça. Mais je peux te jurer que je ferai de mon mieux pour revenir en un seul morceau.

Subitement, j'éclatai en sanglots.

— Franchement, je ne sais pas ce que je ferais sans toi, fis-je d'une voix tremblante.

— Hé, dit-il en me serrant contre lui. Ne pleure pas.

Je posai ma joue contre sa peau nue, les larmes roulant de mon visage sur sa poitrine velue.

— Tu sens bon, lui dis-je entre deux sanglots.

— Il m'arrive de prendre ce qu'on appelle une douche, répondit-il en essayant d'alléger l'atmosphère. Essaie ça un jour ou l'autre.

Je lui donnai un coup enjoué à l'estomac, heureuse de retrouver le bon vieux Henry.

— Petit malin.

Il me saisit la main et me frappa avec. C'était sa manière préférée de me tourmenter depuis notre adolescence.

— Arrête de te frapper, Elsie, dit-il en riant. Ça ne servira à rien de te faire du mal.

Je luttai contre ses bras puissants, riant aussi malgré les larmes sur mon visage. En me débattant, je me retrouvai tout à coup sur lui.

Henry se mordit la lèvre inférieure.

— Es-tu en train d'essayer de me séduire ? demanda-t-il avec un sourire en coin.

Je lui pinçai le nez et glissai de côté, éprouvant une sensation de plaisir qui m'étonna quand mes seins frôlèrent sa poitrine. Ignorant mon sentiment de confusion, je repris ma position contre lui en laissant reposer ma main sur son ventre. Il posa une main sur la mienne et laissa échapper un petit soupir de contentement que je sentis jusqu'au plus profond de moi. Je me blottis contre lui, découvrant tout à coup que j'avais sommeil.

Juste avant de m'endormir, je l'entendis murmurer : « Je ne sais pas non plus ce que je ferais sans toi. »

————

Je faisais un rêve étonnamment érotique dans lequel Henry et moi étions nus ensemble, ses grandes mains caressant mon corps tandis que nous nous embrassions comme si nous n'allions jamais plus nous revoir. Je sentais son érection contre moi, son désir si palpable que je pouvais presque le humer. Il glissa une main entre nous, puis il empoigna mon sexe et je gémis quand ses doigts glissèrent à l'intérieur. Pour lui rendre la pareille, je saisis son membre épais et commençai à le masturber doucement.

— Euh... Elsie, dit-il.

— Henry, gémis-je contre lui en accélérant le mouvement.

— Elsie, réveille-toi.

J'ouvris les yeux d'un coup, étonnée que tout cela n'ait été qu'un rêve. Il m'avait semblé si réel.

— Humm...

Je m'aperçus avec horreur qu'effectivement, ma main s'était glissée dans le pantalon d'Henry, mes doigts enveloppant toujours son pénis en érection.

— Merde! criai-je en m'écartant de lui. Qu'est-ce que ma main faisait là?

Henry réprima un sourire tandis qu'il regardait la bande élastique de son pantalon de jogging.

— Je pense que tu savais ce que tu faisais.

— Je veux dire pourquoi elle était là, dans ton pantalon? C'est toi qui l'as mise là?

Il laissa échapper un grand rire.

— Certainement pas. C'était toi. Quand je me suis réveillé, tu me branlais.

Je portai ma main à ma bouche — l'*autre main* — en sentant mon visage rougir.

— Est-ce que je gémissais aussi?

— Peut-être un peu.

— Oh mon Dieu! Je pensais que je rêvais.

Embarrassée au plus haut point, je couvris mon visage de mes mains.

Il se mordit la lèvre inférieure sans réussir à dissimuler son amusement.

— Tu as rêvé que tu me branlais? demanda-t-il.

— Non! lui criai-je. Je suis désolée d'avoir abusé de toi, ajoutai-je en m'enfuyant de la chambre à toute vitesse alors que j'entendais les rires d'Henry traîner derrière moi comme du papier hygiénique collé à mon soulier.

———————

Par pur malaise, je partis travailler une demi-heure plus tôt. Je ne voulais pas voir le petit sourire narquois d'Henry, ne voulais pas devoir expliquer pourquoi ma main inconsciente caressait ses parties intimes.

Au travail, plusieurs personnes s'arrêtèrent à mon bureau pour me demander si je n'avais pas la fièvre tant mes joues étaient encore rouges. *Oh, c'est seulement parce que j'ai accidentellement masturbé mon colocataire ce matin*, pensai-je répondre, puis je me sentis encore un peu plus mal à l'aise.

J'eus de la difficulté à me concentrer sur mon travail. Chaque fois que je tapais quelque chose ou saisissais ma souris, je ne pouvais m'empêcher de jeter un coup d'œil à ma main et de me souvenir du sentiment que j'avais éprouvé en tenant dans ma poigne cette peau douce et soyeuse sous laquelle j'avais pu sentir des muscles solides. Je m'imaginai le guidant en moi et me remplir complètement avec ce regard sombre sur son visage...

Je me levai, mon corps tout entier en état de surchauffe, et me précipitai vers les toilettes. J'avais seulement l'intention de me rafraîchir le visage, mais aussitôt que je me retrouvai dans l'intimité de la salle de bain, je sus qu'il n'y avait vraiment qu'un seul moyen de passer à travers cette journée, alors je m'enfermai dans une cabine, soulevai ma jupe et glissai ma main dans ma culotte.

———

Mon corps se détendit quelque peu pendant le reste de la journée, mais dès que j'entrai dans le stationnement de l'appartement, j'éprouvai de nouveau une poussée de désir. Quand je glissai la clé dans la serrure, je faillis décider d'arrêter de réfléchir et de seulement baiser Henry à le rendre fou.

Oui, le baiser, parce qu'il n'allait obtenir rien de moins. J'étais si excitée que j'envisageais même de le faire deux fois.

Mes fantasmes disparurent subitement quand j'entrai et trouvai Henry et un autre type dans le salon, tous deux étendus sur les canapés, une bière à la main. Ils parlaient boulot, mais s'arrêtèrent en m'apercevant.

— Salut, fit Henry, le visage scrupuleusement dépourvu d'expression.

Je me sentais presque libérée au moment où ses yeux bleus glissèrent lentement le long de mon corps, ravivant mon désir jusqu'au plus profond de mon corps. Je crus un instant que mes jambes allaient se dérober.

J'ignorais à quel moment il avait acquis ce pouvoir particulier sur moi, mais je voulais qu'il disparaisse. Je ne pouvais me permettre de m'enflammer chaque fois qu'il tournait la tête dans ma direction.

— Elsie? demanda-t-il en fronçant les sourcils.

Je clignai des yeux, m'apercevant que je m'étais perdue dans mes pensées pendant un moment.

— Quoi?

L'ombre d'un sourire moqueur passa sur son visage avant qu'il dise :

— Elsie, je te présente le lieutenant Jack Coulson. Il déménage dans un appartement de l'autre côté de la cour.

J'adressai un sourire rapide à Jack en remarquant son air de jeunesse et d'inexpérience. Il ne pouvait pas avoir plus de vingt-deux ans.

— Enchantée.

Jack se leva et me serra la main.

— C'est un plaisir, dit-il.

— Vous travaillez ensemble?

Jack demeura debout.

— Oui, madame. On vient de m'affecter à l'escadrille soixante-douze des Forces de sécurité. Le capitaine Logan est mon patron.

Je regardai Henry en haussant un sourcil. Je pensai d'abord à dire quelque chose de drôle, mais me souvins que je devais surveiller mes paroles. Henry était le patron de ce garçon et devait conserver une certaine autorité.

— Super, dis-je plutôt.

Henry me gratifia de ce fichu regard, ses yeux parcourant encore lentement mon corps d'une manière qui ressemblait énormément à une caresse.

Je me retournai, fatiguée de la réaction traîtresse de mon corps devant ces regards. Ce n'était pas comme s'il m'attirait vraiment ; j'avais seulement besoin d'une bonne baise et il se trouvait qu'il était le mec le plus proche disponible. Ce n'était que ça. Il y avait sûrement d'autres gars qui pourraient être intéressés.

Je m'excusai en décidant que mon corps avait absolument besoin d'une longue course dans le parc.

———

Environ une heure plus tard, j'étais de retour à l'appartement, dégoulinante de sueur et encore frustrée. J'avais couru sur plus de cinq kilomètres et pourtant, mon mystérieux joggeur n'était pas apparu. Je sautai dans la douche, espérant me calmer — ce qui fonctionna en grande partie jusqu'à ce qu'ensuite, quand j'entrai dans le salon complètement habillée, je trouvai Henry qui ne l'était absolument *pas*. Il avait enlevé sa chemise (est-ce qu'il en possédait même une ?) et il était tout en sueur après avoir aidé Jack à déménager ses meubles jusqu'au troisième étage.

Il avait le dos tourné, alors j'étais en mesure d'admirer à loisir son dos musclé, à partir de ses larges épaules, le long de sa colonne vertébrale jusqu'à deux fossettes qui se discernaient sous la ceinture de son jean.

Il se retourna et essuya sa poitrine avec une chemise roulée en boule.

— Salut. Qu'est-ce que tu veux faire ce soir ?

Mmm, qu'est-ce que je voulais *vraiment* faire ce soir à part ce qui sautait aux yeux ?

— J'allais seulement manger un sandwich au beurre d'arachide et lire un livre, dis-je sur un ton le plus nonchalant possible.

Il fronça les sourcils.

— Tu es sûre ? Je m'apprêtais à commander une pizza.

Mes yeux glissèrent le long de son torse — il avait les plus magnifiques abdominaux que j'aie vus de ma vie — avant de détourner le regard.

— J'en suis sûre.

Il hocha la tête.

— Allez. Je pars vendredi prochain. Passe un peu de temps avec moi.

Merde, pourquoi était-il obligé de présenter les choses de cette façon ? Mais ses paroles m'aidèrent parce que ce déploiement imminent était exactement ce dont j'avais besoin pour me calmer sexuellement. Effectivement, il allait partir et je me devais de passer du temps avec lui.

— OK, d'accord, dis-je avec un soupir exagéré. S'il te plaît, enfile une chemise.

Il sourit et me tendit le téléphone.

— Commande la pizza, tu veux bien ? Je vais faire un saut dans la douche.

———————

Nous mangeâmes sur le tapis, adossés au canapé. Ce canapé avait constitué le premier achat important de Jason et il avait ordonné qu'on ne s'en approche pas à moins de deux mètres avec de la nourriture quand il était encore tout neuf. Après sa mort, cela devint un rituel que nous observions pour respecter la mémoire de Jason.

Alors que nous mangions, je mis un film de superhéros dans le lecteur, heureuse de me changer les idées pendant un moment.

— Si tu avais un super pouvoir, lui demandai-je, ce serait quoi ?

— Celui que je choisirais ou celui que j'aurais eu en naissant, répondit-il en balançant une bouteille de bière entre ses genoux. Parce que si j'étais né avec un super pouvoir, je dirais que ce serait d'être vraiment, vraiment, ridiculement beau.

Je lui lançai une serviette de table froissée.

— Non, je voulais dire lequel tu choisirais ?

Il prit une grosse bouchée de sa troisième pointe de pizza et la mâcha un moment avant de dire :

— Je choisirais le pouvoir de voler.

— Ouais. J'aurais plutôt choisi l'invincibilité pour toi.

Pour que tu puisses revenir de la guerre sans une égratignure, aurais-je voulu ajouter, mais je ne voulais pas assombrir l'atmosphère.

— Pour que je puisse me faufiler dans ta douche et te voir nue ?

Je lui assenai une claque sur le bras.

— Non, pas l'invisibilité, l'*invincibilité*.

— Oh, *d'accord*, dit-il en éclatant de rire.

Il semblait plus heureux que je ne l'avais vu depuis des mois. Il prit une gorgée de bière puis ajouta :

— Alors, allons-nous parler de ce qui est arrivé ce matin ?

Sa question me prit par surprise et je me creusai la tête pour trouver une réponse élégante.

— Je... euh...

— Parce que je pense qu'on ne peut pas ignorer l'éléphant dans la pièce, dit-il, et je ne parle pas de ma taille colossale.

J'éclatai de rire et retrouvai finalement ma voix.

— Tu n'es pas si gros, mon ami.

— Dans quelle mesure alors ? fit-il en écartant les mains d'une soixantaine de centimètres. À peu près gros comme ça, n'est-ce pas ?

— D'aaaacord, dis-je en pouffant de rire, mon malaise s'évanouissant. Je suis désolée. Je ne savais pas de quoi tu parlais.

— Je pense que c'était à propos de ta main sur ma queue.

Il rit en voyant ma stupéfaction et il poursuivit :

— Préférerais-tu que je l'appelle mon phallus ? Mon marteau-pilon ? Que dirais-tu de mon « engin » ?

Je recrachai ma gorgée, n'ayant jamais entendu ce dernier terme auparavant.

Les yeux d'Henry brillèrent de malice.

— Pour ton information, tu es la bienvenue chaque fois que tu auras envie de me baratter. N'importe quand. Matin, midi, soir, peu importe.

Mon rire s'étouffa dans ma gorge alors que ses paroles peignaient un portrait extrêmement net dans mon imagination hyperactive. Je pris une grande gorgée, ne sachant trop si je devais changer de sujet ou l'encourager à me donner plus de détails sur ce que je pourrais faire avec son pénis.

Je sursautai quand il pressa la bouteille de bière froide contre ma joue.

— Tu es toute rouge, dit-il, son visage tout à coup plus près que dans mon souvenir.

Il fit glisser son pouce sur ma joue et le long de ma mâchoire.

— Je t'ai déjà dit que j'adorais ton teint? Il est comme du lait, si crémeux, mais toujours rapide à prendre de la couleur.

Je ne pouvais plus respirer. Je ne savais vraiment plus ce qui m'était arrivé, mais entre le désir de découvrir son secret et le fait de me réveiller avec ma main dans son pantalon, je m'étais transformée en quelqu'un qui pouvait à peine formuler une phrase cohérente. Je refusais d'être cette fille qui roulait des yeux chaque fois qu'un gars séduisant s'intéressait à elle, mais je ne pouvais réagir d'aucune autre façon à sa proximité. Henry m'étourdissait.

Quand son pouce frôla ma lèvre inférieure, je perdis la maîtrise de moi-même. Ou plutôt, je laissai céder le fragile barrage qui retenait ma pudeur. Je comblai l'espace qui nous séparait, puis l'embrassai et, heureusement, il ne s'écarta pas. Il agrippa plutôt l'arrière de ma tête et m'embrassa vigoureusement, nos langues s'entremêlant. Il mordit doucement ma lèvre inférieure, puis s'écarta en m'adressant ce regard à la fois sombre et sexy à propos duquel j'avais fantasmé.

— Elsie, je...

J'attendis le reste de la phrase, mais il n'ajouta rien. Il se contenta de passer une main dans ses cheveux, puis se frotta le front.

— Qu'est-ce qu'il y a? demandai-je, prête à l'entendre terminer sa phrase pour que nous puissions tout de suite recommencer à nous embrasser.

— Ceci pourrait devenir compliqué, dit-il finalement.

— Ce n'est pas nécessaire.

Il regarda mes lèvres pendant un long moment puis, avec un soupir, il croisa finalement mes yeux.

— Nous ferions mieux d'en rester là, dit-il en appuyant la tête contre le canapé et en fermant les yeux. Je suis désolé.

4

DÉTONATION

Je ne pus pas dormir ce soir-là, mes sens excités par la caresse de l'engin et le baiser, et par ce qu'Henry avait dit à propos des complications. Il allait partir dans onze jours et ne reviendrait pas avant six mois ; ça ne nous ferait aucun bien de commencer quoi que ce soit maintenant, surtout quelque chose d'aussi délicat que de coucher ensemble.

Mais une partie de moi le souhaitait quand même, voulait enfoncer la barrière qui nous avait retenus pendant toutes ces années et découvrir ce qu'il pouvait bien y avoir de l'autre côté. Pendant toutes ces années, je m'étais retenue en pensant que rien ne pouvait se passer entre nous, que nous étions à jamais bannis dans le territoire stérile de l'amitié.

Et s'il y avait quelque part un lieu entre les deux où nos corps pourraient être ensemble et où nos cœurs resteraient séparés pour ne pas mettre en danger notre amitié ? Existait-il même un tel endroit ?

Je m'endormis finalement quand j'en arrivai à la seule conclusion logique, les possibilités me remplissant d'espoir.

Le lendemain, je revins du travail avec un plan et des mets pour emporter de chez Chili's. Je sortais des assiettes et j'avais commencé à mettre la table quand Henry arriva de ma chambre vêtu d'un pantalon de camouflage et d'un maillot de corps brun clair qui mettait ses muscles en valeur.

— Qu'est-ce que tu faisais dans ma chambre ? lui demandai-je en haussant un sourcil.

Il tenait à la main un étui à revolver attaché à la cuisse dont je m'étais servie à l'Halloween, quand je m'étais déguisée en Lara Croft.

— Je rassemblais mes affaires et je n'arrivais pas à trouver mon autre étui et voilà que je l'ai trouvé dans ta chambre.

— Désolée, dis-je, j'ai dû oublier de te le rendre.

— Ah, dit-il en me jetant encore une fois ce regard sexy. Je te le donnerais si seulement tu voulais porter ce costume chaque jour.

J'essayais de penser à une réplique appropriée quand la nourriture attira son attention.

— C'est quoi, tout ça ? demanda-t-il, debout devant le comptoir.

— Je voulais seulement te rappeler ce que tu allais manquer pendant que tu serais parti.

Il plongea un doigt dans la sauce BBQ et le suça.

— Tu ne joues pas franc jeu.

Je me penchai sur le comptoir et serrai les bras tout comme je l'avais fait au bar, le col en V de ma robe portefeuille affichant parfaitement mes atouts.

— Hé, quand on les a, il faut s'en servir.

Henry fit de son mieux pour détourner le regard de mon décolleté, mais en fin de compte, l'attirance était trop forte. Il déglutit, fronça les sourcils, puis réussit à s'arracher les yeux de ma poitrine.

— Qu'est-ce que tu fais ?

Je soutins son regard en essayant de transmettre mon message.

— Je te rappelle ce que tu vas manquer.

Mon cœur palpitait à tout rompre tandis qu'il m'examinait, son expression passant du doute au désir.

Après ce qui me parut une éternité, il s'éloigna du comptoir, puis vint me rejoindre, plaçant ses mains de chaque côté de moi et me retenant prisonnière contre le comptoir. Son visage à quelques centimètres du mien, il me demanda d'une voix empreinte de douleur :

— As-tu la moindre idée de ce que tu me fais ?

Je secouai la tête, mais je le savais parfaitement. Il s'approcha encore, pressant son membre en érection contre mon ventre.

— Tu me rends fou, dit-il de sa voix graveleuse.

Il pencha la tête et je sentis son souffle sur mon cou, dans mon oreille, puis il ajouta :

— Tu me fais désirer une chose que je ne pourrai jamais obtenir.

Ma respiration était devenue haletante quand je répondis :

— Je suis toute à toi, Henry.

Il agrippa le bas de ma robe et serra les poings.

— Je te désire depuis si longtemps, Elsie, dit-il. Si tu n'es pas certaine à propos de ça, dis-le maintenant et je vais m'écarter, puis nous pourrons recommencer à faire semblant que tout est comme avant.

La bordure de ma robe remonta de plusieurs centimètres le long de ma cuisse. J'étais hypnotisée par la courbe de sa lèvre supérieure, par la façon dont elle mettait en évidence son épaisse lèvre inférieure.

— Dis-le-moi, Elsie, parvint-il à dire.

Je tirai sur ses plaques d'identification et approchai son visage du mien.

— Je te désire autant que tu me désires, murmurai-je contre ses lèvres.

Il m'agrippa les fesses et me monta sur le comptoir en même temps qu'il penchait la tête pour un baiser. Il fit glisser ma robe jusqu'au haut de mes cuisses, ses paumes chaudes sur ma peau et, tout à coup, ses mains étaient à l'intérieur de ma petite culotte de dentelle. Je retins mon souffle quand ses doigts trouvèrent ma fente. Il poussa un long doigt à l'intérieur et je le serrai en gémissant.

— Tu veux vraiment ça ? demanda-t-il d'une voix encore incertaine.

Ou peut-être aimait-il seulement se faire prier. Il enfonça un autre doigt et entreprit de me caresser lentement.

— Où ça ?

— Qu'est-ce que tu en penses ? répondis-je en sachant que j'étais déjà complètement mouillée.

— Je pense..., commença-t-il en agitant ses doigts vers le haut d'une façon exquise qui me fit perdre le souffle quand il atteignit exactement le bon endroit.

— ... que...

Un autre jeu de doigts.

— Tu...

J'arrêtai de respirer.

— ... es...

Je le serrai plus fort encore, intensifiant les sensations.

— ... terriblement...

Si près.

— ... sexy.

Puis il commença à bouger les doigts rapidement et, après seulement quelques secondes, je rejetai la tête en arrière et le serrai encore davantage, mes jambes tremblant tandis qu'il poursuivait son assaut.

Je lui saisis la tête et l'embrassai, gémissant dans sa bouche.

— Je veux te sentir en moi.

Il hésita, jetant un coup d'œil vers sa chambre quand je lui agrippai la tête et l'embrassai de nouveau.

— Je prends la pilule, dis-je, et je n'ai pas de MST. Et toi ?

— Non plus, répondit-il en m'embrassant à pleine bouche.

Je déboutonnai son pantalon et glissai une main dans ses boxers, enveloppant de mes doigts son membre rigide. Il saisit mon poignet pour m'empêcher de le caresser.

— Non. Je veux autre chose.

Il retira son pantalon, puis ses boxers, libérant son énorme queue.

Je la regardai sans gêne pour la première fois, impressionnée non seulement par sa longueur, mais aussi par sa grosseur. Henry était baraqué de haut en bas.

— Tu es prête?

Quand j'inclinai la tête, il pressa son gland contre ma fente, puis me pénétra d'un seul coup. Je retins mon souffle, me sentant remplie au point d'éclater. Je le serrai tandis qu'il se retirait, puis me pénétrait de nouveau, centimètre par délicieux centimètre.

Je collai ma bouche contre son cou pour m'empêcher de hurler tellement tous mes sens étaient à vif.

— Elsie, dit-il entre ses dents, les mains sur mes fesses tandis qu'il commençait à accélérer le rythme.

J'entourai sa taille de mes jambes et il s'enfonça encore.

— C'est si bon, grogna-t-il dans mes cheveux.

Je jouis encore une fois, l'orgasme explosant à travers mon corps comme un tsunami. Henry émit un petit grognement et accéléra la cadence, me serrant si fermement contre lui qu'il me soulevait presque du comptoir. Avec une dernière poussée, son corps devint rigide, et il pressa son visage contre mon cou en essayant de reprendre son souffle. Je lui saisis la nuque et le serrai contre moi. Je ne voulais pas le laisser s'éloigner. Je voulais le garder pour toujours en moi.

Après un moment, il me regarda, un océan d'émotions dans ses yeux, puis il me dit d'un air grave :

— Il y a autre chose que je ne t'ai pas dit.

Mon cœur s'arrêta. Il n'était pas en mesure de supporter d'autres mauvaises nouvelles. Pas maintenant.

— Je suis amoureux de toi, Elsie, murmura-t-il comme s'il craignait d'être entendu. Je t'aime depuis ce jour où tu m'as coupé les cheveux pour la première fois.

Plutôt que d'aborder de front cet étonnant aveu, je passai d'un trait à ce souvenir. Je venais d'avoir quinze ans, et Jason et Henry allaient partir pour l'université. Henry avait toujours porté les cheveux plutôt longs, mais il devait les avoir courts pour l'entraînement des officiers de réserve. Comme ma mère n'était pas à la maison, il n'y avait que moi qui pouvais me servir des ciseaux, alors j'avais effectué la tâche difficile et triste de couper tous ces magnifiques cheveux ondulés. J'avais observé ses yeux sur moi dans le miroir, mais j'étais restée concentrée, soucieuse de ne pas l'envoyer à l'université avec une coupe bancale. Dans un moment de pur égoïsme, j'avais envisagé un sabotage — songeant que les dévergondées de l'université le laisseraient peut être tranquille s'il avait un espace chauve sur le côté de la tête — mais, en fin de compte, je ne pouvais pas faire ça. J'enlaidissais déjà quelque chose de beau en coupant ce qui nous liait, et je ne pouvais vraiment pas le gâcher davantage.

Quand j'avais eu terminé, je l'avais regardé dans le miroir. Le gars que j'avais connu était disparu. Il avait été remplacé par un jeune homme à l'allure soignée, prêt à prendre d'assaut l'université et le monde, et j'avais fini par comprendre qu'il me quittait. Il n'allait plus jamais vivre à deux maisons de chez moi, ne viendrait jamais plus ici pour flâner et jouer à des jeux vidéo.

Mon cœur s'était brisé une dizaine de fois en pensant à cette journée.

Mais maintenant, ce même garçon était dans mes bras, me disant qu'il était amoureux de moi, ce qui me laissait totalement confuse. J'avais toujours cru pouvoir lire toutes ses pensées, mais son aveu me prit par surprise et je me demandai si je le connaissais vraiment.

— Je ne le savais pas..., commençai-je. Je pensais que ce n'était que du sexe.

Il s'écarta comme si j'avais posé un fer rouge sur sa poitrine.

— Depuis tout ce temps où tu vis avec moi, combien de fois tu m'as vu *avoir seulement du sexe* avec une femme?

Je haussai les épaules en songeant à toutes les femmes qui avaient accompagné Henry chez nous. Depuis que nous vivions ici, il avait eu deux petites amies et, dans les deux cas, la relation avait duré au moins quelques mois, certainement plus qu'une aventure d'une nuit.

— Aucune, dis-je d'une petite voix.

Je me sentis vide quand il se retira de moi, puis remit ses pantalons de camouflage, comme s'il pouvait reprendre tout le plaisir qu'il venait de me donner quelques minutes plus tôt. Je secouai la tête en me demandant comment la situation avait pu dérailler si rapidement.

— Ce n'était pas censé se terminer comme ça.

Il me jeta un regard troublé signifiant qu'il ne s'y était pas attendu non plus, mais, comme un gentleman, il m'aida à descendre du comptoir et ajusta mes vêtements.

— Eh bien, fit-il sur un ton qu'il voulait plus léger, merci pour cette excellente séance de sexe. Je vais manger les côtes levées plus tard.

S'il essayait de me blesser, il avait réussi. Avec une douleur à la poitrine, je le regardai prendre ses clés sur le crochet et partir.

5

SOUS LES DÉCOMBRES

Pendant ma dernière année du secondaire, Henry était arrivé chez lui un peu plus tôt que Jason pour les vacances de Noël. Je l'avais vu pour la dernière fois presque un an auparavant, et si je savais avoir grandi, Henry m'avait battue sur ce point. Je revenais de l'école en voiture quand j'avais aperçu cette personne debout sur mon perron, les mains dans ses poches de blouson et l'air terriblement familier, mais trop grand pour être le garçon que j'avais connu.

Je m'étais garée dans l'allée et j'avais couru vers lui, m'oubliant pendant un moment tandis que je m'élançais dans ses bras.

— Henry ! avais-je crié en l'enlaçant. Quand es-tu arrivé ?

Il avait éclaté de rire et m'avait déposée par terre.

— Il y a juste une heure.

Il m'avait tenue à bout de bras, un petit sourire jouant aux commissures de ses lèvres. Il avait touché mes cheveux que je portais plus courts maintenant que je frisais un peu moins.

— Tu as tellement changé.

— Eh bien, toi...

J'avais levé les yeux vers lui en cherchant mes mots.

Il était déjà grand, mais au cours de l'année qui s'était écoulée, il avait pris un peu de poids et avait même un début de barbe. J'avais frotté son menton en riant, émoustillée par la sensation autant que par le gars devant moi.

— Elsie...

Nous avions tous deux tourné la tête en direction de la voix, et je m'étais tout à coup rappelé que j'avais un passager dans mon auto ce jour-là. Je m'étais éloignée d'Henry comme si j'avais été surprise à poser un geste indécent et j'avais regardé Zach, mon nouveau petit ami.

— Hé, Zach, avais-je dit de mon ton le plus naturel possible. Je te présente Henry, le meilleur ami de mon frère.

Je m'étais retournée vers Henry et j'avais sursauté en voyant l'expression sur son visage, un mélange déconcertant de trahison et de déception qui s'était transformé un moment plus tard en un sourire cordial, et je ne l'avais plus jamais revu par la suite. Jusqu'à aujourd'hui.

———

Henry n'était pas revenu au moment où je me mis au lit. J'avais plusieurs fois vérifié mon téléphone portable, certaine qu'il m'aurait envoyé un message texte, même si ce n'était que pour me faire des reproches. Lui et moi nous querellions régulièrement comme frère et sœur, mais jamais nous ne nous étions réellement blessés. Jamais auparavant nous ne nous étions fait sentir rabaissés.

Il m'aimait.

C'était un aveu bouleversant au moment où je m'y attendais le moins. Maintenant, je m'interrogeais à propos de tous ses gestes, de tous ces longs regards silencieux qu'il m'avait adressés. Qu'est-ce qui lui avait passé par la tête pendant tout ce temps?

Je pense que peu importe à quel point on croit connaître une personne, la dure réalité, c'est qu'on ne connaît vraiment personne.

———————

Je me réveillai tout à coup au milieu de la nuit quand j'entendis grincer la porte de ma chambre et les pas de loup d'Henry qui s'approchait. Le lit fléchit sous son poids quand il s'y glissa, puis il se lova contre mon dos.

— Je t'aime, Elsie, dit-il en enfouissant son visage dans mes cheveux. Je voulais seulement que tu le saches avant mon départ.

Mon cœur s'arrêta un instant quand j'entendis la tendresse dans sa voix.

— Merci de me le dire, répondis-je. Pourquoi tu n'as rien dit avant ?

Il changea de position et posa sa joue contre la mienne.

— Je ne sais pas. Tu n'avais toujours été qu'une petite fille, mais quelque part en route, tu es passée de la sœur agaçante de Jason à cette magnifique femme radieuse.

Je saisis ses poignets et attirai ses bras autour de moi. Ses mots me réchauffaient le cœur.

— Après la mort de Jason, j'avais l'impression de devoir prendre sa place et être ton grand frère. Je n'étais pas censé avoir des sentiments amoureux pour toi, dit-il. Mais bon sang, je ne pouvais pas m'en empêcher. Pas alors que nous vivions dans le même appartement et passions trop de temps ensemble... Écoute, je n'ai pas besoin que tu me dises que tu m'aimes aussi si tu ne le ressens pas. Je voulais seulement te faire savoir que le fait d'être avec toi ce soir signifiait beaucoup pour moi.

Je me retournai dans ses bras pour lui faire face.

— Ce n'était pas seulement du sexe pour moi non plus. Je t'aime, Henry, mais je ne sais pas encore si je suis amoureuse de toi.

Il hocha la tête, puis pressa son front contre le mien.

— Je peux m'en accommoder.

— Mais j'ai besoin de toi.

— Ouais ? demanda-t-il avec un sourire grivois.

— J'ai besoin que tu restes si c'en est fini de ce qui se passe entre nous. Tu ne peux pas seulement t'en aller et m'évacuer de ta vie.

Il hocha la tête d'un air solennel.

— Et j'ai besoin que tu reviennes sain et sauf, ajoutai-je.

J'avais le cœur serré parce que j'étais certaine qu'il ne reviendrait jamais, mais je décidai de ne pas le montrer. Qu'en savais-je, après tout ? Je n'étais pas une voyante.

— Je vais faire de mon mieux, dit-il tandis que ses mains s'infiltraient sous ma chemise et couraient le long de mon dos. J'ai besoin que tu fasses quelque chose pour moi.

— Tout ce que tu veux, répondis-je dans un souffle pendant que je sentais ses paumes rugueuses me chatouiller jusqu'à la nuque.

— J'ai besoin que tu sois là quand je vais revenir.

Je déposai un baiser sur le bout de son nez.

— Je serai là. Je ne vais nulle part.

Puis tout à coup, nous étions l'un contre l'autre, nos mains caressant nos corps, nous abandonnant complètement. Nous nous débarrassâmes à toute vitesse de nos vêtements. Je gémis quand sa peau nue toucha la mienne, mes seins pressés contre sa poitrine pendant que nous nous embrassions. Il baissa la tête et prit un mamelon dans sa bouche, le suçant avec vigueur, et je cambrai le dos et passai mes doigts sur ses cheveux, l'exhortant à continuer. Il prit l'autre sein, lui accordant la même attention exquise qu'au premier. Je poussai un cri quand il mordit mon mamelon et je sentis immédiatement un flux d'humidité entre mes jambes.

Il lécha la vallée entre mes seins, puis descendit, déposant des baisers sur mon ventre, mon nombril et l'intérieur de mes cuisses. Un bref sourire traversa son visage un instant avant qu'il ne disparaisse entre mes jambes.

J'avais déjà connu l'amour oral de la part d'un homme et je savais ce qu'on pouvait ressentir, mais Henry se situait à un tout autre niveau. Je ne voulais même pas savoir où il avait appris ces gestes, mais il savait exactement quoi faire de sa langue tandis qu'elle glissait à travers les replis de mon sexe de manière languissante mais ferme. Je retins mon souffle quand il la fit pénétrer en moi et que sa bouche entière couvrit mon mont de Vénus, provoquant une vague de plaisir intense.

— Bon Dieu, murmurai-je en lui agrippant la tête tandis que mon sexe avide collait à sa langue.

Il n'y avait pas assez de lui en moi. Mon dos s'arqua sur le rebord du lit et, au moment exact où j'allais exploser, le salaud se retira.

— Quoi ? Pourquoi tu t'es arrêté ? criai-je.

Il prit position au-dessus de moi.

— Parce que, dit-il simplement avant de s'enfoncer en moi d'un grand coup et que l'orgasme se répande à toute vitesse dans mon corps.

Il se retira, puis s'enfonça de nouveau jusqu'à la garde, me faisant franchir une autre crête. La troisième fois, je hurlai tandis que mon orgasme se poursuivait encore et encore.

Alors, il s'immobilisa, les yeux fermés et les sourcils froncés, savourant la sensation que lui procuraient les muscles de mon vagin qui convulsaient autour de son membre.

— Elsie, laissa-t-il tomber d'une voix tremblante.

Il se retira lentement, puis me pénétra encore plus lentement, poursuivant sans arrêt sa douce torture qui me fit lui agripper les fesses en le poussant à accélérer la cadence, mais il conserva son rythme tranquille, les bras de chaque côté de ma tête pendant qu'il m'embrassait tendrement.

Henry me faisait l'amour.

Cette réalité me frappa comme si un immeuble s'était écroulé sur moi et que j'étais enterrée sous les décombres. Des larmes perlèrent aux coins de mes yeux tandis que je croisais son regard, incapable de croire que cet homme, qui n'était jadis qu'un garçon, était mien. Du moins pour le moment.

Je passai mes jambes autour de sa taille pour l'exhorter à s'enfoncer plus profondément en moi. Il ne modifia en rien son rythme, garda sans broncher sa cadence régulière et je sentis monter en moi un autre orgasme. À chaque va-et-vient, mes muscles se serraient de plus en plus, mon corps l'enveloppant jusqu'au dernier coup de reins qui me brisa, me fit hurler son nom pendant qu'il jouissait en tremblant.

Ensuite, il laissa tomber son habitude et demeura dans ma chambre pour dormir sur le lit qu'il avait jadis qualifié de « trop mou et à l'odeur de fille », m'enveloppant comme s'il était ma propre couverture virile. Pour la première fois depuis longtemps, depuis la mort de Jason, en fait, je me laissai glisser dans un sommeil profond et satisfaisant.

Vous savez ce qu'on dit à propos du fait de reculer pour voir les choses sous un autre angle ? Eh bien, je n'avais pas vraiment besoin de reculer pour m'éclaircir les idées ; tout ce dont j'avais besoin, c'était de six heures de sommeil. Quand je me réveillai le lendemain matin en voyant le visage calme d'Henry près de moi, mon cœur faillit exploser alors que j'éprouvais un sentiment si vif, si puissant, que seul un idiot pourrait y avoir vu quoi que ce soit d'autre.

Je m'étais bercée d'illusions pendant toutes ces années en croyant que je pourrais vivre ma vie entière en n'étant que sa colocataire. Je pensais que j'avais réussi à éteindre la flamme que je portais en mon cœur pour lui, mais en l'espace de quelques jours, les tisons s'étaient ravivés et tout s'était embrasé.

J'étais follement amoureuse d'Henry, l'avais toujours été, le serais probablement toujours.

Le fait de l'admettre me rendait tout à la fois euphorique et me foutait la trouille. C'était comme s'élancer très haut sur une balançoire, ressentir la poussée d'adrénaline et voir le monde sous un nouvel angle tout en sachant qu'il était fort possible de s'écraser sur le ciment en bas.

Mais en faisant glisser doucement un doigt sur son front et l'arête de son nez, je savais malgré tout qu'il s'agissait d'un risque que j'étais prête à courir. Quand j'atteignis ses lèvres, il ouvrit la bouche et mordit mon doigt.

— Bonjour, dit-il avec un sourire imprégné de sommeil.

Il toucha mon épaule et descendit la main sur les contours de ma taille et de ma hanche.

— Je suis un peu triste de me réveiller en constatant que tu caresses mon nez plutôt... qu'autre chose, ajouta-t-il.

Je descendis la main pour remédier à la situation quand j'aperçus l'heure sur le réveille-matin de la table de chevet. Je m'assis en poussant un profond soupir.

— Je dois me préparer pour aller au travail.

Il enfouit son visage dans l'oreiller et grommela « Non, non, non », puis il agita une main devant mon visage et dit :

— Tu vas prendre un congé de maladie, aujourd'hui.

— Si seulement je le pouvais, Henry-Wan Kenobi, mais j'ai d'importants clients qui viennent aujourd'hui, dis-je en lui donnant un dernier baiser insistant. À suivre.

————

Le travail fut éprouvant. Ma rencontre avec les représentants du *Oklahoman* à propos de la nouvelle conception de leur site Web prit beaucoup de temps tandis que nous peaufinions le concept. Pour être honnête, la rencontre avait probablement pris davantage de temps parce que mon esprit n'était pas dans cette salle de conférence, mais bien loin, à la base de l'Armée de l'air Tinker où Henry essayait de terminer sa liste de vérification avant son déploiement. Il ne nous restait plus qu'une semaine à passer ensemble et il me semblait que c'était une honte de la passer séparés — mais que pouvions-nous y faire ? Même si nous agissions comme des adolescents éperdus d'amour, nous étions des adultes qui avaient des responsabilités.

Juste avant le lunch, le site Web d'un client tomba en panne et, puisqu'il s'agissait de mon projet, je dus oublier l'idée de prendre une longue pause du midi pour aller voir Henry et régler plutôt le problème. Alors, je me mis à l'ouvrage en espérant pouvoir au moins quitter le travail tôt.

Vers midi et demi, je perçus une certaine agitation près de mon bureau, mais je n'en voulais rien savoir. Gideon, mon jeune voisin de bureau gai, passa la tête par-dessus le muret et m'adressa un rare sourire.

— Tu as un visiteur, dit-il en faisant un geste vers le bureau de l'accueil.

Je levai les yeux et vis un beau capitaine dans son uniforme de combat de l'Armée de l'air, qui marchait vers moi avec dans la main un béret et une rose rouge. Mon cœur s'accéléra en l'apercevant dans son superbe uniforme, que je l'avais vu porter une centaine de fois auparavant. Il glissa son béret dans une poche de son pantalon et me tendit la rose.

Les têtes de mes collègues jaillirent une à une de leurs postes de travail, comme des chiens de prairie, m'adressant des petits sourires entendus et s'abaissant de nouveau. J'attirai Henry à l'intérieur de mon bureau et le fit asseoir sur ma chaise en espérant qu'un membre de la direction n'allait pas décider de passer à ce moment.

— Eh bien, bonjour, dit-il en m'assoyant sur ses genoux.

Je passai mes bras autour de son cou et l'embrassai goulûment.

— Tu veux que nous allions dans la salle de conférence à l'étage? lui murmurai-je à l'oreille. Elle devrait être vide à ce moment de la journée.

Henry parut extrêmement tenté, mais il secoua la tête.

— Je le voudrais vraiment, mais je dois retourner au boulot. Je suis seulement venu te livrer ça, dit-il en me penchant vers l'arrière et en m'embrassant à pleine bouche.

Nous refîmes surface quelques minutes plus tard, complètement excités, mais sans aucun moyen de remédier au problème.

En soupirant, je le fis lever et nous émergeâmes de notre petit monde.

Il m'adressa un petit signe de tête courtois.

— Madame, dit-il de manière formelle avant de se pencher et de me souffler à l'oreille : « À suivre. »

Quand il fut parti, quelques personnes vinrent me voir pour me poser des questions sur la rose et le bel aviateur qui me l'avait apportée. On me posa l'inévitable question « Alors, c'est ton petit ami ? », mais pour une fois, comme il s'agissait de ma relation avec Henry, je ne savais pas quoi répondre.

———————

Sur le chemin du retour, je me trouvai coincée derrière chaque auto ou camion lent dans Oklahoma City. Il n'y avait qu'une seule manière d'expliquer pourquoi tout le monde semblait vouloir m'empêcher d'arriver à la maison : c'était un complot. Mais aussitôt que j'ouvris la porte de l'appartement, je courus vers mon homme — oui, il l'était déjà dans mon esprit — et je sautai dans ses bras. C'est en quelque sorte un euphémisme que de dire que je le couvris de baisers.

Henry recula jusqu'au canapé, puis s'assit en m'entraînant avec lui. Il marmonna quelque chose à propos de mettre des steaks sur le BBQ, mais une tornade aurait pu passer devant notre fenêtre à ce moment-là et il aurait été impossible de m'arracher de ce canapé. Je descendis la fermeture éclair de son pantalon, écartai mon string et l'attirai profondément en moi.

Plus tard, après nous être finalement décidés à cuisiner et à avaler notre dîner, nous nous étendîmes sur son lit, rassasiés et somnolents. Il gisait sur le dos et j'étais étendue perpendiculairement sur le lit, ma tête reposant sur son ventre tandis que nous parlions du passé, craignant de parler de l'avenir au cas où nous n'en aurions pas.

— Je pense à ce gars pendant ta dernière année du secondaire, fit Henry. Vous êtes-vous fréquentés longtemps?

Je souris contre son ventre.

— Tu es jaloux?

— Je l'étais.

Je fis courir mes doigts sur la peau tendre de ses côtes.

— Nous nous sommes fréquentés jusqu'après le Nouvel An, répondis-je. J'aurais rompu plus tôt avec lui si tu m'avais dit ce que tu éprouvais.

— J'ai failli le faire quelques fois, dit-il en enroulant une boucle de mes cheveux autour de son index. J'étais arrivé plus tôt qu'à l'habitude ce Noël-là pour passer un peu de temps avec toi avant l'arrivée de Jason.

— Tu me l'aurais dit à ce moment?

Il haussa les épaules.

— Peut-être. Si tous les astres avaient été alignés. Mais je suppose qu'ils ne l'étaient pas.

Il me fixa de ses yeux bleus pendant un long moment jusqu'à ce que je devienne mal à l'aise.

— Quoi? demandai-je en plaquant une main contre mon visage.

Je regardai entre mes doigts écartés et souris.

Il écarta ma main.

— Je me demandais seulement ce que Jason en penserait.

— Il t'aurait probablement projeté au sol, t'aurait fait un œil au beurre noir ou fendu une lèvre, dis-je.

Jason aurait grommelé, mais, au fond de moi, j'aimais croire qu'il aurait été heureux pour nous.

— Ça ressemble à Jason, répliqua Henry avec un sourire contrit, et il posa sa paume contre ma joue. Je pense qu'il le savait. Je lui demandais toujours des nouvelles de toi et j'essayais de mentionner ton nom dans nos conversations. Chaque fois que nous parlions de revenir à la maison, il me demandait si j'avais hâte de te revoir, mais je me contentais de l'ignorer.

J'étais enchantée au point d'en rougir.

— Tu voulais me *serrrrer*, tu voulais m'*embrassssser*, lui dis-je d'une voix chantante.

Il s'assit et entreprit de me chatouiller, et nous nous débattîmes sur le lit comme des enfants jusqu'à ce que son téléphone vibre sur la table de nuit. Il regarda le nom de l'appelant et dit :

— Je dois répondre.

Je me rendis à la salle de bain pour le laisser parler en privé. En revenant, je jetai un coup d'œil dans le miroir et je m'arrêtai. Mes cheveux étaient emmêlés et toute trace de maquillage avait disparu de mon visage et, malgré cela, je paraissais absolument délirante de bonheur. Je voyais finalement le côté radieux dont Henry m'avait parlé.

Quand je le rejoignis sur le lit, il avait enfilé son pantalon et avait pris un air sérieux.

— Qu'est-ce qui se passe ? lui demandai-je. Tout va bien ?

— C'était le commandant, dit-il d'une voix qui me donna la chair de poule.

Je ne voulais pas entendre les mauvaises nouvelles qu'il s'apprêtait à me transmettre, mais je lui avais demandé d'être honnête avec moi, et il était trop tard pour retirer mes paroles.

— Qu'est-ce que c'est ?

— On a changé la date du déploiement.

Un faible espoir s'infiltra dans mon esprit.

— Elle a été repoussée ?

— Elle a été devancée.

— À quand ? lui demandai-je, la gorge nouée.

Les beaux traits d'Henry s'assombrirent.

— À ce samedi. Dans deux jours.

C'est à peu près à ce moment que je suis tombée de la balançoire et que mon visage a heurté de plein fouet le sol.

6

TERMINÉ

Nous passâmes cette nuit-là blottis l'un contre l'autre. Je le serrais contre moi, craignant de perdre sa chaleur tandis qu'il me blottissait entre ses bras, ses lèvres contre ma tête.

Je m'éveillai en sursaut vers deux heures du matin, presque paniquée en prenant conscience que je ne lui avais même pas dit ce que je ressentais.

— Réveille-toi, murmurai-je en m'écartant de lui.

Il fut difficile à réveiller après la soirée que nous avions eue, mais il fallait que je le lui dise. Le temps filait rapidement.

— Henry, réveille-toi.

— Oui ? dit-il d'une voix rauque en gardant les yeux fermés.

Il m'attira de nouveau contre lui.

— Je dois te dire quelque chose.

— Tu peux me le dire demain ? Je faisais un beau rêve.

Je m'écartai encore.

— Non, je dois te le dire maintenant.

Il garda les yeux fermés.

— Alors... ?

— Je t'aime, murmurai-je.

Henry était si immobile que si ce n'avait été du battement rapide de son cœur, j'aurais pu croire qu'il s'était rendormi. Je me redressai sur un coude.

— J'ai dit que j'étais amoureuse de toi.

— Je le sais déjà, fit-il du coin de la bouche.

— Quoi ? Depuis quand ?

Il ouvrit finalement les yeux et les fixa sur moi.

— Tu as toujours été amoureuse de moi. Tu avais seulement besoin de temps pour t'en souvenir.

— Mais...

Il éclata de rire devant mon expression éberluée, puis me ramena contre lui.

— Je t'aime aussi, Elsie. Maintenant, rendors-toi.

———————

Je voulais me déclarer malade le lendemain, mais Henry avait plusieurs choses à régler à la dernière minute, comme de s'assurer que les documents concernant son entraînement et sa condition physique étaient à jour.

— Je dois aussi mettre à jour mon testament, dit-il pendant que nous prenions notre café du matin alors que j'étais assise sur ses genoux.

Son testament.

Je me raidis en entendant cet unique mot qui crevait ma joyeuse petite bulle. Tout à coup, mes peurs me revinrent en force et j'eus du mal à respirer.

Henry sentit mon changement d'humeur subit. Il me serra la taille et dit :

— Tout va bien aller. C'est normal que je mette mon testament à jour.

Je me levai et lui fis face, en essayant de ravaler mes craintes.

— Bien sûr, lui répondis-je en lui donnant un dernier baiser. Eh bien, je devrais partir au travail.

Il posa ses mains sur mes cuisses, puis les fit glisser jusqu'à mes fesses en relevant ma jupe.

— Passe une bonne journée, fit-il d'une voix rauque pendant que ses doigts jouaient avec l'ourlet de ma culotte.

Je l'embrassai de nouveau et m'écartai.

— Bye.

———

Je mangeai mon lunch à mon bureau, tournant la tête chaque fois que quelqu'un passait, espérant en vain qu'Henry avait trouvé un moment pour revenir me voir. Je fixai la rose rouge dans une bouteille d'eau vide et avalai ma nourriture comme une automate. Je ne pourrais même pas vous dire ce que j'ai avalé tellement j'avais l'esprit ailleurs.

Après le travail, je me précipitai à l'appartement, nerveuse en sachant que le temps filait de plus en plus. En conduisant, je me convainquis de vivre le moment présent, de faire semblant que demain n'existait pas, et j'y réussis presque jusqu'à ce que je découvre une pile de bagages en entrant dans le salon. Deux sacs de voyage vert foncé avec son nom brodé sur le côté, ses uniformes de combat pliés, des bottes brunes, des gants, un casque. Mon cœur s'arrêta quand j'aperçus un gilet pare-balles. Je le pris en me demandant comment il pourrait protéger Henry alors qu'il n'avait pas suffi à sauver la vie de mon frère.

Ça arrivait vraiment. Henry allait réellement partir demain.

Je laissai tomber le gilet, soudain trop épuisée même pour me tenir debout. Je me laissai glisser sur le plancher et fixai les bagages en essayant simplement de convaincre mes poumons de continuer à respirer.

— Je ne savais pas que tu...

Henry s'interrompit en m'apercevant. Je devais paraître complètement décontenancée, mais il n'en fit pas mention.

— J'ai quelque chose à te montrer.

Il me tendit la main et m'aida à me relever. Nous traversâmes le salon et il ouvrit la porte coulissante qui menait au balcon.

— Je voulais que tu aies ton voyage de camping, dit-il en s'écartant pour que je puisse voir.

Il avait étalé un de nos tapis de cuisine sur le balcon de ciment et y avait monté une tente. À côté, il avait placé un réchaud de camping et deux brochettes de métal.

Je jetai un coup d'œil dans la tente et vis deux sacs de couchage reliés par leur fermeture éclair pour n'en faire qu'un.

— Super.

— Mais il n'y a pas que ça, dit-il en me montrant une boîte de craquelins, une barre de chocolat et un sac de guimauves.

— Vous avez pensé à tout, capitaine Logan, dis-je en souriant du mieux que je le pouvais.

Je l'embrassai en écartant mes pensées tristes et en faisant semblant qu'au moins pour ce soir, la pile de bagages dans le salon n'existait pas.

———

Ce n'est pas si difficile de faire l'amour dans une tente, mais quand vous êtes suspendus à un balcon au troisième étage avec un homme de deux mètres sur vous, ça peut devenir vraiment délicat. Alors nous changeâmes de position et je le chevauchai en espérant que les murs de la tente étaient le plus opaques possible. Ma tête heurtait sans arrêt les barres de métal, alors je me penchai, offrant du même coup mes seins à Henry. Il s'en saisit, les embrassant à pleine bouche l'un après l'autre pendant que je me balançais prudemment d'avant en arrière. J'essayai d'imprimer dans ma mémoire la façon dont il me remplissait, le grognement sexy qu'il émit quand je serrai son membre rigide en moi. Il était si profondément enfoui que j'avais l'impression qu'il pouvait toucher mon cœur.

Je couvris sa bouche avec la mienne au moment de jouir, par peur d'émettre des bruits que les voisins pourraient entendre, mais je n'avais qu'une seule envie : hurler que c'était injuste. J'avais finalement trouvé l'amour de ma vie, mais maintenant, il devait partir. Je rassemblai toute mon émotion dans un baiser, sachant qu'Henry la partageait avec moi, l'éprouvait avec moi. Nous étions réellement deux parties d'un tout plus grand.

Plus tard, nous ouvrîmes la marquise de la tente pour regarder les étoiles, allongés dans les bras l'un de l'autre. L'air nocturne était frais, mais le corps d'Henry était chaud et il fit disparaître les frissons que provoquaient mes craintes.

— Tu as peur ? lui demandai-je en jouant avec ses plaques d'identification tandis que j'essayais de ne pas penser à ce qu'elles représentaient.

— Non. J'ai été formé pour ça, dit-il. Beaucoup de gens vont se fier à moi pour les garder en sécurité.

Alors qui avait pour fonction de garder Henry en sécurité ?

— Je suis sûre que tu iras bien, lui dis-je en chassant cette pensée.

Peut-être que ça se réaliserait si je le disais assez souvent.

— Elsie, commença-t-il d'un ton hésitant. Qu'est-ce que tu veux que notre relation devienne ?

Je levai la tête pour le regarder.

— Qu'est-ce que tu souhaites ?

— Je souhaite que tu ne sois qu'à moi, répondit-il, puis il ajouta en souriant : et que tu portes en tout temps ce costume de Lara Croft, mais seulement pour moi.

— Cochon.

Il fixa sur moi un regard intense.

— Je t'ai attendue pendant une éternité. Je ne vais pas te partager avec quiconque.

— Je te veux tout à moi, dis-je. Et si une femme veut t'enlever à moi, je vais tabasser cette salope.

Je sentis vibrer sa poitrine contre moi quand il éclata de rire.

— Alors, c'est réglé. Tu es mon amoureuse.

— C'est réglé, dis-je en hochant joyeusement la tête. Qu'est-ce que tu aurais fait si j'avais dit que je voudrais rencontrer d'autres hommes ?

Il haussa les épaules avec une confiance en soi désarmante.

— Ça ne m'a même jamais traversé l'esprit.

———————

Henry me secoua pour me tirer d'un cauchemar rempli de coups de feu et de sang.

— Tu faisais un mauvais rêve encore, dit-il en me frottant le bras.

— J'espère que je ne hurlais pas.

— Non. Tu respirais bizarrement, comme si tu sanglotais.

Il était encore tôt et j'étais toujours ensommeillée, mais je luttai pour garder les yeux ouverts, ne serait-ce que pour garder à distance les images sanglantes. Je n'osais même pas penser à qui me réconforterait après mes cauchemars quand Henry serait parti.

Je supposai que je devrais le faire seule pendant un moment.

Il regarda l'heure sur sa montre pendue à une des tiges métalliques de la tente.

— Rendors-toi ; il n'est que cinq heures.

— Henry, murmurai-je en posant une main sur sa poitrine. Fais-moi l'amour.

Je sentis son cœur s'accélérer sous ma paume et je sus ce qu'il pensait, ce que nous refusions tous deux de reconnaître : que ce serait la toute dernière fois où nous ferions l'amour avant qu'il ne prenne l'avion.

Sa voix se brisa quand il dit :

— Je t'aime, Elsie.

Il m'embrassa tandis qu'il levait ma jambe. Je retins mon souffle quand il me pénétra, les nerfs à vif tandis qu'il emplissait de nouveau mon sexe. Nous fîmes l'amour étendus sur le côté, Henry m'empoignant la hanche pour avoir une prise pendant qu'il allait et venait en moi. Ses mouvements étaient moins doux, plus pressants, et je l'imitai, essayant de repousser l'inévitable fin. Mais beaucoup trop tôt, je jouis en frémissant autour de lui, ce qui déclencha sa propre jouissance. Il agrippa ma hanche, me serrant contre lui tandis qu'il haletait contre mon oreille.

— Je t'aime tant, réussis-je à dire en le serrant si fermement que je pouvais à peine respirer. Reviens-moi.

Le temps arriva, beaucoup trop tôt aussi, où nous devions nous faire nos adieux. Nous étions debout sur le stationnement de la base avec une bande disparate d'aviateurs et leurs familles. Henry me tint la main alors que nous restions en périphérie de la foule à regarder les gens se dire au revoir avant même que le bus n'arrive pour les emmener au hangar.

Je demeurais relativement calme compte tenu des circonstances. Chaque fois qu'un sanglot montait dans ma poitrine, je retenais mon souffle et comptais jusqu'à cinq. La manœuvre fonctionna jusqu'à ce que j'aperçoive une famille — la mère, le père et leur fille d'environ quatre ans. C'était la femme qui était en uniforme et elle avait déjà les yeux rougis d'avoir pleuré. Elle prit une profonde inspiration, s'accroupit pour regarder sa fille dans les yeux et lui dit d'être forte pour papa, qu'elle l'aimait et qu'elle allait lui manquer. L'enfant hocha la tête d'un air grave alors même que ses lèvres tremblaient. Quand la femme essaya de se lever, sa fille lui saisit une manche.

— Maman, ne pars pas, dit-elle d'une voix minuscule, et sa mère fondit en larmes.

Je perdis complètement toute retenue.

Je détournai la tête d'Henry pour qu'il ne voie pas mon visage se décomposer, mais il le savait ; il serra ma main et m'attira contre lui, tenant ma tête sur sa poitrine pendant qu'il me protégeait une dernière fois. Je sanglotai contre lui, essayant de respirer son odeur à travers le tissu épais de son uniforme de combat. Finalement, quand le temps arriva de grimper dans le bus, je pris une profonde respiration et repris contenance.

Henry me souleva le menton et m'embrassa tendrement.

— Ne t'en fais pas, je serai bientôt de retour, dit-il avec un sourire impudent que contredisait son regard. Ces six mois passeront vite.

— Je vais t'attendre.

Je le regardai prendre ses bagages et s'éloigner, et étirai le cou quand la foule l'engloutit, essayant de jeter un dernier regard sur l'homme qui avait conquis mon cœur et partait maintenant pour l'Afghanistan. Je ne le revis qu'au moment où le bus démarrait. Il me salua de la main à travers la vitre teintée une seconde avant que le véhicule ne prenne un virage.

Puis Henry était parti.

DEUXIÈME PARTIE

ASSIÉGÉE

7

GARDIENNE DU FOYER

Henry Logan était parti. En un instant, le bus avait tourné le coin et il avait disparu de ma vue.

J'avais eu un mal fou à éviter de lui mentir.

Je ramenai sa Mustang à la maison, des larmes inondant mon visage. Je m'en fichais ; je venais tout juste de faire mes adieux à mon meilleur ami, à mon colocataire et à l'amour de ma vie. Si, pour cette raison, je ne méritais pas un moment de faiblesse, alors j'ignorais quoi d'autre aurait pu le justifier.

Même le flic qui me fit ranger sur le bas-côté pour excès de vitesse sur l'autoroute 45 me jeta un bref coup d'œil et comprit tout de suite.

— Vous arrivez de la base ? demanda-t-il.

J'inclinai la tête et essuyai mon visage, ne voulant pas qu'il croie que je pleurais exagérément pour m'éviter une contravention.

— Ouais.

— Un déploiement ?

Je hochai de nouveau la tête. J'étais sur le point de recevoir ma première contravention pour vitesse excessive — ma première contravention, point — la journée même où je perdais l'amour de ma vie.

— Mon beau-fils est parti aujourd'hui lui aussi, dit le flic.

— C'est dur, n'est-ce pas ? lui demandai-je en reniflant.

Il éclata de rire.

— Pas pour moi, répondit-il.

Il regarda ma plaque d'immatriculation et le certificat d'assurance d'Henry et me le rendit.

— Je vais vous laisser partir avec seulement un avertissement. *Vraiment ?*

— Vraiment ?

— Les déploiements sont difficiles, fit-il. Restez sous les cent kilomètres, OK ?

Je lui adressai un sourire, sa commisération étant le seul rayon de soleil dans ma journée autrement grise.

— Merci, monsieur l'agent. C'est ce que je vais faire.

————————

J'envisageais avec horreur d'entrer dans notre appartement, et j'avais raison en fin de compte, parce qu'aussitôt que j'y pénétrai, la solitude me fit pratiquement suffoquer, comme si l'absence d'Henry absorbait tout l'oxygène dans l'immeuble.

— Je peux le faire, dis-je tout haut.

Le samedi était à peine commencé ; tout le week-end s'étirait à l'infini devant moi avec mes larmes pour seuls compagnons indésirables.

Résolue à ne pas emprunter cette voie, j'enfilai mes vêtements de jogging et me rendis au parc Earlywine en espérant que les endorphines puissent contribuer à me rendre de meilleure humeur.

Après une heure de course, je ne ressentais pas l'euphorie qui vient d'habitude après un long exercice. J'avais plutôt réussi à épuiser mon corps au point où je pouvais à peine me tenir debout en prenant une douche, ce qui ne faisait qu'ajouter au sentiment général de tristesse qui m'enveloppait comme une deuxième peau.

Cette nuit-là, je me glissai dans le lit d'Henry en craignant de me réveiller seule après un cauchemar.

Je dormis au milieu du matelas, pressant son oreiller contre ma poitrine et inhalant son odeur. Les yeux fermés, je pouvais presque me convaincre qu'il dormait près de moi, mais dans ce cas, presque ne suffisait pas.

Les six prochains mois allaient être un enfer.

———

Beth Belnap m'invita à dîner le lendemain soir. Son ami de cœur, Sam, venait aussi de partir en déploiement, alors nous nous trouvions toutes deux dans le même merdier avec un horizon de six mois devant nous. C'était le deuxième déploiement que Beth subissait et elle avait toutes sortes de trésors de sagesse à me refiler.

— Ça va devenir plus facile, je te le promets, dit-elle tandis que nous sirotions nos boissons et attendions notre dîner.

J'inclinai la tête, heureuse de savoir que quelqu'un avait traversé ça avant moi et en était ressorti sain d'esprit.

— Le plus tôt sera le mieux. Je suis fatiguée de pleurer.

Elle me jeta un regard compatissant.

— La première fois est toujours la pire.

— Est-ce que ça devient plus facile la nuit? Est-ce que sa présence te manque au lit?

Beth haussa les sourcils.

— Je pensais que toi et Henry étiez des colocs?

— Oh. Tu ne le sais probablement pas encore, dis-je en déposant mon verre de margarita. Mais quelques jours après cette soirée au Tapwerks, Henry m'a dit qu'il m'aimait et les choses... se sont enchaînées.

Beth éclata de rire.

— Oh, mon Dieu, je m'y attendais vraiment. Quand vous étiez sur la piste de danse, j'ai dit à Sam qu'il y avait de toute évidence quelque chose entre vous. Vous vous regardiez avec une telle tension sexuelle. J'avais l'impression qu'Henry allait te sauter dessus.

Je rougis en me souvenant de la première fois où j'avais vu Henry autrement que comme un frère, quand il s'était pressé contre moi sur la piste et m'avait soufflé des allusions à l'oreille. Il ne s'était écoulé que sept jours depuis ce soir-là et j'avais pourtant l'impression qu'une éternité était passée.

— Cette dernière semaine a été... intense, dis-je.

Le sourire de Beth disparut.

— Alors, c'est encore plus difficile pour toi parce que cette relation est toute nouvelle, dit-elle. J'ai subi ça au premier déploiement de Sam. Nous ne nous fréquentions que depuis un mois quand il est parti. C'était horrible.

Elle tapota ma main sur la table.

— J'ai vécu cette dernière semaine comme dans une montagne russe, dis-je en essayant de garder le sourire. Alors, quand as-tu arrêté de pleurer à la moindre occasion?

— La première fois, ça m'a pris à peu près un mois.

Je poussai un soupir.

— OK. Ça me semble long, dis-je, mais au moins, il va finir par arrêter de me manquer à ce point, n'est-ce pas?

Elle secoua la tête.

— Je pense qu'en réalité, tu deviens seulement plus endurcie, alors tu apprends à éviter de t'attarder sur le fait qu'il soit parti.

— Comment je fais ça?

— Je ne sais pas trop. Tu le fais, c'est tout. Quand tu commences à penser à quel point il te manque, trouve quelque chose pour te distraire. Regarde un film, lis un livre, fais n'importe quoi. Arrange-toi seulement pour ne pas y songer.

— Et ça fonctionne vraiment?

Elle haussa les épaules.

— Parfois.

Je ne reçus aucune nouvelle d'Henry jusqu'au mardi suivant. J'essayai de suivre le conseil de Beth et de me tenir occupée, mais c'était impossible de me concentrer sans être sûre qu'Henry avait atteint la base aérienne de Bagram en toute sécurité. Je commençai à penser qu'il me serait impossible de me concentrer sur quoi que ce soit pendant les six prochains mois.

Puis, le mardi matin, au milieu de la nuit, mon cellulaire se mit à sonner. Je me réveillai immédiatement et criai dans le téléphone :

— Henry?

— Salut, Elsie !

Je me sentis au paradis en entendant sa voix, qui me toucha comme une caresse et atténua l'inquiétude qui me serrait le cœur.

— Nous sommes arrivés, ajouta-t-il.

Je me redressai sur le lit, heureuse d'avoir un peu de temps pour parler.

— J'en suis heureuse. C'est si bon d'entendre ta voix.

— Pareil pour moi. Comment vas-tu? demanda-t-il.

— Je suis pitoyable, dis-je.

— Écoute, je dois partir. D'autres gars doivent appeler chez eux, dit-il. Je t'aime, Elsie. Tu me manques déjà tellement.

— Je t'aime aussi, répondis-je et, beaucoup trop rapidement, l'appel prit fin.

Je serrai son oreiller contre ma poitrine et, pour la première fois depuis plusieurs jours, je poussai un petit soupir de soulagement. Henry allait bien.

Trois jours de passés et un million à venir.

———————

La première semaine de déploiement fut sans aucun doute la plus difficile. Le déséquilibre dans mes habitudes quotidiennes était terrifiant et j'avais sans arrêt l'impression d'avoir oublié quelque chose. Le soir, je demeurais assise dans l'appartement, me sentant si seule que je croyais en perdre l'esprit, et le fait de regarder les comédies romantiques qu'Henry refusait de subir n'aidait certainement pas — en réalité, ça produisait l'effet contraire.

Son corps me manquait terriblement aussi et c'était un tout nouveau sentiment pour moi. Après que Jason fut mort, il m'avait manqué énormément, mais je n'avais jamais éprouvé une douleur dans mes os comme si je me promenais avec un membre en moins, et c'est ce que je vivais à ce moment avec Henry.

Puis les choses commencèrent heureusement à s'améliorer.

À la fin de ce premier mois, je recommençai finalement à dormir dans mon propre lit. En partie parce que je voulais retrouver mon matelas à plateau-coussin, mais aussi parce que je savais que je ne pouvais pas dormir pour toujours dans le lit d'Henry. Il était vraiment temps que je fasse de moi une grande fille et que je dorme dans mon lit de grande fille.

Henry appelait aussi souvent qu'il le pouvait, c'est-à-dire cinq minutes tous les quatre ou cinq jours, mais il m'expédiait des courriels presque quotidiennement. Il parlait surtout de la base et de son boulot, mais parfois, il écrivait de longs courriels imagés énumérant en détail ce qu'il aimerait me faire. Ces courriels me rendaient tout excitée et, en fin de compte, je devais aller fouiller au fond de mon placard pour puiser dans ma cachette de petits amis à piles.

Les meilleures parties de ses courriels se trouvaient toujours à la fin, quand il m'écrivait qu'il m'aimait et que je lui manquais, qu'il avait hâte de me revenir. Je ne pensais pas me fatiguer un jour de voir ces mots.

———

Au cours du troisième mois, les courriels cessèrent de même que les appels téléphoniques. J'appelai Beth dans un état de semi-panique, et elle me confirma qu'elle n'avait eu aucune nouvelle de Sam non plus.

— Mais ils ont sans doute seulement restreint les communications à la base ou quelque chose du genre, dit-elle. Ils font ça de temps en temps.

Elle me promit de m'appeler si elle entendait quoi que ce soit, alors je pris mon mal en patience et essayai de demeurer calme. J'attendis avec un sentiment horrible au creux du ventre, cette petite boule d'anxiété qui croissait à chaque minute.

Un soir, pendant que j'essayais de me distraire en regardant en cascade une série télévisée, mon portable sonna. L'appel provenait d'un numéro inconnu à Oklahoma City. C'était David Novak, le copain d'Henry, qui appartenait à une autre escadrille.

— Salut, Elsie, dit-il. Comment ça va?

— Je vais bien. J'essaie de me tenir occupée. Et toi?

— Ça va. J'arrive tout juste d'un ST à Las Vegas.

Il s'agissait d'un service temporaire, un voyage qui durait parfois quelques jours et parfois quelques semaines.

— Ça paraît difficile.

— Oh, ça l'était. Tout ce soleil, cet alcool, ces paris, ces femmes. Je suis épuisé, fit-il en riant. En tout cas, Logan m'a demandé de vérifier comment tu allais avant de partir. Alors, c'est moi qui t'appelle.

Je me réjouis à cette pensée.

— C'est gentil. Merci. Je vais bien.

Je me mordis la lèvre en me demandant si je dépassais certaines limites, mais je décidai finalement qu'il fallait que je pose la question.

— Mais je voulais te demander si tu avais eu des nouvelles de Bagram.

Dave demeura silencieux pendant un long moment. Trop long. Mon cœur commença à s'affoler.

— Henry va bien?

Il se racla la gorge.

— Eh bien, ça n'a pas encore été rendu public, alors je ne peux pas te le dire.

— Quoi donc ?

— Il y a eu un incident.

Je sentis un frisson me parcourir.

— Mais Henry... Il n'a rien ?

Dave soupira. Il faisait partie de la même escadrille que mon frère et savait que la mort de Jason m'avait bouleversée.

— Ouais. Il va bien.

Je laissai échapper un profond soupir de soulagement.

— Merci, Dave.

— Reste aux aguets. Je vais pouvoir en dire plus quand les médias vont commencer à râler.

— D'accord. Merci.

— Une bande d'entre nous va sortir ce vendredi. Tu veux venir ?

— Oui, pourquoi pas.

Ce serait au moins un vendredi où je n'allais pas devoir rester seule.

— Les autres gars vont emmener leurs copines, alors tu ne seras pas la seule fille, dit-il.

J'émis un sourire, le seul véritable depuis plusieurs semaines.

— Ça sera amusant.

———————

Dave insista pour venir me chercher le vendredi soir et j'acceptai parce que je n'avais pas vraiment envie de me balader toute seule dans Bricktown la nuit tombée. Tout le monde était déjà là quand nous arrivâmes, et ils nous accueillirent avec des cris et des hourras de personnes déjà un peu ivres. Je me laissai rapidement aller avec l'alcool, heureuse que, pour une fois, mes pensées ne soient pas monopolisées par un certain homme grand, foncé et sexy.

— Hé, tu as regardé les nouvelles aujourd'hui ? me demanda Kelsie, la femme d'un des capitaines tandis que nous nous assoyions dans le box. La base a subi une attaque.

Dave me poussa du coude pour me faire savoir que c'était ce dont il m'avait parlé.

— Qu'est-il arrivé ? demandai-je. Je n'ai pas eu l'occasion de regarder les nouvelles.

En réalité, j'avais évité de regarder tout reportage concernant l'opération *Liberté immuable* par crainte de susciter d'autres peurs sans fondement. En continuant d'ignorer ce qui se passait en Afghanistan, j'avais moins de chance d'entretenir mes cauchemars.

— Un kamikaze a conduit un VBIED jusqu'à l'entrée et a descendu le pauvre type qui était de garde, dit Kelsie.

— Un VBIED ? demandai-je.

— C'est un véhicule piégé, dit Dave. Le salaud a été tué avant de pouvoir entrer sur la base, mais il a réussi à déclencher la bombe et à détruire le portail et une grande partie de la clôture. Quelques immeubles situés tout près ont aussi subi des dommages.

Mon cœur battait à tout rompre même si je me disais qu'Henry était sain et sauf. Il y avait tout de même une personne qui avait été touchée pendant l'attaque.

— Il y a eu des blessés ?

Je levai les yeux vers Dave, qui hochait la tête d'un air grave.

— Un pilote a été tué tandis qu'un autre a perdu une jambe à cause des débris qui volaient dans tous les sens.

Je portai une main à ma bouche et m'aperçus qu'elle tremblait. Ç'aurait tout aussi bien pu être Henry à l'entrée, ce jour-là.

Dave remarqua mon changement d'humeur soudain et commença à me frotter le dos.

— Tu veux sortir un peu ? murmura-t-il.

J'inclinai la tête et adressai un sourire poli aux autres autour de la table.

— Désolée. J'ai seulement besoin de quelques minutes.

— Ça va ? demanda Kelsie.

Je déglutis, éprouvant un serrement familier dans la poitrine.

— Mon frère a été tué en Afghanistan, dis-je, puis je partis avant qu'ils puissent me poser des questions.

Dave m'accompagna à l'extérieur, demeurant debout d'un air mal à l'aise, les mains dans ses poches, tandis que je faisais les cent pas sur le trottoir.

— Tu devrais rentrer, lui dis-je en prenant de profondes respirations pour me calmer les nerfs. Il fait froid ici.

Il me sourit du coin des lèvres.

— Je ne vais pas te laisser ici toute seule, répondit-il en frappant du pied un bouchon de bouteille sur le sol. Je suis désolé à propos de ton frère. Jason était vraiment un bon gars.

J'opinai du chef.

— Ouais, c'était un bon gars.

— Il était tellement fier de toi, tu sais.

Je détournai les yeux pour cacher les larmes qui menaçaient de surgir.

— Il parlait de moi ?

— Ouais, sans arrêt, répondit Dave. Logan aussi. Il n'arrête pas de parler de toi.

Un sourire s'épanouit sur mon visage en entendant ces paroles.

Dave s'approcha et me frotta les épaules d'une manière qui me sembla réconfortante au départ jusqu'à ce que cela se prolonge un peu trop. Je le regardai en fronçant les sourcils et ouvris la bouche pour lui demander ce qu'il faisait quand il se pencha et frôla ses lèvres contre les miennes.

Je m'écartai comme si je venais de subir une décharge électrique.

— Qu'est-ce que...

Dave leva les mains, puis recula d'un pas.

— Je suis désolé.

— Qu'est-ce que tu faisais ?

— Je pense que j'essayais de t'embrasser.

— Je le sais, dis-je, mais pourquoi ?

— Parce que je t'aime bien ? répondit-il comme s'il s'agissait davantage d'une question.

Je me demandai pendant un moment si Dave était un salaud ou si c'était seulement qu'il n'était pas au courant de la situation.

— Sais-tu qu'Henry et moi sommes ensemble?

Il écarquilla les yeux, répondant ainsi à ma question.

— Merde. Je l'ignorais, fit-il en enfouissant de nouveau les mains dans ses poches. Je suis vraiment désolé. Ce crétin aurait dû me le dire.

Je n'aurais pas pu être davantage d'accord.

— Ne t'en fais pas avec ça, dis-je. C'est une erreur de bonne foi. C'est sa faute s'il ne l'a dit à personne.

— Je suis vraiment navré, dit Dave avec un sourire contrit. J'aurais dû t'inviter à sortir plus tôt.

8

LE RETOUR

Je recommençai à recevoir des courriels, mais ils étaient différents. Les douces paroles avaient été remplacées par des descriptions nonchalantes, presque robotiques de sa vie là-bas. Lors d'un appel téléphonique, je lui posai une question à propos de l'attaque, mais il l'éluda et dut tout à coup partir. Comme je voulais qu'il n'y ait plus d'interruptions brutales des appels, je n'évoquai plus jamais le sujet.

Les troisième, quatrième et cinquième mois se fondirent en une seule période. Le problème n'était pas de rester occupée, c'était d'empêcher mon esprit de retourner en Afghanistan. Il m'était difficile d'employer la tactique du divertissement de Beth quand tout autour de moi me rappelait Henry, de ses clés d'auto, qui pendaient au crochet, jusqu'à sa place à la table à dîner.

Je lis des dizaines de livres, vis des amis que je n'avais pas rencontrés depuis longtemps, courus beaucoup et perdis probablement trop de temps sur le Web. Je passai beaucoup de temps au bureau en essayant de me perdre dans le travail pour que les heures solitaires de la soirée s'écoulent plus rapidement.

Puis le dernier mois arriva et, je pourrais le jurer, le temps se mit à ralentir. J'avais l'impression de bouger au ralenti, que peu importe la façon de me distraire, je regardais l'horloge et découvrais que seulement quelques minutes étaient passées. C'était tellement pire que le premier mois.

L'attente me rendait folle. Il était si près de revenir tout en se trouvant encore à des milliers de kilomètres. Pour me préparer à son arrivée, je rangeai sa chambre, passai l'aspirateur dans tous les coins et recoins de l'appartement et dépoussiérai chaque surface. Je remplis le réfrigérateur de sa bière et de ses mets favoris, allant jusqu'à acheter les olives embouteillées qu'il aimait tant.

Finalement, le mercredi le plus particulier de toute l'année arriva. Je sautai du lit avec une nouvelle vigueur et pris une douche plus longue qu'à l'habitude en fredonnant à propos de mon amoureux qui revenait, tralala lalère. Je m'habillai soigneusement, puis me rendis à la base une heure entière avant le moment prévu de son arrivée. On vérifia ma plaque d'immatriculation au pavillon des visiteurs, puis on me remit un feuillet rose et on me laissa franchir le portail avec un sourire entendu.

Je restai debout avec les autres dans la zone d'attente. Notre joyeuse impatience était comme un organisme vivant, si tangible qu'on aurait presque pu la toucher du doigt. Nous nous regardions les uns les autres — femmes, amoureuses, familles et amis — avec une jubilation qui s'affichait sans retenue sur nos visages. Certaines personnes avaient fabriqué des écriteaux de bienvenue alors que d'autres tenaient à la main des ballons et des fleurs. Je n'avais que mon sentiment d'espoir qu'on pouvait lire comme un livre ouvert sur mon visage. Tout le monde applaudit quand le bus déboucha d'une rue perpendiculaire. Nous poussâmes des exclamations quand il arriva sur le stationnement et nous fîmes de même quand il roula devant nous, mais un silence de mort descendit quand il s'arrêta en grinçant comme pour nous faire taire.

Chacun d'entre nous retint son souffle quand la porte s'ouvrit et, je le jure, il dut s'écouler au moins cinq minutes avant que la première personne descende du véhicule, mais quand elle débarqua, une femme poussa un petit cri strident au milieu de la foule.

Je fixais la porte du bus à mesure que les gens en descendaient l'un après l'autre. Mon cœur bondissait dans ma poitrine chaque fois qu'apparaissait une paire de bottes brunes et je crus m'évanouir après que fut sorti le dixième gars qui n'était pas Henry.

Puis il apparut, et, pendant quelques instants, j'oubliai de respirer.

Henry descendit du bus et parcourut des yeux les environs. Nos regards se croisèrent, et son visage triste s'illumina d'un grand sourire. Franchement, j'ignore comment je réussis à me rendre jusqu'à lui alors que je pouvais à peine réfléchir, mais je me trouvai soudain debout devant lui. Il était à un pas de moi, mais, tout à coup, je ne savais plus quoi faire de moi-même.

— Oh, Elsie.

Il se pencha et enfouit son visage dans mon cou, m'enlaçant en silence pendant un long moment.

Je n'aurais pu retenir mes sanglots même si j'avais essayé. En le tenant de nouveau dans mes bras, j'avais l'impression d'émerger d'un océan profond pour finalement prendre mon souffle. Je m'écartai et tint son visage entre mes mains, me délectant de sa vue. Il était plus mince, la peau sous ses yeux était un peu sombre, mais ses yeux bleus dégageaient la même intensité qu'auparavant.

— Tu veux bien venir ici ? dit-il avec un sourire, puis il m'attira contre lui, nos lèvres s'unissant farouchement après six mois de frustration accumulée.

Quand nous nous séparâmes finalement pour respirer, il pressa son front contre le mien et dit avec cette voix rauque, graveleuse :

— Bon Dieu que tu m'as manqué.

De ses pouces, il essuya les larmes sur mes joues et m'embrassa encore.

— Tu m'as manqué aussi, dis-je en l'étreignant.

Nous marchâmes jusqu'à ma voiture main dans la main. Il la contourna pour jeter ses bagages dans le coffre, mais quand je m'apprêtai à ouvrir la portière du conducteur, il se trouva tout à coup derrière moi, m'enlaçant. Il pressa son érection contre mon dos et murmura dans mon oreille :

— Je suis impatient de me retrouver en toi.

Je me sentis immédiatement lubrifiée, prête à lui sauter dessus à ce moment même, mais il était en uniforme et nous étions entourés de gens.

— Prenez une chambre, laissa tomber un des aviateurs pendant qu'il passait derrière nous.

— La ferme, Jackson, dit Henry avec un sourire forcé.

Mon visage s'empourpra tandis que je me défaisais de ses bras.

— À suivre, lui dis-je, et il s'assit dans le siège du passager avant que je fasse une chose que j'aurais regrettée plus tard.

Toutefois, Henry était incorrigible. Aussitôt après avoir quitté la base, sa main atterrit sur ma cuisse, puis remonta, réchauffant ma peau dans son sillage.

— Nous allons avoir un accident, Henry, l'avertis-je.

— Ça va, dit-il pendant que ses doigts cheminaient sous ma jupe en glissant vers le haut de plus en plus lentement.

Il retint son souffle.

— Oh, mon Dieu, tu ne portes pas de sous-vêtement.

Je pouffai de rire, rougis et frémis tout à la fois.

— Surprise !

— Range-toi, commanda-t-il.

— Où ?

— Je m'en fiche. Prends la prochaine sortie, dit-il en écartant mes jambes.

Ses doigts glissèrent jusqu'à ma chatte avant de s'y insérer.

Je laissai échapper un sifflement entre mes dents quand il trouva mon clitoris et qu'il commença à le frotter. Il se peut que la voiture ait fait un écart.

— Henry, dis-je en serrant si fort le volant que mes jointures blanchirent. Pas maintenant.

— Oui, maintenant.

— Attends qu'on arrive à la maison.

— J'ai attendu assez longtemps. Range-toi.

Je serrai les jambes pour empêcher ses mains de bouger, mais ces satanés doigts, si délicieux, continuaient de s'enfoncer davantage. J'essayai de demeurer détendue pour lutter contre l'orgasme, mais des mois de privation m'avaient rendue tellement affamée que mes muscles se contractèrent d'eux-mêmes autour de ses doigts.

— Tu veux vraiment le faire pour la première fois dans une voiture sur un chemin de terre ? lui demandai-je en ayant du mal à respirer.

J'ignore comment j'ai pu réussir à garder mon pied sur la pédale. Ce petit jeu était dangereux.

— Je m'en fous. Je veux seulement m'enfouir en toi.

Je grognai en entendant ses paroles. J'étais si près de jouir. Une sortie apparut ; je la pris, et le peu de détermination qui me restait disparut complètement. À un peu plus d'un kilomètre de l'autoroute, je me garai dans le stationnement d'une station d'essence abandonnée dans une zone fortement boisée.

Aussitôt que j'arrêtai la voiture, Henry me saisit les hanches, puis m'attira à lui par-dessus la console centrale. J'exécutai un petit miracle en enfourchant son corps massif dans le siège passager de ma petite Prius. Ses mains me parcouraient en tous sens et il enfonça ses doigts entre mes fesses tandis qu'il me couvrait de baisers. Mes propres doigts détachèrent rapidement son pantalon et j'agrippai son membre en guidant l'extrémité jusqu'à mon sexe. Ses mains serrèrent mes hanches, m'exhortant à le prendre en moi d'un coup, mais je le fis plutôt glisser lentement, me délectant de le sentir me pénétrer de nouveau.

— Elsie, murmura-t-il dans mon cou.

Quand il se trouva enfoncé jusqu'à la garde, il grogna. Henry était de retour à la maison.

Il releva ma chemise et détacha mon soutien-gorge, enfouissant son visage entre mes seins.

— Je t'aime, dit-il, un mamelon plein la bouche.

Je lui saisis la nuque et l'embrassai fermement tandis que je glissais de haut en bas sur son membre gorgé de sang. Je frottai mes hanches contre les siennes et éprouvai une toute nouvelle sensation qui me mena directement vers l'orgasme. Henry agrippa mes hanches une fois de plus et prit la situation en main, me soulevant et m'abaissant sur lui à répétition.

Je rejetai la tête en arrière et jouis avec une force qui me coupa le souffle tandis que des vagues de plaisir me traversaient tout le corps.

Quelques caresses plus tard, Henry laissa échapper un cri, son derrière se soulevant du siège alors qu'il jouissait.

Nous demeurâmes là, haletants, son visage contre ma poitrine.

— Je n'arrive pas à croire que j'ai vécu pendant si longtemps sans ça, dit-il contre mon cœur qui battait à tout rompre.

Je ne pus qu'incliner la tête en signe d'approbation. Nous avions survécu.

———

Beth avait dit que quand Sam était revenu de son premier déploiement, c'était comme si rien n'avait changé, mais à la seconde où Henry entra dans notre appartement, il parut ne plus se sentir à sa place. Il laissa tomber ses bagages près de la porte et s'avança dans le salon, l'air abasourdi.

— Il y a quelque chose de changé, dit-il en fronçant les sourcils.

— Quoi? Je n'ai rien modifié.

J'avais intentionnellement gardé l'appartement tel qu'il était, en partie parce que je voulais préserver ses souvenirs et en partie parce que je voulais éviter qu'il se sente comme un étranger dans sa propre maison.

Il marcha jusqu'au manteau de la cheminée et prit une nouvelle photo encadrée, la seule chose qui avait changé dans tout l'appartement.

— C'est nouveau, dit-il en regardant la photo de lui, Jason et moi quand nous étions allés skier au Colorado quelques années plus tôt.

— Je l'ai toujours aimée, dis-je en m'approchant et en l'étreignant par-derrière. Je me disais qu'il nous fallait quelques photos ici.

Il déposa le cadre, puis ramena mes mains contre sa poitrine tandis qu'il prenait une grande respiration.

— C'est si étrange d'être de retour ici.

Je pressai ma joue contre son dos, humant son odeur.

— Je m'en réjouis quant à moi.

Il se retourna dans mes bras en souriant malicieusement.

— Voyons voir si mon lit éprouve la même chose, dit-il en me soulevant dans ses bras.

Je me sentis grisée quand il me transporta jusqu'à sa chambre et m'étendit sur son lit. Ses yeux exploraient tout mon corps, absorbant ce qu'il voyait comme un aveugle qui aurait retrouvé la vue. Il commença à déboutonner son veston d'uniforme gris sans cesser de me regarder.

J'eus du mal à respirer en le regardant passer sa chemise brune par-dessus sa tête et se débarrasser de son pantalon. Il se tint devant moi, tout à fait à l'aise dans sa nudité masculine.

Mes yeux parcoururent son corps tout entier sans savoir où se fixer. Sa poitrine et ses abdominaux étaient mieux définis et ses bras, de toute évidence plus musclés, entre autres choses dont la taille semblait également avoir augmenté.

Je rampai sur le lit jusqu'à lui et, avec un sourire coquin, je saisis son pénis et en léchai l'extrémité.

Il respira un grand coup et enfouit ses doigts dans mes cheveux. Je le pris lentement dans ma bouche, le rendant fou de plaisir anticipé. Quand son gland entra en contact avec ma gorge, j'enveloppai mes doigts autour de son membre et commençai à le sucer doucement.

Il me regarda, ses yeux bleus brillant d'un désir féroce et d'autre chose qui ressemblait à de la possessivité. Ses doigts me saisirent l'arrière de la tête, m'exhortant à aller plus profondément, plus vite. Je n'étais que trop heureuse de lui obéir, me délectant de son goût salé, de la sensation de sa peau veloutée contre ma langue. J'avais rêvé pendant des mois de lui faire exactement ça, mais la réalité était tellement meilleure.

Il se raidit et s'écarta tout à coup, me prenant par les épaules et m'attirant hors du lit. Il m'embrassa tandis qu'il retirait mes vêtements avec férocité. Puis il me fit tourner sur moi-même, me pencha au-dessus du lit et je sentis son membre se presser contre moi une seconde avant qu'il s'enfonce brutalement en moi.

Je laissai échapper un cri devant cette exquise invasion, devant ce geste vigoureux. Il n'avait pas envie d'être doux. C'était un homme affamé ; il voulait tout en même temps et n'allait pas être poli pour l'obtenir.

Cette pensée m'excita au plus haut point, ce sentiment de sécurité implicite mêlé à une promesse de danger. Il me saisit par les cheveux et tira, me tournant la tête pour pouvoir m'embrasser. Ce simple geste lui ressemblait si peu qu'il me rendit encore plus folle, et j'arquai mon corps contre le sien pour obtenir davantage de ce mâle affamé.

Pendant toutes les années où nous nous étions connus, je n'aurais jamais pensé qu'Henry portait en lui cette agressivité et, je devais l'admettre, elle m'excitait terriblement.

Il se pencha sur moi et glissa une main entre mes jambes, massant rapidement mon clitoris tandis qu'il me pénétrait avec force par-derrière. Je vins rapidement, hurlant dans l'édredon tandis que des vagues de plaisir me traversaient, ses doigts bougeant encore, extirpant de moi chaque gramme de plaisir. Il me tira contre sa poitrine et me martela une dernière fois avant que son corps se raidisse et qu'il jouisse en grognant contre ma nuque.

Il s'effondra sur le lit, le poids de son corps massif agréable sur moi, comme une ancre me tenant en place. Mais beaucoup trop tôt, il se releva sur les bras et déposa des baisers le long de mon dos tandis qu'il se retirait lentement.

Quand je revins de la salle de bain, il était étendu sur le dos, les bras croisés derrière la tête et un air satisfait sur le visage. Il me prit contre lui et laissa échapper un long soupir tandis que j'enlaçais sa taille.

— C'est bien de t'avoir à la maison, murmurai-je, mon souffle agitant les poils noirs de sa poitrine.

— C'est bon d'être de retour, dit-il en m'embrassant la tête. Tu n'as pas idée combien de fois j'ai rêvé de te faire ça, de te prendre de cette façon sur le lit.

Mon visage s'empourpra en songeant à quel point j'avais été sans retenue et à quel point j'avais aimé ça.

— De quoi d'autre as-tu rêvé?

— Seulement de ça, répondit-il vaguement en sautant hors du lit. Hé, j'ai des cadeaux pour toi.

Il revint avec un sac de voyage et commença à fouiller à l'intérieur. Il déposa quelques articles sur le lit et s'assit à côté.

— En voilà un, dit-il en me tendant une pierre bleu foncé. C'est un lapis-lazuli et il vient d'une mine dans la province du Badakhshan, en Afghanistan.

Je fis tourner la pierre lisse dans ma paume.

— Merci.

— C'est pour remplacer le caillou que tu m'avais donné avant que je parte pour le collège, dit-il.

— Je me souviens de ce galet, qu'est-ce qu'il est devenu?

— Je l'ai perdu, répondit-il d'un air confus. Ou, plus exactement, mon colocataire à l'université l'a jeté.

J'émis un grognement indigné pendant qu'il me tendait un carré de tissu rose. Je le dépliai pour découvrir un foulard, puis j'admirai les dessins faits de fils d'or entremêlés et m'étonnai de trouver à l'intérieur une pochette. J'en retirai une paire de boucles d'oreilles d'un bleu violacé et un collier assorti.

— Ça vient de la même pierre ? demandai-je en mettant les boucles d'oreilles en forme de larmes.

— Oui. Le vendeur m'a dit que Cléopâtre portait de l'ombre à paupières faite de lapis-lazuli pilé.

Il glissa le collier autour de mon cou. C'était une chaîne d'où pendaient trois pierres en forme de larmes.

Il me regarda pendant un long moment avant de dire finalement :

— Ta couleur, c'est le bleu.

Je souris.

— Comme celle de tes yeux.

Je soutins son regard, souhaitant savoir ce qui pouvait bien se passer dans son esprit.

Il déglutit, puis dit :

— Tu es différente.

Je me serais attendue à tout sauf à cela.

— Vraiment ? Comment ?

— Je ne sais pas. Tu paraissais toujours tellement agitée auparavant et maintenant...

Il fit courir un doigt le long de ma mâchoire avant d'ajouter :

— C'est comme si un sentiment de calme t'avait envahie.

Je dus avoir semblé déçue, parce qu'il ajouta rapidement :

— Je dis ça positivement.

Je m'étendis contre les oreillers et réfléchis à ses paroles. Les six derniers mois m'avaient obligée à devenir indépendante. J'avais toujours pu me fier à Jason ou à Henry, mais sans eux, je n'avais dû me fier qu'à moi-même. L'expérience m'avait donné à réfléchir tout en étant gratifiante et solitaire.

— Je suppose que j'ai changé, dis-je finalement.

Je levai les yeux vers lui, puis examinai les cernes sous ses yeux. J'aurais voulu lui dire qu'il était différent aussi, comme si une ombre l'avait recouvert, mais je ne pensais pas qu'il accepterait bien cette idée. Alors, je me contentai d'écarter les cadeaux et de le tirer de nouveau sur le lit en espérant que nous serions de nouveau nous-mêmes le matin venu.

————

Je m'éveillai en frissonnant quelque temps plus tard. Je me blottis sous la couverture en essayant de retrouver la chaleur d'Henry, mais il n'était plus là. Quand j'ouvris les yeux, je découvris que j'étais seule dans la chambre obscure et, pendant un moment terrifiant, je crus vivre un nouveau cauchemar.

C'est alors que j'entendis se refermer la porte d'entrée et le tintement des clés qui tombaient sur le comptoir. La porte de la chambre s'ouvrit en grinçant, et Henry jeta un coup d'œil à l'intérieur.

Je me redressai sur le lit en écartant de mon visage mes cheveux entremêlés et allumai une lampe.

— Hé, où es-tu allé?

Il entra et s'assit sur le lit. Il portait un sweat-shirt, un short et des chaussures de tennis.

— Je n'arrivais pas à dormir, alors je suis allé courir.

— Quelle heure est-il?

Il regarda sa montre.

— Presque minuit.

— Et tu n'as pas sommeil?

Il haussa les épaules tandis qu'il retirait ses vêtements et se dirigeait vers la salle de bain.

— C'est seulement le décalage horaire.

— Henry?

Il regarda par-dessus son épaule, la lumière de la salle de bain illuminant son visage.

— Quoi?

— Tout va bien? demandai-je.

Il ne m'avait toujours pas parlé de l'attaque contre sa base et je commençais à me demander s'il finirait par aborder le sujet. Je m'étais renseignée sur l'ESPT et ses symptômes en espérant être préparée si Henry avait subi un traumatisme à la suite de l'attaque, mais jusqu'ici, je n'en étais toujours pas certaine. J'aurais aimé qu'il existe un quelconque test décisif que j'aurais pu lui faire passer pour obtenir une réponse claire afin d'élaborer un plan, mais tout ce que j'avais, c'était l'homme lui-même, et il n'était pas d'humeur à divulguer cette information.

— Je vais bien, dit il, puis il referma la porte de la salle de bain.

9

PROBLÈMES DE LOGISTIQUE

Le lendemain, après m'être préparée pour le travail, je me rendis dans la cuisine pour préparer le petit déjeuner. Henry sortit de sa chambre quelques minutes plus tard, déjà vêtu de son pantalon de camouflage et d'un maillot de corps kaki. Il déposa son blouson sur le dossier d'une chaise, puis se dirigea vers la cafetière.

— J'en ai déjà versé, dis-je en cassant des œufs dans la poêle.

Je me tournai pour prendre le sel et le poivre et me frappai contre son dos. Il s'écarta de mon chemin, mais me heurta en tirant le tiroir pour y prendre des fourchettes.

— Désolé, dit-il en massant ma hanche.

Je me pliai en deux quand ses doigts frôlèrent un endroit chatouilleux, et la spatule dans ma main le frappa sur la poitrine.

— Désolée, dis-je en tendant la main pour attraper un essuie-tout et nettoyer le dégât.

Avec une expression indéchiffrable, il regarda la tache d'huile qui s'étendait rapidement sur le tissu de coton. Il sortit de la cuisine et retira le vêtement en secouant la tête.

— Merde, c'était mon dernier maillot de corps propre, dit-il, et il marcha à grands pas jusqu'à la salle de bain.

Je parcourus la cuisine des yeux, incapable de comprendre pourquoi je me sentais soulagée d'être seule. Profitant de l'absence d'Henry, je fis rapidement cuire l'omelette et les rôties, puis déposai le tout sur la table. Au moment où il émergea de la salle de bain, tout était prêt. Après avoir jeté son maillot de corps dans la sécheuse, il se tint debout devant la table, les mains sur les hanches.

— Ça va ? demandai-je avant de prendre une gorgée de café.

Il fronça les sourcils.

— Tu as tout fait ça sans moi.

J'éprouvai un pincement au cœur. Henry et moi avions toujours préparé le petit déjeuner ensemble avant qu'il parte pour l'Afghanistan, mais aujourd'hui, il m'avait semblé plus facile de le faire toute seule.

— Je pense que je me suis habituée à tout faire seule.

— La prochaine fois, je pourrais t'aider, fit-il en s'assoyant et en prenant une gorgée de café. Mais ça a l'air délicieux, ajouta-t-il, puis nous mangeâmes.

———————

Le matin suivant, j'avais compris qu'il fallait que j'abandonne ma mainmise sur la cuisine. J'évitai de préparer le café en espérant qu'il y songerait, mais il se tint de l'autre côté du comptoir et me regarda d'un œil vigilant.

Je suppose qu'il avait besoin d'une invitation imprimée ou de quelque chose du genre.

— Tu peux faire le café, s'il te plaît ?

Il sourit, puis se mit à l'ouvrage ; il saisit la boîte de grains de café et prépara la cafetière. Il nous fallut un peu de temps et quelques collisions, mais nous réapprîmes finalement à nous mouvoir l'un autour de l'autre, comme si nous refaisions les pas de notre petite danse routinière. Quand nous nous assîmes pour manger, nous levâmes nos tasses de café brûlant pour célébrer notre petite victoire avec des sourires entendus.

———————

Nous avions repris notre routine du petit déjeuner, mais Henry avait encore du mal à dormir. Il continuait à se tourner et à se retourner chaque nuit, et bientôt, mon propre sommeil commença également à en souffrir. Le seul moment où je pouvais dormir profondément, c'était quand il partait à quatre heures du matin pour aller courir ; le lit devenait finalement immobile, et je pouvais me détendre.

Un soir, je décidai d'essayer autre chose pour voir si ça pourrait aider. Je l'embrassai en lui souhaitant bonne nuit dans le salon, puis me dirigeai vers ma chambre. Henry m'emboîta immédiatement le pas.

— Pourquoi diable tu viens ici ? demanda-t-il, debout dans l'embrasure de la porte, en me regardant me glisser sous mon édredon.

— Si je me souviens, c'est *mon* lit.

Il leva les yeux au ciel.

— Je veux dire, pourquoi tu ne dors pas dans ma chambre ?

— Pour te laisser avoir un peu de sommeil, lui répondis-je simplement tandis que je tapotais mon oreiller et m'allongeais.

— C'est seulement le décalage horaire, dit-il en traversant la pièce et en se tenant au-dessus de moi, les bras croisés sur sa poitrine.

Je lui décochai un regard sceptique.

— Les effets du décalage horaire ne durent pas si longtemps, soupirai-je. Écoute, je veux seulement voir si ma présence ou mon absence t'aidera à mieux dormir.

Il haussa un sourcil.

— Si tu penses que le fait de dormir seul me fera du bien, dit-il en écartant mes couvertures, alors tu me connais mal.

Et d'un mouvement rapide, il me souleva dans ses bras, me transporta dans sa chambre, me déposa sur son lit et se laissa tomber près de moi.

— Ce n'est pas à cause de toi que je ne peux pas dormir, OK ? dit-il.

— Alors, qu'est-ce qui te préoccupe ? demandai-je.

Quand je vis qu'il ne voulait pas répondre, je murmurai :

— Nous devrions en parler.

— De quoi ?

— N'importe quoi. De ce que tu veux.

Il changea de position, regardant le plafond plutôt que moi. Il ne dit rien et se contenta d'éteindre la lampe de chevet.

— Peut-être à propos de ce qui s'est produit là-bas, dis-je en espérant que l'obscurité lui donnerait le courage de parler.

J'entendis l'oreiller se froisser quand il secoua la tête.

— Accorde-moi seulement un peu de temps, Elsie. J'ai juste besoin de m'adapter.

Je n'étais pas vraiment sûre de ce qu'il voulait dire par là, mais je lui donnai comme toujours le bénéfice du doute en espérant que ce ne soit pas trop long avant qu'il revienne à la normale.

Au petit matin, la sonnerie de son téléphone me réveilla.

— Ton téléphone, croassai-je en touchant le bras d'Henry.

Tout à coup, il écarta le bras en fermant son poing pour se protéger le visage. Il s'assit brusquement, la respiration difficile, les muscles tendus, prêt à l'attaque.

Je restai étendue près de lui, complètement figée, essayant encore de comprendre ce qui venait de se passer.

Henry tourna la tête vers la sonnerie sur la table de nuit. Il se détendit finalement quand il prit le téléphone et l'éteignit.

— Tu vas bien ? murmurai-je en souhaitant le toucher, mais encore trop craintive pour bouger.

Il se tourna vers moi, ses mains cherchant mon visage dans la pénombre.

— Je ne t'ai pas fait mal, n'est-ce pas ?

Je secouai la tête, le cœur battant toujours follement dans ma poitrine.

— Je suis désolé de t'avoir fait peur, dit-il doucement.

Il déposa un baiser sur ma joue, sortit du lit, puis enfila ses vêtements pour une autre longue course matinale sans se soucier d'expliquer ce qui l'avait mis tellement à cran.

———————

Ainsi commença notre nouvelle normalité. Henry se levait toujours tôt, si même il dormait, et faisait son jogging dans le parc. Il était toujours de retour au moment où je sortais du lit pour me préparer à me rendre au boulot. Nous prenions notre petit déjeuner ensemble et nous nous embrassions sur le stationnement pour nous souhaiter mutuellement une bonne journée.

Quand je revenais du travail l'après-midi, il m'embrassait et partait au gymnase quelques heures, me donnant l'impression de vivre seule à nouveau. Certains soirs, il ne revenait qu'après que je me fus mise au lit — dans le mien — et il jouait l'homme préhistorique en me jetant par-dessus son épaule et en m'emmenant dans sa chambre. C'était drôle au début, mais ça l'était moins après un moment.

Même si nous faisions souvent l'amour, je me sentais détachée de lui d'une façon qui ne s'était jamais produite auparavant. Je m'étais toujours fait une fierté de pouvoir déchiffrer ses humeurs, mais maintenant, l'air sombre qui voilait soudainement son visage, souvent sans que je m'y attende, me laissait perplexe. J'avais l'impression de me tenir sur un quai en tendant les bras et en voyant Henry qui s'éloignait lentement dans un bateau avec la marée du matin.

Alors je faisais la seule chose dont je sentais qu'elle me rapprochait encore de lui : je l'étreignais, pressais ma joue contre son dos et remerciais Dieu qu'il soit vivant et que l'Afghanistan ne l'ait pas aussi arraché à moi.

———————

Un jour, je reçus une enveloppe avec l'écriture d'Henry mêlée aux dépliants publicitaires. Elle m'était adressée et elle avait été postée en mars, au début du déploiement. Je n'arrivais pas à décider ce qui était le plus étonnant : le fait qu'elle me soit parvenue ou qu'elle l'ait été si tard.

J'ignore pourquoi mes doigts tremblaient pendant que je déchirais lentement l'enveloppe, mais je me sentais nerveuse, ne sachant trop à quoi je devais m'attendre.

Chère Elsie,

Alors voici ta première missive de guerre romantique ! J'ai encore du mal à croire que je t'écris ainsi, d'une manière si intime. J'ai toujours voulu t'écrire une lettre d'amour, mais maintenant, j'ai réellement une bonne raison.

Nous sommes arrivés il y a une semaine après une série de voyages infernaux en avion. C'était épouvantable. Nous avions parcouru la moitié du chemin, mais quelque part au-dessus de l'Atlantique, nous avons eu un problème mécanique et avons dû revenir à Baltimore. Alors nous avons eu le douteux plaisir de rester assis dans une navette automatisée sur une piste pendant six heures sans pouvoir nous rendre au terminal parce que nous n'étions pas passés par la sécurité ! Puis nous nous sommes arrêtés en Irlande à quatre heures du matin, où ils ont ouvert le bar pour nous pendant vingt minutes le temps de refaire le plein. (Chouette, la Guinness !) Ensuite, nous nous sommes envolés pour Chypre, où nous sommes demeurés dans l'avion pendant six heures et, de là, nous avons volé jusqu'à Koweït City, d'où nous avons attrapé un convoi jusqu'à la base aérienne de Bagram. En tout, le voyage a duré quarante-six heures d'enfer.

J'aurais de loin préféré passer ces quarante-six heures au lit avec toi.

La vie n'est pas trop mal à la base. Nous avions beaucoup à apprendre les premiers jours, mais mon équipe et moi avons vite fait de nous mettre à l'ouvrage. Je fréquente peu les aviateurs qui gardent la base parce que je dois assister à plusieurs rencontres et séances d'information. La nourriture à la cafétéria n'est pas trop mauvaise (ni trop bonne non plus), mais nous avons de la bière en quantité. Le seul problème, c'est qu'elle n'est pas alcoolisée. C'est dégueu, mais nous en buvons quand même. J'aurai beaucoup maigri quand je reviendrai à la maison.

J'ai découvert que nous avons plein de temps libre ici. La plupart des hommes regardent des films, lisent ou flânent. Un de mes gars, Hanson, apprend à jouer de la guitare. Je cours beaucoup et vais au gym. J'espère être bien baraqué quand je te reviendrai. Je sais à quel point tu aimes caresser mes muscles, un en particulier ;-).

Tu me manques. Je croyais qu'il était impossible que quelqu'un puisse me manquer à ce point. Je crois que cet air que tu avais au moment où le bus s'éloignait restera imprimé à jamais dans ma mémoire. Je déteste devoir te faire subir toutes ces inquiétudes et cette douleur inutiles. Je sais que c'était égoïste de ma part de te révéler mes sentiments juste avant de partir, mais je ne pouvais tout simplement pas te quitter sans rien dire. Je ne pouvais pas supporter l'idée d'être coincé ici jour après jour pendant que tu aurais été là-bas sans savoir que quelqu'un t'aimait de tout son cœur.

Je t'aime, Elsie. Je suis fou de toi depuis aussi longtemps que je me souvienne. Chaque vacherie que je t'ai faite dans le passé, tout ce que j'ai fait pour t'éloigner des autres gars, c'était seulement parce que je voulais te garder pour moi. Mais quelque chose me retenait toujours, que ça ait été Jason ou ce regard effrayant que pouvait avoir ton père, ou peut-être était-ce seulement l'idée que si nous étions ensemble trop tôt, nous finirions par gâcher ce que pourrait nous réserver l'avenir. Alors, j'ai attendu le moment parfait, encore et encore. De toute évidence, je ne pouvais plus attendre. Je ne dirais pas qu'une semaine avant le déploiement était le moment parfait, mais parfois, la vérité a le don de s'exprimer, qu'on le veuille ou non.

Te souviens-tu de la première fois où je suis revenu de l'université ? Tu m'as dit que j'avais un look de petit nouveau et je t'ai répondu que tu avais l'air négligé d'une ado qui entrait au secondaire. Tu semblais outrée, mais tu m'as vraiment eu quand tu as seulement agité ce petit cul dans ma direction en t'éloignant. Tu pensais que j'étais fâché contre toi parce que je me suis précipité à la maison. En réalité, j'essayais seulement de cacher mon érection !

J'en ris maintenant en y pensant. Je crois que c'est la raison pour laquelle j'ai été tellement attiré par toi dès le départ — tu représentais la déesse et le phare quand ma vie était si remplie de ténèbres. Et tu savais vraiment comment titiller ma bite (insérer une autre blague de cul, ici).

Tu es la personne la plus douce, la plus gentille que je connaisse, et même si nous n'étions pas ensemble, je le penserais. J'ai encore du mal à croire que la semaine avant mon déploiement se soit produite. Mon plus grand fantasme d'adolescent s'est réalisé.

Tu n'as pas idée à quel point c'était difficile de te regarder déambuler autour de l'appartement vêtue seulement d'une serviette, ou quand tu portais des tee-shirts sans soutien-gorge. Tu pensais que je ne le remarquais pas, mais fais-moi confiance, les gars ont un sixième sens quand il s'agit des seins et de la quantité de tissu qui les recouvre. Mais je ne voulais pas que tu te sentes mal à l'aise, alors j'ai essayé de t'ignorer de même que tes innocentes tentatives de séduction, jusqu'à notre danse sexy au bar. Ce soir-là, j'ai su que je ne pouvais plus dissimuler mes sentiments, ne *pouvais plus faire semblant que tu représentais seulement ma supposée petite sœur. Au fond, je ne pouvais plus m'empêcher de te toucher. Tu jouais un jeu dangereux, mais je pense qu'en fin de compte, c'était une bonne chose.*

Je souffre énormément ici. Je suis constamment excité parce que tu es toujours dans mon esprit, me titillant de cette manière bien à toi. J'aime être en toi, sentir tes muscles se serrer autour de ma queue. On devrait mettre ce sentiment en bouteille et le vendre parce qu'il est tellement fantastique et que je ne voudrais le partager avec quiconque.

Ces six mois vont être épouvantables. Je vais te prendre de mille façons en revenant. Tu peux compter là-dessus.

Je t'aime, Elsie. Je ne le dirai jamais assez. Je suis extrêmement chanceux de revenir vers toi.

Henry

Mes larmes tombèrent sur le papier ligné pendant que je repliais la lettre en ayant l'impression que je venais de jeter un coup d'œil sur le passé, sur ce qu'était Henry. Je souffrais physiquement en constatant les profondes différences entre ces deux hommes, en sachant que l'homme qui avait écrit cette lettre n'était pas le même que celui qui était revenu.

Je serrai l'enveloppe contre ma poitrine tandis que l'espoir m'envahissait de nouveau. C'était une preuve tangible, une carte menant à l'homme dont j'étais tombée amoureuse, et j'allais trouver un moyen de le ramener à moi quoi qu'il arrive.

Un vendredi soir, après une semaine particulièrement difficile, nous allâmes au Tapwerks pour célébrer tardivement son retour à la maison. J'invitai tous les gens à qui je pus penser, y compris Beth, Sam et Dave. Finalement, nous étions une dizaine, tous debout autour d'une table en parlant fort pour se faire entendre malgré la musique.

Je n'arrêtais pas de jeter des coups d'œil à Henry, trop occupée à le regarder s'amuser pour vraiment profiter moi-même de l'ambiance. Mais il semblait heureux tandis qu'il riait et faisait des blagues avec ses copains, alors, pendant un moment, je me permis d'espérer qu'il n'avait peut-être besoin que de sortir avec des amis pour redevenir lui-même.

Je pouvais vraiment être naïve, parfois.

J'avais pratiquement oublié l'incident avec Dave tellement Henry m'occupait l'esprit mais, apparemment, ce n'était pas le cas de Dave. Il se tenait le plus loin possible de moi et refusait de me regarder en pensant probablement que s'il m'ignorait, alors ce baiser ne se serait jamais produit.

Quand Henry se rendit à la salle de bain, Dave me prit à part et me demanda si j'allais dire à Henry ce qui était arrivé.

— C'est comme tu veux, lui répondis-je, simplement heureuse de prendre un verre avec de bons amis. Que je le lui dise ou non, je pense que tout ira bien.

— Mais tu es sa petite amie, dit-il en fronçant les sourcils.

— Ce n'était pas important, insistai-je en écartant le sujet d'un geste. Vraiment.

— Qu'est-ce qui n'est pas important ?

Nous nous retournâmes pour découvrir Henry debout à côté de nous, ses yeux passant de Dave à moi et de moi à Dave.

Dave haussa les épaules.

— Rien, mon vieux. Je demandais seulement à Elsie si elle voulait un autre verre, dit-il, puis il se dirigea vers le bar.

Je ne pouvais supporter de sentir le regard insistant d'Henry, alors je m'excusai et me dirigeai vers la salle de bain en me bottant le cul mentalement. J'aurais dû le lui dire immédiatement plutôt que d'éluder la question comme une idiote coupable.

Je ressortis quelques minutes plus tard, décidée à tout raconter à Henry quand deux bras m'agrippèrent par-derrière et me tirèrent dans un recoin sombre. Une main me couvrit la bouche tandis que je me sentis pressée contre le mur, le cœur affolé. Je me débattis, essayant de m'éloigner du mur, mais un grand corps me tenait soumise. J'ouvris la bouche pour crier quand une voix murmura à mon oreille :

— C'est moi.

Je me détendis en même temps qu'Henry desserrait sa poigne. Je tournai la tête pour le regarder.

— Merde, qu'est-ce que tu fais ?

— Un interrogatoire, dit-il en pouffant.

Sa main glissa de mon ventre jusqu'à l'intérieur de mon jean. Avant d'avoir eu le temps de lui demander ce qu'il voulait dire, il frotta sa main contre ma culotte, et le tissu se mouilla immédiatement.

— Tu aimes ça ? demanda-t-il d'une voix rauque.

Je fondis dans sa main, tirant plaisir de la sensation, mais loin d'en être satisfaite.

— Oui, continue.

Il me retourna pour que nous soyons face à face. Je passai une jambe autour de sa taille au moment où il commençait à frotter son érection contre moi, le plaisir atténué par trop de couches de vêtements. J'essayai de l'embrasser avec avidité, mais il pencha la tête et me baisa le cou de cette manière que j'adorais.

— De quoi parliez-vous, toi et Dave ? demanda-t-il en appuyant ses dents contre le lobe de mon oreille.

Je fermai les yeux, incapable de faire fi du désir qu'il avait suscité en moi. La question semblait si innocente que je ne perçus pas immédiatement l'avertissement dans sa voix.

— Ce n'est rien. C'est arrivé il y a plusieurs mois.

Henry continua à me parler à l'oreille tandis qu'il demandait :

— Qu'est-ce qui s'est passé il y a plusieurs mois ?

Je gémis quand son membre frôla mon clitoris.

— Ce n'était rien.

Henry recula d'un pas, son visage absolument immobile à l'exception de la fureur dans ses yeux.

— Qu'est-ce qui est arrivé? demanda-t-il de nouveau sur un ton impérieux.

Je lui saisis la nuque et tentai de l'attirer vers moi pour l'embrasser, mais il résista.

— Merde, Elsie, dis-moi.

Je soupirai.

— Il m'a embrassée.

— Quoi?

Il laissa retomber ma jambe et s'écarta en me regardant comme si j'étais une étrangère.

— Dave t'a embrassée?

— Il ignorait que nous nous fréquentions, dis-je rapidement.

— Cette tête de nœud t'a embrassée?

— Oui, mais ce n'était rien. Il n'était simplement pas au courant.

Henry pivota sur ses talons et partit, me laissant tout à coup effrayée et déconcertée.

Je courus derrière lui et tournai le coin juste à temps pour voir Henry empoigner Dave par le collet en le tirant du bar et le frapper au visage. Je m'empressai de me placer entre eux, espérant encore éviter que la soirée soit gâchée.

Parfois, l'optimisme peut constituer ma plus grande faiblesse.

Henry me poussa derrière lui tandis que Dave reprenait pied.

Il toucha le sang sur ses lèvres et l'essuya avec sa manche.

— Je crois comprendre qu'Elsie t'a raconté.

— Ouais, elle m'a raconté, répondit Henry en soufflant comme un phoque.

Dave semblait détendu malgré les circonstances. Il secoua la tête et dit :

— Je suis désolé, mon vieux. C'était une erreur.

— L'erreur, ça a été de te demander de veiller sur ma petite amie.

— Tu as toujours dit qu'elle était comme ta petite sœur, répondit Dave en faisant un geste dans ma direction. Je ne savais pas.

— Eh bien, maintenant, tu le sais, dit Henry en gardant les poings serrés.

— Tu vas oser l'embrasser encore ?

Dave leva les mains.

— Écoute, mon vieux, tu t'es défoulé. Je le méritais. Oublions tout ça.

— Allez, laisse tomber, dis-je en serrant fermement le bras d'Henry.

Il tourna vers moi un regard glacial qui me figea sur place, puis se retourna vers Dave.

— Reste loin d'elle, Novak, cracha-t-il avant de passer un bras autour de mes épaules d'un geste possessif et de m'entraîner plus loin.

Je me dégageai, puis murmurai un « Je suis désolée » à Dave et, en poussant un profond soupir, je suivis Henry à l'extérieur.

10

STUPÉFACTION

Tout au long de notre adolescence, Henry avait sans cesse été là, comme une ombre, observant tout ce que je faisais. La plupart du temps, je ne ressentais pas sa présence comme une intrusion, mais plutôt comme une source de réconfort. Je savais que j'étais en sécurité avec un frère plus âgé et son meilleur ami qui veillaient constamment sur moi.

Mais parfois, il pouvait être vraiment emmerdant, même davantage que Jason. Une certaine nuit, Henry avait dépassé les limites et provoqué dans notre amitié une fissure qui avait duré deux semaines. C'était pendant la danse qui marquait le début de ma deuxième année du secondaire et j'y étais allée avec un finissant du nom de John. Henry, Jason et les autres membres de l'équipe de football étaient aussi présents avec leurs compagnes.

John était le quart-arrière de remplacement et il était joli garçon. De toute évidence, il n'était pas aussi populaire que les meilleurs joueurs, mais, d'après ce que j'avais entendu, il savait charmer une fille comme un pro.

J'étais quelque peu nerveuse ce soir-là en songeant qu'il penserait peut-être que j'allais lui céder après la danse. Je ne dirais pas que j'étais prude, mais je tenais encore à ma virginité, attendant toujours qu'arrive le mec parfait qui allait conquérir mon cœur. John, aussi beau soit-il, n'était pas ce gars, mais il avait tout de même essayé. Nous étions sur la piste de danse, bougeant au rythme d'une chanson des 98 Degrees, mes bras autour de son cou tandis que ses mains étaient sur ma taille et glissaient lentement vers le bas.

J'avais retenu mon souffle quand elles avaient atteint leur destination prévue.

— John, avais-je dit en matière d'avertissement, puis j'avais relevé ses bras.

— C'est si bon de te sentir, bébé, avait-il dit contre mon oreille et, à ce moment, j'avais pu constater pourquoi la plupart des filles étaient folles de lui.

John avait une façon de vous donner l'impression que vous étiez la fille la plus sexy du monde.

— Tu as un si beau cul.

Eh bien oui, j'avais un beau derrière.

— Mais les gens peuvent voir.

Il avait penché la tête, puis avait frôlé ma mâchoire de ses lèvres et j'avais failli m'écrouler. Ses baisers étaient si bons tandis qu'il descendait le long de mon cou et que ses mains retournaient à mes fesses, et même si je ne voulais pas aller jusqu'au bout, je voulais au moins faire un bout de chemin en ce sens. Alors, je l'avais laissé me peloter, en plein milieu de la piste de danse du gymnase de l'école.

J'avais les yeux fermés et je me délectais de ses caresses quand, tout à coup, je l'avais senti arraché à moi. J'avais ouvert les yeux et vu John, qui reculait en trébuchant, et Henry, qui se tenait de côté avec un regard meurtrier.

— Qu'est-ce qui te prend, Logan? avait crié John quand il avait retrouvé son équilibre.

Henry l'avait ignoré et s'était tourné vers moi, le visage pourpre de colère, mais avant qu'il ne pût dire quoi que ce soit, John l'avait agrippé par le bras.

Henry l'avait repoussé et John avait fait de même, ni l'un ni l'autre ne voulant frapper le premier coup parce que deux élèves avaient été expulsés pour s'être battus la semaine précédente.

Une foule s'était rassemblée autour de nous et, je le jure, mon visage devait être passé par une dizaine de teintes de rouge.

— Tu abusais pratiquement d'elle devant toute l'école, avait crié Henry.

— Ce n'est pas de l'abus si elle était consentante ! avait rétorqué John.

Jason s'était frayé un chemin jusqu'à nous, et c'est à peu près à ce moment-là que j'avais décidé que j'en avais assez. Je m'étais retournée et j'avais plongé dans la foule derrière moi, espérant que la guerre d'ego battait suffisamment son plein pour que personne ne remarque mon départ. J'allais atteindre l'entrée quand Henry et Jason m'avaient rattrapée.

— Qu'est-ce qui se passait là ? avait demandé Jason en me touchant le bras et en me regardant des pieds à la tête. Est-ce qu'il te faisait mal ?

— Non ! avais-je crié. Nous ne faisions que danser quand Henry est arrivé et a gâché la soirée.

Henry m'avait jeté un regard incrédule.

— Quoi ? Il était en train de te tripoter, merde.

J'avais tapé du pied.

— Non !

Les narines d'Henry s'étaient dilatées et les muscles de ses mâchoires s'étaient raidis tandis que nous nous dévisagions.

— Alors, si je comprends bien, était intervenu Jason en nous regardant tous les deux, toi et John dansiez comme des bêtes en chaleur et Henry a mis fin à ça. J'ai raison ?

Henry avait brièvement hoché la tête.

Jason avait grogné.

— Vous êtes ridicules tous les deux. De vrais enfants, avait-il dit avant de s'éloigner en secouant la tête, nous laissant seuls, Henry et moi, livrer notre propre bataille.

Les yeux d'Henry étaient pratiquement noirs dans l'entrée obscure et il me regardait méchamment.

— Tu n'aurais pas dû le laisser faire ça.

J'avais essayé de retenir mes larmes avant de dire :

— Nous ne faisions que danser.

— Maintenant, toute l'école va savoir que tu es une fille facile.

Mon cœur s'était arrêté et j'étais restée bouche bée. J'avais l'impression d'avoir été giflée.

J'aurais voulu lui dire que ses paroles étaient blessantes et inexactes, mais je n'arrivais pas à prononcer une parole, alors j'avais tourné les talons et j'étais partie vers la porte.

— Elsie. Ce n'est pas ce que je voulais dire, avait-il crié derrière moi, mais j'en avais terminé.

Il était mort à mes yeux.

— Je te déteste, lui avais-je dit en lui adressant un doigt d'honneur par-dessus mon épaule.

———————

Le retour à la maison à partir du Tapwerks fut tendu. Henry conduisait et, même si d'habitude, l'alcool me rendait volubile, les événements de la soirée m'avaient réduite au silence. Je retrouvai la parole aussitôt que nous entrâmes dans l'appartement et bon Dieu que j'avais l'intention de m'en servir.

— Qu'est-ce qui t'a pris, merde ? lui demandai-je en m'avançant vers lui.

Henry se contenta de me jeter un regard las.

— Il n'aurait pas dû t'embrasser.

— Ce n'est pas ce qui s'est passé et tu le sais.

— Vraiment ? Comment je saurais si, en réalité, vous n'avez pas couché ensemble et que vous minimisez seulement l'affaire ?

J'avais une envie terrible de gifler son visage éperdu de jalousie, mais je me retins. J'avais vu suffisamment de violence pour ce soir.

— Tu ferais mieux de bien choisir tes prochaines paroles, Henry Mason Logan, lui dis-je de ma voix la plus neutre possible, parce que je n'apprécie pas qu'on me traite de pute menteuse.

— Je ne t'ai pas traitée de...

Je le regardai avec une intensité qui aurait pu faire fondre un morceau de métal. Je voulais lui rappeler cette danse de début d'année, lui rappeler ses paroles blessantes qui avaient presque mis fin à notre amitié, mais je compris à son regard que ce n'était pas nécessaire.

— Ce n'est pas ce que j'ai dit, répondit-il, le visage complète-ment défait.

— Alors, *qu'est-ce que tu dis*? demandai-je en levant les bras de colère. Je ne sais plus ce qui se passe dans ta tête.

À un moment ou à un autre, j'avais perdu la longueur d'onde d'Henry et le fait de n'entendre plus que des parasites commençait à me rendre folle.

Il s'assit sur l'accoudoir du canapé et secoua la tête.

— Rien. Je ne dis rien, fit-il. Je vais bien. Nous allons bien.

— Tu ne vas pas bien. L'homme que j'ai connu n'est jamais revenu d'Afghanistan.

Je n'aurais pas dû dire ça. J'aurais voulu ravaler immédiate-ment mes paroles, avant même qu'elles ne s'enregistrent dans son cerveau et que la douleur s'étale sur son visage. Il se releva de toute sa hauteur, le visage empourpré et les mâchoires serrées, mais ne dit rien. Il se contenta de se tenir debout et de me regarder méchamment.

Je sentis la peur s'emparer de moi et reculai d'un pas. Il était si en colère, si différent à ce moment que j'avais l'impression d'avoir devant moi un étranger.

— Tu vis un ESPT? demandai-je dans un souffle.

Il releva brusquement la tête.

— Dieu du ciel, non. Pourquoi donc penses-tu ça?

— Alors, qu'est-ce qui se passe, merde? criai-je hors de moi, sans plus me soucier que les voisins puissent nous entendre.

La colère d'Henry s'était infiltrée en moi, s'était répandue dans mon cerveau, et je voyais rouge. Peut-être que si je hurlais suffisamment, Henry reprendrait ses esprits.

— Tu penses que c'est fini entre nous? Tu veux rompre, c'est ça?

— Non! répliqua-t-il en me saisissant par les épaules avec un regard angoissé. Pourquoi même me demander une chose pareille?

— Alors, qu'est-ce qui a bien pu te changer?

Il me relâcha et se mit à arpenter la pièce, la mine renfrognée et les muscles bandés, présentant une vision terrifiante d'un homme totalement perdu.

— Je ne sais pas, OK? Je... je suis tellement furieux. Je voudrais massacrer ce salaud qui a tué mon meilleur ami, dit-il en battant l'air de ses bras. Et je voudrais ramener à la vie ce trou du cul qui a fait exploser le portail, tué Jones et arraché la jambe d'Hanson pour pouvoir le démembrer à mains nues. Je suis furieux parce que tu as laissé ce foutu Dave Novak t'embrasser pendant que j'étais là-bas à défendre le pays. Je suis furieux contre mon père et ma mère pour avoir été de si mauvais parents que j'ai dû grandir chez quelqu'un d'autre. Et je suis vraiment en colère contre moi-même pour avoir frappé un ami et peut-être ruiné ma carrière.

Il porta un poing à son front, me tenant immobile avec son regard.

— Et je m'en veux horriblement de t'avoir traitée comme de la merde. Tu mérites tellement mieux, Elsie.

J'étais profondément désolée pour lui en voyant l'incertitude qui assombrissait ses traits.

— Je mérite ce que je veux. Et c'est toi que je veux.

Il me regarda d'un air interrogateur.

— Pourquoi? demanda-t-il d'une voix brisée.

Les larmes dévalaient mes joues tandis que je regardais cette caricature de l'homme que j'avais connu. Ce n'était plus le Henry fier et confiant dont j'étais tombée amoureuse, mais qu'arriverait-il s'il ne restait plus maintenant que cet homme angoissé ?

Je m'approchai et l'étreignis. Il pencha la tête et murmura des excuses dans mes cheveux.

— Je ne veux pas te perdre aussi, Elsie.

Je le serrai encore davantage, mes larmes imprégnant sa chemise.

— J'irais jusqu'en enfer avec toi, Henry. Tu ne vas pas me perdre, fis-je en relevant la tête et en agrippant son visage à deux mains. Et je te veux parce que tu es bon et honnête. Tu es brave, intelligent, drôle et sexy. Je suis avec toi parce que t'aimer me vient naturellement, comme respirer.

Il enfouit ses doigts dans mes cheveux et ferma le poing sur ma nuque. Je levai les yeux vers lui d'un air de défi, lui faisant savoir que je n'allais pas flancher au premier signe de problème. J'ouvris la bouche pour parler, mais il écrasa ses lèvres contre les miennes, chassant toute idée de ma tête.

Tout à coup, nos mains parcouraient nos corps, déboutonnant, et tirant, et jetant des vêtements à travers la pièce. Il me saisit les fesses, me releva contre le mur du salon et plongea en moi. Je passai mes jambes autour de sa taille en l'exhortant à s'enfoncer davantage, et il réagit en accélérant la cadence. Je pouvais le sentir monter, sa respiration devenant plus haletante contre mon oreille, mais je n'arrivais pas à me concentrer, ne pouvais pas me laisser aller à cette séance de sexe amer. Une voix dans ma tête me murmurait que nous ne devions pas faire ça et pourtant, nous le faisions, haletant tous les deux comme des chiens en chaleur.

Alors, j'essayai de reprendre mes esprits et de me concentrer sur le moment présent, mais je ne parvenais pas à chasser de mon esprit l'image d'Henry qui frappait Dave. Le manque total de maîtrise et de respect sur le visage d'Henry quand il avait brutalisé un de ses plus proches amis me brisait le cœur et m'obsédait malgré moi.

Henry s'enfonça en moi une dernière fois pendant qu'il jouissait en silence, respirant bruyamment contre mon cou.

Après un certain temps, il me laissa descendre doucement.

— Je suis désolé, dit-il en remontant son jean et en refusant de croiser mon regard.

Je ne réussis pas à savoir pourquoi il s'excusait, parce qu'il ne dit rien d'autre et se contenta de sortir de l'appartement.

11

POURPARLERS DE PAIX

Quand je m'éveillai le lendemain matin, Henry n'était pas dans mon lit. Je ramenai un bras sur mes yeux en espérant me protéger des rayons de soleil qui filtraient à travers les stores de bois, mais je savais que je n'allais pas me rendormir. Pas avec le souvenir frais en mémoire de ce qui s'était passé la veille au soir.

Je rampai hors du lit et fouillai dans mon tiroir de bureau jusqu'à ce que je trouve sa lettre. Je m'assis devant mon ordinateur et la lus une centaine de fois, m'accrochant à l'idée que je pourrais d'une manière ou d'une autre trouver un moyen de briser ce mur de rage qu'il avait édifié et retrouver de l'autre côté le Henry que j'avais connu. Je n'avais aucune idée de la façon de le faire, mais j'étais prête à essayer n'importe quoi.

Il arriva vers midi avec en guise d'excuse un sandwich de chez Subway et mes biscuits préférés avoine et raisins qui me faisaient toujours sentir coupable. Nous mangeâmes en silence sur le plancher, adossés contre le canapé en regardant les nouvelles à la télé. Même après avoir fini de manger, nous restâmes assis là, ne voulant pas partir sans avoir discuté des événements de la veille.

— Tu as couru ce matin ? lui demandai-je en grattant le tapis entre mes jambes.

— Non. Je suis allé voir Dave.

Je levai les yeux de surprise.

— Et ?

— Nous en avons parlé et il m'a dit ce qui était arrivé.

J'attendis un moment sans vraiment m'attendre à des excuses, qui auraient pourtant été bienvenues.

— Puis je suis allé voir le commandant.

— Un samedi ?

— Oui. Il était au match de soccer de son fils.

Il avala une grande gorgée de la bouteille d'eau qu'il avait à la main.

— Je lui ai parlé de notre altercation. Il m'a demandé si j'avais besoin de voir un conseiller pour l'ESTP.

J'aurais voulu lui crier « Je te l'avais dit ! », mais je ne pensais pas que ça puisse améliorer la situation, alors je laissai les paroles flotter dans l'air avec les grains de poussière dans la lumière du soleil.

— Et maintenant ?

Henry gratta la couture de son jean.

— C'est délicat. Si je vais voir un thérapeute militaire, on inscrira à mon dossier que je souffre du syndrome de stress post-traumatique et ils vont me retirer ma cote de sécurité de niveau très secret.

— Peux-tu la récupérer plus tard ?

— Probablement, mais ça prendra du temps et, dans l'inter-valle, je ne pourrai pas faire mon travail, répondit-il en soupirant. Et si je ne vais pas faire mon travail, mon rapport d'évaluation d'officier paraîtra terriblement mal. Puis en plus, on m'oubliera à la prochaine réunion du conseil de promotion.

— Oh. Qu'est-ce que tu vas faire ?

Il me jeta un regard traversé par mille émotions.

— Qu'est-ce que *tu* penses que je devrais faire ?

— Pourquoi me le demandes-tu ?

— Il n'y a personne qui s'en trouve concerné plus que toi, dit-il en me prenant la main. Alors ?

La fille naïve en moi espérait que mon amour seul suffirait à remédier à ce qui n'allait pas chez Henry, mais la fille pragmatique savait que parfois, l'amour ne suffisait tout simplement pas.

— Je veux que tu laisses tomber cette colère qui s'est accumulée en toi et si ça signifie que tu doives parler à un thérapeute, alors ainsi soit-il.

Il fronça les sourcils d'un air dubitatif, mais il acquiesça.

— Si c'est ce que tu veux.

J'aurais souhaité lui dire que je ne voulais pas que sa carrière en souffre, mais, au plus profond de moi-même, une petite voix me murmurait qu'Henry pourrait peut-être ne jamais participer de nouveau à un déploiement si on diagnostiquait chez lui un ESPT. Mais quel genre de personne serais-je si je ruinais une carrière pour laquelle il avait tant travaillé, qui le rendait tellement fier ?

— Si tu parles à un thérapeute de l'extérieur de l'armée, est-ce que ton commandant doit le savoir ? demandai-je.

Henry réfléchit quelques instants.

— Non, je ne pense pas.

— Alors, je veux que tu fasses ça.

Il leva finalement les yeux vers moi tandis qu'un sourire triste s'inscrivait sur son visage.

— Dave m'a dit que la seule personne qui pouvait me racheter, c'était toi.

— Eh bien, il a raison, dis-je. Compte-toi chanceux.

Henry se pencha et m'embrassa doucement.

— C'est un fait, dit-il. Je suis désolé à propos d'hier soir. À propos de tout.

— Je t'ai pardonné au moment où tu m'as donné ce biscuit, dis-je en espérant détendre l'atmosphère.

Il secoua la tête.

— Non, je suis sérieux. Je ne veux plus jamais que tu aies peur de moi.

Mon cœur s'accéléra.

— Moi non plus.

— Et je suis désolé de t'avoir quittée hier soir. Je ne...

Je posai un doigt sur ses lèvres.

— Arrête de t'excuser, dis-je, et commence à agir.

— Oui, Madame, dit-il avec une lueur malicieuse dans les yeux.

Il m'agrippa l'arrière de la tête et m'attira pour un baiser brûlant, qui m'enflamma et me réduisit en cendres.

Il m'étendit sur le tapis en se soutenant sur les coudes tandis qu'il pressait ses hanches contre les miennes. Mes doigts glissèrent sous la bordure de sa chemise et trouvèrent la fermeture éclair de son jean, mais il secoua la tête et se redressa sur les genoux. Il écarta mes mains de son pantalon, puis les ramena sur l'élastique de mon short.

— Enlève-le, commanda-t-il.

Je souris en retirant lentement mon short, appréciant cette prise en charge de la part d'Henry. En tout autre temps, je détestais son autoritarisme, mais en ce moment, en entendant la confiance dans sa voix, j'eus l'impression que je voyais réapparaître une partie de l'ancien Henry. Je me relevai sur mes coudes quand il se mit debout.

— Ne bouge pas, dit-il en reculant d'un pas. Et tu ferais mieux d'être complètement nue quand je vais revenir.

Je lui obéis, retirant mon tee-shirt et mon soutien-gorge, et m'étendis de nouveau sur le tapis. Je pouvais l'entendre dans la cuisine, manipulant ce qui me semblait être la machine à glaçons.

— Tu as eu soif tout à coup ? demandai-je quand il revint avec une tasse à la main.

Il pouffa de rire et déposa la tasse près de ma jambe.

— On peut dire ça comme ça, fit-il en faisant courir ses mains à l'intérieur de mes cuisses et en écartant mes jambes.

— Est-ce que je vais être la seule à être nue ? fis-je tandis qu'il s'étendait sur le ventre, sa tête directement au-dessus de mon sexe.

— Oui, dit-il, son souffle chaud caressant ma peau.

Il pressa mes jambes contre le plancher, me laissant complètement exposée, puis émit un bref sourire avant de mâchouiller l'intérieur de ma cuisse, remontant lentement jusqu'à ma chatte. Sa langue allait et venait dans les replis de mon sexe, me faisant arquer le dos pour obtenir davantage de lui. Il bougeait en toute confiance, sans se presser, me faisant frémir de plaisir anticipé alors que la pression commençait à s'accumuler en moi.

Il s'écarta, puis me regarda droit dans les yeux pendant qu'il suçait un de ses longs doigts, puis un autre, et les insérait en moi. Quand il pencha de nouveau la tête et recommença à me lécher, je fermai les yeux et sentis tous mes nerfs à fleur de peau. C'était presque trop tout en étant loin d'être suffisant.

Ses doigts trouvèrent mon clitoris et commencèrent à le frotter en effectuant des cercles, me faisant grimper en un crescendo et, au moment où j'approchais de la falaise et me préparais à sauter, un intense frisson me parcourut la peau et me ramena brutalement à la réalité.

— Qu'est-ce...

J'ouvris les yeux, haletante, et le vis qui tenait un glaçon au-dessus de mon mont de Vénus.

— Détends-toi seulement, dit-il en souriant avant d'appliquer de nouveau la glace contre ma peau, la faisant lentement glisser entre mes replis.

Je fermai les yeux et me concentrai sur la sensation. Le froid provoqua une excitation douloureuse, presque trop difficile à supporter, et pourtant...

Henry retira la glace et lécha de sa langue douce et réconfortante les endroits qu'il venait tout juste de refroidir. La différence de température faillit me faire exploser, mais il me toucha de nouveau avec la glace, la faisant glisser de plus en plus bas jusqu'à ce qu'elle se trouve directement devant mon ouverture.

Je me tortillai et il la poussa à l'intérieur de moi, m'envahissant avec une froideur que je ne pouvais supporter, mais il la retira et la remplaça par sa langue et, juste au moment où je commençais à me réhabituer à la chaleur, il glissa encore une fois la glace en moi. Il alterna ainsi le froid et la chaleur sans se presser jusqu'à ce que j'agrippe le tapis, mes muscles se tendant de plus en plus, me précipitant de nouveau au bord de cette falaise.

Puis je ne sentis plus que sa langue pendant qu'il dessinait des cercles autour de mon clitoris et je perdis la tête, plongeant dans un océan de douleur et d'extase. Mes jambes se cabraient sous ses mains, ma chatte tremblait sous sa langue, ma bouche criait son nom et je jouis encore et encore.

Ensuite, il s'étendit contre moi et m'embrassa, mon goût toujours sur sa bouche.

— Bon sang, ce que tu es sexy, dit-il en écartant les cheveux de mon visage.

J'allais lui faire la même faveur quand il saisit mon poignet et le porta à son visage, caressant ma main de ses lèvres.

— Non, dit-il. Je veux que ce soit pour toi cette fois. Seulement pour toi.

J'étais trop exténuée pour le contredire, alors je l'enlaçai et me blottis contre sa poitrine, savourant ce moment où Henry était à la fois chaud et froid, ancien et nouveau, où il m'aimait, seulement moi.

––––––––––

Le lundi matin, je sortis de la chambre et trouvai Henry assis à la table de la salle à manger, encore en pyjama.

— Tu vas être en retard, lui dis-je en m'accoudant au comptoir tandis que je regardais ma montre.

Il prit nonchalamment une gorgée de son café et, même s'il souriait, il semblait préoccupé.

— J'ai décidé de prendre un congé.

Il avait déjà rempli ma tasse et préparé mon café exactement comme je l'aimais.

— Merci, dis-je en l'embrassant sur le front et en espérant atténuer le froncement entre ses sourcils. Pendant combien de temps ?

— J'ai accumulé dix-huit jours de congé, alors ce sera ça.

Mon cœur tressauta un peu avant de me souvenir que je devais travailler, que ce congé ne me toucherait pas directement.

— Qu'est-ce que tu projettes de faire pendant ces dix-huit jours? Flâner et squatter le canapé?

— Je m'en vais en Californie.

Je m'arrêtai au milieu d'une gorgée.

— Quoi? demandai-je d'un ton sans équivoque.

— Quand j'étais plus jeune, avant que toi et Jason déménagiez à Monterey, je voyais une psychiatre, mais j'ai arrêté pendant ma première année du secondaire.

Je savais qu'il avait eu des problèmes à la maison, mais il ne nous avait jamais dit qu'il avait besoin de consulter une spécialiste.

— À cause de tes parents?

Il ferma les yeux et acquiesça en prenant une profonde inspiration.

— Quoi qu'il en soit, je retourne voir la D^{re} Galicia. Je lui ai parlé pendant un moment quand tu te préparais. Elle veut me voir demain.

— Demain? Ça veut dire que tu dois partir... ce soir?

Il inclina la tête et dit :

— Viens avec moi.

J'aurais voulu accepter, mais c'était absolument impossible dans un si court délai.

— J'ai du travail.

— C'est ce que je craignais, répondit-il.

Il déposa sa tasse, puis vint me rejoindre près du comptoir et m'enlaça.

— Ce n'est que pour dix-huit jours, moins d'un mois, ajouta-t-il.

J'acquiesçai malgré la boule dans ma gorge.

— Est-ce que ça suffira?

Je penchai la tête vers l'arrière pour le regarder en espérant que le fait de piquer une colère demeurait un comportement acceptable. Il venait tout juste de revenir à la maison et maintenant, il repartait. Ça me semblait injuste.

— Je l'espère, fit-il doucement en replaçant une mèche de cheveux derrière mon oreille. Je suis désolé de te donner un si court avis, mais il fallait vraiment que je fasse ça.

— OK.

— OK, tu viens avec moi ? demanda-t-il avec une lueur d'espoir dans les yeux.

— OK, tu peux y aller, dis-je. Tu as dix-huit jours pour essayer de régler tes problèmes et, ensuite, je pars te chercher.

— Tu viens en Californie ?

— Non, dis-je en riant devant son insistance. C'était seulement une manière de parler.

— Mais ça ne serait pas agréable de retourner là-bas ensemble ? Je veux que tu sois avec moi quand nous dirons aux gens que nous sommes finalement ensemble.

— Pourquoi ai-je besoin d'être là pour ça ?

— Pour qu'ils me croient, répondit-il en souriant. Et pour que ton père ne me donne pas une raclée en apprenant que j'ai baisé sa fille.

J'éclatai de rire en voyant l'image de mon père, qui était le plus petit des deux, levant les poings et mettant Henry au défi de se battre.

— Ouais, ça vaut *vraiment* la peine de manquer le boulot pour ça, dis-je.

— Viens.

Je poussai un soupir, mes défenses commençant déjà à tomber.

— Je ne peux pas. Je suis une adulte responsable, maintenant.

— OK, fit-il d'un air triste.

— OK, tu abandonnes ? demandai-je.

Il baissa les bras.

— OK tu ferais mieux de partir travailler avant que je t'attache et te jette dans mes bagages, dit-il en me donnant une légère tape sur une fesse.

— Ça semble pervers sur les bords, dis-je avant de me diriger vers la porte en balançant les hanches.

———————

Plusieurs heures plus tard, je me retrouvai debout à l'aéroport Will Rogers à faire encore mes adieux à Henry. Je commençais à avoir l'impression que d'être avec lui signifierait que je serais toujours celle qui le regarderait partir.

— Est-ce que tu vas aller voir tes amis? lui demandai-je pendant qu'il vérifiait ses bagages.

Il haussa les épaules en jetant un coup d'œil vers la barrière de sécurité.

— Peut-être. Si j'en ai le temps.

— Et ton ex-petite amie? le taquinai-je.

Il sourit.

— Certainement. Je vais m'assurer de toutes les voir, dit-il, et il me chatouilla les côtes.

— Tu vas habiter chez tes parents?

— Ouais. En fait, ils semblaient heureux de me revoir bientôt.

— Peut-être que les choses seront différentes, dis-je en lui serrant la main pendant que nous marchions vers la barrière.

— Peut-être.

Une fois arrivé à la barrière, il se tourna vers moi et, posant ses mains de chaque côté de ma tête, il m'embrassa longuement sur le front. Je fermai les yeux, humant son odeur, mon corps déjà en manque de sa présence physique.

— Tu devrais venir en Californie, dit-il, ne serait-ce que pour quelques jours.

— Je vais essayer, réussis-je à dire malgré la douleur dans ma poitrine. Je n'ai pas beaucoup de congés accumulés.

Il tint tendrement mon visage dans ses mains pendant qu'il déposait de doux baisers sur mes lèvres, puis sur mon nez et, finalement, sur mon front.

— C'est seulement pour dix-huit jours, dit-il, et j'eus la nette impression qu'il disait ça davantage pour se rassurer lui-même. Je serai revenu avant ton anniversaire.

— Tu ferais mieux, répondis-je. Je songe à une fête costumée pour le célébrer.

— Tu vas encore porter ton costume de Lara Croft ?

— Tu devras attendre pour le savoir.

Je l'embrassai une dernière fois et le repoussai doucement.

— Vas-y, mon pote ! dis-je d'un ton faussement enjoué.

Il haussa un sourcil et regarda sa montre.

— Tu veux que je parte déjà ?

— Plus tôt tu partiras, plus tôt tu reviendras, dis-je simplement sans mentionner que d'attendre ici avec lui était une torture, que ça me rappelait trop cette journée de mars où nous nous étions séparés pour six mois.

— Alors, file.

Il sourit et m'embrassa une dernière fois avant de se joindre à la courte file devant la barrière de sécurité. Il lui fallut cinq longues minutes pour atteindre le détecteur de métal et trente secondes de plus pour ramasser ses choses et remettre ses bottes. Puis il se tourna encore et me fit un clin d'œil avant de se diriger vers le terminal. Je le regardai s'éloigner d'un pas assuré jusqu'à ce qu'il tourne un coin et disparaisse de ma vue, et j'échafaudai déjà mes propres projets, sûre que la prochaine fois où je me trouverais dans un aéroport, je ne serais pas de ce côté-ci de la barrière.

TROISIÈME PARTIE

LE REPLI

12

RÉVEIL

Je demeurai calme pendant les quatre heures de vol, mais dès que l'avion atterrit à l'aéroport de Monterey ce jeudi soir bruineux, je sentis immédiatement mon estomac se nouer.

J'étais déjà allée plusieurs fois en Californie mais, cette fois, Henry n'était pas au courant de mon arrivée. J'avais réussi à prendre congé pour passer avec lui ses trois derniers jours de thérapie et j'avais l'intention de lui faire une surprise ce soir.

J'étais inquiète à l'idée d'apparaître ainsi sans l'en avoir averti. Une petite voix dans ma tête se demandait si Henry serait heureux de me voir. Je ne savais même pas devant quelle version de lui j'allais me retrouver. Celle qui était partie pour l'Afghanistan ou celle qui en était revenue ?

En descendant de l'avion, je m'adressai des paroles d'encouragement. La version de Henry qui allait m'accueillir ce soir n'avait pas d'importance. Je l'aimais de toute façon.

Toutes mes inquiétudes s'envolèrent quand je vis mon père dans la zone de récupération des bagages, le ventre un peu plus rondelet, mais toujours le même homme aux yeux noisette et à la chevelure brun clair. Il était adossé au mur, le dos droit, les bras croisés sur la poitrine, avec l'air d'être sur le point de distribuer des ordres.

Son attitude rigide disparut à l'instant où il me vit.

— Salut, papa, dis-je en le prenant dans mes bras et en l'embrassant sur la joue.

— Ma chérie! s'exclama-t-il en m'enserrant de ses bras. C'est bon de te revoir.

Je m'écartai et jetai un coup d'œil autour.

— Où est maman?

— Elle est à la maison et s'assure que tout est propre et que ta chambre est exactement conforme à ton souvenir, dit-il avec une pointe de sarcasme.

Je ris.

— Tu veux dire que vous ne l'avez pas transformée en salle d'exercice ou autre chose? Ce n'est pas ce que vous êtes censés faire quand les jeunes quittent la maison?

— J'ai essayé de la transformer en refuge masculin, mais elle ne m'a pas laissé faire, dit-il. Elle veut la garder telle quelle jusqu'à ce que tu aies tes propres enfants pour ensuite la transformer en chambre d'enfant.

— C'est...

— Fou? demanda-t-il en secouant la tête.

Son sourire disparut et il se tourna vers moi avec sur le visage une expression de panique.

— Elle ne sait pas une chose que j'ignore, n'est-ce pas? Tu n'es pas enceinte?

— Pas que je sache, répondis-je avec un grognement.

Il soupira de soulagement, épongeant des gouttes de sueur imaginaires sur son front.

— OK alors. Allons chercher tes bagages, ma chère fille.

———

Mon père était un pilote de SDCA et, quand il était encore à l'université, il avait suivi un cours de quinze mois à la Naval Postgraduate School de Monterey, en Californie. Lui et ma mère avaient tellement aimé l'endroit qu'ils avaient décidé d'y vivre après qu'il eut quitté la vie militaire quatre ans plus tard. Ils avaient pris leurs épargnes et acheté une maison à Monterey non loin de la célèbre 17-Mile Drive. La maison bleue à deux étages n'était qu'à cinq minutes de la plage, mais, fait plus important encore, elle n'était qu'à deux maisons de celle des Logan.

Après le trajet de dix minutes à partir de l'aéroport, je me retrouvai devant la maison à réprimer un sentiment de nostalgie et de tristesse qui me submergeait. Comment pouvais-je regarder cette maison sans nous voir, Jason et moi, assis sur les marches du perron ou jouant au basket-ball dans l'allée ?

Mon père dut remarquer mon attitude, parce qu'il me serra l'épaule en me dépassant, ma valise roulant derrière lui.

— Prends ton temps, dit-il.

Si je demeurais là trop longtemps, je courais le risque qu'Henry me voie, alors je ravalai mes sentiments et entrai.

— Elsie ! cria ma mère de quelque part dans la maison.

Quelques instants plus tard, elle apparut, sortant de la cuisine avec un grand sourire sur le visage. Elle m'enlaça et je fermai les yeux, absorbant son odeur maternelle de lavande et de vanille.

Nous suivîmes mon père pendant qu'il allait déposer mes bagages dans ma chambre. J'étais tout à fait capable de le faire moi-même — après tout, ma chambre n'était qu'à deux pas du salon au rez-de-chaussée —, mais la règle d'or qui prévalait était que les invités ne devaient travailler d'aucune façon. Apparemment, j'étais maintenant une invitée.

— Alors, qu'est-ce que tu projettes, ce soir ? demanda mon père dans l'embrasure de la porte.

Je jetai un coup d'œil à ma montre et me rendis compte qu'il était déjà dix-neuf heures même s'il faisait encore passablement clair dehors.

— J'avais pensé dîner avec vous deux, puis aller voir Henry après que vous vous serez couchés, dis-je. À quelle heure vous mettez-vous au lit ?

Mon père émit un petit rire.

— Ma chérie, nous sommes retraités. Nous nous mettons au lit dans une heure.

Ma mère éclata de rire et tapa légèrement mon père sur le bras.

— Il blague. Nous nous couchons autour de vingt et une heures ou vingt-deux heures, puis nous nous levons tôt et marchons jusqu'à la plage pour regarder le lever du soleil.

Je soupirai en espérant tout à coup que ma vie conjugale avec Henry finisse par devenir tout aussi douce et romantique que celle de mes parents. Je rougis en me demandant d'où m'était donc venue cette pensée.

Le dîner se passa en bavardages alors que papa et maman me posaient des questions sur la vie en Oklahoma, mais c'était difficile d'en parler sans que le nom d'Henry surgisse çà et là dans la conversation, et il était encore plus difficile d'essayer de paraître nonchalante en prononçant son nom, comme si le ton de ma voix pouvait révéler nos secrets. J'aurais pu le leur dire tout de suite, mais Henry souhaitait attendre que tous nos parents soient réunis dans la même pièce pour le leur annoncer.

Ensuite, nous regardâmes la télévision, puis mon père me mit au défi de le battre au Scrabble. J'avais hâte de revoir Henry, mais nos parties de Scrabble épiques m'avaient beaucoup manqué. C'était notre petite activité particulière, entre nous, depuis que j'étais toute petite, et c'était ce qui m'avait permis de renforcer mon côté compétitif. Le fait de jouer au Scrabble avec mon père m'avait enseigné la patience, la créativité et l'art de perdre — ou de gagner — avec élégance.

Il était passé minuit au moment où la partie prit fin. Je la terminai par une mince victoire avec le mot *retraite* et papa jura de prendre sa revanche le lendemain.

— Je ne me retire pas de ce combat, dit-il tandis qu'il partait vers leur chambre à coucher en levant un poing dans l'air. Je ne fais que repousser ma victoire d'un soir.

— Bien sûr, papa, si ça peut t'aider à dormir, dis-je en rangeant les lettres.

— Où vas-tu ? demanda ma mère quand elle me vit enfiler mes bottes et prendre les clés de l'entrée.

— Je m'en vais saluer Henry. Ne m'attendez pas.

Maman m'adressa un sourire entendu et grimpa lentement l'escalier, me laissant là à me demander si elle avait un don de télépathie.

———

Même dans l'obscurité, je pus retracer mes pas jusqu'à la maison d'Henry comme à l'époque de mon adolescence. Nous avions passé beaucoup de temps chez lui parce que les trois adolescents que nous étions ne pouvaient résister à l'attrait d'une maison sans surveillance. Nous y avions joué à des jeux vidéo, essayé de cuisiner divers plats, fouillé dans les placards de ses parents. J'ai peut-être même essayé une fois ou deux des souliers de sa mère. Peut-être.

Toutefois, ma mère avait mis un terme à tout cela. Elle nous voulait chez moi pour pouvoir garder un œil sur nous. Maintenant que je suis devenue adulte, je ne peux pas le lui reprocher.

La grille latérale qui donnait sur la cour des Logan grinça quelque peu quand je l'ouvris, mais, heureusement, le bruit ne fut pas si fort qu'il l'était à l'époque. Je me glissai silencieusement jusqu'à la fenêtre de la chambre d'Henry et regardai à l'intérieur. Les rideaux étaient tirés, mais la fenêtre était entrouverte. Il n'y avait plus entre moi et Henry qu'une moustiquaire, et cet obstacle n'allait pas m'arrêter. Je tirai une pièce de monnaie de ma poche et fit sortir la moustiquaire de son cadre, puis, aussi doucement que possible, j'ouvris toute grande la fenêtre et grimpai sur le rebord.

Pendant un moment, je restai assise là à observer Henry endormi sur son grand lit, les membres écartés dans toutes les directions tandis qu'un mince drap bleu couvrait la partie inférieure de son corps. Mon cœur battait fort dans ma poitrine alors que sa seule vue m'émoustillait.

Je retirai mes bottes et elles atterrirent avec un bruit mat sur le plancher de bois. Je passai près d'un sac de gym, d'une paire de chaussures de sport et d'une serviette négligemment jetée sur le plancher, encore humide à la suite d'une récente douche, puis j'atteignis le lit. Je restai debout près d'Henry, et mes yeux parcoururent les contours de sa mâchoire carrée pour finir leur course sur la courbure de ses lèvres.

Je fus soulagée de constater qu'il dormait paisiblement, sans froncement de sourcils ni rides d'inquiétude sur le front, et regrettai presque d'avoir exécuté mon plan. Mais j'avais pris l'avion jusqu'en Californie pour le voir et c'est ce que j'allais faire.

Aussi silencieusement que possible, je me déshabillai, puis me penchai sur lui. Je levai le coin du drap et l'écartai lentement, terriblement excitée quand je vis qu'il était complètement nu dessous. Je m'arrêtai un instant pour fixer son corps, de ses larges épaules jusqu'à ses abdominaux et à ses hanches, puis finalement à ses cuisses musclées. Son impressionnant pénis sautait aux yeux, déjà dur, étalé sur son ventre.

Je grimpai sur le lit, anticipant le plaisir à venir, et frôlai de ma langue la peau douce à la base de son membre et remontai lentement jusqu'à ce que j'en atteigne l'extrémité.

Il gémit, mais ne se réveilla pas.

Je refis le même mouvement, encore plus lentement cette fois, le léchant de plus en plus en remontant. Sa main se posa sur ma tête, ses doigts s'enfonçant dans mes cheveux pendant qu'il continuait à gémir. Mes lèvres recouvrirent son gland, puis je commençai à le sucer centimètre par centimètre, ma langue décrivant des cercles autour de son membre. Ses hanches commencèrent à se mouvoir, montant et descendant doucement dans ma bouche en même temps que sa respiration s'accélérait.

Puis, il m'attira vers son visage, mon corps nu glissant le long du sien tandis qu'il m'embrassait.

— Elsie, murmura-t-il contre ma bouche, ses doigts courant le long de mon cou puis de mes épaules. Tu m'as tellement manqué.

Il posa ses mains sur mes fesses et les agrippa fermement tandis qu'il se préparait à me pénétrer, mais plutôt que de se glisser en moi, il s'arrêta.

— Qu'est-ce qu'il y a? demandai-je.

Il fixa sur moi ses yeux ensommeillés et m'adressa un sourire coquin.

— Je veux que tu me supplies.

Même dans son état semi-conscient, Henry demeurait autoritaire. Je pouvais sentir l'extrémité de son membre et mourais d'envie de le prendre en moi. Merde, je pouvais bien l'en prier pour un soir.

— S'il te plaît, Henry.

— S'il te plaît quoi? demanda-t-il en fermant son poing dans mes cheveux.

Je le regardai dans les yeux et dis :

— S'il te plaît, baise-moi. Maintenant.

Ses dents brillèrent dans la pénombre. Il plongea en moi jusqu'à la garde, s'arrêtant l'espace d'une seconde, les yeux fermés, alors que je tendais mes muscles autour de lui.

— Aaahhh, soupira-t-il, ses mains caressant mes hanches. Comme c'est bon.

Il leva la tête et m'embrassa le cou, frôlant ses dents contre ma mâchoire, puis il mordit doucement le lobe de mon oreille.

Je le chevauchai et appuyai fermement mon bassin contre lui, rejetant la tête en arrière au point où mes cheveux caressaient ses cuisses. Il me prit les hanches et me guida, ses grandes mains m'exhortant à accélérer la cadence, mais je me retins, décidée à bouger à mon propre rythme. J'avais attendu dix jours pour faire cela et ça allait durer plus de cinq minutes avant que je crie de plaisir.

Je saisis son poignet et guidai sa main jusqu'à mon entrejambe humide. Ses yeux s'écarquillèrent quand ses doigts découvrirent ma peau nue.

— Bon sang, fit-il, puis il s'assit et se mit à m'embrasser avec un total abandon.

Une seconde plus tard, il me renversa sur le dos et se retrouva au-dessus de moi. Je gémis quand il se retira, mais sa bouche se retrouva immédiatement sur moi, sa langue traçant des cercles autour de mon sexe épilé avec une rapidité fiévreuse. Pendant que sa langue dansait sur mon clitoris, il fit glisser deux doigts en moi et je grimpai à toute vitesse vers l'orgasme que j'avais essayé de retarder.

— Arrête, lui dis-je dans un souffle en écartant sa tête.

Il parut consterné, alors j'ajoutai :

— Je veux jouir pendant que tu es en moi.

Je n'eus pas à le répéter. Il rampa sur moi, me saisit la tête des deux mains et m'embrassa avec fougue avant de s'enfoncer en moi d'un grand coup. Il accéléra le rythme, notre peau frappant l'une contre l'autre tandis qu'il me pilonnait avec ferveur.

Je jouis autour de lui en frissonnant, sa bouche recouvrant la mienne pour m'empêcher de hurler. Quelques coups de bélier plus tard, il grognait à mon oreille, continuant de me pilonner jusqu'à ce qu'il ait fini.

Il ne se retira pas quand il se laissa tomber à côté de moi, m'entraînant avec lui pour lui faire face. Je passai une jambe autour de sa cuisse tandis qu'il écartait mes cheveux de mon visage et m'embrassait tendrement.

Il poussa un soupir de contentement.

— C'était le meilleur rêve de ma vie, murmura-t-il avant de tirer le lourd édredon sur nous, puis nous tombâmes tous les deux endormis.

13

DE RETOUR DANS LE MONDE

Je ne pouvais dire si j'étais en train de rêver, mais la sensation était bien réelle quand le pénis d'Henry palpita doucement contre mon dos. Une main agrippa ma cuisse et l'écarta pour qu'il puisse se glisser en moi. Il allait et venait doucement, un bras sous mon cou et l'autre sur ma taille pendant que ses mains se baladaient, me caressant et me pinçant à un rythme nonchalant. S'il s'agissait d'un rêve, alors je voulais me réveiller immédiatement pour qu'il devienne réalité.

— Alors, crois-tu qu'ils sont ensemble, maintenant ? entendis-je ma mère dire.

Si c'était un rêve, il était vraiment pervers.

Les mouvements d'Henry s'arrêtèrent, mais il demeura enfoui en moi.

Helen, la mère d'Henry, répondit :

— Est-ce qu'Elsie t'a dit quoi que ce soit ? demanda-t-elle.

— Non. Elle a seulement dit qu'elle faisait un saut ici pour dire bonjour à Henry.

— Eh bien, fit Helen en gloussant. C'était tout un bonjour.

— Devrions-nous leur dire que nous sommes réveillés ? murmura Henry dans mon oreille, et c'est à ce moment que je pris finalement conscience que tout était réel.

Nos mères se tenaient debout non loin du lit tandis qu'Henry et moi étions étendus nus sous les couvertures, son pénis palpitant toujours en moi. Je ne pouvais qu'espérer que l'édredon soit suffisamment épais pour dissimuler ce que nous faisions quelques secondes plus tôt.

Je sentis mon visage s'empourprer instantanément et sus que ma rougeur serait immédiatement révélatrice. Notre petit jeu était découvert.

J'ouvris les yeux et regardai nos mères, qui se tenaient dans l'embrasure de la porte, chacune avec une tasse de café à la main et une expression perplexe sur le visage.

— Bonjour, croassai-je en essayant de paraître désinvolte même si j'étais profondément embarrassée.

Maman haussa un sourcil en me regardant, puis se tourna vers Helen.

— Nous devrions leur accorder quelques minutes pour rassembler leurs esprits, puis ils viendront au salon s'expliquer.

Helen acquiesça et elles refermèrent la porte derrière elles.

Aussitôt la porte fermée, les bras d'Henry m'enserrèrent de nouveau et il reprit son délicieux va-et-vient.

— Je n'étais pas sûr que je ne rêvais pas la nuit dernière, dit-il en mordillant mon oreille.

Je tournai la tête pour lui sourire.

— Je voulais te surprendre.

— Tu peux me surprendre comme ça n'importe quand, dit-il avant de m'embrasser dans le cou.

Je soupirai à la fois de plaisir et d'inquiétude.

— Nous ne le pouvons pas, Henry. Tu as entendu ma mè...

J'eus le souffle coupé quand il me pénétra brutalement. Mes muscles se tendirent d'instinct.

— Oh...

Henry glissa une main entre mes jambes et commença à masser mon clitoris en effectuant des cercles.

— J'ai seulement besoin de quelques minutes, dit-il. Alors, nous serons détendus devant le peloton d'exécution.

Je voulus protester, mais ces doigts habiles et cette damnée queue m'avaient sous leur emprise, et sa voix graveleuse qui murmurait des mots coquins ne faisait qu'empirer les choses, alors je n'eus d'autre choix que de me laisser aller et de me délecter des sensations qu'Henry provoquait dans tout mon corps.

— Viens avec moi, me dit-il d'une voix rauque à l'oreille, puis il accéléra la cadence de ses doigts. Je veux sentir ta chatte convulser autour de moi.

Je me retournai et lui agrippai l'arrière de la tête, ramenant sa bouche sur la mienne pendant que l'orgasme me saisissait et explosait en moi avec une intensité extraordinaire.

— Elsie, grogna-t-il avant de jouir aussi, tenant fermement mes hanches contre les siennes tandis qu'il s'enfonçait en moi aussi loin qu'il le pouvait.

———————

Nous sortîmes de la chambre d'Henry cinq minutes plus tard, moi dans mes vêtements de la veille et Henry en pantalon de jogging et tee-shirt, avec l'air incontournable de deux personnes qui viennent tout juste de s'envoyer en l'air. C'était déjà assez terrible d'aller faire face à nos mères, mais un regard dans la salle à manger nous apprit que la situation était encore pire : nos pères étaient également présents.

Je sentais le poids des regards de tous tandis que nous entrions dans la pièce. Henry m'avait proposé d'entrer en premier pour essuyer le plus fort de l'attaque, mais je lui avais pris la main et dit qu'il fallait que nous le fassions ensemble. Maintenant, je regrettais de ne pas avoir accepté sa proposition.

Je regardai d'abord mon père et souhaitai immédiatement ne pas l'avoir fait. Il avait les lèvres plissées et ses épais sourcils étaient froncés. C'était évident que je l'avais déçu.

Henry et moi nous plaçâmes au bout de la table, nos doigts toujours entrelacés. Il se racla la gorge.

— Je suppose qu'Elsie et moi devons faire une annonce...

— Sans blague, Sherlock, dit son père, Trent.

Il avait toujours eu un vocabulaire coloré.

— Depuis quand ça dure ? demanda ma mère.

Je croisai son regard, me sentant de nouveau comme une adolescente obstinée. Puis je pris conscience qu'Henry et moi étions deux adultes consentants et que je n'avais aucune raison d'avoir honte.

Je redressai l'échine et dis :

— Juste avant qu'il parte pour l'Afghanistan, en mars.

— Depuis tout ce temps ? laissa tomber Helen en tournant les yeux vers son fils. Et tu n'as pas pensé à nous le dire ?

— Nous n'étions pas encore prêts, répondit Henry.

— Quand alliez-vous être prêts ?

— Maintenant, je suppose, dis-je. Nous voulions que vous soyez tous réunis pour vous en faire l'annonce.

— Parlant d'être prêts...

Henry regarda sa montre à son poignet, puis se tourna vers moi.

— Je suis désolé, mais je dois partir.

— Quoi ? lui dis-je à l'oreille en le tirant vers moi. Tu vas me laisser toute seule pour faire face à l'Inquisition ?

— J'ai ma séance de thérapie dans quarante minutes.

— Amène-moi avec toi.

— Je suis désolé, mais je ne peux pas, me dit-il avec un sourire qui n'avait rien de désolé. J'en aurai terminé dans une heure.

Mon père se leva et mon cœur cessa de battre. Chaque cellule de mon corps se préparait aux paroles qu'il allait m'adresser. Il s'approcha de nous, le visage impassible, et s'arrêta devant Henry.

— Monsieur, commença Henry. Avant que vous disiez quoi que ce soit, je veux seulement que vous sachiez que je suis amoureux de votre fille et que je vais la traiter avec tout le respect et l'affection qu'elle mérite.

Je retins mon souffle quand mon père leva une main. Il s'arrêta pendant ce qui me sembla une éternité, puis frappa joyeusement Henry sur l'épaule.

— Je le sais, mon garçon, dit-il avec un regard chaleureux. Tu es un homme bon, Henry. Jason avait raison de me demander de t'accorder une chance.

Je sentis Henry changer de position, ses épaules s'affaissant quelque peu par soulagement ou par tristesse, ou les deux.

— Merci, monsieur.

Puis, papa se tourna vers moi et plaça ses deux mains sur mes épaules.

— Je pense que tu as choisi quelqu'un de bien, dit-il.

Je l'étreignis.

— Merci, papa.

— Mais essaie de ne plus te faire surprendre nue dans son lit, dit-il pour que moi seule puisse l'entendre. Je t'ai mieux élevée que ça.

J'inclinai la tête tandis que je m'écartais de lui.

— Oui, papa.

— Pourquoi ne dînerions-nous pas tous ensemble, ce soir? demanda Helen en se levant de table. Je dois rencontrer un client dans une heure, mais je serai libre pour le dîner vers dix-sept heures.

Ma mère inclina la tête.

— Ça me semble une bonne idée. Ces jeunes ne vont pas s'en tirer aussi facilement.

Henry serra ma main.

— Nous y serons.

————

Je retrouvai Henry dans Cannery Row après sa séance de thérapie et nous déjeunâmes ensemble au Louie Linguine's Seafood Shack.

Nous prîmes une table près des vastes fenêtres donnant directement sur l'océan d'un bleu foncé.

— Comment s'est déroulée ta séance? demandai-je pendant que nous mangions.

C'était bien de passer de nouveau du temps avec lui, tous les deux seuls.

Il prit une bouchée de son hamburger.

— Je ne peux pas le dire, répondit-il avec un sourire.

— Eh bien, tu fais des progrès?

Il haussa les épaules d'un air évasif.

— Je crois que si.

Je secouai la tête et pris une cuillérée de chaudrée de palourdes.

— Tu ne vas pas le dire à la personne que tous tes problèmes touchent le plus? demandai-je.

L'ombre d'un sourire passa sur son visage pendant qu'il secouait la tête et je sus, sans même qu'il le dise, que la thérapie fonctionnait. Il paraissait ne pas s'être rasé depuis qu'il était arrivé en Californie et ses cheveux commençaient à boucler, mais sous son apparence négligée, il avait dans les yeux cette lueur dont j'avais craint qu'elle se soit éteinte en Afghanistan.

Je laissai échapper un soupir de soulagement que je retenais depuis si longtemps.

Il haussa un sourcil.

— Qu'est-ce que tu regardes?

— Ton apparence.

Il porta la main à sa joue.

— C'était super de ne pas avoir à me raser, dit-il. Mais j'ai besoin d'une coupe de cheveux.

Je pris une bouchée de pain tout en examinant sa chevelure.

— J'aime ça. Ça fait un peu moins militaire et très sexy.

Il me fixa pendant un long moment de ses intenses yeux bleus.

— Tu es extraordinaire, tu sais ça?

— Merci, dis-je, étonnée. Comment ça?

Il se laissa aller contre le dossier de sa chaise et haussa les épaules.

— Je veux dire, tu es ici, fit-il en me montrant du doigt. Tu ne m'as pas dit que tu allais venir en Californie. Mine de rien, tu es entrée dans ma chambre au milieu de la nuit et tu as fait ce que tu voulais de moi. Si ça n'est pas extraordinaire, alors j'ignore ce qui l'est.

Je jetai un coup d'œil autour en espérant que personne n'avait pu l'entendre.

— C'était *vraiment* super, dis-je avec un grand sourire.

— Alors, tu as réussi à prendre congé?

— J'ai seulement pris l'après-midi de jeudi et toute la journée d'aujourd'hui, et je reprends l'avion dimanche soir, dis-je. À quelle heure est ton vol, dimanche?

— À treize heures, alors je dois partir pour l'aéroport tout de suite après ma dernière session avec Doc Gal.

— Doc Gal?

— C'est la D^{re} Galicia, mais je l'appelle Doc Gal depuis que j'ai dix ans. Ça lui est resté.

— Elle a réussi à t'aider quand tu étais plus jeune? demandai-je en me penchant vers lui.

— De toute évidence, non, puisque j'ai dû revenir. Mais elle m'a effectivement aidé à traverser quelques périodes difficiles, m'a guidé depuis mon adolescence, c'est sûr, et elle m'a empêché de faire des bêtises.

J'écarquillai les yeux, ayant du mal à imaginer Henry en tant que délinquant.

— Ça allait si mal que ça?

— Je n'arrêtais pas de me battre, de voler, de faire quoi que ce soit qui pouvait attirer l'attention de mes parents.

Il sourit alors.

— Doc Gal m'a dit que mes tendances destructrices n'étaient qu'un appel pour attirer l'attention.

— Elle avait raison ?

— Tout à fait.

Je pris une grande gorgée d'eau avant de demander :

— Alors, comment ça va maintenant avec tes parents ?

Il haussa les épaules, mais son regard n'avait rien de nonchalant.

— Ça va mieux, je pense, dit-il, mais il est peut-être trop tard.

Je tendis la main par-dessus la table et saisis la sienne.

— Quand il s'agit de pardon et d'amour, il n'est jamais trop tard.

Il se leva tout à coup, se pencha par-dessus la table et m'embrassa sur les lèvres. Il se rassit avec un sourire satisfait, puis croisa les bras sur sa poitrine.

— C'était pour quoi, ce baiser ? demandai-je, me sentant rougir non par gêne, mais par excitation sexuelle.

— Je me demandais seulement comment j'ai pu être si chanceux.

Je me mordis la lèvre inférieure et regardai l'homme devant moi, heureuse qu'Henry commence finalement à récupérer.

— Je me demandais la même chose.

————

Nous rencontrâmes mes parents à l'Aquarium de Monterey. Henry proposa de partir pour me laisser passer du temps avec eux, mais mes parents se contentèrent de le regarder comme s'il était fou.

— C'est une blague ? demanda ma mère en glissant son bras sous le sien pendant que nous franchissions l'entrée des membres. Tu viens avec nous. Je vais vous cuisiner jusqu'à ce que le soleil se couche.

— C'est ce que je craignais, répondit Henry en souriant.

Je pris les devants avec mon père pour laisser à ma mère l'occasion de bavarder avec Henry.

— Tu es heureuse ? demanda mon père en passant un bras autour de mes épaules.

— Complètement malheureuse, dis-je avec un air impassible. Tout à fait malheureuse.

— Ouais, c'est évident, dit-il en m'ébouriffant les cheveux. Henry est un bon garçon.

Je haussai un sourcil et jetai un coup d'œil en direction de l'homme qui dépassait ma mère d'au moins une tête.

— Garçon ?

Mon père éclata de rire.

— Il a beau être plus grand que moi, il sera toujours ce garçon avec ses appareils dentaires et sa chevelure en désordre, dit-il. Il nous donnait pratiquement envie de sortir de la maison.

Je gloussai.

— Il n'était pas mauvais à ce point.

— Il avait une telle intensité, au début. J'avais peur qu'il ait des ennuis, mais Jason m'a demandé de lui donner une chance, dit mon père. Et regarde ce qu'il est devenu finalement : capitaine dans l'Armée de l'air. Et ancien combattant, ajouta-t-il avec fierté.

J'entourai sa taille de mon bras et le serrai.

— Tu étais son héros, tu sais.

Papa sourit d'un air contrit.

— J'aime croire que j'ai contribué à élever ce beau jeune homme.

— C'est un fait, dis-je. Davantage que tu ne le crois.

— Quoi qu'il en soit, parlons de toi, dit mon père pendant que nous entrions dans ma section préférée de l'aquarium, celle des méduses. Comment ça va au boulot ?

Je lui parlai de mon travail, du prix que j'avais reçu pour le site Internet de l'*Oklahoman*, et d'une promotion imminente.

— Ils veulent que je devienne directrice artistique principale, un poste mieux rémunéré, dis-je pendant que j'étais fascinée par les minuscules méduses que le rétroéclairage illuminait de rose. Mais ça signifie que je ne vais plus faire de conception.

— Est-ce qu'il y a moyen de faire les deux?

— Je vais parler aux directeurs, leur présenter l'idée de travailler à mes propres projets tout en supervisant les autres. Puis je vais les convaincre de me payer davantage.

— Tu es bien ma fille.

Nous pénétrâmes dans une grande pièce sombre éclairée seulement par la lueur bleuâtre d'un gigantesque réservoir de verre. Nous nous arrêtâmes devant la vitre, émerveillés, puis regardâmes les poissons, les tortues géantes et même les requins qui passaient devant nous en nageant. Je tournai la tête vers mon père, mais découvris qu'Henry l'avait remplacé à mes côtés. Il me donna un petit coup de coude.

— Salut.

Il tendit une main chaleureuse pour s'emparer de la mienne.

— Comment ça s'est passé? demandai-je, hypnotisée par la lueur bleue sur son visage et la façon dont ses yeux étaient pratiquement noirs sous cette lumière.

— Ta mère a menacé de me castrer si jamais je te faisais du mal, dit-il, puis il perdit son air sérieux et éclata de rire. Elle voulait seulement savoir comment nous nous entendions. Elle m'a demandé pourquoi j'avais mis tant de temps à te le dire.

— Elle savait?

— Apparemment, tout le monde le savait.

— Alors, tu lui as dit quoi?

— Je lui ai dit que j'étais trop poule mouillée.

J'éclatai de rire.

— C'est à peu près ça.

———

Ensuite, nous nous rendîmes à la tombe de Jason, une triste expérience jusqu'à ce qu'Henry s'agenouille près du monument et dise :

— Alors, mon vieux, j'espère que ça ne te dérange pas que je baise ta sœur.

— Henry ! l'avertit mon père.

Ma mère grogna, puis se mit à rire. Je ne pus m'en empêcher non plus et, bientôt, mon père et Henry se mirent de la partie jusqu'à ce que nous riions tous les quatre, debout devant la tombe de mon frère, les yeux remplis de larmes de tristesse et de joie.

14

DEVANT L'ENNEMI

Le dîner avec les parents chez P. F. Chang's n'était pas aussi embarrassant que la rencontre imprévue du matin. L'éclairage tamisé du restaurant se prêtait bien à une conversation agréable et sereine.

Tout au moins jusqu'à ce que la main baladeuse d'Henry se pose sur ma jambe sous la table. Je lui adressai un regard d'avertissement, mais il se contenta de me servir ce sourire impudent qui me donnait envie de le gifler et de l'embrasser tout à la fois.

— Ils peuvent très bien s'en apercevoir, tu sais, lui murmurai-je tout en jetant un coup d'œil à mon père, qui n'avait heureusement aucune idée de ce qui se passait à moins d'un mètre de lui.

Henry se contenta de me faire un clin d'œil et fit grimper sa main un peu plus haut sur ma cuisse. Je dus finalement l'arrêter quand ses doigts s'insérèrent sous ma jupe. Il sourit de nouveau et commanda son repas.

C'était ringard, mais nous nous tînmes les mains sous la table en attendant que nos assiettes arrivent. Nous essayâmes de participer aux conversations autour de nous, mais comme nos parents avaient compris qu'Henry et moi étions dans notre propre monde, ils commencèrent à nous ignorer et à parler entre eux.

Les doigts d'Henry dessinèrent des cercles sur ma paume, puis il prit deux doigts et entreprit de caresser en cadence l'espace entre mon pouce et mon index. Il se pencha à mon oreille et dit :

— C'est ce que mes doigts aimeraient faire en toi en ce moment.

Je lui serrai les doigts en lui jetant de nouveau un regard d'avertissement. Il me souffla à l'oreille :

— C'est tellement difficile d'être assis à côté de toi à faire semblant d'être le gentil petit ami alors que tout ce que j'ai en tête, c'est de te jeter sur la table et de te baiser à en perdre les sens.

J'en eus le souffle coupé et ma culotte se mouilla immédiatement.

— Alors, fais-le, le défiai-je.

Il sourit de toutes ses dents.

— Oh, tu ne sais pas ce que tu demandes.

— ... si seulement nos enfants pouvaient arrêter de flirter et écouter nos propos.

Les paroles de ma mère me ramenèrent brutalement à la réalité.

— Qu'est-ce que vous disiez? demandai-je.

Ma mère eut un sourire amusé et dit :

— Notre repas est arrivé.

Henry et moi regardâmes nos assiettes avec étonnement.

— Quand est-ce arrivé? demanda-t-il en souriant à son tour.

Son père grogna, puis leva les yeux au ciel.

— Vous êtes foutrement dégoûtants, dit-il.

———

Plus tard, Henry et moi nous rendîmes à une fête organisée pour ses amis de l'école secondaire à la Cannery Row Brewing Company. Kelly et Hass étaient ensemble depuis cette époque, mais ce n'était que maintenant qu'ils avaient décidé de se fiancer.

— Qu'est-ce qu'ils ont fait pendant tout ce temps? demandai-je tandis que nous nous dirigions vers le bar main dans la main.

— Je pense qu'ils ont rompu pendant un moment, dit Henry en m'ouvrant la porte. Puis ils ont décidé qu'ils étaient mieux ensemble que séparés.

Nous nous tenions debout à l'entrée, cherchant dans la foule un visage familier.

— Peut-être qu'ils étaient trop jeunes et avaient d'abord besoin de découvrir qui ils étaient.

— Peut-être, répondit Henry en faisant un signe de la main à quelqu'un à l'autre bout de la pièce.

Je lui tins solidement la main tandis que nous nous frayions un chemin à travers la foule du vendredi soir, nous dirigeant vers un petit groupe au-delà du bar.

— Logan! s'exclama un grand type blond qui ne semblait pas avoir changé depuis que je l'avais connu au secondaire.

Hass avait quelque peu engraissé d'un peu partout, mais son sourire chaleureux était le même. Il claqua amicalement le dos d'Henry et se tourna vers moi.

— La petite Elsie Sherman? demanda-t-il, les yeux écarquillés.

J'inclinai la tête tandis qu'il me serrait dans ses bras. Son regard passa de moi à Henry, puis encore à moi — ce qui, j'allais m'en rendre compte plus tard, était la réaction normale des gens de notre école — avant qu'il demande :

— Vous êtes ensemble?

Henry sourit et passa un bras possessif autour de mes épaules.

Hass se retourna, puis attira Kelly, une fille pour qui je n'avais pas beaucoup d'affection à l'époque, mais je gardai à l'esprit le fait que les gens changent et que, parfois, ils se débarrassent de leurs tendances à la méchanceté et aux vacheries.

— Félicitations, dis-je en faisant semblant qu'elle et ses amies n'avaient pas fait de la première moitié de ma deuxième année un enfer et qu'elles n'avaient pas été la cause de nombreuses larmes sur mon oreiller.

OK, peut-être que je n'avais pas complètement surmonté ça, mais au moins, j'essayais.

Kelly m'étreignit chaleureusement, puis dit :

— C'est bon de te revoir, Elsie. Je suis désolée d'avoir été si vache avec toi au secondaire.

Je reculai et écartai ses excuses d'un geste de la main.

— Ne t'en fais pas avec ça. C'était il y a un million d'années.

— Non, vraiment, fit-elle en me prenant la main. Nous avons vraiment été méchantes et j'en suis désolée.

J'inclinai la tête, acceptant ses excuses. Que pouvais-je faire d'autre ?

Elle nous adressa ce regard à Henry et moi, puis dit :

— Je suppose que Nina avait raison d'être jalouse.

Mon estomac se noua en entendant son nom. Nina Yates, superbe et terrifiante, qui avait détenu le titre de petite amie d'Henry pendant plusieurs mois pendant sa dernière année du secondaire.

Henry me serra les épaules.

— Elle n'est pas ici, n'est-ce pas ? demanda-t-il.

Kelly acquiesça en faisant des yeux le tour de la pièce.

— Elle est ici quelque part.

Hass lui saisit la main et elle nous adressa un regard contrit, puis se détourna pour accueillir quelqu'un d'autre.

— Veux-tu partir ? demanda Henry.

Je regardai mes vêtements et décidai que je paraissais suffisamment sexy dans ma robe fourreau et mes souliers noirs à talons hauts pour faire face à une vieille ennemie.

— Non, ça va.

Je me dirigeai vers le bar avec Henry et grimpai sur l'appuie-pied en laiton quand Henry me saisit par la taille et murmura à mon oreille :

— Tu n'allais pas te servir de ce que tu as, n'est-ce pas ?

— En fait, oui.

Je croisai le regard du barman et passai ma commande sans devoir user de mes atouts. Je rejoignis Henry une minute plus tard avec nos verres dans les mains et un sourire sur mon visage.

— Je pense que tu devrais t'excuser, dis-je en tenant sa bouteille de bière hors de sa portée.

Il passa un bras autour de ma taille et m'attira contre lui en me regardant d'un air sombre.

— Je ne vais pas m'excuser de vouloir te garder pour moi, dit-il d'une voix rauque.

Je lui jetai un coup d'œil pervers.

— Alors, pas de bière pour toi.

Il me serra contre lui pendant qu'il essayait d'atteindre la bière que je tenais dans mon dos. J'eus le souffle coupé en sentant son érection croissante, et il m'adressa un clin d'œil.

— Continue..., dis-je en prenant plaisir à sentir son membre rigide contre moi. Un peu plus...

— Henry ?

Nous nous retournâmes tous les deux pour apercevoir qui d'autre que cette fichue Nina Yates debout près de nous avec ses magnifiques cheveux auburn tombant en cascades de chaque côté de son visage, l'air encore plus superbe que dans mon souvenir.

— Nina, dit Henry, améliorant sa cote pour ne pas m'avoir lâchée immédiatement.

Il me serra la taille, puis me laissa aller doucement.

— Contente de te voir.

Nina fixa ses yeux bleus sur lui, m'ignorant complètement.

— Henry.

Elle s'approcha et l'embrassa sur la joue.

Il demeura parfaitement immobile jusqu'à ce qu'elle ait terminé.

— Nina, tu te souviens d'Elsie Sherman ?

Elle daigna finalement me regarder. Bon Dieu, était-elle obligée de donner l'impression qu'elle sortait directement d'un magazine de mode ? Tout à coup, ma mignonne petite robe Target me sembla tellement inefficace.

— Elsie ? dit-elle en appuyant sur la dernière syllabe. Je ne t'avais même pas reconnue. Tu sembles si adorable.

Adorable, mon cul. J'étais foutrement sexy.

— Alors, comment vas-tu? intervint Henry, m'empêchant du même coup de dire une bêtise.

— Ça va bien, répondit Nina en écartant une mèche de cheveux et en exhibant l'énorme pierre à son annulaire gauche. Je suis mariée et j'ai deux enfants.

— Tu es mariée? demanda Henry en essayant de dissimuler son étonnement. À qui?

Elle regarda par-dessus son épaule un homme au bar vêtu d'un habit bleu foncé.

— À John Morris. Tu te souviens de lui? Vous jouiez au football ensemble.

Je réprimai un grognement. John, mon compagnon à la danse de la rentrée qui m'avait tripotée partout sur la piste avant qu'Henry l'écarte de moi avec une jalousie rageuse. Ce John.

— Félicitations, dis-je avec une joie sincère.

Vraiment, j'étais heureuse pour eux.

— Et vous deux? demanda-t-elle en nous regardant l'un après l'autre. Depuis combien de temps êtes-vous ensemble?

Henry ouvrit la bouche pour répondre, mais je le devançai.

— Depuis mars.

— Oh, je pensais que vous étiez ensemble depuis plus longtemps que ça.

— Eh bien, fit Henry en se raclant la gorge. Dans les faits, nous avons été ensemble pendant des années, mais ce n'est officiel que depuis mars.

Je haussai un sourcil dans sa direction, surprise de ce petit mensonge. Je n'avais aucune idée de la raison pour laquelle il éprouvait le besoin d'exagérer.

— Vous êtes mariés? demanda Nina tandis que ses yeux se fixaient sur mon annulaire et qu'elle obtenait sa réponse. Je ne comprends pas?

— Ça n'a pas vraiment d'importance, dis-je. Henry et moi comprenons.

————————

La soirée se poursuivit et je me rendis compte que je m'amusais vraiment. Nina ne vint pas nous reparler et je m'aperçus qu'elle n'était peut-être pas la grande et belle râleuse dont je me souvenais. Tout au moins, elle ne semblait pas vouloir entreprendre de reconquérir Henry. Je me demandai si notre perception des gens n'était pas souvent déformée par l'émotion, si la personne que l'on détestait n'était pas simplement une fille qui essayait de traverser l'enfer qu'était l'école secondaire.

Plus tard, j'étais au milieu d'une profonde conversation avec Hass à propos de la prochaine réunion Joomla! quand Henry s'excusa et se dirigea vers le bar. Après avoir discuté pendant plusieurs minutes des principaux conférenciers, je me rendis compte qu'Henry n'était toujours pas revenu. Je parcourus des yeux la grande pièce sombre et l'aperçus encore debout au bar, en pleine conversation avec Nina. Ils se tenaient près l'un de l'autre, mais rien dans leur posture ne laissait entendre qu'ils souhaitaient se rapprocher davantage. En fait, Nina avait le dos bien droit et elle ne regardait pas Henry pendant qu'ils parlaient.

Je sentis la peur s'infiltrer en moi, mais je la réprimai. Je faisais confiance à Henry. J'étais sûre qu'il ne me serait jamais infidèle.

J'espérais seulement que mon optimisme ne se retournerait pas un jour contre moi.

————————

Henry conduisait en silence, perdu dans ses propres pensées. Je me détendis sur mon siège et fermai les yeux, épuisée après tout ce qui s'était passé durant la journée. Puis je m'aperçus tout à coup que la voiture s'arrêtait devant la maison de mes parents.

Henry vint ouvrir ma porte et m'accompagna jusqu'à l'entrée.

— Tu rentres? lui demandai-je en agrippant son blouson. Mes parents devraient être endormis, maintenant.

Il secoua la tête en souriant d'un air contrit.

— Je pense que je devrais me conserver les faveurs du colonel, pour l'instant.

Je regardai son visage à demi caché dans l'obscurité et lui demandai :

— Quelque chose ne va pas? Tu as été plus tranquille qu'à l'habitude.

— C'est seulement que j'ai beaucoup de choses à penser.

— À propos de Nina?

Il fronça les sourcils et m'enlaça.

— Non. Seulement à propos de la vie en général. À propos de la direction que prennent nos vies.

— Et quelle est cette direction?

Il me jeta un coup d'œil dubitatif.

— Je pense que nous le savons tous les deux.

— Éclaire-moi.

— Nous allons vivre heureux et avoir beaucoup d'enfants, déclara-t-il comme si c'était la chose la plus évidente du monde.

Je sentis une petite fleur rayonnante éclore dans ma poitrine. Je me haussai sur la pointe des pieds et l'embrassai, lui agrippant la nuque pour y mettre plus de ferveur. Il réagit immédiatement, m'attirant contre lui pour que je puisse sentir son érection. Ses doigts relevèrent l'ourlet de ma robe, puis s'enfoncèrent dans mes fesses tandis qu'il frottait ses hanches contre les miennes.

— Tu veux dire qu'il y aura une *fin heureuse*? murmurai-je contre ses lèvres tout en glissant une main dans son jean et en le massant à travers ses boxers.

Il émit un petit grognement du fond de sa gorge.

— C'est ce que je veux aussi, dit-il avant de gémir quand je le caressai sur toute la longueur de son membre.

Je retirai ma main en lui adressant un sourire pervers.

— Eh bien, bonne nuit.

Il écarquilla les yeux en essayant de reprendre son souffle.

— Quoi? Mais...

Je me retournai et glissai la clé dans la serrure quand il se pressa contre moi par-derrière, ses mains me tapotant les côtés du visage.

— Alors, c'est tout ? demanda-t-il d'une voix rauque en agitant ses hanches contre mes fesses. Tu vas me quitter comme ça ?

J'ouvris la porte et m'éloignai de lui.

— Oui, dis-je, me sentant délicieusement cruelle.

Je passai ma langue sur mes lèvres et lui jetai un regard sexy, qui glissa le long de son corps pour aboutir sur son entrejambe protubérant.

— Tu as beaucoup de choses à penser, tu ne te souviens pas ?

Il leva la main et fit glisser un doigt sur mes lèvres, puis me pinça le nez.

— Tu es une sale môme.

— Et une allumeuse, lui rappelai-je.

Il se mordit la lèvre inférieure en me regardant d'un air renfrogné.

— Tu sais, nous n'allons pas avoir cette fin heureuse si tu continues de me laisser en manque.

— C'est ce qu'*il* a dit, fis-je avec un grand rire, insouciante du lendemain, seulement heureuse d'apprendre qu'Henry songeait à notre avenir ensemble.

15

ALPHA MIKE FOXTROT

Le lendemain, après la séance d'Henry avec Doc Gal, nous achetâmes des sandwichs et des boissons et les apportâmes à la plage de Pacific Grove. Il fut difficile de se garer par un samedi après-midi sans nuages et nous finîmes par marcher sur une bonne distance pour atteindre la plage, mais ça valait le coup. Je n'y étais pas retournée depuis la mort de Jason et j'avais oublié à quel point l'océan pouvait être magnifique, comment l'eau se joignait au ciel à l'horizon vaporeux.

Nous nous assîmes sur une couverture pour avaler notre repas, nos orteils enfoncés dans le sable tout en admirant le bleu de l'océan.

Je m'appuyai sur mes coudes et tournai le visage vers le soleil, jouissant de sa chaleur.

— C'est sublime.

Quand j'ouvris les yeux, je me rendis compte qu'Henry me fixait d'un regard indéchiffrable.

— À quoi penses-tu ? lui demandai-je.

Il cligna des yeux à quelques reprises.

— T'es-tu déjà demandé à quoi aurait ressemblé ta vie si tu n'avais jamais emménagé ici ?

La question me prit par surprise.

— Pas vraiment, répondis-je, avant de m'arrêter un instant pour réfléchir. Mais je suppose que je fréquenterais maintenant quelqu'un d'autre, n'importe quel gars qui serait devenu le meilleur ami de mon frère.

— Je suis sérieux.

J'éclatai de rire.

— Moi aussi. J'adore les hommes plus âgés.

Il m'adressa un petit sourire et s'étendit près de moi en repliant les bras sous sa tête.

— Penses-tu que Jason serait encore en vie?

Je haussai les sourcils, comprenant finalement que la conversation était sérieuse.

— Je ne sais pas. Peut-être, dis-je. Ou peut-être qu'il serait quand même parti en déploiement et que ce tireur embusqué aurait encore été sur ce toit.

— Si tu pouvais reculer dans le temps, y changerais-tu quelque chose? Demanderais-tu à ton père de déménager ailleurs?

Je me concentrai sur le bleu du ciel en me demandant quel serait le numéro d'une pareille couleur sur la palette Pantone en ignorant la pression derrière mes yeux.

— Pour sauver Jason? Oui.

— Même si ça signifiait de ne jamais m'avoir rencontré?

Je sentis ma gorge se serrer. Je ne pouvais même pas imaginer une réponse à cette question, alors je demandai :

— D'où te viennent toutes ces idées?

Il prit une profonde inspiration.

— C'est seulement une chose qu'a mentionnée Nina hier soir...

— Nina, fis-je dans un souffle.

Mais bien sûr.

Il tourna la tête, puis me regarda.

— Ce n'est pas ce qui te vient à l'esprit. Nous étions seulement en train de discuter et elle a dit quelque chose qui m'a fait réfléchir.

— Laisse-moi deviner. Elle a demandé si tu serais toujours encore avec elle si je n'avais jamais déménagé en Californie.

— Non, répondit-il. Elle a seulement demandé de manière générale ce qu'il serait advenu de nous deux si les choses avaient été différentes, si certaines personnes n'étaient pas entrées dans nos vies.

Je me retournai sur le ventre et posai la tête sur sa large poitrine, puis j'appuyai mon menton contre mes bras repliés.

— Personne d'entre nous ne serait reconnaissable.

Il déplia un bras et commença à jouer avec mes cheveux, enroulant une mèche autour de son doigt.

— Je pense que je serais en prison maintenant plutôt que d'être capitaine dans l'Armée de l'air. Je pense que même Doc Gal n'aurait pas pu m'éviter cet avenir. Si ça n'avait pas été de ton père et de ton frère, j'aurais probablement laissé tomber l'école et serais peut-être devenu vendeur de drogues.

J'eus beau essayer, mais je ne pouvais m'imaginer Henry dans cette situation. Je secouai la tête.

— Non. Tu as trop d'honneur. Je ne pense pas que tu te juges à ta juste valeur.

— Et toi? Que penses-tu que tu serais devenue?

Je mâchouillai ma lèvre inférieure.

— Hmm. C'est une question difficile parce que nous aurions pu nous retrouver n'importe où. J'aurais pu être une meneuse de claques, ou amatrice de gothique ou encore joueuse de basket-ball.

— Tu penses qu'en vivant ailleurs, tu aurais pu devenir plus grande? me taquina-t-il.

— Peut-être. Les hormones de croissance dans l'eau. Il est arrivé des choses plus étranges.

Je lui souris, me sentant incroyablement chanceuse que mes parents aient décidé de vivre à Monterey, tout près de chez les Logan. Pour le meilleur ou pour le pire, Henry avait beaucoup contribué à façonner la personne que j'étais devenue et j'étais certaine qu'il avait le même sentiment à mon égard. Nos passés étaient fortement entre-lacés, de même, j'en étais certaine, que notre avenir.

— Quoi qu'il en soit, je ne pourrais pas imaginer être quelqu'un d'autre.

Il leva la tête, m'embrassa doucement, mais ne dit rien. Il y avait tant de choses qu'il ne disait pas.

— Qu'est-ce qui te préoccupe vraiment, Henry ?

Il me fixa des yeux avec une telle intensité que je tressaillis.

— Je pense que ce que je veux vraiment savoir, c'est si tu m'aimes pour ce que je suis ou parce que tu as toujours eu le béguin pour moi.

— Les deux, dis-je. Je ne comprends pas ce que tu me demandes.

— Si nous venions tout juste de nous rencontrer — moi étant un ex-détenu honorable et toi une vraiment grande meneuse de claques amatrice de gothique —, est-ce que je t'attirerais quand même ? Tomberais-tu quand même amoureuse d'un Henry accro à la méthamphétamine ?

— Maintenant, tu es un accro à la méthamphétamine ? lui demandai-je. Humm, peut-être pas si tu avais les dents bousillées.

— Réponds à la question.

— Peut-être. Je l'ignore, dis-je.

Je m'écartai de lui et me levai, puis regardai les nuages sombres qui s'amoncelaient dans le ciel en cette belle journée.

— Quelle importance ? Nous sommes qui nous sommes et nous sommes ensemble. C'est tout.

Si seulement c'était réellement le cas.

––––––––

La pluie commença à tomber pendant que nous retournions à la maison. Elle avait débuté en minuscules gouttes, mais en entrant dans notre quartier, elle était devenue torrentielle. Henry gara l'auto devant la maison de mes parents, ni l'un ni l'autre n'ayant envie de sortir sous cette pluie battante.

— C'est tout à fait Monterey, dis-je en regardant la pluie s'abattre sur le pare-brise.

— Elsie, commença Henry, et je sus qu'il allait finalement me dire ce qui le préoccupait. Je pense que nous devons rompre.

Il me fallut un moment pour que mon cerveau enregistre ses paroles, parce qu'elles étaient si étranges, si inattendues, que c'était comme s'il parlait une autre langue. J'hésitai, tellement j'étais surprise.

— De toutes les choses que je croyais entendre de ta bouche, *celle-là* n'en faisait pas partie.

Il fronça les sourcils en me regardant.

— Je suis désolé de te dire ça sans prévenir. Je pense seulement que nous devrions nous séparer quelque temps.

Des larmes me montèrent aux yeux à mesure que je comprenais.

— Tu as dit que tu m'aimais.

Ses narines se dilataient et quand il tendit la main pour me toucher la joue, ses doigts tremblèrent.

— C'est vrai.

— Alors...

— J'ai seulement besoin de découvrir qui je suis, Elsie, dit-il. Tu as toujours fait partie de ma vie et ça me fait un peu peur. J'ai l'impression de ne pas avoir d'identité sans toi.

— Alors, tu romps avec moi pour *te trouver*? lui demandai-je d'un ton incrédule.

— Pas seulement moi. Je veux la même chose pour toi. Je veux que tu découvres qui tu es sans moi.

Les larmes dégoulinaient maintenant sur mon visage.

— Je n'ai pas besoin de savoir qui je suis sans toi parce que tu fais partie de moi. Te sortir de l'équation, c'est comme m'enlever un fémur et me demander de vivre une vie normale. Ça n'arrivera pas.

— J'ai besoin que tu comprennes d'où je viens...

— Mais je ne peux pas comprendre, criai-je. Je ne peux pas comprendre comment tu peux me dire que tu m'aimes et me demander d'attendre six mois puis, maintenant que tu es revenu à la maison et que nous pouvons être ensemble, tu romps tout à coup avec moi. Et la raison que tu me donnes — trouver qui tu es — est peu convaincante et elle est stupide. Je pensais que tu allais me dire que tu avais une quelconque maladie horrible et, tu sais, ce qui est triste, c'est que je souhaiterais que ce soit le cas parce que ça voudrait dire que tu ne me quittes pas volontairement.

Il détourna la tête, les muscles de sa mâchoire et de son cou tendus, mais ne dit rien. Il se contenta de regarder par la vitre.

J'attendis qu'il dise quelque chose — quoi que ce soit — qui aurait du sens. S'il allait me briser le cœur, j'avais besoin d'une bonne raison, de quelque chose de tangible comme de vouloir être avec quelqu'un d'autre.

— Oh, mon Dieu, c'est à cause de Nina, n'est-ce pas ? Tu veux être avec elle ?

— Non ! s'exclama-t-il en se retournant finalement vers moi. Je ne me soucie pas de Nina.

— Et, de toute évidence, tu ne te soucies pas de moi, dis-je d'une voix brisée.

— Bien sûr que je...

Je ne voulais pas en entendre davantage, alors j'ouvris la portière de l'auto et sortis sous la pluie. Je me retrouvai immédiatement trempée des pieds à la tête, mais je m'en fichais. Je refermai brutalement la portière et marchai d'un pas rapide jusqu'à la maison, puis entrai en verrouillant la porte derrière moi.

— Ma chérie ?

Je me retournai et aperçus ma mère dans le vestibule, un regard anxieux sur le visage et une tasse de thé dans les mains.

— Elsie, tu vas bien ? demanda-t-elle.

Je me sentis fondre en entendant l'inquiétude dans sa voix, alors je l'entourai de mes bras et éclatai en sanglots.

————

Je restai étendue dans le bain pendant une éternité, pleurant sur une bouteille de merlot. Je parcourus mes souvenirs pour y trouver quelques indices de rupture imminente, mais rien ne me vint à l'esprit. Est-ce que ce n'était pas seulement la nuit dernière qu'il me disait que nous allions vivre heureux pour toujours ? Qu'est-ce qui avait changé depuis ?

J'avais tellement de questions à lui poser, mais mon orgueil m'empêcha de l'appeler. Peu importe à quel point je l'aurais voulu, je n'allais pas céder et le supplier de revoir sa décision.

Henry m'avait surprise en mars dernier quand il m'avait déclaré son amour et il m'avait de nouveau surprise en me disant qu'il voulait rompre.

Au début de l'année, je croyais tout savoir à propos de lui — sa couleur préférée, sa citation préférée, jusqu'à ses chaussures préférées —, mais quelque chose avait changé et, à chaque mois qui passait, je me rendais que je le connaissais à peine. À l'exception de détails superficiels, connaissais-je vraiment Henry autant que je le croyais ?

Et c'est à ce moment, alors que j'étais certaine d'être tombée amoureuse avec un parfait étranger, que je commençai finalement à le comprendre.

————

Quand je sortis finalement du bain et me dirigeai vers ma chambre, j'étais ivre et pratiquement insensible. Je n'avais pas parlé à mes parents de la rupture, mais ma mère, avec sa troublante intuition, avait deviné et elle avait dit à mon père de me laisser tranquille. Ils étaient sortis dîner sans moi dans un restaurant du voisinage au cas où je déciderais que ma solitude était trop difficile à supporter.

Je me laissai tomber sur le lit dans ma robe de nuit sans être tout à fait certaine si je souhaitais être seule ou non.

La solitude l'emporta. Je ne pouvais pas leur dire ce qui était arrivé, surtout parce que je n'avais pas en ce moment l'esprit suffisamment alerte pour expliquer le geste d'Henry.

Je me demandai si c'était une étape qu'il traversait, un quelconque exercice thérapeutique. Cette pensée me réconforta un tant soit peu et je pus fermer mes yeux bouffis et m'endormir.

Je m'éveillai quelque temps plus tard en entendant frapper à ma fenêtre. Je glissai hors du lit, encore à demi ivre, et ouvris la fenêtre pour Henry.

— Salut, fit-il, les mains dans les poches.

Je remarquai avec une certaine satisfaction que ses yeux étaient rougis.

— Je peux entrer? ajouta-t-il.

— Pourquoi?

— Je... Il fallait que je te voie.

Il fronçait les sourcils, me regardant d'un air suppliant.

J'inclinai la tête et m'écartai en m'appuyant sur ma vieille commode pour garder mon équilibre. Dès l'instant où ses pieds touchèrent la moquette, il m'enlaça, caressant mes cheveux, pressant mon visage contre sa poitrine. Je pouvais sentir son cœur battre à toute allure contre ma joue et je compris, même à travers mon brouillard éthylique, que je ne pourrais jamais aimer quiconque davantage. Si tout était vraiment terminé, si Henry voulait vraiment m'exiler de sa vie, je serais un être complètement brisé pour quiconque d'autre viendrait après lui.

Il ferma les yeux et m'embrassa sur le front, mais ce qui était censé être un geste de réconfort me réduisit plutôt le cœur en miettes.

Henry était venu me faire ses adieux.

J'épongeai mes pleurs sur sa chemise grise, mémorisant tout : la largeur et la solidité de son corps, l'odeur rafraîchissante de son déodorant, le battement de son cœur dans sa poitrine. Je voulais m'imprégner totalement d'Henry, me perdre dans cette sensation pour ne pas avoir à penser qu'il était venu me faire ses adieux.

Alors, je fis glisser ma main de son dos musclé jusqu'à sa tête et attirai ses lèvres contre les miennes.

Je l'embrassai avec fougue, ma langue se glissant contre la sienne avec un désir insondable. Il réagit en émettant un grognement et me poussa au mur, plaquant mon corps contre le sien. Il leva un genou entre mes jambes et pressa sa cuisse sur mon sexe, frottant son érection contre mon ventre, causant une délicieuse friction. Il arrêta de m'embrasser juste assez longtemps pour tirer sur sa chemise et la passer par-dessus sa tête en un mouvement ininterrompu.

Il glissa ses mains entre nous et, agrippant le col de ma robe de nuit, me la retira et la laissa tomber par terre, mettant mon corps à nu. Il s'écarta pendant un bref moment, ses yeux me parcourant avec ce regard sombre sur son visage.

— Dieu que tu vas me manquer, laissa-t-il tomber d'une voix rauque.

À cet instant, je vis rouge, outrée par son audace.

— Salaud, dis-je, et je le giflai.

Il poussa un grognement, ses yeux devenant sauvages.

— Refais-le, ordonna-t-il.

Je m'exécutai, ma paume frappant bien à plat contre sa joue. Il grogna de nouveau et serra les dents. Quand je levai la main pour le frapper encore, il agrippa mon poignet et me punit en m'embrassant à pleine bouche avec une colère et un désespoir que je n'avais jamais ressentis auparavant. De son autre main, il saisit ma mâchoire et me força à relever la tête, puis se mit à m'embrasser le cou, puis la clavicule, me mordillant ici et là.

Le plaisir et la fureur s'agitaient en moi comme une tempête. Je voulais le blesser à son tour, lui montrer ce qu'il m'avait fait subir, alors je lui lacérai le dos de mes ongles.

Il émit un son guttural, puis m'agrippa par la taille, m'arracha du mur et me jeta sur le lit. Je le regardai, bouche bée, en essayant de reprendre mon souffle tandis qu'il se débarrassait de son pantalon, les muscles tendus pour la bataille à venir.

Je me redressai sur le lit, prête à lui résister, mais il plaqua sa main contre ma poitrine et me repoussa sur le matelas. Il me saisit les poignets et les tira au-dessus de ma tête, les tenant en place d'une main pendant que, de l'autre, il écartait mes jambes et guidait l'extrémité de son pénis jusqu'à mon sexe. Il me regarda droit dans les yeux.

— Tu me veux en toi, Elsie ? demanda-t-il en s'enfonçant à peine et en se retirant immédiatement.

Je haletais tandis que mes muscles se contractaient, et j'essayai de l'attirer en moi par la seule force de ma volonté.

— Dis-moi. Oui ou non ? exigea-t-il de sa voix graveleuse.

— Merde, oui, répondis-je dans un souffle, et il s'enfonça brutalement en moi, me remplissant jusqu'à l'extrême limite.

Il émit un long et sourd grognement, agrippa mes hanches et m'attira jusqu'au bord du lit pour avoir une meilleure prise, puis il se pencha sur moi et roula des hanches contre les miennes.

J'empoignai les draps près de ma tête, tous mes sens exacerbés. J'étais encore étourdie par l'alcool qui mettait à vif toutes les terminaisons nerveuses de mon corps. Il me possédait, chaque poussée de ses hanches me comblant de plaisir aussi bien à l'intérieur qu'à l'extérieur. Il me regarda avec intensité, un petit sourire jouant aux commissures de ses lèvres tandis qu'il s'emparait de mon corps. Il me possédait.

Il pencha la tête et s'empara une fois de plus de ma bouche, sa langue et son sexe bougeant à l'unisson tandis qu'ils plongeaient en moi. Puis il se retira et me retourna sur le ventre.

— Mets-toi à genoux, me commanda-t-il, mais avant même que je puisse songer à refuser, mon corps me trahit et lui obéit.

Maintenant, Henry maîtrisait totalement la situation, me rendant folle à la fois de désir et de bravade. Si c'était la dernière fois que nous allions faire l'amour, elle allait certainement être mémorable.

Je lâchai un cri quand il me pénétra par-derrière. Il agrippa mes hanches et se mit à me pilonner, chaque poussée plus brutale que la dernière. Je m'appuyai sur les coudes, relevant mes fesses, le serrant en moi de toutes mes forces, le plaisir alimentant ma colère. Ou peut-être le contraire.

Pendant un certain temps, il n'y eut dans la chambre que le bruit de nos peaux se frappant l'une contre l'autre, ponctué par les grognements d'Henry. Je demeurai silencieuse, tenant à lui prouver qu'il ne pouvait pas me dominer complètement.

Je ne savais pas quand ça s'était produit, mais je compris qu'à un moment ou à un autre, Henry avait pris les commandes de toute notre relation — il m'avait fait tomber amoureuse de lui, puis m'avait tout repris. Mais même si je ne pouvais maîtriser mon cœur, ceci — cette baise — était une zone de guerre dans laquelle je pouvais me battre.

Il glissa une main entre mes jambes et caressa mon clitoris, essayant de me faire réagir, mais même malgré le plaisir, je mordis ma lèvre et n'émis aucun son. Avec son autre main, il me prit le menton et me tourna la tête vers lui, m'embrassant le front pendant qu'il continuait à me pilonner et à me masser. C'était presque trop, mais j'étais résolue à ne pas lui accorder ce qu'il voulait à tout prix.

— Elsie, dit-il, viens pour moi.

— Je ne vais rien faire pour toi, répondis-je.

Il relâcha mon menton, s'immobilisant à l'intérieur de moi en remarquant finalement mon changement d'attitude, mais l'élément de surprise ne dura que quelques secondes. Il récupéra immédiatement et glissa ses doigts entre mes fesses. Il me serrait de toutes ses forces tandis qu'il s'enfonçait de nouveau en moi, me frappant si durement que j'étais projetée vers l'avant à chaque poussée. Je raidis mes bras devant moi, refusant de céder le moindrement.

Alors il m'enveloppa la taille de ses bras et se laissa retomber de côté sur le lit, m'entraînant avec lui, son membre toujours en moi. Il glissa immédiatement la main devant moi, écartant ma jambe pour mieux s'emparer de mon clitoris. Avec trois doigts, il commença à me masser, tantôt en cercles, tantôt en petits mouvements rapides pendant qu'il allait et venait toujours en moi. Il passa son autre main autour de ma poitrine, emprisonnant mes bras.

— Je vais te faire jouir tellement que je vais graver ce souvenir pour toujours dans ta mémoire, me souffla-t-il à l'oreille et, malgré moi, je sentis la pression monter dans tout mon corps.

Toutefois, j'étais déterminée : il n'allait pas me prendre ça aussi.

Je tournai la tête et l'embrassai.

— Je vais t'oublier aussitôt que tu vas franchir cette porte, lui répondis-je contre ses lèvres.

Nous savions tous les deux que c'était un mensonge, mais il atteignit sa cible quand même. Il me relâcha, puis se retira et s'écarta de moi. Il commença à ramper hors du lit, mais s'arrêta. Il me regarda, les sourcils froncés pendant un moment, avant de me retourner sur le dos et de se glisser de nouveau en moi.

J'étais étourdie. J'ignorais s'il allait ou venait, s'il était chaud ou froid, mais tandis qu'il me pilonnait, ses yeux reflétaient une pure angoisse. Il s'appuya sur les coudes et m'embrassa fermement, presque avec révérence, murmurant sans cesse « Ne m'oublie pas ».

Le mur de glace que j'avais érigé autour de mon cœur commença à fondre, les gouttes s'échappant aux coins de mes yeux. Je l'embrassai pour étouffer mes sanglots. Évidemment que je n'allais pas l'oublier. Même si on me lobotomisait, chaque cellule de mon ADN connaîtrait encore les caresses d'Henry.

Puis il s'abandonna. Je sentis ses hanches tressauter et il commença à jouir, ses bras me serrant fermement la poitrine tandis qu'il continuait à s'enfoncer en moi.

Je me laissai aller avec un gémissement. Je sautai de cette falaise après lui, mes muscles se contractant convulsivement pendant qu'il palpitait en moi. Même s'il avait joui, il continuait de bouger, sachant instinctivement ce dont j'avais besoin. Mon orgasme se prolongea encore et encore tandis que je le serrais de toutes mes forces, extirpant chaque sensation de ce moment.

Nous nous effondrâmes ensemble, son poids sur moi pendant que nous reprenions notre souffle. Après un long moment, il se releva sur les coudes, puis il essuya les pleurs sur mon visage.

— Je t'aime, Elsie, dit-il en me regardant dans les yeux. Ça ne changera jamais.

— Mais *tu* pourrais changer, dis-je en terminant sa pensée.

Il hocha légèrement la tête en grimaçant.

— J'ai compris, Henry.

Mes lèvres tremblaient, mais je réussis à poursuivre.

— Je comprends ce dont tu as besoin, mais je ne sais pas si je t'attendrai encore au moment où tu auras fini par découvrir qui tu es.

— Je serais un sale égoïste si je te demandais de m'attendre encore une fois, fit-il.

Tout de même, il ne dit pas qu'il n'allait pas le faire.

Il ferma les yeux et déposa un baiser sur mon front, inspirant profondément avant de s'écarter. Il rassembla ses vêtements et commença à s'habiller. Je remarquai les lacérations sur son dos, heureuse de l'avoir fait saigner. Je regrettais seulement qu'elles ne soient pas permanentes, sachant qu'elles finiraient par disparaître en même temps que tout ce que nous partagions.

Quand il fut rhabillé, il ramassa ma robe de nuit et me la tendit. Il s'assit sur le rebord du lit, appuyant les bras sur ses jambes, la tête entre les mains.

— Henry?

Quand il releva la tête, ses yeux étaient rougis.

— Je me suis retrouvé dans une foutue fusillade sans même battre des cils et je n'ai même pas hésité un instant à courir vers l'explosion sur la base, sans savoir s'il y avait d'autres insurgés. Mais maintenant, je suis terrorisé, dit-il, les sourcils froncés. J'ai terriblement peur de commettre la plus grande erreur de ma vie.

Je me tus parce que nous savions tous deux ce que je dirais.

Je lui pris plutôt la main et entrelaçai mes doigts avec les siens.

— Il faut que je le fasse, murmura-t-il, ses yeux me suppliant de comprendre.

— Alors, va-t'en, dis-je d'une voix brisée. Fous le camp.

Il embrassa ma main et il se leva pour partir, mais une force inconnue le fit s'arrêter avant qu'il n'atteigne la fenêtre. Il tourna les talons et franchit en trois pas l'espace qui nous séparait. Il prit mon visage entre ses mains et l'embrassa avec une telle souffrance qu'il réduisit en miettes ce qu'il restait de mon cœur.

Je le repoussai, les larmes ruisselant sur mon visage, la douleur si intense que j'avais l'impression qu'elle me déchirait la poitrine. J'aurais voulu lui dire de ne jamais changer, de me revenir comme le Henry duquel j'étais tombée amoureuse, mais je n'avais déjà plus de mots et il ne me restait que les pleurs.

— Bye, Elsie, dit-il en me regardant une dernière fois avant de franchir la fenêtre et d'être avalé par l'obscurité.

16

TERMINÉ

Je dormis pendant une éternité. Chaque fois que je refaisais surface, je refermais les yeux et vidais mes poumons d'air, essayant de me noyer dans mon sommeil sans rêves où tout était moins douloureux.

Mais finalement, je dus arrêter de dramatiser à ce point et me résignai à me lever. La vie continue, la terre tourne et tout ça, alors, malgré ma lenteur, je me glissai hors du lit pour faire face à la journée qui m'attendait. Je traînai les pieds jusqu'à la salle de bain pour uriner, mais je fus saisie d'un besoin plus urgent : je me penchai au-dessus de la toilette et vomis toute la bouteille de vin que j'avais bue le soir précédent. Même quand mon estomac fut complètement vide, j'insérai un doigt dans ma gorge et me forçai à vomir une fois de plus pour nettoyer mon corps de tout ce qui me faisait souffrir.

Ça ne marcha pas. Je ne réussis qu'à expulser de la bile. Je me penchai sur le lavabo et bus une grande gorgée d'eau directement du robinet, essayant d'atténuer la douleur à l'intérieur. Puis je grimpai dans la douche et me lavai, chaque mouvement, chaque coup de gant de crin symbolisant mon besoin de me nettoyer du souvenir d'Henry.

Au sortir de la douche, ma peau était rouge et à vif, mais les souvenirs demeuraient. Comment pouvais-je effacer ainsi une personne qui avait fait partie de moi depuis mes douze ans? Je pourrais plus facilement m'oublier moi-même.

Je m'habillai et me rendis à la cuisine pour manger une rôtie afin de calmer mon estomac. Je remplissais ma tasse de café quand j'entendis des voix dans l'entrée. Une des voix, profonde et graveleuse, me donna envie de vomir de nouveau.

— Monsieur, entendis-je dire Henry en m'approchant, je voulais seulement vous dire quelques mots.

Je jetai un coup d'œil et les vis debout dans le vestibule. Mon père avait croisé les bras sur sa poitrine et Henry se tenait debout devant lui, les épaules affaissées, un sac de papier dans les mains. Henry le dépassait d'une tête, mais, en ce moment, mon père semblait mesurer trois mètres, faisant littéralement figure de lieutenant-colonel réprimandant le capitaine.

— Qu'est-ce que tu as fait à ma fille? demanda-t-il du ton que nous connaissions fort bien tous les deux, celui-là même qui nous faisait savoir que nous avions un sérieux problème.

— Elsie et moi avons rompu hier soir, dit Henry.

— Je l'avais compris, répondit mon père. Toutefois, il me semble que la rupture vient surtout de toi.

Henry baissa les yeux.

— Oui, monsieur.

— Tu vas me dire pourquoi, garçon?

— C'est pour son bien tout autant que pour le mien, dit Henry en regardant autour de lui comme s'il cherchait ses mots. Nous avons grandi ensemble. Nous ne connaissons que nous deux et, bien sûr, elle est tombée amoureuse de moi parce que j'étais toujours là. Je... je veux seulement m'assurer qu'elle veut être avec moi pour les bonnes raisons.

Mon père le fixa pendant un long moment, les lèvres pincées. Finalement, il dit :

— Et tu crois que *tu* pourrais être avec elle pour les mauvaises raisons?

Je retins mon souffle, attendant qu'Henry nie, mais il ne le fit pas. Évidemment.

— Je n'en suis pas certain. C'est ce que j'essaie de découvrir.

La nuit dernière, je ne croyais pas que mon cœur puisse se briser davantage, mais, à ce moment, j'eus l'impression qu'Henry marchait sur les débris et les écrasait sous son talon.

Je rassemblai mes esprits dans la mesure du possible et tournai le coin en essayant de maintenir un air de dignité dans mon pantalon de jogging et mon tee-shirt.

Henry sursauta, paraissant un peu paniqué en me voyant.

— Elsie, dit mon père en abaissant les bras. Henry allait justement partir.

Henry inclina la tête, puis baissa les yeux sur le sac dans ses mains.

— Je voulais seulement te donner ça, fit-il en me le tendant.

Je regardai le sac pendant un long moment, essayant de deviner ce qu'il contenait.

— Tu m'as apporté un sandwich d'adieu?

Il secoua le sac.

— Prends-le, s'il te plaît. Ne l'ouvre pas avant d'être dans l'avion.

Je le pris et regardai immédiatement à l'intérieur.

— Une enregistreuse et quelques rubans?

Il inclina brièvement la tête.

— Ouais. Doc Gal a enregistré nos séances pour que je puisse les réécouter. Elle pensait que ça pourrait m'aider.

— Alors tu veux que je les ramène à Oklahoma City pour toi? demandai-je. Parce que tu manques d'espace dans tes bagages?

Ses narines palpitaient d'agacement quand nos regards se croisèrent.

— Je veux que tu les écoutes.

— Pourquoi je ferais ça ? C'est une forme de torture ?

Bien sûr, j'étais insolente, mais merde, ça me faisait un bien fou.

— Tu ne me facilites pas les choses, dit Henry.

— Dis-moi donc pourquoi je te faciliterais la vie, Henry ? rétorquai-je.

Il se pinça l'arête du nez et prit une profonde inspiration.

— Tu m'as dit que tu avais l'impression de ne pas même me connaître. Tu as peut-être raison et peut-être que non, mais j'espère que ces enregistrements te mettront sur la bonne voie. Vas-tu au moins les écouter ?

Je secouai la tête.

— Je ne suis pas masochiste.

Il soupira, puis tendit la main vers la poignée de la porte.

— Eh bien, garde-les de toute façon. Au cas où.

— Quand prends-tu l'avion ? lui demanda mon père.

— Je pars maintenant, répondit-il en se tournant vers moi sans réussir à croiser mon regard. Je peux te prendre à l'aéroport ce soir quand ton avion arrivera.

Je pris une profonde inspiration, incapable de rester en colère. Même quand il était un salaud, Henry était quand même attentionné. Je décidai alors que j'allais effacer complètement son ardoise. Il est *prévenant*, me dis-je. C'était la seule chose que je connaissais de lui avec certitude.

— S'il te plaît, ne fais pas ça, lui dis-je d'une voix rauque.

Je ne savais même pas comment j'allais pouvoir passer la nuit dans le même appartement que lui.

Il hocha la tête.

— OK. Eh bien, à bientôt, dit-il, puis il sortit en refermant bruyamment la porte derrière lui.

————————

Ce fut avec tristesse que je fis mes adieux à mes parents. À un autre moment, je n'aurais éprouvé qu'un peu de regret, mais aujourd'hui, j'étais saisie d'une tristesse que j'ignorais comment surmonter.

— Tu ne peux pas rester quelques jours de plus ? demanda ma mère sur le chemin de l'aéroport.

Elle occupait le siège arrière avec moi pour me soutenir.

— Histoire de laisser passer un peu de temps.

— Je ne peux pas, répondis-je en souhaitant être plus impulsive.

J'avais tellement envie de laisser tomber mon travail et de demeurer à Monterey. Ce ne serait pas si mal de vivre de nouveau avec mes parents.

— Je dois retourner au boulot, terminai-je.

Ma mère jeta un regard entendu au sac de papier qui dépassait de mon sac à main.

— Au moins, écoute ce qu'il a à dire.

— Ce qu'il a à dire n'a pas d'importance, répondis-je en secouant la tête. La fin de l'histoire ne change pas.

— Ce n'est pas la fin, ma chérie, dit-elle en me serrant la main. Le garçon veut seulement se trouver d'abord.

— Ce n'est plus un garçon, répondis-je. C'est un homme. S'il n'a pas encore réussi à ramasser sa merde, alors il n'y arrivera jamais.

— Elsie, intervint mon père en me jetant un regard sévère dans le rétroviseur.

Je m'enfonçai dans mon siège et soupirai fortement.

— Super. Vous prenez tous les deux son parti.

— Il n'y a aucun parti ici, dit mon père. Nous voulons que vous soyez tous les deux heureux.

Je regardai par la vitre, me sentant complètement vaincue.

— Ma chérie, dit ma mère en me caressant le bras. La seule raison pour laquelle nous ne sommes pas durs avec lui, c'est parce que nous le connaissons. Nous savons qu'il n'essaie pas de te faire du mal. Je lui ai parlé ce matin après ma marche et il m'a semblé profondément déchiré. Mais en fin de compte, tu es ma fille et je souhaite *ton* bonheur. Alors, si tu veux que je l'accable de bêtises, tu n'as qu'un mot à dire...

Je restai bouche bée en entendant ses paroles, puis j'éclatai de rire.

— Ou nous pouvons seulement embaucher quelqu'un pour lui briser une jambe, ajouta ma mère avec un petit sourire.

Je me penchai et la serrai contre moi, ressentant un élan de reconnaissance envers mes parents.

— Je vous aime, dis-je. Je crois que ça ira.

———————

Notre séparation à l'aéroport fut volontairement brève. Je détestais les adieux prolongés.

— Nous sommes là pour toi, ma chérie, dit mon père avant que j'entre dans la courte file devant la zone de sécurité. Au cas où tu aurais besoin de nous.

Je les enlaçai tous les deux et partis. Une fois assise dans l'avion, je pris le sac de papier dans mon sac à main et en versai le contenu sur mes genoux. L'enregistreuse était un vieux modèle Sony à mini-cassettes. Il était si vieux qu'il affichait encore un compteur analogique à trois chiffres et un bouton de réinitialisation en plastique comme minuteur. Je ne savais pas comment une chose aussi ancienne pourrait m'apprendre quoi que ce soit à propos d'Henry, mais j'entreprenais un vol de quatre heures et j'avais du temps à perdre.

Je glissai dans l'appareil la première cassette étiquetée « Les séances d'Henry n° 1 » et mis les écouteurs.

La voix profonde d'Henry se fit entendre, claire et forte.

— Mon plus ancien souvenir, c'est une visite au parc quand j'avais deux, peut-être trois ans.

Henry me connaissait bien et il savait que je serais incapable de résister à la possibilité d'écouter sa version de l'histoire. Alors, je me laissai glisser dans mon siège et absorbai ses paroles, espérant que quelque part dans cette collection de cassettes sur mes genoux, je découvrirais le secret qui me permettrait finalement de le connaître aussi.

QUATRIÈME PARTIE

LES SÉANCES D'HENRY

17

Je m'appelle Henry Mason Logan.

Mon plus ancien souvenir, c'est une visite au parc quand j'avais deux, peut-être trois ans. Louise, ma nounou, m'avait emmené dans ce minuscule parc le long de la rue et j'avais joué avec ce petit garçon que je ne connaissais pas. Il n'arrêtait pas de parler de Louise comme si elle était ma mère et je ne l'ai jamais corrigé. Je me disais qu'elle était mieux que ma mère parce qu'au moins, elle prenait soin de moi.

Mes parents étaient des gens qui consacraient tout leur temps à leur carrière. Ma mère était une avocate en pleine ascension et mon père avait une entreprise d'aménagement paysager. Maman travaillait toujours tard ou partait en trombe pour aller rencontrer des clients et papa... eh bien, quand il ne travaillait pas ou ne picolait pas avec ses copains, il restait assis dans sa caverne masculine et jouissait de l'espace personnel dont il avait besoin.

Il m'était interdit d'y entrer sauf quand il y rassemblait ses amis pour regarder un match de football et qu'il avait besoin de moi pour leur apporter des croustilles ou de la bière.

Pour une quelconque raison, j'avais toujours pensé que les hommes aimaient avoir des fils parce qu'ils auraient quelqu'un à qui enseigner le base-ball ou la façon de construire des autos. Tout au moins, ils avaient quelqu'un pour perpétuer le nom de famille, mais mon père ne semblait absolument pas s'en soucier. Il était différent des parents de mes camarades d'école. Il n'a jamais fait partie d'une ligue mineure de base-ball ou des scouts ou de quoi que ce soit du genre.

Pourquoi? Aucune idée. J'avais fini par conclure longtemps auparavant que c'était un père merdique. Trop égoïste pour avoir un enfant, ça c'est sûr.

De temps en temps, ma mère me montrait un tant soit peu d'affection. Quand elle avait une minute, elle m'enlaçait ou m'embrassait sur le front. Vous savez, le genre de choses qui vont de soi pour une mère. Mais ce que j'aurais vraiment voulu, c'est qu'elle reste à la maison et s'occupe de moi, qu'elle m'attende à la descente de l'autobus comme les mères des autres jeunes. Je voulais revenir à la maison et y trouver des biscuits fraîchement sortis du four et un verre de lait. Je croyais que c'était ce que les mères étaient censées faire et non se précipiter au travail chaque jour, puis revenir à la maison juste à temps pour me mettre au lit.

Est-ce que j'ai entrepris de rétablir les ponts avec mes parents? Bien sûr que non.

Est-ce que je le voudrais?

Je ne sais même pas si je devrais m'en préoccuper. Ils sont ce qu'ils sont et, quoi qu'il en soit, je les déteste et je les aime.

Mais... je souhaiterais seulement qu'ils essaient au moins de s'excuser, vous comprenez? Ce serait si difficile pour eux de dire: « Henry, nous sommes désolés de t'avoir négligé et de t'avoir laissé élever par une nounou »? J'ignore si ce serait une panacée pour moi, mais j'aimerais bien les entendre reconnaître ça.

Ils ne m'ont même pas appelé pour me dire au revoir quand je suis parti en déploiement.

———

Comme vous le savez, j'étais un enfant assez délinquant. J'ai fumé ma première cigarette en cinquième année et bu ma première bière en sixième. En secondaire 1, j'ai perdu ma virginité avec cette fille — je ne me souviens même plus de son nom — qui était venue en visite à Monterey pour la semaine. Je me suis vanté devant mes amis à l'école d'avoir eu une aventure d'une nuit, mais je me souviens avoir voulu qu'elle tombe amoureuse de moi. Je ne sais pas trop ce que ça révèle à mon propos, le fait que j'aie souhaité être aimé et accepté d'une fille qui n'allait même pas demeurer dans le coin.

Désespéré? Stupide? Naïf? Tout ce qui précède?

La première fois où j'ai essayé le cannabis, c'était à une fête au début de ma deuxième année du secondaire. Je pense que si j'avais pu en obtenir facilement, j'en aurais probablement fumé encore plus, mais je n'avais pas assez d'imagination pour en trouver et je n'étais pas assez *cool* pour fréquenter des gens qui le pouvaient.

Ma première bataille s'est déroulée avec un garçon dans la cour d'école en deuxième année. Il m'avait jeté du sable au visage, alors je l'ai frappé dans les couilles. Ça m'a valu une visite au bureau du directeur et c'est Louise qui est venue m'y chercher.

La première fois où j'ai volé, c'était chez ce jeune qui m'avait invité pour le dîner. C'était mon *modus operandi* à l'époque : je me liais d'amitié avec quelqu'un pour aller dîner chez lui parce que tout ce qui m'attendait à la maison, c'était un autre *burrito* congelé ou des nouilles chinoises réchauffées à l'eau bouillante. Alors, j'allais dîner chez mes camarades de classe. Un jour, je me trouvais chez Tommy Schilling et j'ai vu ce briquet vraiment *cool* à l'intérieur d'un vaisselier dans leur salle à manger. C'était ce genre de briquet de laiton en forme de bombe atomique, et j'ai simplement glissé la main dans le meuble et je l'ai pris.

On ne m'a jamais réinvité. Tommy m'a accusé à l'école la semaine suivante, mais ils ne pouvaient rien prouver et, ma mère étant avocate, ses parents ne voulaient pas vraiment donner suite à l'affaire.

J'ai fini par rendre le briquet. Ça ne s'est passé qu'à la fin de ma deuxième année du secondaire, mais je l'ai rendu à Tommy et lui ai dit que j'étais désolé.

Je savais que j'étais sur une mauvaise pente, mais c'était comme si je descendais en slalom sur une piste glacée : je voyais exactement vers quoi je me dirigeais, mais je ne pouvais pas m'arrêter. Jusqu'à ce que je rencontre les Sherman.

Jason est arrivé à l'école environ deux mois après le début des classes. Je m'en souviens très bien parce qu'il était grand même à l'époque et qu'il affichait une chevelure blonde un peu longue et un sourire affable. Il parcourait les corridors d'un air confiant comme s'il se trouvait dans cette école depuis sa toute première année. La rumeur de son arrivée s'est répandue vite et, à la fin de la journée, la moitié des filles étaient en pâmoison devant lui. Après une seule journée, il était déjà destiné à devenir la coqueluche de l'école. Pour moi qui essayais depuis des années d'attirer l'attention sans y parvenir, c'était un vrai coup dur.

Je n'avais pas encore eu ma poussée de croissance, alors je ne mesurais qu'un mètre soixante-cinq à cette époque et je ne faisais pas très bonne figure. Jason ne savait rien de mon histoire, alors j'ai pensé que je pourrais peut-être devenir son ami et rehausser mon statut à l'école. En tout cas, je pourrais soutirer un ou deux dîners à sa famille. Alors, je me suis rapproché de lui et j'ai commencé à dîner chez ses parents. Le hasard avait fait que nous ne vivions qu'à quelques maisons l'un de l'autre, alors c'était encore mieux.

Jason paraissait si gentil. Il n'a même pas paru avoir le moindre soupçon quand je lui ai demandé si je pouvais visiter sa maison, et il m'a tout de suite invité à rester pour le dîner.

C'est à ce moment que j'ai rencontré Elsie pour la première fois.

Qui est Elsie? La façon la plus simple de la décrire, ce serait de dire que c'est la petite sœur de Jason. La plus compliquée, c'est de dire qu'elle est l'amour de ma vie. Je vais essayer d'être objectif en parlant d'elle, essayer de ne pas laisser mes sentiments à son égard influer sur la façon dont je me souviens d'elle. C'était une jolie fille. Elle était toute menue, avec des cheveux bouclés châtains et de grands yeux noisette. Quand je suis entré chez les Sherman, elle est arrivée en courant dans l'escalier avec un sourire enthousiaste, mais quand elle m'a aperçu, son expression a changé comme si elle sentait quelque chose de mauvais. Je ne pouvais pas le lui reprocher. Comme je portais un appareil dentaire, je ne souriais jamais et j'avais toujours les cheveux en bataille. En fin de compte, c'est grâce à nos cheveux que nous avons établi un lien.

— Tes cheveux sont en désordre, lui ai-je dit seulement pour l'emmerder.

— Les tiens sont pires, m'a-t-elle répondu d'un air arrogant.

J'aurais voulu la taquiner davantage, voir dans quelle mesure je pouvais vraiment la faire fâcher, mais sa mère est arrivée pour m'accueillir, alors je me suis tu.

— Jason, qui est ton ami? a-t-elle demandé en m'examinant des pieds à la tête.

Mais elle ne me regardait pas avec dégoût comme les autres parents parce qu'elle n'avait pas encore entendu parler de moi. Elle me regardait simplement avec curiosité et peut-être un certain amusement.

— Henry Logan, a répondu Jason en me claquant le dos. Le gars le plus sympa de l'école.

Je n'étais pas vraiment d'accord avec cette estimation, mais qui s'en souciait? Je pouvais faire semblant d'être le type le plus sympa de l'école si ça pouvait me procurer un repas gratuit et de la compagnie.

Le dîner chez eux a été pour moi comme une révélation. Jusqu'alors, je n'avais jamais pris conscience à quel point on pouvait se sentir bien, assis à la table avec papa et maman à parler de sa journée. Les Sherman demandaient à leurs enfants comment s'était passée leur journée et ils écoutaient vraiment, puis ils m'ont demandé comment s'était passée la mienne et ont vraiment paru intéressés aussi. C'était réellement chouette qu'ils s'intéressent à moi et je me suis senti un peu paniqué. Je pense que j'ai peut-être dit trois mots avant de me remplir la bouche de pommes de terre pilées.

Cette semaine-là, ils m'ont invité à dîner deux autres fois et j'y suis retourné en m'imprégnant de leur normalité. Ils étaient ce que j'avais toujours voulu dans une famille, mais que je n'avais jamais obtenu.

J'ignore s'il est sain de leur en vouloir et de les envier en même temps, mais je vais vous dire une chose : je n'ai jamais rien volé chez eux. Ça ne m'a même jamais traversé l'esprit.

18

Jason et moi sommes vraiment devenus de bons amis. Au début, il se tenait avec moi parce que j'étais la seule personne qu'il connaissait, et je faisais de même avec lui parce qu'il était le seul à encore le vouloir. Mais en fin de compte, une véritable amitié s'est développée.

Il était terriblement drôle. Quand il n'y avait pas d'adultes autour, il racontait toujours les blagues les plus osées. Il avait le plus vaste répertoire de blagues sexuelles que j'aie jamais entendues et il était futé sans même faire d'effort. Mais la plus grande qualité de Jason, c'était qu'il était loyal et qu'il était un véritable ami. Je ne pourrais vous dire combien de fois d'autres élèves sont venus le voir pour lui raconter des histoires sur mon passé. Jason se contentait de hausser les épaules et de leur dire que j'étais quand même son ami, que je ne lui avais rien volé ou ne l'avais jamais battu, alors pourquoi devrait-il s'en faire ?

Il était si sûr de lui ; c'était un trait de caractère qui lui venait sûrement de son père, un lieutenant-colonel de l'Armée de l'air à la retraite. Jason était un des plus jolis garçons de l'école et son air confiant de même que son sourire décontracté rendaient les filles folles. Il devait toujours les laisser tomber délicatement. Ça me rendait malade.

J'ai été le faire-valoir pendant longtemps, mais, tout à coup, je me suis mis à grandir, on m'a enlevé l'appareil dentaire et, soudainement, les filles se sont mises à me regarder aussi. Et pas l'air de dire « Hé, t'es pas le gars qui vole des choses ? ». Je n'étais pas habitué à ce genre d'attention sympathique, alors j'ai imité Jason et je l'ai joué *cool*.

Quelque chose a changé quand Elsie a eu treize ans. Je ne sais pas si c'était parce qu'elle était officiellement devenue une adolescente, mais tout à coup, je la voyais d'une autre façon. Je ne savais pas quoi faire en sa présence. Soit que je me taisais, soit que je me mettais à lui dire des bêtises pour la faire réagir, mais elle avait de la répartie et elle rétorquait toujours.

Je me souviens d'une fois où nous étions dans leur salon au rez-de-chaussée. Jason et moi parlions de sexe quand Elsie est entrée d'un pas nonchalant en léchant innocemment une sucette.

Je suis désolé si ça peut sembler vulgaire, mais pour un garçon de quinze ans, une fille qui lèche une sucette, c'est comme du Viagra visuel. Je remercie le ciel d'avoir eu des coussins à portée de main et pour le tee-shirt trop grand que je portais.

— De quoi vous parlez ? a-t-elle demandé d'un ton désinvolte en se laissant tomber sur le canapé près de moi.

— De positions, avait répondu Jason, le visage impassible.

— Comme des positions au football ? demanda-t-elle, les yeux écarquillés de curiosité.

Jason m'a adressé un petit sourire.

— Quelque chose comme ça.

J'ai joué le jeu.

— Ouais, comme cette position qu'on appelle le *donkey punch*. Le rôle de ce gars, c'est d'arriver par-derrière et de frapper le joueur adverse sur la nuque.

Elsie a froncé les sourcils.

— Ça paraît bizarre. On ne se donne pas de coups au football.

J'ai continué comme si je ne l'avais pas entendue.

— Puis il y a ce jeu qu'on appelle la levrette, où un gars arrive encore par-derrière et se lance sur l'autre joueur.

— Ça ressemble au *dunkey punch*, a souligné Elsie en me regardant d'un air sceptique.

— Non, on ne frappe personne en pratiquant la levrette, ai-je répondu, le visage sur le point d'exploser sous l'effort de ne pas éclater de rire.

Jason a éclaté de rire à s'en tenir le ventre. Je ne pouvais plus me retenir et j'ai pouffé aussi.

Elsie s'est levée, furieuse, en comprenant que nous la faisions marcher.

— Vous êtes deux têtes de nœud, a-t-elle dit avant de partir à grands pas.

— Tu n'es pas censée dire ce mot! lui a crié Jason tandis qu'elle s'éloignait.

Elle s'est retournée, les poings sur les hanches.

— Ah oui? Eh bien, tu n'es pas censé non plus parler de sexe!

Jason et moi sommes tombés sur le plancher, morts de rire.

———————

Je passais de plus en plus de temps chez Jason. Je revenais de l'école pour trouver ma maison vide et ce n'était que trop facile de descendre la rue et de frapper à la porte des Sherman. Jason et moi allions jouer au Nintendo et manger des collations dans le salon. Je suis sûr de devoir à cette famille des milliers de dollars pour toute la nourriture que j'ai avalée chez elle. Son père se plaignait sans arrêt que Jason et moi mangions littéralement leur maison, mais je ne me suis jamais senti de trop. Le colonel me faisait chaque fois comprendre qu'il blaguait.

Chez moi, rien ne changeait. Maman restait au bureau jusque vers vingt-deux heures. Quant à mon père, eh bien, je n'avais aucune idée où il passait son temps. Tout ce que je savais, c'est qu'il revenait à la maison vers vingt et une heures, sentant l'alcool et le tabac, puis qu'il allait s'enfermer dans sa caverne. J'étais convaincu que mes parents avaient chacun des aventures, mais je n'ai jamais pu en trouver la preuve.

Et vous savez ce qui est triste? C'est que je ne me souciais même pas de le découvrir.

J'étais si fatigué de cette solitude constante qu'un jour, je suis allé chez les Sherman et j'ai frappé à la fenêtre de Jason, mais il n'a pas répondu. Jason est un gars qui dort profondément. La fenêtre d'Elsie se trouvait juste à côté et j'ai frappé à la sienne en pensant que peut-être je pourrais passer par là pour me rendre dans la chambre de Jason.

Le visage d'Elsie est apparu à la fenêtre; elle avait les traits ensommeillés et ses cheveux bouclés étaient rattachés en un chignon désordonné. Elle semblait si adorable. Elle m'a laissé entrer avec un air quelque peu ébahi et m'a demandé si quelque chose n'allait pas.

— Pourquoi quelque chose n'irait pas? lui ai-je répondu, immédiatement à cran.

— Parce que tu frappes à ma fenêtre au beau milieu de la nuit.

J'ai jeté un coup d'œil à ma montre.

— Il n'est que vingt-deux heures trente, râleuse.

— Mais tu es dans ma chambre à vingt-deux heures la veille d'une journée d'école, a-t-elle dit. Il y a certainement quelque chose qui ne va pas.

Je me suis assis sur le rebord de son lit et j'ai soupiré, me sentant découragé. Jason et moi ne parlions jamais vraiment de nos sentiments, mais Elsie était une fille et les filles sont des pros en cette matière.

— Mes parents ne sont toujours pas à la maison.

— C'est vraiment chiant.

Elle s'est assise et s'est adossée à la tête du lit. Je me suis débarrassé de mes souliers et j'ai grimpé aussi, m'installant contre le pied de lit. Nous étions face à face dans la semi-obscurité, nos visages éclairés seulement par la veilleuse dans un coin.

— Ils reviennent toujours tard, lui ai-je dit en fixant l'étagère au-dessus de sa tête. Je suis tellement fatigué de dormir dans une maison vide. Et quand je me réveille, ils sont déjà partis. C'est comme si je vivais tout seul.

— Ça me semble assez agréable. Tu peux faire ce que tu veux, regarder les émissions qui te plaisent.

— Ça semble bien, mais c'est vraiment emmerdant. Je n'ai même pas encore seize ans et je vis déjà tout seul.

— Tu te sens seul? m'a-t-elle demandé d'une petite voix.

J'ai réfléchi à mes choix de réponses. J'aurais eu tendance à mentir d'instinct, mais je m'étais déjà ouvert à Elsie et il valait mieux lui dire la vérité. Au pire, ça me ferait paraître comme étant une personne sensible.

— Ouais. Vraiment, lui ai-je dit en poussant doucement sa cuisse avec mon pied. Toi et Jason êtes si chanceux. Ne l'oubliez jamais.

Elle me regardait de ses yeux noisette.

— Je n'oublierai pas, a-t-elle répondu en se laissant glisser sur son oreiller. Henry, je peux te demander quelque chose?

— Vas-y.

— C'est pour ça que tu es toujours ici? Sommes-nous quelque chose comme ta famille adoptive?

— Ouais, quelque chose du genre, lui ai-je dit en lui jetant un coup d'œil. Pourquoi? Tu veux que je parte?

— Non. Tu peux faire partie de ma famille. De toute façon, toi et Jason êtes pratiquement des jumeaux. Des jumeaux têtes de nœud.

Je serrai son pied à travers sa chaussette.

— Ne parle pas comme ça.

— Pourquoi? Toi et Jason le faites.

— C'est parce que nous sommes dégoûtants et vulgaires.

— C'est vrai. Tu sens des pieds.

— Pas du tout ! me suis-je exclamé en riant.

J'avais pratiquement atteint cet âge où le déodorant et la douche quotidienne étaient devenus une nécessité.

Elle s'est pincé le nez et s'est mise à rire.

— Ils puent vraiment.

Je me suis levé, ai attrapai mes souliers et me suis dirigé vers la porte.

— Alors, je vais aller empester la chambre de Jason, ai-je rétorqué en souriant avant de sortir sur la pointe des pieds.

— Bonne nuit, sale morveuse.

19

Elsie est entrée à l'école secondaire de Monterey quand Jason et moi étions en troisième secondaire. J'ignore si l'idée venait de son père, mais au début, Jason la surveillait comme un faucon. Il m'a demandé de la suivre, de m'assurer que personne ne l'embêtait. Elsie était une fille gentille et certains des élèves plus âgés aimaient taquiner les nouveaux, alors Jason et moi avons dû discuter avec certains d'entre eux. Nous faisions partie de l'équipe de football et les gens nous écoutaient comme si nous possédions une véritable autorité.

Elsie, quant à elle, avait ses amies et elle était vraiment une personne aimable. Avec sa beauté en plus — à ce moment, elle avait appris à mieux se coiffer —, elle est rapidement devenue une des filles les plus populaires de l'école. Je voyais tout le temps des gars essayer de lui parler et j'éprouvais le besoin de passer un bras autour de son épaule pour les faire déguerpir. À l'époque, je pensais que c'était seulement un sentiment protecteur excessif. Maintenant, je peux vous dire qu'il s'agissait des premiers sursauts de jalousie qui fusaient en moi, mais quand on est jeune et qu'on n'a jamais aimé une fille, on ne sait pas ces choses. Malheureusement, ignorant ce que je pouvais bien ressentir, j'ai fini par poser des gestes passablement stupides.

Prenez par exemple cette fois où, en dernière année du secondaire, ce gars a emmené Elsie à la fête de la rentrée. À ce moment, Elsie était en deuxième année, mais John était en dernière année et c'était un coureur de jupons reconnu, alors Jason et moi étions déjà en état d'alerte. John faisait aussi partie de l'équipe de football, même s'il n'était qu'un remplaçant, alors nous sommes tous montés ensemble dans une limousine. Je me suis vraiment arrangé pour que Jason et moi puissions garder un œil sur ce gars et ses mains baladeuses.

Tout allait bien pendant la fête. J'étais accompagné de ma petite amie, Nina, terriblement sexy dans sa robe verte ajustée qui s'agençait bien avec sa chevelure rousse. Nous dansions et Nina me murmurait des paroles vraiment torrides à l'oreille quand j'ai vu John entraîner Elsie sur la piste.

Ils ont débuté assez innocemment, Elsie posant ses mains autour du cou de John et les siennes sur sa taille, mais il y avait beaucoup de vrai dans la réputation de John et il s'est mis à devenir audacieux. Elle n'arrêtait pas de lui retirer les mains de ses fesses, mais il était persistant, jusqu'à ce qu'elle abandonne et le laisse la caresser en pleine piste de danse.

Je n'oublierai jamais l'extase sur son visage quand elle a fermé les yeux et l'a laissé l'embrasser dans le cou.

Ça m'a rendu tellement furieux.

J'ai lâché Nina et couru vers John, puis l'ai saisi par le col de sa chemise avant de le jeter à travers la pièce. Je me suis tourné vers Elsie, prêt à... je ne sais pas. J'aurais voulu lui hurler au visage, et l'embrasser, et la garder à l'abri des gars dégoûtants comme John.

— Qu'est-ce qui te prend, Logan ? m'a crié John en me poussant.

Je l'ai poussé à mon tour, attendant qu'il me frappe. C'était moi qui avais commencé la bagarre, alors si je le frappais en premier, j'étais sûr d'être expulsé de l'école et peut-être même être accusé de voies de fait.

— Tu abusais pratiquement d'elle devant toute l'école ! lui ai-je crié.

— Ce n'était pas de l'abus si elle le voulait ! a rétorqué John.

Nous essayions tous les deux de crier plus fort que l'autre quand Jason est intervenu. Puis je me suis aperçu qu'Elsie était partie. Heureusement, quelqu'un a dit l'avoir vue courir vers la sortie, alors je me suis précipité à sa poursuite avec Jason sur mes talons.

Nous l'avons rejointe et, croyez-moi, il m'a fallu toute ma retenue pour éviter de la saisir à bras-le-corps. Et... je ne sais pas. Ces foutues hormones d'adolescent tournaient à plein régime.

Après s'être rendu compte qu'Elsie allait bien, que nous agissions seulement comme des enfants, Jason est retourné auprès de sa compagne. Là, seul dans le corridor obscur avec Elsie, j'étais rempli de tant de sentiments contradictoires, le principal étant la volonté de la protéger. Je ne voulais pas la voir avec des gars comme John qui ne la respectaient pas, mais, honnêtement, je ne connaissais aucun gars qui la méritait. Moi ? Bon Dieu, non. Je n'étais aussi qu'un adolescent en chaleur.

— Tu n'aurais pas dû le laisser faire ça, lui ai-je dit.

— Nous ne faisions que danser.

Elle semblait sur le point de se mettre à pleurer.

Je ne savais pas quoi dire pour faire disparaître cet air sur son visage et j'ai fini par dire la première chose qui m'a traversé l'esprit.

— Maintenant, toute l'école va savoir que tu es une fille facile.

J'ignore pourquoi j'ai dit ça. Ce que je voulais dire, c'était que l'école allait *penser* qu'elle était une fille facile.

— Elsie, ce n'est pas ce que je voulais dire, ai-je ajouté immédiatement.

Elle m'a repoussé en me disant :

— Je te déteste.

— Ce n'est pas ce que je voulais dire, ai-je répété, mais elle s'éloignait déjà.

Je me suis tourné vers le casier le plus proche et me suis mis à me frapper la tête à répétition contre le métal. Nina m'a retrouvé quelques minutes plus tard dans cet état.

— Tu vas bien ?

— Super, Nina, lui ai-je dit. Ça ne se voit pas ?

— Tu as l'air d'être jaloux parce que John tripotait Elsie.

J'ai pris de profondes respirations pour atténuer mon mal de tête.

— Elle est comme une petite sœur pour moi, OK ?

Nina ne paraissait pas convaincue, mais elle a incliné la tête quand même.

— D'accord. On peut retourner à la fête, maintenant ?

Je lui ai pris la main et l'ai ramenée au gymnase, heureux de pouvoir me changer les idées d'une manière ou d'une autre.

— Eh bien, si tu ressembles à une pute et que tu parles comme une pute, murmura-t-elle.

C'était la première fois que je remarquais ce côté méchant chez Nina, mais à ce moment de ma vie, c'était la seule fille qui pouvait encore me supporter, alors je lui ai seulement demandé de la fermer.

―――――――

Je n'ai pas arrêté d'aller chez les Sherman, mais Elsie s'est assurée que je ressentais le froid qui s'était installé entre nous. Elle s'est mise à m'ignorer complètement. Un soir, pendant le dîner, ses parents lui ont demandé carrément pourquoi elle était si fâchée contre moi.

— Parce qu'Henry est un pauvre type, a-t-elle répondu avant de se remettre à manger.

Le colonel m'a jeté un coup d'œil avant de lui dire :

— Tu peux préciser ta pensée ?

Elsie a secoué la tête et Jason a dit :

— C'est parce qu'à la fête de la rentrée, la semaine dernière, le petit ami d'Elsie la touchait de manière inappropriée et Henry a mis fin à ça.

Jason poussa un cri. J'étais pratiquement sûr qu'Elsie l'avait frappé du pied sous la table.

Madame Sherman m'a regardé brièvement avec gratitude, puis elle a rempli mon assiette avec une autre tranche de pain de viande et une énorme cuillérée de pommes de terre pilées.

— Eh bien, nous t'en sommes vraiment reconnaissants, Henry.

— Quoi? Vous prenez son parti? s'est exclamée Elsie.

— Oui. Et il a bien fait, a dit son père, puis elle a rougi encore plus. Qui sait ce que ce garçon t'aurait fait si Henry n'était pas intervenu?

— Il ne vous est pas venu à l'esprit que je laissais John me caresser?

Le colonel a plissé les yeux.

— J'espère bien que non.

— Bon Dieu, vous êtes tellement sexistes!

Elle a crié en repoussant sa chaise.

À ce moment, je me sentais vraiment mal en songeant à ce que devait éprouver Elsie. Mais il était trop tard. Maintenant, le soutien que les autres m'avaient apporté ajoutait à sa colère contre moi.

Involontairement, j'avais retourné toute sa famille contre elle.

— Je peux me lever de table? a-t-elle demandé, les dents serrées, en me jetant un regard furieux.

Puis elle a quitté la pièce à grandes enjambées.

———

Je suis demeuré à l'écart quelques jours pour lui donner le temps de se calmer. Maintenant, je savais comment elle fonctionnait : elle réagissait promptement, mais elle avait seulement besoin qu'on la laisse tranquille et elle finissait par se calmer. Elsie était une personne qui pardonnait facilement à ceux qu'elle aimait ; j'espérais seulement que j'en faisais encore partie.

Après qu'elle eut refusé pendant deux semaines de me parler, j'en ai eu finalement assez. Je ne pouvais pas supporter son silence, alors, j'ai entrepris vraiment de me faire pardonner. Je l'approchais à l'école et elle s'éloignait. J'ai demandé à certaines personnes de lui transmettre des messages de ma part, mais elle les jetait à la poubelle. Une fois, elle a même fait semblant de s'essuyer le cul avec avant de se rendre dans les toilettes des filles, probablement pour l'y jeter.

À bout de ressources, je suis allé frapper à sa fenêtre un soir. Elle a écarté les rideaux et s'est tenue simplement là, debout, les bras croisés sur sa poitrine, refusant de déverrouiller la fenêtre.

— Je suis désolé, ai-je articulé en silence à travers la vitre.

Elle s'est contentée de m'adresser un regard insolent et a haussé les épaules, puis tendu les bras pour refermer les rideaux.

J'ai fait semblant de m'étrangler et de me frapper à la mâchoire. Je me suis laissé tomber sur le sol, puis me suis redressé en me frappant au ventre.

Elle a essayé de dissimuler un sourire, mais je l'ai vu, alors j'ai continué de me battre pendant trois bonnes minutes. Ma superbe performance théâtrale l'a finalement convaincue d'entrouvrir la fenêtre.

— Je t'accorde cinq secondes, a-t-elle dit.

— Je suis désolé. Je suis une tête de nœud.

— Tu as tout à fait raison.

Je lui ai souri.

— Je ne pense pas que tu sois une fille facile. Je ne sais même pas pourquoi j'ai dit ça. Tu es tout le contraire.

Elle n'a rien dit, se contentant de me regarder de ses grands yeux noisette. J'ai vraiment l'impression que parfois, elle pouvait lire mes pensées et ça me terrorisait.

— On peut redevenir des amis ? lui ai-je demandé.

— Pourquoi? En quoi c'est important que nous redevenions des amis?

— Parce que tu es importante à mes yeux, lui ai-je répondu.

C'est étrange : maintenant que j'y repense, les moments où j'ai été le plus honnête dans ma vie se sont presque toujours passés avec elle. Et ça a marché. Elle a fait le geste de m'étreindre à travers la fenêtre et je suis rentré chez moi en ayant l'impression qu'un poids était tombé de mes épaules, remplacé par autre chose, un autre petit sentiment d'ancrage que je ne savais pas encore comment nommer.

P.-S. Je pense que j'étais amoureux.

20

Après qu'Elsie et moi eurent commencé à se reparler, Nina a remarqué le changement en moi et elle s'est accrochée encore davantage. C'était une des filles les plus populaires de l'école — et je suppose qu'on pourrait dire que j'étais aussi assez populaire —, alors je ne comprenais pas pourquoi elle était si peu sûre d'elle-même. Elle a commencé à me demander si elle était plus jolie que telle ou telle fille, si elle était assez mince pour devenir modèle, si elle avait ce qu'il fallait pour participer à l'émission *Real World*. Je répondais toujours oui parce que je savais que si je disais quoi que ce soit d'autre, elle allait argumenter avec moi jusqu'à en perdre le souffle.

Je voulais seulement avoir un peu de paix dans ma vie ; c'est pourquoi je lui disais ce qu'elle voulait entendre.

Un soir, j'emmenai Nina chez les Sherman parce que la mère de Jason, Elodie, souhaitait la rencontrer. Nous étions tous mal à l'aise pendant le repas. Contrairement à son habitude, Elsie parlait peu, jouant avec sa nourriture et évitant même de me regarder. Nina, quant à elle, paraissait aussi détendue que si elle mangeait chez elle. Elle parlait à Elodie et à John comme s'ils étaient ses égaux et a même demandé si Elodie avait utilisé des ingrédients à faible teneur en gras pour préparer le repas.

Le lendemain, à l'école, j'ai entendu Nina dire à ses amies que la maison des Sherman était un vrai bordel et que la chambre d'Elsie était décorée comme celle d'une fillette. J'ai nié le fait, mais personne ne m'a écouté.

Puis Nina et ses amies se sont tournées contre Elsie. Je n'en étais pas conscient jusqu'à ce que je commence à remarquer l'humeur d'Elsie quand nous revenions de l'école. Elle montait immédiatement à sa chambre et quand elle descendait pour le dîner, il était évident qu'elle avait pleuré. Ses parents lui demandaient ce qui se passait, mais elle me jetait seulement un coup d'œil, puis secouait la tête. En fin de compte, je me suis dit qu'elle devait leur en avoir parlé, parce qu'ils ont arrêté de lui poser la question.

Un jour, Elodie m'a demandé de l'aider à remplir le lave-vaisselle. Ça ne me dérangeait pas : je lui offrais de l'aider chaque fois que je le pouvais. C'était le moins que je puisse faire puisqu'ils me nourrissaient presque chaque soir.

— Henry, m'a-t-elle dit quand nous nous sommes retrouvés seuls dans la cuisine. Je pense que tu devrais savoir une chose.

J'ai placé une assiette dans le lave-vaisselle.

— Ça concerne Elsie, n'est-ce pas ? lui ai-je demandé en m'appuyant sur le comptoir et me préparant à ce qu'elle avait à dire. Est-ce qu'elle est malade ?

Mon cœur s'était serré à cette pensée.

Elle a secoué la tête avec un petit sourire devant mon air dramatique.

— Non, pas du tout. C'est à propos de ta petite amie.

Je me suis figé.

— Qu'est-ce qu'il y a ?

— Elsie m'a dit que Nina et ses amies la persécutaient.

— C'est impossible, ai-je répondu. Je ne les ai jamais vues faire une chose pareille.

— Elsie dit qu'elles le font quand tu es ailleurs. Elles l'entourent devant son casier et lui disent des méchancetés. La semaine dernière, elles l'ont coincée dans les toilettes pendant quinze minutes durant le lunch.

J'ai secoué la tête, encore peu désireux de croire qu'une personne que je fréquentais pouvait être aussi cruelle.

— Ça ne ressemble pas à Nina.

— Apparemment, Nina n'aime pas que tu sois ami avec Elsie. Elle veut qu'Elsie arrête de te parler.

J'ai senti mon estomac se nouer.

— Je pense que j'ai attrapé la salmonellose, dis-je en m'agrippant le ventre. J'ai envie de vomir.

Elodie a éclaté de rire.

— Henry, je pense que ton problème, c'est que tu te sens coupable.

Puis elle m'a regardé pendant un long moment.

— Écoute, je ne suis pas ta mère, alors je ne vais pas te dire qui tu dois fréquenter. J'ignore à quel point tu aimes cette Nina, mais Elsie est ma fille et quiconque lui fait du mal se retrouve automatiquement sur ma liste de connards.

J'inclinai la tête, me sentant légèrement horrifié que la mère de Jason ait utilisé une pareille expression devant un mineur. C'est à ce moment que j'ai su qu'elle était vraiment sérieuse.

— Alors, si tu pouvais parler à Nina et lui dire que je vais lui tordre son joli petit cou si elle harcèle encore ma fille, j'apprécierais.

Je dois avoir eu l'air ébahi parce qu'elle éclata de rire et me pinça la joue.

— Maintenant, sois un bon garçon et finis d'emplir le lave-vaisselle, s'il te plaît.

————

De toute évidence, j'aimais beaucoup Nina. Je veux dire, nous nous fréquentions depuis plus de six mois. Elle était drôle et sexy, et nous avions beaucoup d'affinités. Et en plus, elle faisait des pipes du tonnerre.

Je suis désolé, c'était grossier. Mais merde.

De toute façon, même si j'aimais bien Nina, je ne pouvais pas ne rien faire en sachant qu'elle rendait la vie d'Elsie impossible. Je n'ai pas de frère ou de sœur, mais si j'avais une petite sœur, je savais que je chercherais autant à la protéger qu'Elsie. Alors, j'ai rompu avec Nina en lui disant que j'avais couché avec une fille d'une autre école et en ajoutant même que la fille en question croyait être enceinte.

Ça a marché. Nina était beaucoup de choses, mais elle n'était *pas* le genre de fille avec qui on pouvait être infidèle.

C'était un terrible mensonge, mais au moins, je venais d'enlever de la pression sur Elsie. Si j'avais dit à Nina la vraie raison pour laquelle je rompais avec elle, elle se serait assurée de faire de la vie d'Elsie un enfer et je ne pouvais tout simplement pas prendre ce risque.

Naturellement, Nina a fait en sorte que le reste de l'école sache que j'étais un salaud infidèle, mais puisque j'avais déjà des antécédents de délinquance, l'infidélité n'était qu'une encoche de plus sur ma réputée colonne de lit.

Je pense qu'aux yeux de certaines filles, je suis devenu encore plus attirant pour cette raison. Comme si elles voulaient me mettre la main dessus pour essayer de me changer.

Je immédiatement remarqué le changement d'humeur d'Elsie. Elle a recommencé à sourire. J'étais heureux de la voir de bonne humeur et ça a effacé les quelques doutes que je pouvais encore entretenir à propos de ma rupture avec Nina. À ce moment, j'ai compris que je ferais n'importe quoi pour rendre Elsie heureuse.

J'ai même failli rester à Monterey pour fréquenter l'université de l'endroit et éviter de m'éloigner d'elle, mais le colonel m'a fait entendre raison.

— Tu sais que ce n'est pas où tu dois être, fils, m'a-t-il dit un soir.

C'était la première fois que je remarquais qu'il m'appelait *fils* et je me suis senti débordant de fierté.

— Tu sais exactement à quoi ressemblera ton avenir si tu restes ici, a-t-il poursuivi.

Il m'a convaincu que je valais plus que ce que je pourrais devenir à Monterey, que j'étais destiné à une vie d'aventure.

— Croyez-vous vraiment que j'ai ce qu'il faut pour faire partie de l'Armée de l'air ?

Le colonel n'a même pas eu un moment d'hésitation.

— Bien sûr ! a-t-il rugi.

Cet homme avait une telle présence.

— J'ignore si tu sais ça à propos de toi, mais tu es plus courageux et tu es plus honorable que tu ne le penses. Le corps d'entraînement des officiers de réserve et ensuite l'Armée de l'air vont faire ressortir ça chez toi, faire de toi le leader que tu es censé devenir.

En réalité, je n'avais jamais eu l'impression d'être un leader, mais j'ai accepté d'emblée son affirmation. Bon sang ! C'était un officier de l'armée, à seulement deux promotions de la fonction de général avant sa retraite. S'il m'avait dit de sauter d'une falaise parce que j'étais ce genre d'homme, je l'aurais probablement fait. Je n'avais même jamais pensé à mon avenir jusqu'à ce qu'il m'accueille chez lui.

De plusieurs façons, John Sherman était le père que j'avais toujours souhaité avoir, alors je n'allais pas hésiter à faire tout mon possible pour qu'il soit fier de moi.

Tout comme Jason, j'ai été accepté à l'Université du Missouri avec une bourse du corps d'entraînement de l'armée de réserve. Le premier jour de la rentrée, à la fois euphorique et mort de peur, j'ai signé le contrat m'engageant à entrer dans l'armée après avoir terminé mes études. Mon sort était scellé.

21

Puis ma dernière année du secondaire s'est terminée. J'obtenais mon diplôme avec une étonnante moyenne de 3,8 et partais pour une université reconnue étudier le droit criminel. Le temps était venu de dire adieu à une chose que j'aimais tout en la négligeant pendant toutes ces années : ma chevelure.

Il restait encore un mois avant de recevoir nos diplômes, mais Jason avait proposé que nous allions de l'avant et que nous nous rasions la tête. Nous sommes partis à la recherche du rasoir parmi les affaires de son père, mais quand est venu le temps de s'en servir, nous avons tous deux compris que nous n'avions aucune idée comment faire.

— Jusqu'à quel point ça pourrait être dur ? m'a demandé Jason tandis qu'il tenait le rasoir au-dessus de ma tête.

— Tu n'as pas besoin d'un de ces trucs ? lui ai-je demandé en lui montrant un dispositif de protection en plastique.

— Je ne sais pas.

J'ai paniqué et j'ai écarté la tête quand l'engin s'est mis à vibrer.

— Non. Pas question que je te serve de cobaye.

Puis Elsie est entrée en trombe dans la salle de bain en s'emparant immédiatement du rasoir.

— Donne.

Elle a pris le truc de plastique et l'a fixé sur l'appareil.

— Tu étais sur le point de le rendre chauve, idiot.

Je me souviens avoir éprouvé un élan de reconnaissance à son égard et, en la regardant tenir le rasoir au-dessus de ma tête, je m'étais senti soulagé. D'une manière ou d'une autre, je savais que j'étais entre bonnes mains. Elsie n'allait pas me gâcher la tête.

Elle a d'abord passé sa main à travers mes cheveux, massant légèrement mon cuir chevelu, et heureusement que je m'étais enveloppé dans une serviette de plage, parce que je me suis tout de suite retrouvé bandé. Puis, elle a commencé. Je regardais attentivement son visage dans le miroir alors qu'elle appuyait doucement le rasoir contre ma tempe, mes cheveux tombant lentement sur le sol. Je n'ai même pas pris conscience que j'allais perdre vraiment mes cheveux ; je n'étais concentré que sur le visage d'Elsie, sur la peau de pêche de ses joues, qui rougissaient un peu parce qu'elle savait que je l'observais.

La première fois où j'avais rencontré Elsie, je l'avais trouvée seulement mignonne, mais, ce jour-là, j'ai étudié son visage dans le miroir et je me suis rendu compte qu'elle était devenue vraiment belle. Comme je la voyais presque chaque jour, je n'avais pas réellement remarqué les changements subtils sur son visage jusque-là, comment il s'était un peu aminci en mettant plus en évidence ses pommettes.

J'ai pu à peine respirer pendant les quinze minutes de cette coupe. Mon cœur battait si fort que j'étais certain qu'elle pouvait le sentir à travers la peau de mon crâne. Pendant qu'elle me rasait le tour des oreilles, elle a fait ce geste de se mordiller la lèvre et il m'a rendu absolument fou de désir. J'aurais tellement voulu mordre ces lèvres.

Après avoir terminé, elle m'a massé encore le crâne, puis m'a regardé en face dans le miroir. Elle souriait, fière de son œuvre, mais son expression s'est adoucie quand nos regards se sont croisés.

C'est à ce moment que j'ai su que j'étais foutu. Cette fille — cette femme — devant moi allait faire mon bonheur à tout jamais et, pour un jeune en route vers l'université, c'était le sentiment le plus effrayant du monde.

Mais la terreur que j'éprouvais a disparu rapidement quand j'ai aperçu la tristesse dans ses yeux.

— Ça va? lui ai-je demandé.

Elle a dégluti, puis incliné la tête.

— C'est seulement que tu parais tellement différent.

J'ai posé mes mains sur mon crâne.

— C'est encore moi là-dessous.

— Tu vas bien t'amuser à l'université, a-t-elle simplement ajouté, puis elle est sortie.

— Qu'est-ce qu'elle a? a demandé Jason en me prenant par surprise.

J'avais même oublié qu'il était là.

Je me suis contenté de hausser les épaules. Mon cœur battait encore la chamade dans ma poitrine, me rappelant que j'avais fait une découverte qui allait me condamner pour toujours. Alors, j'ai eu recours à la théorie des garçons quand ils n'en avaient pas d'autre à propos des femmes qui agissaient de façon un peu bizarre :

— Ce doit être le syndrome prémenstruel.

22

Le week-end précédant notre départ pour l'université, les Sherman ont organisé une grande fête sur la plage pour célébrer l'événement. Nous avons creusé une immense tranchée circulaire dans le sable, puis avons sculpté des sièges sur le pourtour et construit un bûcher au centre. La fête était agréable, mais j'étais pratiquement toujours conscient de la présence d'Elsie, de l'endroit où elle se trouvait et de ce qu'elle faisait. Quand le soleil a commencé à se coucher, j'ai remarqué qu'elle n'était plus là, alors je suis parti à sa recherche.

Je l'ai retrouvée au bord de l'eau, marchant seule, un chandail enveloppant ses épaules.

— Salut, lui ai-je dit en approchant d'elle, les mains dans les poches.

Le temps devenait froid et je ne portais qu'un tee-shirt.

Elle m'a regardé, puis elle a souri.

— Hé, j'ai quelque chose pour toi.

— Ah oui? ai-je répondu en me demandant si j'allais pouvoir l'embrasser pour la première fois.

Déception : je n'ai finalement pu l'embrasser que quelques années plus tard, mais à ce moment, j'étais certain que ce qu'elle allait me donner, c'était un baiser.

Elle m'a dit de lui tendre ma main et y a déposé un caillou trempé.

Merde.

— Un caillou vaseux? ai-je dit en le retournant.

— Il ressemble à une étoile, m'a-t-elle dit en le touchant du bout de l'index. Je viens de le trouver.

J'ai replié mes doigts sur la pierre et l'ai fourrée dans ma poche.

— Euh, merci.

Je ne comprenais pas le sens de son geste, mais cela m'importait peu.

Elle a éclaté de rire.

— Je sais que c'est ringard, mais je voulais te le donner pour que tu puisses te souvenir de moi quand tu seras à l'université.

— Je n'ai pas besoin d'un caillou pour me souvenir de toi. Ma tête pourrait en être remplie et je me souviendrais encore de toi. Tu pourrais me frapper avec une énorme pierre et me rendre amnésique, mais je me souviendrais encore de toi.

Elle a émis un grognement.

— Eh bien, à défaut d'autre chose, tu es cette pierre. Tu peux la regarder et savoir que les éléments peuvent modifier ta forme, mais que tu demeures toujours le même au plus profond de toi.

J'ai serré le caillou dans ma poche, de plus en plus ému.

— OK.

Elle s'est avancée d'un pas et m'a enlacé.

— Tu vas tellement me manquer, Henry, a-t-elle dit, puis, comme si elle se rendait compte de ce qu'elle venait de faire, elle s'est écartée en rougissant.

Je me sentais le cœur serré en sachant que c'était la fin de notre époque ensemble. À cet instant, j'ai décidé de lui montrer à quel point elle signifiait beaucoup pour moi. Comme si elle lisait dans mes pensées, elle a fermé les yeux et tourné son visage vers moi au moment même où je me penchais vers elle.

Jason a choisi ce moment pour jouer les trouble-fête.

— Hé, vous deux, on allume le feu!

— D'accord, ai-je répondu en m'éloignant rapidement de sa petite sœur. Nous arrivons dans une seconde.

Jason s'est contenté de secouer la tête et il est reparti.

J'ai regardé Elsie et imaginé sa vie si je l'embrassais maintenant pour ensuite partir à l'université. Je l'ai vue se languir de moi, refusant de fréquenter quiconque parce qu'elle attendrait mon retour. C'était une vision terriblement romantique, mais j'en ai éprouvé une douleur à l'estomac. Un autre épisode d'empoisonnement coupable à la salmonelle.

Alors j'ai décidé de simplifier nos vies et de lui donner la possibilité de profiter des années qui lui restaient à passer au secondaire.

— Elsie, je ne peux pas te donner ce que tu me demandes.

Elle parut surprise.

— Quoi?

— Tu veux m'embrasser, puis que je sois ton petit ami, mais ça ne va pas arriver.

— Pourquoi pas?

— Parce que! ai-je répondu en levant les bras au ciel.

Je cherchais une raison qui pourrait clore définitivement le sujet.

— Parce que tu es comme une petite sœur pour moi.

Une lueur de tristesse est apparue dans ses yeux, et dans mon estomac, ma douleur s'est accrue.

— Oh, laissa-t-elle tomber.

J'ai regardé la mer, le soleil orange disparaissant à l'horizon. C'était un symbole qui convenait tellement à notre situation en ce moment.

— Mais j'ai beaucoup d'affection pour toi, ai-je murmuré en frappant le sable du pied.

Je me sentais un vrai salaud.

— OK, comme tu veux, a-t-elle dit à travers ses lèvres pincées. Je ne voulais rien de ta part, Henry. Je voulais seulement te donner cette pierre.

J'ai regardé sa silhouette s'éloigner en souhaitant ne pas avoir été obligé d'agir de cette manière.

Je voulais courir la rejoindre et l'embrasser comme un fou, mais qu'est-ce que ça aurait donné ? Je partais. Si nous nous mettions ensemble et que je partais ensuite à l'université, ça lui briserait le cœur.

Je n'avais jusqu'à maintenant jamais pris conscience comment je lui avais épargné une fois ce destin, mais c'est quand même arrivé de nouveau des années plus tard, quand j'ai fait en sorte qu'elle tombe amoureuse de moi avant de partir pour l'Afghanistan.

23

Je peux vous dire que l'université a été toute une expérience. C'était complètement fou. Ce sentiment grisant de liberté s'évanouit au moment où on entre en classe et où on comprend qu'il faut réellement travailler. L'entraînement comportait un cours le mardi et un labo sur le leadership le jeudi, où nous apprenions les us et coutumes militaires, les exercices et l'étiquette. Nous étions cinquante et nous devions tous porter nos blouses bleues le jeudi pour le labo sur le leadership.

J'avais toujours cru que le collège était un endroit pour se laisser aller, mais le corps d'entraînement instillait en nous dès le départ une discipline, nous rendait conscients que nos actions influaient directement sur notre avenir. Ce qui ne veut pas dire que nous étions des anges le reste du temps. Loin de là.

———

Cette année-là, Jason et moi étions absents pour l'anniversaire d'Elsie, alors nous avons décidé de lui envoyer un cadeau. Les Sherman attachaient beaucoup d'importance aux anniversaires et aux congés, alors ils organisaient toujours un événement particulier. C'était le quatrième anniversaire d'Elsie depuis que je la connaissais et je n'avais pas l'intention de le rater.

Dans le passé, je lui avais donné une boîte de cerises enrobées de chocolat qu'elle détestait. L'année suivante, nous nous sommes rendus à San Francisco pour son anniversaire et sommes allés dans une foire sur le quai. Je me souviens avoir dépensé près de dix dollars en essayant de gagner ce foutu ourson en peluche qu'elle voulait, mais j'ai finalement réussi. Elle possède encore cet ours qui trône sur une étagère de sa chambre dans notre appartement. La troisième année, je lui ai donné un bracelet que j'avais acheté dans une boutique de filles au centre commercial.

Alors cette année-là, Jason et moi nous sommes procurés une boîte à chaussures et l'avons remplie de trucs qu'elle aimait : des Pixy Stix, des bonbons Nerds et un jeu d'ordinateur des Sims. Nous lui avons aussi acheté un foulard et un béret agencé et du vernis à ongles luisant.

Jason se sentait terriblement mal à l'aise de ne pas être là pour elle — c'était la première fois qu'il ratait son anniversaire —, alors il avait déployé beaucoup d'efforts pour magasiner et trouver les trucs qu'elle aimait.

Je me sentais encore terriblement coupable d'avoir traité Elsie de cette façon avant de partir, alors, avant que Jason referme la boîte, j'y ai inséré une mignonne petite carte sur laquelle je lui écrivais que j'étais désolé et que j'avais hâte de la revoir à l'Action de grâces.

Le semestre a passé à toute vitesse. J'étais si occupé avec l'école et le corps d'entraînement que j'avais à peine le temps de songer à Elsie, ce qui était en fait une bénédiction. Je n'avais pas le temps de me préoccuper de ce qu'elle faisait ni de qui elle fréquentait. Pour la première fois depuis longtemps, mon esprit et mon cœur se sentaient libres.

Puis Jason et moi sommes retournés en voiture en Californie pour l'Action de grâces et tout a changé encore. Pendant ce trajet de trente-trois heures, je ne pensais à rien d'autre qu'à Elsie. Il nous a fallu tant de temps qu'au moment d'arriver à Monterey, il ne nous restait que deux jours avant de retourner dans le Missouri.

Mais pendant ces deux journées, je me suis imprégné d'Elsie d'une manière désespérée, suffisamment pour au moins tenir le coup jusqu'à Noël.

Elle était quelque peu distante avec moi, pas tout à fait comme avec un étranger, mais foutrement près. À ce moment, j'ai compris que je l'avais blessée davantage que je n'en avais l'intention. J'ai pris le repas de l'Action de grâces chez mes parents. C'était un des rares soirs de toute l'année où j'ai mangé avec eux. Je me sentais terriblement triste. Nous recevions quelques parents pour le dîner, mais je ne les nommerai même pas parce qu'ils ne se souciaient absolument pas de moi le reste de l'année, alors je n'avais aucune raison de me préoccuper d'eux.

J'ai enfourné ma dinde en vitesse et me suis tiré de là aussitôt que je l'ai pu. Je parierais que personne ne s'est aperçu de mon absence. Je me suis rendu chez les Sherman et j'ai passé du temps avec eux dans le salon, où toute la famille se détendait sur les énormes canapés en regardant le match. John et Elodie nous ont cuisinés à propos de l'école, sur ce que nous avions fait, sur la façon dont nous nous débrouillions avec nos études. Pendant tout ce temps, Elsie est demeurée assise au milieu du canapé, serrant un oreiller contre sa poitrine tout en me jetant des regards obliques.

Elle ne parlait pas, mais se contentait de nous écouter parler Jason et moi, et comme je savais qu'elle était attentive, j'ai raconté mes histoires en exagérant quelque peu et avec une foule de détails pour la divertir.

Elle est demeurée avec nous dans le salon même après que ses parents se furent mis au lit. Elle était allongée sur sa partie du canapé et ne disait rien, se contentant de passer d'une chaîne de télé à l'autre jusqu'à ce que Jason décide de démarrer la PlayStation. J'aurais tellement voulu qu'il quitte la pièce, peut-être pour aller aux toilettes ou n'importe quoi, pour que je puisse parler à Elsie, mais l'occasion ne s'est jamais présentée. Je n'ai pas pu lui demander si elle avait aimé nos cadeaux, si elle avait lu ma carte et surtout, si elle avait lu entre les lignes. Elle n'a pas dit un mot à ce propos ce qui, je suppose, signifie qu'elle ne l'avait pas fait.

24

Ce mois de décembre, j'ai pris l'avion tôt pour les vacances de Noël afin de voir Elsie. Il m'a fallu beaucoup argumenter, mais j'avais organisé mon horaire pour pouvoir quitter l'école deux jours plus tôt. C'était vraiment important que j'arrive en Californie avant Jason parce que c'était finalement l'année où j'avais décidé que j'allais parler à Elsie.

J'avais suffisamment été éloigné d'elle pour savoir que mes sentiments résistaient au temps, qu'ils n'allaient pas changer. Alors j'avais besoin de lui parler et de trouver peut-être une solution à mon problème.

Je ne savais pas trop si je voulais qu'elle m'avoue les mêmes sentiments ou si je souhaitais seulement qu'elle me dise de tourner la page parce qu'elle ne voyait plus les choses de cette façon.

Aussitôt arrivé, je me suis rendu chez elle. J'allais frapper à sa porte quand elle est apparue dans sa petite voiture blanche. J'ai dû lui paraître différent, parce que la surprise sur son visage était comique. Elle est sortie précipitamment de la voiture et m'a sauté dans les bras, me jetant presque par terre. Mon cœur a failli éclater devant sa réaction si enthousiaste et j'ai pensé que, peut-être, j'avais une chance.

C'est à ce moment que son idiot de copain est apparu et qu'elle m'a seulement présenté comme étant le meilleur ami de Jason — pas son ami à elle, pas le gars pour qui elle avait le béguin depuis ses douze ans, juste le meilleur ami de son frère — et qu'elle a enfoncé le clou dans le cercueil. Je me suis demandé ce que je foutais là. J'étais à l'université ; j'aurais dû être en train d'avoir du bon temps et de m'envoyer en l'air, mais j'étais plutôt là à me languir pour cette fille du secondaire qui ne me voyait que comme le meilleur ami de son frère.

En fait, je suis un peu reconnaissant de ce qui est arrivé parce que ça m'a vraiment donné le coup de pied au cul dont j'avais besoin.

Je suis retourné à l'université en décidant de m'éclater vraiment. Je suis allé à des fêtes, j'ai flirté avec des filles et je me suis follement amusé. Jason et moi avons déménagé avec un autre gars dans cette vieille maison délabrée à l'extérieur du campus et c'est alors que j'ai perdu le caillou d'Elsie. En fait, je pense que Hank, mon colocataire l'a peut-être jeté dans la cour en pensant que ce n'était qu'un stupide caillou. Je me suis senti déchiré pendant à peu près une demi-seconde, puis je me suis dit que c'était *moi* l'idiot. Quelle que soit la signification qu'Elsie lui avait accordée, elle s'était évanouie avec tout le reste.

25

Pendant une semaine de relâche du printemps, Jason et moi avons décidé d'aller en Floride et de faire la fête comme le faisaient les autres jeunes de notre âge depuis des années. Nous avions suffisamment entendu d'autres gars se vanter de leurs conquêtes sexuelles et de la quantité d'alcool qu'ils avaient ingurgitée, et je me demandais comment ce serait de vivre ma vie sans inquiétudes, alors j'avais persuadé Jason d'y aller. Ça n'avait pas été difficile.

Nous avons commencé à boire aussitôt arrivés à notre hôtel à Panama City et n'avons arrêté qu'au moment de repartir. En ce sens, la semaine de relâche printanière avait été conforme à nos attentes.

Nous sommes allés sur toutes les plages. Nous avons essayé toutes les bières. Je suis sûr de m'être endommagé le foie cette semaine-là, mais je m'en fichais. Je flirtais avec de jolies filles qui portaient à peine davantage que des morceaux de tissus triangulaires et passais la nuit avec celles qui le voulaient. Je me suis fait tripoter le cul et la queue plus de fois que je ne peux m'en souvenir, ce qui m'a donné l'impression d'être un morceau de viande, mais quel gars n'aime pas ça?

Jason a couché avec une fille le soir même de notre arrivée. Ils s'étaient rencontrés au bar, puis elle est venue dans notre chambre et ils ont baisé dans le lit de Jason tandis que je dormais à quelques pas d'eux. J'ignore si elle s'attendait à une baise à trois, mais elle ne m'attirait vraiment pas. Les grandes blondes ne sont pas ma tasse de thé.

Après avoir renvoyé la fille, Jason a juré d'en rencontrer une différente chaque soir. Nous avons parié sur lequel de nous deux pourrait coucher avec la fille la plus sexy.

En fin de compte, la fille avec qui Jason avait couché est réapparue dans son lit ce soir-là. Elle nous avait rencontrés de nouveau par hasard et, apparemment, Jason voulait remettre ça. Finalement, il a couché seulement avec elle tout ce week-end. Ils sont même restés en contact par la suite, mais elle est allée à l'école à New York, alors les choses en sont restées là, mais je pense que Jason avait vraiment le béguin pour elle.

Moi, j'ai choisi une fille vraiment sexy avec de longs cheveux bruns et un corps terriblement bronzé. Bon sang qu'elle était sexy. Je l'ai ramenée à l'hôtel et nous nous sommes amusés. J'étais prêt à m'arrêter si elle ne voulait pas aller jusqu'au bout, mais elle n'a jamais dit non. En fait, elle me suppliait pratiquement de la pénétrer. C'est ce que j'ai fait. C'était emballant et c'était bon. Je n'avais pas eu de sexe depuis Nina, alors l'occasion d'enfiler un condom était la meilleure chose qui me soit arrivée depuis que j'étais à l'université.

Ensuite, quand elle est tombée endormie à mes côtés, j'ai éprouvé un sentiment vraiment étrange. J'avais toujours pensé que je me sentirais comme un étalon après une aventure d'une nuit, mais j'aurais plutôt voulu m'enfuir à toutes jambes. Je venais tout juste d'abandonner une partie de moi-même à une fille que je ne connaissais ni d'Ève ni d'Adam, à une fille qui allait probablement coucher avec quelqu'un d'autre le lendemain et je ne pourrais jamais récupérer ce que j'avais perdu. Cette fille étendue près de moi ne me connaissait pas, ne connaissait probablement même pas mon nom.

Je n'ai pas dormi dans mon lit cette nuit-là. J'ai quitté la chambre et je suis allé me promener sur la plage en réfléchissant. Je savais que, comme d'habitude, je pensais trop, mais je ne pouvais pas m'en empêcher. Comme vous le savez fort bien, j'ai tendance à intérioriser les choses.

Il m'arrive de souhaiter être davantage comme Jason, qui était insouciant et se contentait de surfer sur les vagues de la vie. Moi, j'essaie toujours de nager à contre-courant, essayant toujours de trouver une signification là où il n'y en a pas. Parfois, je me demande si le fait de trop penser ne va pas gâcher ma vie.

J'espère vraiment que non.

26

Les Sherman, y compris Elsie, sont venus dans le Missouri pour notre remise de diplômes et notre entrée en service. Après que Jason et moi eurent reçu nos insignes de sous-lieutenant, les Sherman nous ont emmenés dîner pour célébrer l'événement.

Ensuite, Jason et moi avons organisé chez nous une immense fête à laquelle, heureusement, les parents de Jason n'ont pas assisté. J'étais déjà un peu gêné de l'état de nos quartiers (étant des gars, nous serons toujours dégoûtants) et ils n'avaient certainement pas besoin d'être témoins de nos fêtes excentriques.

Le colonel avait quelques réserves sur le fait que sa fille unique y assiste, mais Elsie était déjà en deuxième année à l'Université de Californie à Los Angeles à ce moment, alors elle faisait ce qu'elle voulait. Malgré cela, le colonel nous avait demandé à Jason et à moi de la surveiller, de nous assurer qu'aucun gars ne profite d'elle. Je n'ai pas manqué de la surveiller, mais je ne peux pas dire qu'aucun gars n'a profité d'elle parce qu'il y en a eu un qui l'a fait.

Moi.

La fête se déroulait depuis déjà quelques heures. La musique était à plein volume et l'alcool coulait à flots. J'avais déjà avalé plusieurs bières et je crois qu'Elsie en avait probablement bu sa juste part aussi. Quelques-uns des garçons lui tournaient vraiment autour et je ne pouvais pas vraiment le leur reprocher. Elle était de loin la plus jolie fille de l'endroit. Elle avait maintenant les cheveux à la taille et ses boucles étaient détendues et ne ressemblaient plus aux tire-bouchons de l'école secondaire. Elle portait ce jean serré à taille basse et ce haut qui dévoilait son ventre chaque fois qu'elle bougeait. Bien sûr que ces gars s'intéressaient à elle. Elle était magnifique.

Alors, c'était pour moi un devoir — et un plaisir — de rester près d'elle toute la soirée. Nous avons parlé du bon vieux temps et plus Elsie boit, plus elle parle. À ce moment de la soirée, elle avait beaucoup bu et voulait avoir une conversation à cœur ouvert.

— Je suis tellement fière de toi, me dit-elle pendant que nous étions assis sur la vieille balançoire sur le perron. Tu es maintenant un diplômé et un sous-lieutenant de l'Armée de l'air.

J'ai haussé les épaules.

— Merci. Ce n'est pas grand-chose.

Elle s'est penchée et m'a embrassé sur la joue.

— Pas grand-chose? Pense à ce que tu as réalisé.

— Merci, dis-je avant de prendre une grande gorgée de bière. Je suis fier de toi aussi.

— Pour quelle raison?

— Pour être devenue ce que tu es.

Elle m'a regardé en fronçant les sourcils.

— Quoi?

J'ai éclaté d'un rire euphorique.

— Tu as tellement grandi et tu es tellement sexy.

Merde, elle n'était pas la seule sur laquelle l'alcool avait un effet.

— Eh bien, merci. Même si tu devrais probablement en remercier mes parents pour les gènes qu'ils m'ont transmis.

Elle s'est adossée contre la balançoire et a fermé les yeux en exposant son cou.

— Je suis tellement saoule.

— Ouais, tu l'es.

J'ai parcouru des yeux son profil, de ses lèvres à son menton, puis le long de son cou et finalement jusqu'au doux renflement de sa poitrine. Pas de doute, elle avait certainement grandi.

Son cou était trop attirant pour que je puisse résister, alors je me suis penché et j'ai frôlé des lèvres l'endroit juste au-dessus de sa clavicule, seulement pour savoir la sensation que ça aurait.

Elle a sursauté comme si je l'avais électrocutée.

— Qu'est-ce que tu fais?

La bière et le Jungle Juice m'avaient rendu très brave. Merde, j'avais réussi à survivre aux années d'université et au corps d'entraînement, je pouvais sûrement dire à une fille que je l'aimais bien.

— Je t'ai embrassé le cou.

Quoi? J'étais une poule mouillée.

— Pourquoi?

C'est maintenant ou jamais, Henry.

— Parce que je t'aime bien, Elsie. Je t'aime *vraiment* bien.

Elle m'a adressé un sourire rêveur.

— Je t'aime bien aussi. Tu es beau garçon.

Je me suis léché les lèvres pendant que je regardais sa bouche.

— En fait, je retire ça...

— Quoi? Tu ne peux pas retirer une chose comme ça...

Je me suis penché et l'ai embrassée. J'ai posé seulement mes lèvres sur les siennes, mon corps agissant de façon automatique. Sur le moment, elle était trop renversée pour réagir, mais alors, sa bouche s'est ouverte et m'a invité en elle. Elle s'est redressée avec une nouvelle vigueur, m'a saisi les épaules et m'a attiré contre elle.

Bon Dieu, ce baiser... Je ne sais pas comment le décrire sans paraître ringard ou sentimental. Il était exactement comme je l'avais imaginé, tout à la fois tendre et ferme. Sa langue était douce et sexy et, quand elle a mordu ma lèvre... merde. J'ai bandé en un instant. Même mes orteils s'étaient raidis.

Je me suis écarté d'elle et j'étais certain d'avoir l'air de la supplier quand je lui ai demandé :

— Tu veux venir dans ma chambre ?

— Plus que tout au monde.

Je lui ai pris la main et nous avons traversé la foule en nous assurant que Jason ne nous aperçoive pas. Je l'ai fait entrer dans ma minuscule chambre et j'ai fermé la porte derrière nous.

Elle m'a encore embrassé, les bras autour de mon cou. J'ai dévoré sa bouche tandis que je la descendais lentement vers le lit, la pressant contre le matelas tout en essayant de garder la maîtrise de mon corps.

Il fallait que je ralentisse et que je savoure cette nuit. Si je ne faisais pas attention, j'allais exploser en cinq secondes et c'était une chose que je ne souhaitais pas pour notre première nuit ensemble. Tout allait bien jusqu'à ce qu'elle m'entoure la taille de ses jambes et murmure contre mon oreille :

— Henry, je veux que tu me fasses l'amour.

Mes hanches bougeaient d'elles-mêmes tandis que j'enfonçais ma queue entre ses jambes, essayant par la pure force de ma volonté de liquéfier tout le tissu entre nous. J'étais à ce point prêt. Tout ce qu'il me restait à faire, c'était de la débarrasser de ses vêtements et de plonger en elle, mais comme je l'ai dit, il fallait que je ralentisse.

Je me suis écarté d'elle.

— Tu l'as déjà fait ? lui ai-je demandé pendant que je laissais glisser un doigt le long de son cou jusqu'à sa poitrine et à son nombril, où je me suis mis à jouer avec l'ourlet de sa chemise.

— Oui.

J'aurais dû être soulagé — je veux dire, ce n'est pas terrible d'avoir du sexe avec une vierge parce qu'on ne peut pas y prendre plaisir en sachant qu'on lui fait mal —, mais j'étais surtout fâché contre moi-même.

— Ç'aurait dû être moi.

Je n'avais pas conscience d'avoir parlé jusqu'à ce qu'elle dise :

— Je voulais que ce soit toi.

Son visage exprimait tant de regret et de tendresse.

Je lui ai touché la joue.

— Je suis désolée, a-t-elle dit en fermant les yeux et en appuyant sa tête contre ma main.

Ce petit geste m'a ému.

— Je t'aime tant, ai-je murmuré.

— Je t'aime aussi, Henry, a-t-elle répondu, les yeux toujours fermés. Depuis toujours.

J'étais incapable de bouger, craignant que la magie s'évanouisse et qu'elle renie ces paroles. Je n'aurais pas pu le supporter.

Elsie m'aimait. Moi. Henry Logan, la tête de nœud qui avait rendu sa vie misérable.

Moi.

J'ai ouvert la bouche pour parler sans avoir une quelconque idée de ce que j'allais dire. Je savais seulement qu'il fallait dire quelque chose pour sceller ce moment, mais je me suis aperçu tout à coup qu'elle s'était endormie, le visage encore niché dans ma main. Alors, j'ai tiré doucement les couvertures de sous elle et l'ai bordée, mon corps tout entier encore réchauffé par ses paroles. Ça n'avait pas d'importance que nous ne fassions pas l'amour ce soir-là. Elle m'aimait et je l'aimais — nous y viendrions tôt ou tard.

Pour l'instant, la chose la plus importante avait été précisée. Elle m'aimait aussi.

Je lui ai déposé un baiser sur le front et j'ai refermé la porte derrière moi en m'assurant d'accrocher une chaussette à la poignée pour que personne n'entre dans la chambre.

Le lendemain matin, je me suis réveillé en apercevant Elodie dans notre salon, un sac de poubelle à la main, qui ramassait les verres de plastique vides.

— Bonjour, Henry, a-t-elle dit d'une voix trop puissante.

Je me suis redressé sur le canapé et me suis recouché aussi rapidement. J'avais un mal de crâne du tonnerre.

— Apparemment, vous avez eu du bon temps, a dit le colonel en sortant de la cuisine avec un balai.

— Vous n'avez vraiment pas à faire le ménage, ai-je dit en montrant la pièce d'un geste de la main.

Ma porte de chambre s'est ouverte et Elsie est entrée à petits pas, l'air plus en forme qu'elle n'aurait dû l'être.

— Bonjour, a-t-elle dit, puis elle a embrassé sa mère sur la joue.

— Tu t'es amusée à la fête? a demandé Elodie.

Elsie a incliné la tête.

— Ouais, a-t-elle dit en croisant mon regard. Merci de m'avoir laissée dormir dans ton lit.

J'ai revu mentalement cette nuit, à partir du baiser jusqu'au moment où j'étais passé si près de lui faire l'amour, mais j'ai pensé surtout au fait qu'elle m'avait avoué son amour.

— De rien, lui ai-je répondu en lui adressant un regard entendu.

Elle s'est contentée de me regarder d'un air confus, puis a détourné la tête.

Les Sherman ont ramené Elsie à leur hôtel pendant que Jason et moi finissions le ménage. Nous nous sommes tous rencontrés pour le lunch chez Denny's. Je mourais d'envie de parler à Elsie en privé, mais nous n'avons pas eu l'occasion d'être seuls. Finalement, je l'ai attirée à l'écart alors que nous nous dirigions vers nos voitures.

— Tu te souviens de ce qui s'est passé la nuit dernière? lui ai-je demandé rapidement.

— Non, m'a-t-elle répondu en secouant la tête. Je ne me souviens de rien après le bière-pong.

Le découragement m'a envahi d'un coup.

— Alors, tu ne te rappelles pas ce que tu m'as dit hier soir?

Elle m'a regardé en fronçant les sourcils. Pendant un moment, j'ai cru qu'elle allait se souvenir, mais elle a secoué la tête.

— Non. C'était quoi?

J'ai hésité un moment, puis je lui ai répondu :

— Ce n'était rien. Tu as seulement dit que tu étais fière de moi.

Elle a souri en me donnant un coup de poing sur le bras.

— Je le suis.

Puis Jason et moi les avons conduits à l'aéroport. Je l'ai regardée franchir la barrière de sécurité avec au cœur un sentiment de déception. J'avais stupidement cru que le temps était venu pour nous, mais, même si je ne le voyais pas à ce moment, je savais que c'était mieux ainsi. J'ignore comment nous aurions pu faire en sorte que ça fonctionne : elle était à Los Angeles et on m'envoyait à la base de l'Armée de l'air Randolph à San Antonio pour un entraînement, et ensuite, Dieu sait où.

Nous en étions à des endroits différents de nos vies, ce qui ne m'empêchait pas de vouloir encore ce que je voulais.

27

Après avoir reçu nos diplômes, on envoya Jason s'entraîner à la base de l'Armée de l'air de Lackland, non loin de Randolph. Nous y étions pour neuf mois et nous nous voyions assez souvent.

Ensuite, on nous a envoyés à la base aéronavale de Tinker, en Oklahoma. C'était toute une coïncidence. Au départ de l'université, nous nous étions fait nos adieux en pensant que nos routes se sépareraient, mais nous savions que nous nous rencontrerions de nouveau quelque part dans le monde. La famille de l'Armée de l'air est en fait assez petite et il est certain qu'on finira par croiser les mêmes gens même si on se trouve sur une base isolée. Mais nous n'avions jamais réellement pensé nous retrouver au même endroit si rapidement.

Nous sommes arrivés en Oklahoma à peu près en même temps et nous avons loué un appartement dans le quartier sud de la ville. Pendant quelque temps, nous étions aux anges. Nous avions un appartement vraiment bien, nos voitures flambant neuves — moi, c'était une Mustang décapotable rouge cerise, exactement comme celle dont j'avais toujours rêvé, et Jason avait une Camaro noire — et nos nouveaux boulots. Nous organisions des fêtes tous les week-ends, faisions la connaissance des amis l'un de l'autre dans nos escadrilles respectives et nous sortions avec les jolies filles que nous rencontrions dans les boîtes de nuit.

Nous avons vraiment eu du bon temps à Oklahoma City. Je ne dirais pas que la vie d'officier célibataire est infernale. Nous vivions comme de petits rois. Après deux ans, nous avons été promus premier-lieutenant. Bon Dieu, nous avions réussi. Et Elsie est apparue.

Merde, je déteste devoir dire ça, mais elle a jeté une douche froide sur notre vie de célibataires. Après avoir reçu son diplôme, elle avait fait de petits boulots autour de Monterey pendant un moment avant d'accepter un travail de conception Web — devinez où — à Oklahoma City. J'avais l'impression de me retrouver au secondaire, quand elle nous suivait ici et là, Jason et moi.

Sa présence m'emmerdait vraiment parce que, d'une part, je ne pouvais pas emmener mes conquêtes à l'appartement quand une fille y vivait et, d'autre part, parce que j'éprouvais encore des sentiments pour elle. Ce que je veux dire, c'est que j'étais prêt à me laisser aller et à vivre un peu et elle se retrouvait encore une fois dans mon espace, occupant mes pensées et tout ça.

Elle m'a dit qu'elle avait besoin d'un endroit où habiter pour quelques semaines pendant qu'elle se chercherait un appartement, alors j'avais au moins quelque chose à espérer. Mais Jason était un idiot et il l'a fait coucher sur le canapé-lit au lieu de lui offrir son propre lit, alors chaque fois que je sortais de ma chambre au milieu de la nuit, je ne pouvais pas m'empêcher de la voir étendue là, dans son minuscule short et son haut sans soutien-gorge. Par la suite, je me suis mis tout à coup à éprouver un grave problème de déshydratation, alors je devais aller à la cuisine chaque nuit pour boire un verre d'eau. J'avais *tellement* soif.

Un soir, en passant près d'elle pour me rendre à la cuisine, elle s'est tournée sur le côté et — je jure que j'ai essayé de détourner les yeux — ses seins sont pratiquement sortis de son tee-shirt. Elle dormait, alors ça n'avait pas été volontaire, mais son tee-shirt était vraiment décolleté et, étendue de cette façon sur le côté, je pouvais presque tout voir. Merde, j'aurais pu passer toute la nuit là à la regarder, mais j'ai fini par me raisonner et j'ai tiré les draps sur ses épaules. Puis, je suis parti dans ma chambre et je me suis branlé.

Le lendemain matin, j'ai fait une longue course à pied et rapporté un journal. J'ai parcouru les petites annonces, prêt à trouver un appartement pour moi. Je n'allais pas jouer les salauds et mettre à la porte la petite sœur de mon meilleur ami, mais il était hors de question que je continue de vivre là. Tôt ou tard, je n'allais plus pouvoir me maîtriser, et qui savait ce qui se passerait.

Quand je suis revenu du travail ce jour-là, elle avait rassemblé ses bagages près de la porte.

— Où tu vas? lui ai-je demandé.

Elle m'a montré le journal avec les annonces d'appartements que j'avais soulignées.

— Je m'en vais. J'ai saisi le message.

Je lui ai pris le journal des mains.

— Ce n'est pas...

Jason a choisi ce moment précis pour arriver et nous annoncer qu'il allait partir en déploiement. Ce gars avait élevé l'interruption au niveau d'un art.

— Quoi? a demandé Elsie, toute son attention tournée vers son frère. Où?

— Ils m'envoient en Afghanistan.

Jason paraissait si fier, si enthousiaste. Merde, je l'étais pour lui. C'était la première fois que l'un de nous deux faisait quelque chose qui avait vraiment une signification. Je veux dire, nous allons au boulot chaque jour, nous faisons notre travail, mais en majeure partie, ce n'est que de l'entraînement. Nous nous préparons simplement aux déploiements, à la guerre.

Aller à la guerre, c'est mon travail, et ce serait mentir que de prétendre le contraire. Notre boulot consiste à amorcer et à mettre fin à des conflits. Pour nous, la paix signifie le chômage. Mais vous savez quoi? La paix, ce n'est qu'un concept. Il n'y aura jamais de paix sur la terre ou, en tout cas, pas l'harmonie idéalisée qu'envisagent les gens. Il peut y avoir des cessez-le-feu, mais nous ne connaîtrons jamais la véritable paix. C'est une triste vérité.

Alors, le fait que Jason soit appelé à jouer dans les ligues majeures, c'était *ça* le travail pour lequel on nous avait formés.

Ce soir-là, nous sommes sortis pour fêter l'événement et nous nous sommes tous saoulés. Nous avons pris un taxi pour retourner à l'appartement et avons bu encore. Je me suis détendu un peu en présence d'Elsie, mais avant de pouvoir lui dire que c'était moi qui allais déménager, Jason lui a demandé de rester, d'occuper sa chambre pendant les six mois où il serait parti. Elsie n'a pas hésité. Elle a dit oui.

28

Je sais que je n'ai pas beaucoup parlé de Jason ces derniers temps. Je peux facilement mentionner son nom ici et là dans les conversations, mais quant à parler de lui, *vraiment* dire quelque chose à propos du genre de gars qu'il était, c'est difficile.

Alors aujourd'hui, je vais essayer. Je n'ai pas arrêté de remettre à plus tard le fait de parler de sa mort, mais j'en suis arrivé au point où je ne peux plus le faire.

C'est si difficile de définir une amitié, de transcrire en mots ce qui fait qu'on veut passer son temps avec quelqu'un. J'y ai réfléchi et je peux dire des choses générales du genre « il est drôle » ou « il est loyal », mais ce n'est qu'une partie de la réalité.

Lui et moi nous sommes simplement découverts des atomes crochus. C'est la meilleure façon dont je peux décrire ça. Jason était réellement un bon gars. J'aurais fait n'importe quoi pour lui, même recevoir une balle, et je sais sans l'ombre d'un doute qu'il aurait fait la même chose pour moi.

C'est ce qui arrive aux soldats qui passent du temps ensemble dans les tranchées, quand on apprend à avoir vraiment confiance que la personne près de vous protège vos arrières et que même si on est mourant sur le champ de bataille, notre camarade va s'empresser de traîner notre corps ensanglanté jusqu'à un endroit sécuritaire. On ne se le demande pas ; c'est seulement une entente tacite. Ce n'est pas pour rien qu'on appelle les GI des *frères d'armes*, sauf que dans notre cas, Jason et moi étions frères bien avant d'entrer dans l'armée.

Il était en déploiement depuis une quarantaine de jours et c'était quelques semaines avant l'Action de grâces, quand mon commandant m'a fait venir à son bureau. Il avait le visage sérieux et m'a dit que j'avais perdu mon seul frère à cause d'un foutu tireur embusqué sur un toit.

Franchement, je ne pourrais pas vous dire comment j'ai pu fonctionner ce jour-là, comment c'était un miracle que je me sois rendu à l'appartement sans subir ou provoquer un accident. Tout ce dont je me souviens, c'est d'y être entré et d'avoir vu Elsie à la table en train de travailler sur son portable, ignorant encore la nouvelle qui allait bouleverser sa vie.

Je dois avoir paru complètement effondré parce qu'elle m'a immédiatement demandé :

— Tu te sens bien ?

J'ai songé à le lui dire tout de suite, mais je n'ai pas pu pour une foule de raisons, dont la première était que mon commandant m'avait demandé d'attendre jusqu'à ce que les Sherman en soient informés officiellement, mais en réalité, je ne pouvais tout simplement pas trouver le courage de le lui annoncer, d'éteindre cette lueur dans ses yeux.

Je n'en ai peut-être pas parlé comme d'une évidence, mais Elsie aimait son frère. Ils se chamaillaient beaucoup, mais en fin de compte, elle l'adorait vraiment. Merde, elle l'avait suivi en Oklahoma. Je savais que si elle apprenait la mort de Jason, elle s'effondrerait. Je sais maintenant que je la sous-estimais de beaucoup, qu'elle était bien plus résiliente que je ne l'avais pensé, mais à l'époque, je ne pouvais tout simplement pas supporter l'idée de bousiller sa vie. Tout ce qu'elle connaissait allait changer et je voulais retarder ça le plus longtemps possible. Comme j'étais le seul frère qui lui restait, j'allais tout faire en mon pouvoir pour lui épargner des douleurs. C'était ce que Jason aurait voulu.

J'ignore comment j'ai pu réussir à sourire malgré les émotions qui me traversaient.

— Je suis seulement fatigué, lui ai-je menti avant d'aller directement dans ma chambre.

J'ai essayé de dormir, mais mon cerveau refusait de s'arrêter. Je faisais les cent pas dans la pièce, mais je me sentais comme un lion en cage. Je me suis rendu au gym, puis j'ai couru sur le tapis de jogging et même ça n'a pas paru suffire. J'ai aperçu le sac de sable dans un coin, alors j'ai frappé dessus jusqu'à ce que la douleur se déplace de ma poitrine à mes jointures. Je crois que c'est vraiment la seule chose qui m'a permis de passer à travers la semaine suivante : faire souffrir suffisamment mon corps pour qu'il supplante la douleur dans mon cœur.

J'évitais Elsie autant que je le pouvais et je secouais la tête chaque fois qu'elle me demandait si j'avais eu des nouvelles de Jason. Je lui ai dit que son travail était éprouvant et elle m'a cru jusqu'au jour où ses parents l'ont appelée.

Je n'oublierai jamais son expression quand elle était au téléphone. Son visage s'est défait, puis ses yeux se sont portés sur moi. La douleur sur son visage faisait en sorte que le poids de la mort de Jason devenait presque insoutenable. J'ai failli en être complètement brisé.

J'aurais voulu lui parler immédiatement, mais elle a apporté le sans-fil dans sa chambre et est demeurée au téléphone le reste de la soirée. Le lendemain matin, elle était partie. Elle avait seulement laissé une note sur le comptoir pour dire qu'elle s'était envolée pour la Californie afin d'être auprès de sa famille, précisant clairement de cette façon que je n'en faisais pas partie.

Elle n'avait été absente que cinq jours, mais ces quelque cent vingt heures m'ont paru une éternité. Pour la première fois depuis que j'avais fait la connaissance de Jason, j'étais complètement seul. C'était... perturbant.

J'étais prêt à la supplier à genoux de me pardonner quand je suis allé la chercher à l'aéroport, mais dès qu'elle est arrivée, elle s'est simplement effondrée dans mes bras en pressant son visage contre ma poitrine. Je ne pouvais plus me retenir. Je n'avais pas pleuré la mort de Jason jusqu'à ce moment, quand je me suis finalement avoué que mon meilleur ami était réellement mort. Alors, j'ai serré contre moi la seule personne qui me restait, l'ai étreinte si fort que j'étais certain de l'écraser, mais elle m'a enlacé de plus belle. Je pouvais sentir ses larmes mouiller ma chemise et ma peau, et les miennes dévaler mes joues jusque dans ses cheveux. Nous devions ressembler à deux amoureux depuis longtemps séparés s'étreignant en pleurant au milieu de l'aéroport, mais je m'en foutais. Nous étions dans notre petite bulle de souffrance, deux personnes solidement liées par notre douleur et nos larmes.

C'est seulement le lendemain que sa tristesse s'est transformée en une colère qu'elle a immédiatement dirigée contre moi. Elle était tellement fâchée que je ne le lui aie pas dit le jour où je l'avais appris. J'ai supporté calmement ses récriminations et ses accusations non seulement parce que je les méritais, mais aussi parce qu'il était plus facile d'être en colère que d'être malheureux. J'avais besoin qu'au moins l'un d'entre nous arrête de l'être.

Les funérailles de Jason ont eu lieu un mois plus tard. Cette fois, Elsie et moi avons pris ensemble l'avion pour la Californie et nous sommes assis dans la limousine avec sa famille tandis que nous suivions le cortège funéraire. Elsie m'a serré la main tout au long de la cérémonie : quand ils ont étendu le drapeau sur le cercueil, tiré les coups de feu, sonné le clairon. Quand ils ont plié le drapeau et l'ont présenté au colonel, j'ai finalement fondu en larmes. Je ne pouvais plus jouer au gars stoïque au moment où ce qu'il restait de mon meilleur ami gisait dans une boîte à quelques pas de moi et, en particulier, pas quand sa sœur craquait à côté de moi.

Il m'est arrivé très peu souvent dans ma vie de me payer le luxe d'être triste, mais quand ils ont descendu mon ami dans la terre ce jour-là, je ne me maîtrisais plus. C'était comme si on avait ouvert des vannes et j'étais complètement envahi par le chagrin.

Jason était vraiment mort.

———————

La première nuit, Elsie a fait un cauchemar. J'ai couru à sa chambre et je l'ai trouvée agitée sur son lit, hurlant le nom de Jason. Ne sachant pas quoi faire d'autre, je me suis assis près d'elle et lui ai frotté le dos jusqu'à ce qu'elle se calme. Elle tremblait de tout son corps et pleurait dans son sommeil.

Quand elle s'est réveillée, elle n'a rien dit.

— Tu as fait un mauvais rêve ? lui ai-je demandé doucement.

Elle a acquiescé.

— J'ai rêvé que Jason marchait dans un quartier et s'arrêtait pour caresser ce chien. Puis...

Elle n'a pas pu terminer sa phrase.

— Viens ici, lui ai-je dit en passant un bras autour de ses épaules et en l'enlaçant.

Je me suis laissé aller contre la tête du lit et l'ai tenue comme ça jusqu'à ce qu'elle se rendorme. Ça n'avait pas d'importance que j'aie mal au cou le lendemain. Tout ce qui m'importait, c'est que j'aie pu réconforter Elsie.

La nuit suivante, j'étais de retour dans sa chambre, à la calmer de nouveau après un cauchemar. Je pourrais dire que je faisais cela pour elle, mais en vérité, c'était pour moi aussi. Le fait de la tenir contre moi me donnait un but et me faisait sentir un peu moins seul. Elle a commencé à dormir dans mon lit quand elle passait une mauvaise nuit. Parfois, nous parlions jusqu'à ce que nous tombions endormis ; d'autres fois, nous n'avions pas besoin de dire quoi que ce soit. Le seul fait d'être près de quelqu'un suffisait.

J'aimais lui dire « Je suis là » pour lui rappeler qu'elle n'était pas tout à fait seule. « Il te reste encore mon amitié. »

Une des conséquences de la mort de Jason a été qu'elle a renforcé ma relation avec Elsie et colmaté les fissures entre nous. C'est pendant cette année de guérison et de changements que je me suis finalement avoué que mes sentiments à l'égard d'Elsie n'allaient pas disparaître ; qu'en fait, ils s'étaient intensifiés grâce à ce nouveau lien. Je savais qu'elle le ressentait aussi, mais ni l'un ni l'autre n'en avons parlé.

Nous venions tout juste de survivre à la plus grande perte de notre vie et nous revenions maintenant à une certaine normalité ; nous ne pouvions pas vraiment nous mettre à tout changer encore.

29

Qui a dit que la seule chose qui soit permanente, c'était le change-ment? Héraclite? Eh bien, ce gars avait foutrement raison.

J'avais beau essayer que rien ne change, la vie me surprenait toujours en me rappelant que je ne savais absolument rien.

Elsie et son petit ami Brian avaient rompu en janvier. Ils ne se fréquentaient que depuis quelques semaines avant la mort de Jason et ils n'en étaient encore qu'à l'étape d'apprendre à se connaître. Il ne passait pas encore la nuit à l'appartement (même si je suis passablement certain que le salaud a réussi quelquefois à entraî-ner Elsie dans son lit chez lui). Il semblait être un bon gars, mais quand nous sommes revenus de Californie après les funérailles de Jason, il a en quelque sorte paniqué. Il ne savait comment apporter à Elsie le réconfort dont elle avait besoin et ils ont rompu.

Elle n'a fréquenté personne pendant toute cette année, mais ce n'était pas par manque d'invitations. Au boulot, les gars me demandaient si je pouvais organiser un rendez-vous avec elle. En étirant un peu la vérité, je leur répondais qu'elle n'était pas encore prête, qu'elle était encore trop fragile après la mort de son frère.

Elsie et moi passions plus de temps ensemble. Je suppose que de l'extérieur, il aurait pu sembler que j'avais fait d'elle ma nou-velle meilleure amie et que j'étais devenu son nouveau grand frère.

Mais ce n'était pas vraiment ça, du moins de mon point de vue. Il me semblait naturel de passer du temps avec elle parce que c'était ce que nous faisions depuis notre adolescence. Nous allions au cinéma et au restaurant, et nous prévoyions des sorties en tenant compte de l'horaire de l'autre. Je trouvais doux-amer d'être avec elle sans vraiment être avec elle, mais nous étions ensemble et cela me suffisait, à l'époque.

Au moment où nous commencions à être biens et heureux, le destin nous a joué un mauvais tour quand on m'a annoncé que je partais en déploiement en Afghanistan.

Alors, qu'est-ce que vous auriez fait à ma place? Comment auriez-vous dit à la personne que vous aimiez que vous alliez à l'endroit même où était mort son frère? Le lui auriez-vous dit carrément ou auriez-vous gardé le secret comme je l'ai fait? Quel choix est le plus courageux?

Pendant presque deux mois, j'ai gardé ce foutu secret parce qu'il était plus facile à supporter en silence que de voir l'inévitable regard anxieux sur son visage. Si je pouvais lui épargner cette anxiété même pour une seule journée, ça en aurait valu la peine.

Puis est arrivée cette soirée-là au Tapwerks. Elle essayait de me faire parler en m'offrant bière après bière, mais la manœuvre a drôlement échoué quand nous nous sommes retrouvés sur la piste de danse. Je ne pense pas qu'elle ait eu l'intention de se rapprocher autant de moi et je ne voulais certainement pas frotter mon érection contre son ventre — c'est simplement arrivé et je ne pouvais plus dissimuler la façon dont mon corps réagissait au sien. Qui sait ce que j'aurais fait si nous étions restés pressés l'un contre l'autre sur cette piste de danse une seconde de plus? Je l'aurais embrassée — ça, c'est certain —, mais ensuite quoi?

Je remerciais et maudissais à la fois tous les dieux de l'avoir fait s'écarter. Il ne me restait que deux semaines avant le déploiement et je ne lui avais encore rien dit à propos de l'Afghanistan. Je devenais de plus en plus désespéré. J'ai décidé finalement de prendre le taureau par les cornes et de tout lui dire le lendemain soir. Je suis allé lui acheter ses fleurs préférées, j'ai préparé le repas, allumé quelques chandelles, le grand jeu, quoi. Peut-être que si je lui faisais passer du bon temps, elle ne paniquerait pas à propos du déploiement.

Mais elle l'a découvert une journée trop tôt et elle a réagi exactement comme je le craignais. Elle était tellement en colère, tellement blessée du fait que je ne le lui avais pas dit que j'ai craint un instant qu'elle me frappe.

Je lui ai laissé un peu de temps pour se calmer et, même s'il a fallu un bon moment, elle a fini par comprendre et me pardonner.

Quand je me suis réveillé le lendemain matin avec sa main autour de ma queue, j'ai su que les choses n'allaient plus jamais être les mêmes. Bon Dieu, c'était... le réveil le plus extraordinaire que j'aie pu imaginer. Sa main était à la fois douce, ferme et insistante, et quand elle s'est réveillée en prenant conscience de ce qu'elle faisait, sa peau a pris tout à coup cette adorable teinte de rose. J'aurais voulu l'étreindre et lui dire que ça allait, que je ne m'étais pas senti violé — en fait, j'aurais voulu qu'elle continue —, mais compte tenu de sa réaction, j'avais l'impression qu'elle n'était pas encore prête à entendre ça.

Après qu'elle se fut précipitée hors de la chambre, je suis resté seul quelques minutes. J'ai fermé les yeux en m'imaginant que la main d'Elsie était toujours dans mon caleçon. Au risque de paraître grossier, Doc, je dois avouer que c'était ma meilleure branlette depuis un bon moment.

À ma grande surprise, Elsie m'a embrassé ce soir-là et son baiser avait un goût de sauce à pizza et d'ananas en même temps que celui d'une tendre promesse. J'aurais pu l'embrasser toute la nuit, mais à ce moment, ma foutue conscience a choisi de faire son apparition. Si je laissais les choses se poursuivre, je la blesserais inévitablement en partant un peu plus d'une semaine plus tard. Alors, même si c'était la chose la plus difficile que j'aie jamais faite, j'ai renoncé pour son bien. Peut-être aussi pour le mien parce que maintenant, avec le recul, je pense que j'avais un peu peur que la réalité ne soit pas à la hauteur du rêve.

Une chose que vous ignorez à propos d'Elsie, c'est que quand elle a une idée en tête, elle obtient habituellement ce qu'elle veut. J'ignore s'il s'agit simplement de détermination ou si l'univers s'en mêle, mais elle obtient souvent ce qu'elle veut et, apparemment, elle avait décidé qu'elle me voulait. Non pas que je m'en sois plaint, au contraire.

Elle avait même apporté mes steaks préférés pour mieux me séduire. Ça lui ressemblait tellement de penser que je puisse avoir besoin d'autre chose pour être séduit alors que tout ce que je souhaitais se trouvait devant moi tandis qu'elle m'exhibait son décolleté.

J'ai fait tout mon possible pour éviter l'inévitable. J'ai compté jusqu'à cinq, dix, vingt. J'ai pensé à des trucs dégoûtants comme des putois morts, mais rien — rien — ne pouvait empêcher mon désir de déborder.

J'ai marché jusqu'à elle et l'ai serrée dans mes bras pour m'assurer qu'elle ne s'enfuirait pas. Je lui ai demandé si elle avait une quelconque idée de ce qu'elle me faisait en espérant qu'elle dise quelque chose qui me ramène à la raison. J'étais complètement submergé par l'excitation. Mon cerveau tout entier n'était occupé que par une seule pensée : lui faire l'amour. Mon corps a pris les commandes et plaqué mon érection contre son ventre, exprimant la promesse que je ferais tout en mon pouvoir pour qu'elle jouisse encore et encore.

Pourtant, alors même que mon corps l'exhortait à céder, je lui demandais d'arrêter. J'ignore pourquoi. Parce que j'avais peur de ce qui arriverait si j'obtenais finalement tout ce que j'avais toujours désiré ? Je ne sais pas ce qui m'effrayait le plus : être avec elle et détruire notre relation, ou partir en déploiement et détruire notre relation. Peu importait la façon dont j'analysais la situation, notre relation se trouvait toujours brisée.

C'est mon corps qui l'a emporté. Je lui ai fait l'amour sur ce comptoir de cuisine, d'abord avec mes doigts, puis avec ma queue. Je me sentais au septième ciel tandis que ses jambes m'entouraient la taille et quand elle m'a enserré… merde, les mots me manquent. Imaginez la sensation la plus merveilleuse du monde — disons, un orgasme —, mais prolongez-la, étirez-la à l'infini, jouissez-en encore et encore. C'est comme ça, mais multiplié par mille. Le rêve était à cent lieues de la réalité.

C'était effrayant à quel point nous allions bien ensemble, et ça peut vous sembler vraiment à l'eau de rose, mais c'était comme revenir à la maison. Après avoir joui, j'étais si heureux que je me suis laissé aller. Les sentiments que j'avais dissimulés dans mon cœur ont jailli de ma gorge et explosé dans ma bouche. Je lui ai finalement dit que j'étais follement, stupidement amoureux d'elle.

Elle a dit qu'elle pensait que ça n'avait été que du sexe, mais ce n'était certainement pas que ça. Nos baisers avaient été trop ardents, et aussi la façon dont elle m'agrippait comme si elle basculait dans le vide avec l'intention de m'entraîner avec elle. Je savais qu'elle était amoureuse de moi ; je devais seulement attendre qu'elle s'en souvienne.

30

Elsie et moi avons passé les quelques jours suivants dans les bras l'un de l'autre. Nous profitions de chaque moment pour que je sois en elle, pour que je lui fasse l'amour. Elle a fini par me dire qu'elle m'aimait. Je l'avais toujours su et les derniers jours me l'avaient amplement démontré, mais le fait de l'entendre de sa bouche, c'était comme l'image que je me fais du paradis. De l'avoir complètement, de posséder son corps et son cœur, c'était comme la réalisation d'un rêve.

Puis, comme dans toutes les histoires d'amour, nous sommes brutalement retombés sur terre quand la date de mon déploiement a été devancée. Je n'ai rien dit quand nous attendions l'autobus sur la base, pas parce que je n'avais rien à dire, mais parce que si j'avais ouvert la bouche, je me serais probablement mis à pleurer et j'aurais perdu un peu de ma crédibilité de macho. Il était hors de question que je pleure devant les autres pilotes, mais, croyez-moi, je l'aurais souhaité, surtout quand Elsie a éclaté en sanglots. Je me suis contenté de la serrer contre ma poitrine et de la laisser pleurer en prenant de profondes respirations pour garder la maîtrise de mes émotions. Je n'arrêtais pas de me dire que ce n'était que pour six mois. Sûrement que nous pouvions tenir le coup pendant six mois.

Elsie était certaine que j'allais me faire tuer comme Jason, ce qui me convainquait encore davantage de tout faire pour revenir vivant. J'allais revenir à la maison et être avec elle, *vraiment* avec elle. Nous avions suffisamment été séparés.

C'est cette pensée qui m'a empêché de devenir fou d'incertitude et d'inquiétude pendant le déploiement.

Quand ce connard a fait exploser le portail de la base, je ne me suis pas préoccupé de ma sécurité. Je n'ai même pas réfléchi quand je suis sorti en courant du bureau après l'explosion. En fait, j'étais débordant d'énergie. J'allais finalement voir de l'action. Les conséquences de l'explosion d'une voiture piégée ne sont pas aussi horribles que Hollywood voudrait bien nous le faire croire. Je veux dire... ouais, un tas de choses volent dans toutes les directions, mais il n'y a pas de nuage en forme de champignon ni de cendres qui tombent du ciel.

Ce n'était qu'un foutu trou énorme dans le sol, un véhicule en flammes et un portail qui manquait.

Nous avons trouvé le cadavre de Jones à quelques pas et non loin du camion se trouvait le corps déchiqueté de ce connard qui avait apporté la bombe sur la base. Alors que je regardais son corps sur le sol — il n'était plus qu'un torse ensanglanté après l'explosion —, j'ai été envahi de tant de fureur, mais je savais que mes hommes m'observaient, tout comme les autres, alors je suis resté calme. Ce que j'aurais vraiment voulu faire, ç'aurait été de prendre ma M-16 et de mitrailler ce trou du cul, aussi mort qu'il ait été. Puis j'aurais voulu parcourir les rues de Kaboul et la campagne environnante pour prendre ma revanche sur ce salaud qui avait tué mon meilleur ami, et fusiller tous ceux que j'aurais croisés.

J'étais pris d'une envie folle de tuer. J'étais devenu fou. Fou de rage.

J'ai gardé tout ça en moi parce que si je paraissais perdre mon sang-froid, on allait me renvoyer à la maison et m'expulser de l'armée.

Cette colère est demeurée en moi à bouillonner sous la surface jusqu'à mon retour. Seule la joie de revoir Elsie m'a empêché de m'effondrer complètement. Le seul moment où j'étais tout à fait en paix, c'était quand je me trouvais en elle. Rien d'autre n'avait d'importance que ces précieux moments; rien d'autre n'existait que moi et mon amoureuse. Jusqu'au soir où j'ai appris que mon ami Dave l'avait embrassée. Alors, j'ai pété les plombs.

Toute la colère que j'avais cru réussir à maîtriser a refait surface. J'ai frappé cet imbécile sans même réfléchir aux conséquences sur ma carrière. Tout ce que j'avais ressenti, toute cette colère s'est déversée sur Elsie. Elle ne méritait pas d'en porter le poids, mais je ne pouvais pas m'arrêter. J'exprimais malgré moi des choses dont je ne savais même pas qu'elles me préoccupaient.

Et c'est ce qui m'a amené ici, Doc. L'idée même que je puisse perdre Elsie si je ne retrouvais pas la raison. Elle voulait que j'obtienne de l'aide, que je redevienne ce bon vieux Henry, celui qu'elle avait connu avant mon départ pour l'Afghanistan.

Le problème, c'est que je ne sais plus qui est ce gars. Il était sympathique et raisonnable, affable et *cool*. Essentiellement, il était Jason.

Je ne l'ai jamais dit à Elsie, mais après la mort de Jason, je me suis senti perdu. J'ai commencé à avoir l'impression que je n'étais pas toujours posé, que je n'étais pas inébranlable, que j'avais un sentiment d'insécurité profondément ancré en moi. Ce gars qu'Elsie avait connu toute sa vie était en quelque sorte un imposteur, seulement une imitation de son frère. Ce n'est pas vraiment moi.

31

J'ai fait ce que vous m'avez demandé, Doc. J'ai fouillé dans mes vieux trucs. Mes parents les avaient mis dans une boîte au grenier, mais tout y était : les blousons de base-ball, les annuaires scolaires, les jouets Matchbox.

J'en ai fait deux piles : une avant les Sherman et une après. La pile d'*avant* donnait une impression de tristesse. Ce n'était que de petits pistolets jouets, des trains miniatures et des boîtes de blocs Lego. J'avais plusieurs motos jouets, en particulier cette petite Ducati rouge.

J'avais toujours voulu une moto. Un jour, au cours d'un dîner, j'ai mentionné le fait que j'allais m'acheter une Harley aussitôt que j'aurais économisé assez d'argent, mais le colonel a raconté cette histoire à propos d'un des gars de son escadrille qui s'était planté avec sa moto et avait perdu une jambe. John avait semblé si déçu que j'ai écarté cette idée.

La pile d'*après* était beaucoup plus grosse. C'était comme si ma vie avait commencé quand les Sherman y étaient apparus.

J'ai parlé à mes parents, hier soir. J'ai attendu qu'ils reviennent tous les deux à la maison, puis j'ai convoqué une réunion de famille. Je pense qu'ils se sont assis au salon davantage par curiosité que pour toute autre raison. La dernière fois où j'avais demandé une réunion de famille, c'était quand j'avais à peu près cinq ans et que j'avais dressé une liste de ce que je voulais pour mon anniversaire.

Cette fois, j'ai dressé la liste de ce que j'aurais souhaité qu'ils me donnent pendant toute ma vie.

Quand j'ai eu terminé, ma mère avait les larmes aux yeux et mon père regardait le plancher entre ses pieds, les mains jointes.

— Je suis désolé, Henry, a-t-il dit. J'ai échoué lamentablement.

Je ne l'ai pas contredit parce que c'était vrai.

— Alors, tu nous as détestés toute ta vie ? a demandé ma mère.

— Comment avez-vous pu ne pas le remarquer ? ai-je demandé. Oh, peut-être parce que vous n'étiez pas là pour le remarquer.

— Je suis navrée, a dit ma mère. J'aurais aimé que tu nous en parles plus tôt.

— Aurais-tu accepté moins de clients ?

Puis je me suis tourné vers mon père.

— Tu aurais passé moins de temps avec tes amis ou dans ta caverne ?

Ma mère m'a jeté ce regard dont j'avais hérité.

— Évidemment.

— Je ne pense pas que ce soit vrai, ai-je répondu.

— Comment...

— Je me souviens te l'avoir dit quand j'étais à l'école primaire. Je t'ai demandé de prendre une journée de congé pour venir aider dans la classe. Te souviens-tu de ce que tu m'as répondu ?

Elle a secoué la tête.

— Tu as dit que tu n'avais pas le temps, que tu étais trop occupée.

Elle a épongé ses larmes avec un papier-mouchoir.

— Je te l'ai demandé aussi, papa, et tu as dit que les enfants, ce n'était pas ton truc, que tu risquerais de tous les étrangler avant la fin de la journée.

Il ne pouvait pas me regarder dans les yeux, ce qui m'a fait comprendre une chose à propos de moi-même : dans n'importe quelle situation, j'avais au moins le courage de croiser le regard des gens à qui j'avais fait du tort. J'en ai éprouvé un peu de soulagement et ça m'a rendu un peu plus indulgent à l'égard de mes parents.

— Bien. Tout ça, c'est du passé, leur ai-je dit en me levant.

Ma mère m'a pris la main. Elle s'est levée, a passé ses bras autour de moi et m'a étreint comme si elle ne savait pas comment faire.

— Je suis vraiment désolée, Henry. Je n'avais aucune idée de ce que tu vivais. J'espère seulement qu'un jour, tu n'auras pas à choisir entre ta carrière et ta famille. Surtout dans ton métier, ta famille viendra toujours en deuxième place.

Je me suis écarté d'elle, ne sachant trop comment réagir à ses paroles.

— Je ne serai jamais comme vous, lui ai-je répondu, même si je savais qu'il y avait un fond de vérité dans ses paroles.

La vie militaire viendrait toujours en premier tant que je serais en service.

— Je l'espère, a-t-elle dit en soupirant. Je vais te faire une promesse, Henry. Si jamais tu as des enfants, je serai la meilleure des grand-mères pour eux. Je serai toujours là pour eux. Tu peux compter là-dessus.

Mon père s'est levé, puis il a incliné la tête.

— Moi aussi.

— Tu détestes les enfants, lui ai-je dit d'un ton trop acerbe.

— Ça pourrait changer, a-t-il répondu sans trop s'engager.

Je me suis contenté de secouer la tête et suis parti parce que je n'avais plus rien à dire. J'avais exprimé mes griefs et ils avaient pu répondre. Il n'était plus possible de reconstruire les ponts : les îles s'étaient éloignées les unes des autres. Pour le moment, nous allions seulement pouvoir hurler de l'une à l'autre en espérant que le message franchisse la distance.

32

La nuit dernière, j'ai rêvé d'Elsie.

Je me suis réveillé ce matin, son corps nu dans mes bras. À un certain moment pendant la nuit, elle est entrée par la fenêtre de ma chambre et elle a grimpé dans le lit avec moi. Je vais vous épargner les détails, Doc, mais je peux vous dire que c'était de loin la meilleure façon de se réveiller.

Dieu que j'aime cette femme. Elle me garde alerte. Elle me fait rire, me rend fou, me rend incroyablement heureux. Je ne sais franchement pas ce que je deviendrais si elle ne faisait pas partie de ma vie. Une chose est certaine : je ne serais pas l'homme que je suis aujourd'hui.

Nos mères nous ont trouvés au lit ensemble. Heureusement, nous étions sous les couvertures, mais il n'y avait pas à se méprendre sur ce qu'elle faisait dans mon lit. Le secret était découvert. Je me disais qu'un jour ou l'autre, nos parents devaient découvrir exactement ce qui se passait entre Elsie et moi, mais je n'avais jamais imaginé de quelle manière ils s'en rendraient compte.

Ils étaient tous dans la salle à manger quand Elsie et moi sommes sortis de la chambre, et ils avaient tous un air amusé. Je ne savais pas pourquoi j'étais si nerveux puisque je suis un grand garçon maintenant et qu'Elsie est une adulte, mais mes genoux tremblaient quand le colonel s'est levé et a marché jusqu'à nous. Je jure que quand il a levé la main, j'ai cru qu'il allait me frapper. Je l'aurais mérité. Après tout, je baisais sa fille.

Le colonel s'est contenté de me donner une tape sur l'épaule en signe d'approbation et il a dit qu'il savait que je prendrais soin de sa fille, que j'étais un homme bon.

Sa confiance en moi m'a bouleversé. Je pensais qu'il allait m'engueuler pour avoir profité de sa fille, mais il m'avait plutôt adressé le plus grand compliment. Il connaît encore plein de gens dans l'armée et il aurait pu briser ma carrière d'un seul coup de fil, mais il m'a plutôt donné sa bénédiction.

Son consentement a hissé ma relation avec Elsie à un tout autre niveau. Il a tout rendu tellement réel. Plus rien ne nous retient, maintenant. Le déploiement, la colère, l'approbation de ses parents, tous les obstacles sont tombés. Il n'y a plus qu'Elsie et moi maintenant et je dois admettre, Doc, que ça me fait un peu peur maintenant qu'elle peut me voir tel que je suis. Qu'est-ce qui va m'arriver si l'homme qu'elle voit n'est pas celui qu'elle souhaite? Je pense trop encore, n'est-ce pas? Je devrais seulement me détendre, vivre le présent et me réjouir du fait qu'Elsie et moi soyons ensemble, que nous soyons amoureux et que nous ayons tout l'avenir devant nous.

33

Hier soir, Elsie et moi sommes allés aux fiançailles de deux de mes amis de l'école secondaire. Hass et Kelly s'étaient fréquentés depuis la première année, alors tout le monde tenait pour acquis qu'ils allaient se marier aussitôt après avoir reçu leurs diplômes, mais ils avaient rompu pendant qu'ils étaient à l'université. Ils ne se sont pas parlé pendant des années, puis ils se sont croisés par hasard dans une épicerie il y a seulement quelques mois. Ils se sont fiancés peu après.

D'après Elsie, Hass et Kelly avaient seulement besoin de se séparer quelque temps pour grandir, ce qui a plein de sens. Nous avons besoin de nous connaître nous-mêmes avant de vivre avec quelqu'un d'autre.

Pendant la fête, j'ai eu l'occasion de prendre des nouvelles de Nina. La conversation a été sympathique. Elle semblait vraiment différente de la fille que j'avais connue au secondaire, plus mature et plus encline à s'interroger sur ses états d'âme.

— T'es-tu déjà demandé à quoi auraient ressemblé nos vies si nous n'avions pas grandi avec les mêmes personnes? m'a-t-elle demandé en regardant tous nos amis.

C'était une question si simple et innocente, mais elle m'a frappé.

Maintenant, les paroles de Nina et d'Elsie m'obsèdent et me mettent mal à l'aise parce que je ne peux pas m'empêcher de me demander ce que je serais devenu si les Sherman n'avaient jamais emménagé dans ma rue, si je n'avais jamais profité de l'amitié de Jason, des conseils du colonel et de l'attention maternelle d'Elodie.

Ou de tout ce qu'Elsie m'a apporté.

Ça me fait foutrement souffrir de penser de cette façon, mais je ne peux pas m'en empêcher maintenant. C'est dans ma tête. Est-ce que je suis devenu l'homme que j'étais censé devenir ou est-ce que les Sherman ont fait de moi une personne différente ?

Après une seule soirée, je me sens tout à coup perdu. Je n'ai aucune idée de qui je peux bien être.

Et le pire, c'est que cette personne, cette version d'Henry avec laquelle Elsie est tombée amoureuse pourrait ne pas être moi-même. Je ne sais même plus qui est réellement cette personne.

Est-ce que j'aurais obtenu mon diplôme du secondaire sans Jason ?

Est-ce que je serais entré dans l'Armée de l'air sans les conseils du colonel ?

Est-ce que je me serais engagé dans une vie de délinquance, que j'aurais marié une quelconque fille et lui aurais fait cinq enfants ?

Et si la seule raison pour laquelle Elsie est tombée amoureuse de moi, c'était parce que j'étais tout ce qu'elle avait connu ? Si je n'avais pas été présent pendant tout ce temps, s'intéresserait-elle quand même à une personne comme moi ou aurait-elle épousé un idiot comme John ?

Ce que je crains le plus au monde, c'est de me rendre compte tout à coup que mon amour pour Elsie n'est que de l'affection et non de la passion. Et plus terrifiant encore, qu'elle découvre cela chez moi. C'est ce qui me déchirerait le plus parce que, la connaissant, je sais qu'elle resterait avec moi par obligation morale. Elle aime jusqu'au bout.

Je ne pourrais pas lui faire ça, la piéger dans une relation tiède avec un homme dépourvu de sentiment d'identité. La culpabilité me rongerait et je finirais par réduire en pièces ce que nous avons.

Je veux qu'Elsie soit avec la personne qu'elle aime passionnément, une personne avec qui elle *choisirait* d'être plutôt qu'avec une personne que le sort lui aurait imposée.

Oui, même s'il ne s'agissait pas de moi.

Avant que je parte, hier, vous m'avez demandé si ces séances m'avaient permis de mieux comprendre les choses et j'ai répondu oui. Je me suis rendu compte que la seule chose dont j'ai pu parler, c'était d'Elsie. C'est à elle que je pense d'abord en me réveillant et elle aussi qui m'occupe l'esprit avant de m'endormir. Elle m'obsède. Elle représente tout pour moi.

Je l'aime suffisamment pour la laisser partir et grandir seule, pour la laisser se trouver sans que mon ombre plane au-dessus d'elle. Alors, si nous sommes vraiment faits l'un pour l'autre, je vais la retrouver et me battre comme un lion pour faire en sorte qu'elle m'aime de nouveau.

34

J'ai tout raconté ça à Elsie, hier. Elle était furieuse. J'ai l'impression que plutôt que de m'être débarrassé de ma colère et de ma rancœur, je les lui ai simplement transmises. Mais comme Elsie est ce qu'elle est, elle a essayé de comprendre le chemin que j'avais parcouru. Elle ne m'a pas supplié de rester. Elle m'a laissé partir.

Est-ce que ça m'a déçu?

Peut-être. Peut-être que j'aurais souhaité qu'elle se batte pour moi, mais ç'aurait simplement été encore plus difficile. Elsie n'a jamais essayé de me retenir, et c'est une chose que j'aime chez elle, mais je pense que j'aurais pu changer d'avis si elle m'avait demandé de rester. Je ne sais pas. J'ai l'impression que je ne peux plus penser raisonnablement.

J'ignore si je ne suis pas en train d'ériger intentionnellement un autre obstacle sur la voie de mon bonheur, si je ne suis pas simplement en train de saboter cette relation parfaite parce qu'au fond de moi, je pense que je ne mérite pas d'être heureux. Ou peut-être que je rationalise à propos de ma personnalité perturbée.

Quoi qu'il en soit, j'ai besoin de me trouver avant de faire quelque chose de stupide. Oui, encore plus stupide que de rompre avec la seule personne qui ait jamais eu de l'importance à mes yeux. Il faut que je règle mes problèmes avant de même songer à revenir avec elle. Elle mérite au moins ça.

Mais bon sang, ce regard sur son visage quand je lui ai dit au revoir. C'était comme un coup de poignard au ventre.

Doc, j'ai besoin que vous me disiez que j'ai fait ce qu'il fallait. S'il vous plaît.

CINQUIÈME PARTIE

ENGAGEMENT

35

POURSUITE DE LA MISSION

J'entrai dans mon appartement et verrouillai la porte, puis retirai mes chaussures avant de pénétrer dans le salon. Je m'effondrai sur le canapé de suède beige, la pile de courrier toujours à la main. Le répondeur clignotait encore sur le comptoir, lesté de tous les messages qui s'étaient accumulés depuis le mois d'août et que je ne me sentais pas prête à écouter.

Cinq mois s'étaient écoulés depuis mon voyage catastrophique en Californie, depuis qu'Henry avait tiré le tapis sous mes pieds et m'avait obligée à remettre en question tout ce que j'avais cru être vrai. À ce moment, s'il y avait une chose sur laquelle j'aurais parié ma vie, c'était qu'Henry ne m'aurait jamais volontairement fait du mal, mais c'était ce qu'il avait fait, et de la manière la plus brutale et la plus inattendue possible. Il m'aimait puis m'abandonnait, et le plus enrageant, c'était qu'après avoir écouté les enregistrements de sa thérapie, je le comprenais en quelque sorte. Sa colère sous-jacente découlait du fait qu'il ne savait plus qui il était réellement. Ça ne venait pas de quelque sombre secret de son passé; c'était seulement un homme vivant une grave crise d'identité.

Je comprenais son problème, mais ça ne voulait pas dire que j'aimais cette idée ou que j'en étais même venue à l'accepter.

J'étais revenue de Monterey dans un appartement vide et j'avais trouvé une note d'Henry disant qu'il allait rester chez un ami et me laissait le lendemain pour récupérer seule. J'avais utilisé ce temps pour demander à tous mes amis de m'aider à déménager de l'appartement le plus rapidement possible. Heureusement, Beth m'avait permis de demeurer chez elle pendant que je cherchais mon propre appartement et la situation s'était améliorée quand elle avait emménagé chez Sam après leurs fiançailles, me laissant l'appartement. Tout s'était si bien passé que je m'étais demandé si le destin n'avait finalement pas décidé de me faire une faveur après m'avoir tellement malmenée.

Là, seule dans mon appartement, je m'endormais en pleurant et quand je m'éveillais à cause de cauchemars, il n'y avait personne pour me réconforter. C'était une existence vraiment misérable et solitaire que je n'aurais jamais souhaitée à mon pire ennemi. Même pas à cette foutue Nina Yates.

Malgré tout, je me plaisais à penser que j'avais fait des progrès depuis la rupture. Nous avions commencé une nouvelle année maintenant et je décidai que je devais adopter une nouvelle attitude. J'avais certainement pleuré suffisamment pour toute une vie. Cette Elsie renouvelée allait être heureuse, je me le jurai, et elle n'allait plus se cacher du passé.

Je me levai lourdement du canapé, marchai jusqu'au répondeur et le déclenchai avant de changer d'avis.

La voix d'Henry remplit le petit appartement, m'assaillant instantanément de souvenirs.

— Elsie, c'est Henry. Beth m'a donné ton nouveau numéro, dit-il en soupirant. J'aurais aimé que tu me dises que tu voulais vivre ailleurs. J'aurais pu déménager. C'était injuste que ce soit toi qui déménage. J'aurais pu t'aider… je suis désolé. J'étais seulement inquiet quand je suis revenu et que tu n'étais pas là ; j'ai paniqué. Je ne t'ai pas vue depuis que tu es revenue de Monterey et ça me préoccupe vraiment. J'espère que tu vas bien.

Je sentis les larmes me monter aux yeux, mais j'étais résolue à ne pas pleurer. J'avais réussi à passer un mois entier sans craquer et je n'allais pas le faire maintenant. Je pris une profonde inspiration et me préparai à écouter le message suivant.

— C'est encore moi, dit Henry. Je voulais seulement te souhaiter un joyeux anniversaire. Je t'ai acheté un cadeau, mais je ne sais pas comment te le faire parvenir. Si ça te va, je vais passer et te le laisser plus tard, vers dix-huit heures. Rappelle-moi pour me dire ce que tu en penses. J'ai toujours le même numéro.

En revenant à la maison ce jour-là, j'avais trouvé une enveloppe bleue qu'il avait collée à ma porte avec du ruban gommé. À l'intérieur, il y avait une carte de vœu simplement signée *Henry* et un chèque-cadeau de cinquante dollars de Best Buy. Il n'aurait pas pu être plus impersonnel même s'il avait essayé.

Il y avait ensuite quelques messages de mes parents et amis, puis la voix d'Henry se fit de nouveau entendre.

— Je voulais seulement te dire que je n'allais pas venir à Monterey pour l'Action de grâces ou Noël, alors tu n'as pas besoin d'avoir peur de me croiser par hasard. Joyeux Noël, Elsie.

Et finalement un « bonne année » sur un ton las.

Je pris une profonde inspiration. Voilà. Ça n'avait pas été si difficile.

Je me dirigeai vers le réfrigérateur et sursautai quand mon téléphone portable commença à sonner. Je le pris, le cœur battant.

— Allô ?

Ce n'était pas la voix d'Henry à l'autre bout de la ligne. Je fus déçue que ce ne soit pas lui, puis déçue à nouveau parce que j'avais encore espéré que ce soit lui. Je pensais que maintenant, j'aurais dû avoir arrêté d'espérer qu'il appelle.

— Elsie, dit Beth. Comment ça va ?

— Salut ! répondis-je en essayant de paraître enthousiaste. Désolée de ne pas avoir pu répondre à ton appel l'autre jour.

— Pas de souci, dit-elle. J'ai été passablement occupée aussi.

Je me versai un verre de vin pendant que nous bavardions. C'était bien de parler de choses insignifiantes sans avoir à penser à l'homme qui m'avait brisé le cœur. Toutefois, je savais que son nom allait surgir tôt ou tard.

— J'ai des nouvelles d'Henry, dit Beth.

Je soupirai.

— Est-ce que j'ai besoin de savoir ?

— Eh bien, je pense que si, répondit-elle lentement. Il part en Corée la semaine prochaine pour un an.

Je me blindai contre la souffrance. J'avais commencé à y arriver ces derniers mois.

— Oh, c'est bien pour lui.

— Tu n'as pas à faire semblant, fit-elle d'une voix douce.

— Ça n'a pas vraiment d'importance qu'il soit ici à Oklahoma ou à l'autre bout du monde. De toute façon, nous ne sommes pas ensemble.

Le fait qu'Henry n'ait pas dit qu'il partait en Corée n'était pas la pire chose dans la longue liste de secrets qu'il m'avait cachés au fil des ans. Ça n'aurait réellement pas dû me faire souffrir.

— Est-ce que ça me rend furieuse qu'il ne me l'ait pas dit ? Oui, mais ce n'est pas nouveau. Il ne me dit jamais rien.

— Je viens de l'apprendre par Sam, dit Beth.

Sam faisait partie de la même escadrille qu'Henry et tous les deux étaient de bons copains.

— Ouais, Henry a repris sa vie. C'est bien.

Ça ne l'était pas, mais qu'est-ce que je pouvais dire d'autre ?

— Je ne pense pas que ce soit vrai, dit Beth. Il n'a pas arrêté de se renseigner sur toi auprès de Sam.

— Qu'est-ce qu'il pourrait savoir de...

Je m'interrompis en comprenant exactement d'où Sam tenait ses informations.

— Je suis désolée, fit-elle. Tu es mon amie et je parle de toi. Henry demande seulement si tu vas bien et si tu fréquentes quelqu'un. Il a posé des questions sur ton appartement et ton quartier pour s'assurer que l'endroit était sécuritaire.

Je refusai de laisser flotter trop haut cette petite bulle d'espoir. Je la refoulai dans mon estomac et la noyai dans le vin.

— Le salaud, dis-je, les dents serrées.

— Je trouve ça plutôt gentil, dit Beth.

— Eh bien, il n'a pas brisé *ton* cœur, marmonnai-je. Alors, quand est-ce qu'il part ?

— Les déménageurs sont déjà passés. Je crois qu'il part la semaine prochaine.

Nous demeurâmes silencieuses pendant un long moment. Finalement, Beth dit :

— Nous organisons une fête chez nous ce samedi soir pour son départ. Si tu veux lui dire au revoir, ou peut-être lui faire savoir ce que tu as sur le cœur, alors il y sera.

— Non, merci, répondis-je beaucoup trop rapidement.

— Eh bien, la fête commence à dix-neuf heures et se termine quand les gens vont commencer à vomir dans le bain, dit Beth. Penses-y.

Après avoir raccroché, je me laissai tomber sur le canapé, puis allumai le téléviseur, refusant catégoriquement de penser à Henry et à son départ imminent. Je décidai de ne pas penser à la souffrance sur son visage la dernière nuit que nous avions passée ensemble, quand il m'avait dit qu'il craignait de commettre la plus grande erreur de sa vie. Je n'allais pas penser à ses enregistrements ni à ce qu'il y avait révélé, c'est-à-dire que je l'avais totalement absorbé et qu'il avait perdu de vue qui il était. Je n'allais même pas songer au fait que s'il apparaissait à ma porte et me suppliait, je renouerais avec lui.

Non, pensai-je en me frottant les yeux qui me brûlaient de fatigue et non de larmes, *j'ai fini de penser à Henry.*

———————

En fin de compte, je me retrouvai chez Beth et Sam le samedi soir suivant parce que je suis une irréductible masochiste —, mais si qui que ce soit le demandait, c'était parce que j'avais décidé d'agir en adulte et de lui souhaiter au revoir convenablement.

Je me sentais calme quand je garai mon auto dans la rue et marchai jusqu'au bungalow parce que je m'étais préparée en construisant une barricade autour de mon cœur pour ne pas souffrir.

Ce qui m'accueillit en franchissant le seuil — Henry qui parlait à une jolie blonde — provoqua immédiatement une fissure dans ma carapace. Ils étaient debout dans le salon, leurs têtes penchées l'une contre l'autre pendant qu'ils parlaient, ignorant tous les gens dans la pièce. Il rejeta la tête en arrière et éclata de rire en entendant ce qu'elle venait de lui dire, puis murmura quelque chose qui la fit sourire.

Je serrai les poings. Il n'avait pas le droit d'être heureux alors que j'étais si malheureuse. Je n'avais jamais eu autant envie de l'étrangler.

J'étais sur le point d'aller le voir et de l'injurier quand Beth me toucha le bras, me faisant sursauter.

— Désolée. Je ne voulais pas t'effrayer, dit-elle, puis elle suivit mon regard et elle laissa tomber :

— Merde.

Je m'efforçai de maîtriser ma respiration en me rappelant que je m'étais promis d'agir en adulte pour la soirée.

— J'ai besoin d'un verre, dis-je.

Beth glissa son bras sous le mien et me conduisit dans la salle à manger, où ils avaient installé un bar.

— Il n'est pas arrivé avec elle, si ça peut t'aider, dit-elle en me tendant un verre à shooter.

Je jetai un coup d'œil par-dessus mon épaule, rageant à la vue d'Henry qui parlait de manière si décontractée, poursuivant sa conversation comme s'il n'y avait rien d'autre au monde.

— Ça ne fait aucune foutue différence. Il pourrait encore partir avec elle.

J'avalai une gorgée de téquila avec du sel et de la lime. Je savais que je n'avais qu'à tourner les talons et partir, mais je n'arrivais pas à me convaincre de le faire. Henry était comme un rayon de lumière et j'étais un faible papillon de nuit, incapable d'arrêter de le regarder. Heureusement qu'il y avait entre nous des murs, et une table, et tout un tas de gens, autrement ce petit papillon serait tombé en flammes.

— Je pensais bien que c'était toi, murmura une voix masculine dans mon oreille, et je figeai.

Je me retournai et vis non pas Henry, mais Dave Novak.

— Ça fait un moment que je ne t'ai pas vue, fit-il avec un sourire amical.

Je pris une gorgée de mon verre et souris.

— Ouais, je me suis occupée de mes petites affaires.

— C'est ce que j'ai entendu, dit-il. Désolé.

Je haussai les épaules.

— Ce n'est pas ta faute.

Il ouvrit la bouche pour le demander, mais je l'interrompis.

— Non, vraiment, Dave. Ça n'avait rien à voir avec ce baiser.

— Heureux de l'entendre, dit-il, puis il écarquilla les yeux. Je veux dire pas que vous deux ayez rompu, mais...

— Je sais ce que tu voulais dire, l'interrompis-je, heureuse que nous soyons encore des amis même après qu'Henry l'eut frappé à cause de moi.

Nous restâmes silencieux pendant quelques minutes, regardant les autres invités tout en cherchant un sujet de conversation intéressant.

— Alors, dit-il en prenant une grande gorgée de sa bière. Tu fréquentes quelqu'un ?

— Non, répondis-je. Un instant. Tu ne vas pas me proposer de sortir, n'est-ce pas ?

Il éclata de rire.

— Plus jamais.

— Désolée. Je ne voulais pas dire ça de cette manière, fis-je en sentant un petit sourire se former sur mes lèvres. C'est seulement que je ne voulais pas que tu te fasses des idées.

— Toi et Henry... ?

— Dieu du ciel, non. C'est fini depuis longtemps, dis-je avec beaucoup trop d'intensité. C'est seulement que je ne me sens pas d'humeur à fréquenter quelqu'un encore.

— Alors, nous pouvons être amis, n'est-ce pas ?

Il me tendit la main et je la secouai.

— Amis, ça me va. On ne peut jamais trop en avoir.

Dave fit un signe de tête en direction de mon verre.

— Tu as besoin d'un autre verre, *chère amie* ?

Je vidai mon verre.

— Tu parles, *amigo*.

———

Je réussis à éviter Henry pendant une autre demi-heure. Chaque fois que je le regardais, il parlait à une personne différente. J'étais demeurée debout dans la salle à dîner pendant tout ce temps en espérant qu'il me remarque et qu'il vienne me voir, mais ça ne s'était pas produit. C'était comme si j'étais invisible.

J'avais besoin de sortir de là, alors quand Dave me proposa de jouer une partie de billard dans le garage, j'acceptai immédiatement.

Nous marchâmes jusqu'au garage, où l'impressionnante table de billard de Sam occupait presque tout l'espace, et Dave plaça rapidement les boules. J'appliquai de la craie sur la queue et brisai le triangle, envoyant rouler deux boules dans les poches latérales. Dave émit un sifflement.

— Tu es une battante, n'est-ce pas ? demanda-t-il, debout, sa queue de billard à la main.

— J'aimerais bien.

Je contournai la table et frappai la boule blanche, mais effleurai à peine celle que je visais.

— Tu vois? Ce n'est que de la chance.

Dave sourit et joua à son tour en projetant sans effort une boule dans la poche.

— Est-ce que j'ai dit que tu étais une battante? demanda-t-il. Je voulais dire que *je suis* un battant.

Je vis son sourire s'évanouir à l'instant où je sentis quelqu'un derrière moi. Je n'avais pas besoin de me retourner pour savoir qui c'était : chaque cellule de mon corps le reconnaissait.

— Allais-tu finir par venir me saluer? demanda Henry.

Il était si près de moi que je pouvais sentir son souffle sur mon cou.

J'avançai pour m'éloigner de sa présence enivrante et me retournai.

— Tu avais l'air occupé avec ta blonde, dis-je.

— Ce n'est que la sœur d'un des gars de l'escadrille.

Je haussai un sourcil.

— Alors, tu es passé à une autre petite sœur. Super.

Ses narines se mirent à palpiter et il croisa les bras sur sa poitrine.

— Si c'est ce que tu penses de moi, alors d'accord.

— D'accord.

Je me retournai et me penchai pour jouer, exposant mon cul à son regard, tout en sachant comment il réagirait. Je réussis mon coup et criai de joie.

Dave nous regardait tour à tour.

— Vous avez besoin d'être seuls un moment? demanda-t-il.

Je secouai la tête.

— Pas du tout.

Je contournai de nouveau la table, laissant Henry au même endroit tandis qu'il continuait à rager.

— Alors, j'ai entendu dire que tu partais, poursuivis-je.

— Je vais aller pisser, dit Dave, et il partit, me laissant composer avec mon ex-petit ami dans la fraîcheur du garage.

— Je m'envole mardi, dit Henry.

— Amuse-toi bien.

Je projetai la huit dans la poche. Fin de la partie.

Je le vis s'approcher sans pouvoir faire un seul mouvement et il se tint tout à coup près de moi avec un regard indéchiffrable sur le visage.

— As-tu reçu mon cadeau d'anniversaire ? demanda-t-il.

J'émis un rire amer.

— Oui, merci. Je m'en suis servi pour acheter un vibrateur.

Je vis palpiter un muscle de sa mâchoire.

— Je ne savais pas que Best Buy vendait ça.

— Ils le mettent en marché en disant que c'est pour masser le dos.

Je rangeai la queue de billard et m'apprêtai à partir pour mettre fin à cette stupide joute verbale qui nous aurait fait rire à l'époque où il y avait encore de la joie entre nous.

Il me suivit et bloqua la porte de son grand corps.

— Alors, qu'est-ce que tu fais ici ? demanda-t-il.

— Je joue au billard.

— Je voulais dire... Oublie ça. C'est Beth qui t'a dit que je partais ?

Je lui jetai un regard furieux.

— J'aurais préféré l'apprendre de ta bouche.

— Je ne voulais pas que tu le saches.

— Oh, c'est pour ça que tu as demandé à Beth de m'appeler ?

— En fait, je lui ai demandé de ne pas t'appeler, dit-il. Je ne voulais pas que tu viennes.

Ses paroles me firent l'effet d'un coup de poignard.

— Trou du cul, marmonnai-je en essayant de le contourner, mais il refusa de bouger.

— Écarte-toi, Henry.

Il croisa les bras.

— Non.

— Écoute, tu ne voulais pas que je vienne, alors je corrige la situation en partant.

Nous étions si proches que je pouvais sentir la chaleur qui émanait de son corps et je dus lutter pour m'empêcher de me blottir contre lui.

— Pourquoi tu te fais ça, Elsie ? Pourquoi tu t'accroches encore au passé ? demanda-t-il en tournant le couteau dans la plaie. Mets-toi dans la tête une fois pour toutes que je ne veux plus de toi.

Malgré la terrible douleur qui m'envahissait, je levai le menton et le regardai d'un air de défi.

— Je ne veux pas de toi non plus. Je suis venue pour te dire au revoir et bon débarras.

Sur cette phrase sans appel, je pressai le bouton de la porte du garage, tournai les talons et sortis à grands pas.

36

CONTRE-ATTAQUE

Je remâchai les paroles d'Henry pendant les nuits suivantes, incapable d'accepter qu'il ne voulait plus de moi. Pendant cinq mois, je m'étais efforcée de tourner la page, mais après avoir passé seulement cinq minutes dans la même pièce que lui, j'étais revenue à la case départ. Je réagissais à sa présence comme le métal à un aimant ; était-ce possible qu'il éprouve la même chose ?

Il me rendait furieuse. Je savais sans l'ombre d'un doute qu'il me désirait encore — tout au moins physiquement — et j'avais la ferme intention de le lui montrer. Je n'allais pas le laisser quitter le pays sans lui rappeler ce à quoi il avait renoncé.

Merde, je pouvais aussi me montrer froide. Je pouvais être exactement comme lui.

J'attendis le lundi soir avant d'appeler Beth pour lui demander si elle savait où habitait Henry. Elle me donna son numéro de chambre à l'hôtel Four Points près de l'aéroport et me demanda pourquoi.

— Parce que j'ai quelque chose à prouver, répondis-je en prenant mon sac à main et mes clés.

Il n'y avait pas que moi qui s'accrochais encore au passé.

Il était presque vingt-deux heures quand je frappai à sa porte. Il ne portait que son short et affichait sur le visage un regard perplexe.

— Qu'est-ce que tu fais ici, me demanda-t-il en fronçant les sourcils.

Je n'attendis pas qu'il m'invite. Je le contournai et entrai dans la chambre, heureuse tout à coup qu'il soit seul. Je n'avais pas songé à ce que je ferais s'il y avait une femme avec lui. Cette pensée me fit trébucher mentalement et je dus retrouver mon équilibre en me rappelant de mon objectif.

— Tu me désires encore, dis-je quand il ferma la porte. Je le sais.

Il se tourna vers moi, son regard me pénétrant tandis qu'il demeurait debout près de la porte.

— Non, dit-il.

N'importe qui aurait pu croire cette déclaration. N'importe qui sauf moi.

Je marchai jusqu'à lui, me haussai sur la pointe des pieds si bien que nous nous regardions dans les yeux, et je murmurai :

— Menteur.

Il s'écarta, puis me contourna.

— S'il te plaît, va-t'en, dit-il en faisant un geste vers la porte. Tu fais seulement en sorte que les choses soient plus dures pour toi.

Je baissai les yeux vers son short d'un air entendu.

— Il semble que je ne sois pas la seule à trouver ça... dur.

Ses narines palpitaient tandis qu'il marchait à grands pas jusqu'au lit et enfilait une paire de pantalon de jogging.

— Qu'est-ce que tu veux de moi, Elsie ? Bon Dieu, pourquoi tu ne peux pas en rester là ?

— Qu'est-ce que je veux de toi ? demandai-je en laissant la colère s'infiltrer dans ma voix. Que penserais-tu d'une certaine honnêteté ? Que penserais-tu de ne pas me faire sentir comme une idiote parce que tu me manques.

Apparemment, Henry était en colère aussi, mais je n'avais aucune idée pourquoi il l'était alors que c'était à *moi* qu'il avait menti.

— Si je te disais que tu m'as manqué, tu te sentirais mieux?

— Ça pourrait être moins blessant que tes mensonges, répondis-je. Tu m'as menti à l'école secondaire et tu me mens encore maintenant.

— Je m'en vais, Elsie. Je pars pour une année.

Je pouvais à peine parler, mais je réussis à dire dans un souffle :

— Je sais.

— J'essaie de rester à l'écart. Pour ton bien, dit-il, mais alors même qu'il prononçait ces paroles, il commença à s'avancer vers moi.

Il posa doucement ses mains sur mes bras.

J'ignorai la sensation sur ma peau et dis :

— Tu essaies toujours de me protéger de la vérité et ce n'est pas ce que je veux.

— Tu veux vraiment la vérité, Elsie?

— Oui. Je veux t'entendre avouer que tu me veux aussi.

Il déglutit avec peine.

— Le problème n'a jamais été de te vouloir, dit-il.

Ses yeux avaient le bleu d'une mer en furie et je savais que si je le regardais trop longtemps, j'allais m'y engloutir. Je fermai les yeux pour éviter d'être entraînée vers le fond.

L'instant d'après, ses lèvres se plaquaient contre les miennes et m'embrasaient. Je gémis et ouvris la bouche, me noyant dans ce baiser. Henry ne se retenait pas. Il saisit ma tête entre ses mains et m'embrassa bruyamment tout en poussant un grognement qui m'atteignit droit au cœur.

Il s'écarta brusquement.

— Nous ne pouvons pas faire ça.

Il se frotta la tête en arpentant la pièce, puis se laissa tomber sur le rebord du lit.

— Nous ne devrions...

J'avais prévu cette manœuvre classique d'Henry qui s'engageait à petits pas, puis s'éloignait tout à coup. J'étais prête.

— Nous ne devrions pas quoi? demandai-je en laissant tomber mon blouson sur le plancher.

Il releva la tête pour me regarder, les muscles de sa mâchoire se tendant.

Je saisis le bas de mon pull-over et le passai par-dessus ma tête, révélant le soutien-gorge de dentelle noire qu'il aimait tant.

— Elsie..., dit-il d'une voix déjà haletante.

Je soutins son regard pendant que je baissais la fermeture de ma jupe fourreau et que je la laissais glisser le long de mes jambes.

— Dis-moi d'arrêter, fis-je en poussant la jupe du pied et me retrouvant en sous-vêtements et en souliers à talons hauts.

Mon cœur battait à tout rompre dans ma poitrine. Je n'avais jamais fait quoi que ce soit d'aussi audacieux ni ne m'étais jamais sentie aussi sexy. Son expression me le confirmait sans l'ombre d'un doute.

— Je te mets au défi, ajoutai-je.

Ses narines palpitèrent de nouveau quand je m'approchai de lui. Je saisis les côtés de son visage et le forçai à lever les yeux vers moi, le forçai à faire face à la femme à qui il avait essayé de mentir à répétition au fil des années. Il aurait dû comprendre depuis longtemps qu'on peut jouer le jeu de manière convaincante, mais qu'on ne peut jamais fuir sa propre vérité.

— Elsie..., dit-il dans un souffle.

— Oui, Henry?

— Qu'est-ce que tu essaies de faire?

Je fis courir mes ongles dans ses cheveux.

— J'essaie de te faire admettre la vérité.

Il fit glisser ses mains derrière mes cuisses en remontant jusqu'à l'ourlet de ma culotte de dentelle.

— Tu veux que je sois franc? demanda-t-il en pressant ses lèvres contre mon ventre tremblant.

Il agrippa mes fesses et glissa ses doigts à l'intérieur de ma culotte.

— Tu veux que je fasse exactement ce que je veux et que j'en oublie complètement les conséquences? ajouta-t-il.

J'inclinai la tête, souhaitant que ses doigts s'approchent encore davantage de mon sexe.

— Je ne… Ah, et puis merde.

Il se mit sur pieds et m'emprisonna avec sa bouche tandis qu'il prenait mon visage à deux mains. Je passai les bras autour de lui et l'attirai contre moi en balançant mes hanches contre les siennes.

— Tu me crois maintenant? demanda-t-il en plaquant son membre en érection contre mon ventre.

Avant que je puisse répondre, il me retourna de sorte que mon dos se presse contre sa poitrine nue. Sa main remonta jusqu'à mon cou, me forçant à tourner la tête, et sa bouche dévora de nouveau la mienne.

— Je vais toujours te désirer, fit-il d'une voix rauque en couvrant mon cou de baisers.

Je ne dis rien pendant qu'il dégrafait mon soutien-gorge et le laissait tomber sur le sol. J'avais dit tout ce que je voulais dire et montré que j'avais raison : Henry n'avait jamais arrêté de me désirer. Maintenant, mon corps bougeait automatiquement, se contentant de reproduire les gestes du passé. Je refusais de penser pour ne pas avoir à ressentir. Peut-être alors pourrais-je survivre à cette rencontre sans me retrouver le cœur en éclats.

Il fit glisser ses pouces sous la bande élastique de ma culotte et la retira, ses mains fermes caressant ma peau au passage. Puis il posa une main au milieu de mon dos.

— Penche-toi, dit-il, et il me poussa sur le lit en exposant mon sexe.

Ses mains s'engouffrèrent entre mes jambes qu'il écarta aussi facilement que des rideaux. Il se pencha sur moi et embrassa le bas de mon dos. Je sursautai quand il me mordit une fesse. Il pouffa de rire et mordit l'autre.

Mes jambes faillirent céder sous mon poids quand sa langue s'enfouit en moi. J'agrippai les draps de mes deux mains et gémis dans les couvertures. Après tout ce temps, il savait encore comment embraser mon corps.

Sa bouche et sa langue m'assaillirent, dures et insistantes, me faisant presque jouir quand il émit un grognement sourd que je ressentis jusqu'au plus profond de moi. Puis il s'écarta, le soudain frisson que j'éprouvai contrastant avec la chaleur de sa bouche une seconde plus tôt.

Je l'entendis se débarrasser de ses vêtements et un moment plus tard, l'extrémité de son membre se pressait contre mon vagin.

— Dis-le, fit-il d'une voix rauque contre mon oreille tandis qu'il faisait glisser l'extrémité de son membre entre mes replis humides. Dis que tu me veux en toi.

— Contente-toi de le rentrer, dis-je pratiquement en rugissant.

Il laissa échapper un rire étonné avant de s'enfoncer de quelques centimètres. Il se retira, puis s'enfonça un peu plus loin, étirant les parois de mon sexe. Il se retira de nouveau et, dans un élan, il me pénétra complètement.

— Dieu que c'est bon, grogna-t-il.

Je laissai échapper un soupir de plaisir. De le sentir en moi, de me remplir de nouveau comme lui seul le pouvait était un plaisir que j'avais cru ne plus jamais éprouver.

Ses doigts s'agrippaient à ma taille tandis qu'il allait et venait à un rythme langoureux. Je me pressai contre lui, essayant de diriger la cadence et de le faire bouger plus vite. D'un instant à l'autre, j'allais me réveiller et m'apercevoir que ce n'était qu'un rêve ; je voulais tout au moins en tirer un orgasme.

— Baise-moi tout de suite, criai-je.

Il m'agrippa les hanches et s'exécuta, mais ça ne me sembla pas encore suffisant. Je tendis la main et saisis sa cuisse musclée en l'exhortant à accélérer le rythme, à me pénétrer plus fermement.

— Tellement exigeante, dit-il les dents serrées, puis il s'enfonça encore davantage, au plus profond.

Ensuite, il me claqua une fesse et me fit serrer involontairement les dents. Il s'immobilisa pendant un moment, puis me frappa de nouveau, provoquant chez moi la même réaction.

— Bon sang, Elsie, gémit-il un instant avant de recommencer son va-et-vient de plus en plus fort jusqu'à ce que je m'envole pratiquement vers le ciel.

Quand il glissa une main sur mon clitoris et commença à le masser, j'explosai en un millier d'étincelles vibrantes, le feu d'artifice se prolongeant pendant qu'il me pilonnait par derrière.

Mes convulsions le firent chavirer et il plaqua son corps contre le mien en jouissant, son orgasme ponctué par un grognement sourd et prolongé. Puis nous nous effondrâmes sur le lit en essayant de reprendre notre souffle.

J'avais l'impression d'avoir apporté la preuve de ce que j'avançais, mais mon triomphe ne dura pas. Même si Henry était en moi, me remplissait encore, le trou béant dans ma poitrine était toujours présent parce que tout cela n'était qu'un mensonge. Nous n'étions que deux personnes faisant semblant de faire l'amour.

Henry ne s'attarda pas. Après un moment, il se retira de moi et se rendit à la salle de bain, revenant quelques secondes plus tard avec à la main une serviette humide. Il me retourna sur le dos, se pencha sur le lit et entreprit d'essuyer doucement l'intérieur de mes cuisses sans jamais me quitter des yeux.

Quand il eut terminé, il rejeta la serviette et, encore nu et superbe dans sa virilité, il rampa au-dessus de mon corps étendu. Il se pencha sur moi, ses mains de chaque côté de mes épaules tandis qu'il me parcourait des yeux.

Mon cœur battait la chamade en regardant son visage, un mélange grisant de désir et d'autre chose, peut-être du regret. Je reculai sur le lit, essayant de m'échapper, mais les oreillers et la tête de lit coupèrent ma retraite.

— As-tu besoin d'autres preuves que je te veux? demanda-t-il.

J'inclinai la tête malgré moi. Je pense qu'au plus profond de moi-même, je savais que j'aurais toujours besoin d'autres preuves.

Il m'avait brisée, il m'avait obligée à remettre en question tout ce à quoi je m'étais fiée. Henry m'avait rendue cynique alors que j'étais une rêveuse.

Il se mit à genoux, laissant reposer ses mains sur ses cuisses, et il me montra à quel point il me voulait. Encore.

J'admirai sa beauté pure, de sa large poitrine à ses bras musclés jusqu'à ses pectoraux qui aboutissaient à ces hanches sexy qu'ont les gars, et finalement jusqu'à son membre gonflé qui pointait vers le ciel, prêt à un deuxième round.

Apparemment, je n'étais pas la seule à apprécier silencieusement la beauté, parce qu'il dit :

— Dieu que tu es belle.

Il agrippa son membre et commença à se masturber, ses sombres sourcils se fronçant tandis que son souffle se faisait haletant. Ses yeux parcouraient mon corps, me faisant déborder de sentiments contradictoires allant du désir au malaise.

Je me redressai sur les coudes.

— Qu'est-ce que tu fais ?

Il eut un demi-sourire.

— Je t'admire, dit-il en penchant sa queue vers l'avant comme pour me l'offrir. Tu veux prendre la relève ?

Je réprimai un sourire.

— Non. Je préfère te regarder.

Son sourire insolent s'évanouit quand il reprit sa tâche, ses sourcils se fronçant encore davantage tandis qu'il affermissait sa poigne.

Mon corps entier vibrait tandis que je le regardais, totalement excitée. Henry maîtrisait complètement sa virilité et savait exactement de quelles façons la brandir devant mon corps.

— Caresse-toi.

Ses paroles exprimées d'une voix rauque provoquèrent immédiatement entre mes jambes une pression qui avait besoin d'être relâchée. Je fis glisser ma main sur mon ventre, puis jusqu'à mon pubis, tout en lui jetant un regard que j'espérais séduisant.

— Oui, exactement là, dit-il tandis que mon majeur s'agitait sur mon clitoris.

— Rentre-le en toi.

Je fis glisser mon doigt à l'intérieur, jusqu'au fond, puis le retirai. Il me fixait d'un air sérieux.

— Maintenant, deux.

Je fis glisser un autre doigt à l'intérieur, sans jamais le quitter des yeux, tandis que mon autre main venait titiller mon sein, pinçant mon mamelon encore et encore.

Sa respiration se fit haletante en même temps que sa main s'accélérait. La mienne aussi s'accélérait, désireuse de garder le rythme. Je n'allais pas être la première à franchir la ligne d'arrivée.

Comme s'il avait senti ma nouvelle vigueur, il accéléra encore la cadence, les rides sur son front devenant plus profondes à mesure qu'il se concentrait davantage.

Je sentis la pression croître en moi pendant que je regardais son visage se contorsionner, certaine que le mien faisait de même. Nos regards se croisaient dans un échange sulfureux. Je n'avais pas besoin qu'il parle pour savoir ce qu'il pensait. À ce moment, pendant que nous nous donnions du plaisir, nous étions perdus dans un brouillard épais de passion et de chagrin.

Henry se trouva soudain incapable de supporter une telle intimité et il ferma les yeux quand il commença à jouir.

— Regarde-moi, dis-je d'une voix dure. Henry, regarde-moi.

Quand il ouvrit les yeux, ils étaient remplis de tant d'émotion que je faillis fondre en larmes, mais je m'abandonnai plutôt, mon sexe se convulsant autour de mes doigts pendant que l'orgasme ébranlait mon corps. Au milieu de tout cela, j'éprouvai un étrange sentiment de finalité, comme si cette jouissance mettait fin à l'emprise qu'avaient sur moi nos souvenirs communs.

— Je viens, dit-il, puis il laissa échapper un grognement tandis qu'il jouissait, sa semence se répandant sur les couvertures.

Il garda les yeux fixés sur moi même quand il s'accroupit et reprit son souffle, ou quand il attrapa la serviette et essuya son sperme sur les draps.

Quand il eut terminé, il se laissa tomber près de moi en soupirant. Il agrippa mon poignet et posa ma main contre ses lèvres, mais avant qu'il puisse dire quoi que ce soit qui me ferait recommencer à avoir de l'affection pour lui, je me retournai et descendis du lit.

— Qu'est-ce que tu fais? demanda-t-il pendant que j'enfilais mes sous-vêtements.

— Je pars, dis-je d'une voix neutre.

— Tu ne vas pas rester?

— Pourquoi? demandai-je en me tournant vers lui. Tu sais que je n'aime pas les adieux qui s'éternisent.

Il fronça les sourcils.

Je déglutis, puis secouai la tête.

— Henry, nous ne sommes pas...

J'aurais voulu dire que nous n'étions pas les mêmes personnes qu'auparavant, mais certaines choses n'avaient pas besoin d'être dites pour être entendues.

— Je sais, mais je pensais que nous pourrions parler.

Il se redressa et s'approcha jusqu'au bord du lit, m'observant tranquillement tandis que je finissais de m'habiller.

— Il n'y a plus grand chose à dire, Henry.

Il attrapa ma main au moment où je me retournais.

— S'il te plaît... reste, dit-il d'un air implorant.

— Je ne peux pas, répondis-je. Ça ne sert à rien. Tu t'en vas.

Il inclina la tête et me laissa partir. Je ne l'embrassai même pas pour lui dire au revoir. Je marchai simplement jusqu'à la porte en serrant mon sac à main contre ma hanche comme un gilet de sauvetage.

— Bye, Henry, dis-je en ouvrant la porte. J'espère que tu te trouveras en Corée.

37

RETOUR AU POINT DE DÉPART

Henry était reparti. C'était l'histoire de ma vie.

La barricade que j'avais érigée autour de mon cœur n'avait pas suffi à m'empêcher de ressentir encore quelque chose pour Henry. Je pensais pouvoir séparer mon cœur de mon corps, mais il semblait que j'avais tort.

Et c'est ainsi que le processus consistant à survivre à une rupture recommença.

Je devais sans cesse me rappeler qu'il me fallait tourner la page. Chaque jour, des gens perdent l'amour de leur vie en se tournant parfois vers des choses plus permanentes. Je n'étais pas différente de tous ces autres qui soignaient un cœur brisé et je refusais de me complaire dans mon chagrin. Alors, j'essayai de trouver du plaisir dans de petites choses, comme l'arôme d'un sac de grains de café frais ou le frôlement de la soie sur mes jambes après m'être rasée. J'étais encore loin d'être heureuse, mais j'approchais d'une certaine satisfaction.

Quand on se résigne à son sort, quand on décide vraiment de tourner la page, le temps passe en un éclair.

Je recommençai à sortir. Une de mes collègues m'avait organisé un rendez-vous avec un ami célibataire et j'avais accepté par curiosité. Le gars s'appelait Seth et il avait les cheveux blonds, les yeux verts et un sourire engageant. Pour notre premier rendez-vous, il m'emmena chez Dave & Buster's, un restaurant et une salle de jeux vidéo et, après le dîner, nous apportâmes nos boissons alcoolisées et nous nous promenâmes en jouant à des jeux ensemble.

La compagnie de Seth était agréable. Il me laissait beaucoup d'espace, riait beaucoup et ne posait pas trop de questions personnelles. Il aimait jouer à des jeux de tir au basket-ball et ne me laissait même pas en gagner une, me donnant toujours un petit coup de coude à la fin en disant :

— Bel effort.

Plus tard, il me reconduisit jusque chez moi et réussit à paraître à la fois timide et incroyablement sexy tandis qu'il me regardait, essayant sans doute d'évaluer ses chances d'obtenir un baiser.

Il s'était écoulé dix mois depuis qu'Henry était parti en Corée ; il était à peu près temps que je finisse par accepter quelqu'un d'autre dans mon cœur. Alors je décidai de le laisser m'embrasser.

Il posa une main contre mon visage et pencha la tête, pressant sa bouche contre la mienne, l'explorant doucement avant que j'écarte les lèvres et laisse sa langue me pénétrer. Le baiser était doux et prometteur : tout ce que devait être un premier baiser.

Ensuite, il passa une main dans ses cheveux et dit :

— Je t'aime vraiment bien, Elsie.

Je regardai son visage plein de ferveur et décidai qu'il pourrait fort bien être le gars qui m'aiderait à oublier Henry.

— Je t'aime bien aussi, Seth, lui dis-je franchement.

Il sourit en faisant apparaître les fossettes sur ses joues.

— Tu veux que nous fassions quelque chose demain soir ?

— Oui, dis-je en commençant à reculer vers l'entrée.

— Je t'appelle plus tard.

Et c'est ce qu'il fit. Il m'appela exactement une heure quinze plus tard.

————

Seth devint mon petit ami quelques semaines plus tard après ce premier rendez-vous. Il m'appelait presque chaque soir et nous discutions pendant des heures de tout et de rien. Comme je souhaitais ne rien lui cacher, je lui parlai d'Henry et lui me parla de ses anciennes relations amoureuses. Nos conversations se déroulaient avec aisance, et il était tellement drôle. C'est son humour qui m'attirait, la façon dont il pouvait me faire rire et oublier le passé.

Il concevait des logiciels chez Dell. Je me sentais entre autres liée à lui par le fait qu'il travaillait aussi avec des ordinateurs, bien que d'une manière légèrement différente de moi. J'aimais penser que nous étions deux allumés de l'informatique.

Pourtant, chaque fois qu'il me prenait dans ses bras et m'embrassait, je me sentais distante, comme si j'étais une observatrice plutôt qu'une participante. Je gardais espoir. Je le serrais plus fort, l'embrassais avec plus de ferveur, certaine qu'à un moment ou l'autre, je finirais par ressentir pour lui ce qu'il ressentait pour moi.

————

Pour fêter notre troisième mois ensemble, Seth décida, entre tous les endroits possibles, de m'emmener au Chili's. Ce n'était pas mon premier choix, mais je ne voulais pas avoir à parler d'Henry un soir où nous fêtions notre relation, alors je me tus et souris.

— Je ne suis pas radin, c'est juré, dit-il en poussant ma chaise.

Il s'assit de l'autre côté de la table et me gratifia encore de ce sourire à fossettes.

— C'est seulement que j'adore leurs côtes de dos, termina-t-il.

Mon cœur souffrait aux souvenirs qu'évoquaient ces foutues côtes de dos, mais à ce moment, j'avais acquis un certain talent pour les ignorer.

De temps en temps, je jetais de petits coups d'œil à Seth par-dessus mon verre. Il était très beau ce soir-là, vêtu d'une chemise bleu clair, les manches repliées jusqu'aux coudes, et de pantalons gris, avec ses cheveux légèrement ébouriffés. Mais aussi attirant soit-il, je ne pouvais m'empêcher de penser qu'il ferait un merveilleux mari pour une femme chanceuse un jour.

— À nous deux, fit-il en levant son verre.

Je cognai mon verre de thé glacé contre sa chope de bière et souris.

Il déposa son verre et prit une expression grave. Il se pencha sur la table et me prit les mains.

— Elsie, j'ai quelque chose à te dire, fit-il. J'éprouve ça depuis un bon moment, mais j'avais trop peur de le dire parce que... tu sais, ton passé.

Je retins mon souffle, espérant qu'il n'allait pas me dire qu'il m'aimait et tout foutre en l'air. Je trouvais notre relation satisfaisante si nous n'avions jamais à avouer quoi que ce soit.

— Elsie, fit-il tandis que ma tête commençait à me faire mal en voyant son regard plein d'attente. Je veux que nous emménagions ensemble.

Je poussai un soupir.

Je dois avoir semblé ébahie parce que Seth ajouta rapidement :

— Je sais que c'est énorme, mais je voulais te faire savoir que j'étais prêt à franchir cette nouvelle étape avec toi.

— Seth, commençai-je sans trop savoir quoi répondre.

Je me sentais mal devant la sincérité de sa déclaration et le regard plein d'espoir sur son visage.

— Je...

L'espoir disparut de son regard.

— Tu ne veux pas.

Je secouai doucement la tête.

— Non, ce n'est pas ça. C'est seulement que... je suis surprise.

Seth rapprocha sa chaise de la mienne.

— Je sais que c'est un peu tôt. Je voudrais seulement que tu y réfléchisses puis, quand tu seras prête, dis-le-moi.

Je sentis une brève lueur d'espoir en moi, mais il y avait si longtemps que je n'avais éprouvé ce sentiment que je faillis ne pas le reconnaître jusqu'à ce qu'il soit trop tard.

— Laisse-moi y penser, OK? demandai-je et, en le regardant, je me demandai pour la énième fois s'il était l'homme avec qui je vieillirais.

Je ne l'aimais pas autant qu'Henry, mais Seth était un être merveilleux et fiable. Nous pourrions vivre ensemble, peut-être même nous marier, et avoir une vie parfaitement stable et adorable. Pour quelqu'un qui avait vécu tant de bouleversements au cours des dernières années, une vie stable et adorable me semblait comme le paradis.

———————

Évidemment, au moment même où j'arrivais enfin à mettre de l'ordre dans mes affaires de cœur, le destin frappa de nouveau sous la forme d'un appel téléphonique.

— Allô?

Je coinçai le téléphone entre mon oreille et mon épaule pendant que j'ouvrais un sac de maïs soufflé à micro-ondes en m'attendant à entendre la voix de Seth. Il m'appelait toujours en rentrant chez lui après nos rendez-vous.

Mais j'entendis plutôt une voix graveleuse en provenance du passé.

— Salut, Elsie.

J'étais si frappée de stupeur qu'il me fallut un bon moment avant de répondre.

— Henry?

Je déposai le sac de maïs soufflé sur le comptoir et agrippai le téléphone avant qu'il tombe accidentellement dans l'évier.

— Comment vas-tu? dit-il d'une voix qui donnait l'impression qu'il souriait.

— Tu es de retour?

Il éclata de rire devant mon ton étonné.

— Oui. Je suis revenu hier soir.

— Ne me dis pas que tu es revenu à Tinker, dis-je.

Ça me semblait peu probable. Merde, j'avais même souhaité qu›il soit posté quelque part à l'autre bout du pays pour que je n'aie pas à le revoir.

— En fait, je voulais te parler de ça. Je peux passer chez toi?

J'étais déchirée, l'ancienne Elsie souhaitant répondre « oui, s'il te plaît » et la nouvelle, « c'est hors de question ».

— Je veux seulement discuter, dit-il.

Je déglutis.

— OK.

— OK je peux venir?

— Oui.

Je sursautai en entendant frapper à la porte.

— Toc, toc, dit-il à mon oreille.

Je refermai le téléphone et, remplie d'indignation, j'allai répondre à la porte.

— Comment oses-tu tenir pour acquis que...

Les mots me manquèrent quand j'aperçus Henry qui semblait plus costaud que dans mes souvenirs, plus beau qu'il n'avait un quelconque droit de l'être dans ses jeans et son blouson de cuir. Ses cheveux noirs étaient plus longs, formant des boucles autour de ses oreilles, et il paraissait ne pas s'être rasé depuis des jours, mais c'était toujours le même gars superbe, exaspérant, avec qui j'avais grandi.

— Elsie, dit-il en me soulevant de terre tandis qu'il me serrait contre lui.

Il pressa son visage contre mon cou pendant un long moment puis, comme s'il se souvenait de ce que nous étions devenus, il me lâcha brusquement.

— Désolé. Les vieilles habitudes mettent du temps à mourir, dit-il en enfouissant ses mains dans ses poches.

Je luttai pour reprendre mon souffle. J'étais toujours prise au dépourvu quand l'ouragan Henry s'abattait sur la ville.

— Ça va, dis-je, même si la peau de mon cou me chatouillait encore.

Je détestais le fait qu'après tout ce temps, mon corps réagisse encore au sien de cette façon.

— Tu as une odeur différente, dit-il en inclinant un peu la tête.

— J'ai pris quelques douches depuis que tu es parti.

— Je n'en crois pas un mot.

Il me sourit, ses yeux bleus remplis de ce qui ressemblait à de la joie.

— Tu as changé de parfum. Avant, tu aimais ce vaporisateur à l'odeur de citron que tu achetais à la boutique d'articles de bain. Maintenant, tu as une vague odeur de menthe poivrée.

— Euh, d'accord, dis-je quelque peu surprise par ses observations. Tu vas entrer ou nous allons aussi discuter de mon choix de déodorant ?

Il entra dans le salon et se dirigea immédiatement vers mes étagères IKEA remplies de livres, de films et de menus objets décoratifs. Il s'arrêta devant une étagère, où s'étalaient plusieurs photos encadrées.

Il en prit une et se tourna vers moi en fronçant les sourcils.

— Tu m'as découpé, dit-il en regardant la photo de Jason et moi tenant nos skis au pied d'une montagne, avec mon épaule gauche — et tout ce qui se trouvait au-delà — découpée.

— Tu me le reproches ? demandai-je en marchant jusqu'à lui et en lui reprenant le cadre des mains pour le remettre sur l'étagère. Et arrête de toucher à mes affaires.

Henry recula et s'assit sur le canapé.

— Je viens en paix, je le jure, dit-il en levant les mains, paumes ouvertes.

Je pris une profonde inspiration et luttai pour contenir le fouillis d'émotions qui me traversaient.

C'était comme si j'avais passé la dernière année à reconstruire ma vie sur des fondations solides et qu'Henry revienne tout à coup en faisant tout s'effondrer.

Je restai aussi éloignée de lui que possible et croisai les bras sur ma poitrine.

— Alors, qu'est-ce que tu voulais me dire?

Il ignora ma question et me reluqua des pieds à la tête avec ce regard oblique et sexy qui m'avait toujours donné des frissons.

— Es-tu sortie? Tu es jolie.

Je serrai les dents.

— J'avais un rendez-vous, dis-je, détestant le fait qu'il paraisse si à l'aise pendant que j'étais complètement bouleversée.

Il haussa un sourcil.

— Oh?

— Oui, il m'a emmenée au Chili's.

Je vis palpiter un muscle sur sa mâchoire, mais son visage demeura autrement impassible.

— Oh?

— Oui, il aime beaucoup les côtes de dos, dis-je en me réjouissant d'avoir finalement pu le perturber quelque peu.

Il pinça les lèvres, et je faillis éclater d'un rire triomphal.

— Tu le fréquentes depuis longtemps? demanda-t-il.

— Environ trois mois, dis-je. Ce soir, il m'a demandé d'emménager avec lui.

Henry me jeta un regard chargé d'intensité pendant qu'il attendait que je réponde à sa question silencieuse, mais je ne dis rien. Je pris simplement plaisir à jouir un peu plus longtemps de son malaise.

— Et puis? dit-il finalement.

Je haussai les épaules.

— J'y songe sérieusement.

— C'est fini, Elsie. J'ai quitté l'Armée de l'air, dit-il rapidement.

Toute ma joie s'évanouit d'un seul coup.

— Quand?

— Quand j'ai terminé ma mission à Osan, répondit-il en faisant un pas vers moi. Je suis un homme libre. Je n'ai plus à partir en déploiement. Je peux vivre où je veux.

— Où vas-tu aller? demandai-je, la respiration soudain difficile.

Ses yeux m'hypnotisaient, me tenaient en place, quand il fit un autre pas dans ma direction.

— Je ne le sais pas encore.

— Et le boulot?

— J'ai fait quelques économies, alors je peux passer un peu de temps à chercher. Mais je pense que j'aimerais entrer dans la police.

Je ne fus pas surprise qu'il choisisse cette nouvelle carrière.

— Tu vois? Tu es un type profondément honorable.

Ses lèvres s'étirèrent en un sourire contrit.

— Je suis heureux que tu le penses.

Tout à coup, il était devant moi, si près que tout ce que j'avais à faire, c'était de me pencher et je toucherais sa poitrine.

— N'emménage pas avec lui, Elsie, dit-il.

Ma colère s'embrasa de nouveau.

— Tu ne peux pas me dire ce que je dois faire, fis-je en redressant l'échine et en m'éloignant de sa force gravitationnelle.

Il posa une main contre mon cou.

— Je ne te le dis pas, prononça-t-il doucement. Je te le demande.

Il me fallut un moment pour retrouver l'usage de la parole.

— Il ne t'appartient plus de le demander, répondis-je.

Je m'éloignai en essayant de m'éclaircir les idées.

— Tu veux une bière? lui demandai-je en tournant les talons et en m'enfuyant dans la cuisine.

Il soupira.

— Oui.

Nous nous assîmes à ma minuscule table de salle à manger et je lui posai des questions sur ce qu'il avait vécu en Corée pour éviter de parler de ce qu'il faisait présentement en Oklahoma. Henry, quant à lui, ne fit plus allusion à mon déménagement chez Seth. Il appuya ses coudes sur la table et parla avec enthousiasme de ses aventures en Asie aussi facilement que s'il racontait tout ça à un vieil ami.

Assise à la table devant lui, j'espérais que cette pièce de bois ronde entre nous représentait une distance suffisante pour m'empêcher de retomber, mais les battements désordonnés de mon cœur indiquaient le contraire. À en juger par le nombre d'anneaux de croissance sur la surface laquée de la table, l'arbre avait été très vieux, mais son âge n'était rien en comparaison de ma longue histoire avec l'homme assis devant moi, une histoire qui était beaucoup trop intégrée à mon identité pour l'ignorer.

La conversation prit fin de manière toute naturelle vers trois heures du matin. Je bâillai, puis me levai et ramassai les bouteilles de bière vides sur la table.

— Merde, il est tard, dit Henry en étirant les bras au-dessus de sa tête. Je ferais mieux de partir.

— Où est-ce que tu habites?

— Chez un ami à Norman. Son canapé sent la merde, mais c'est mieux que le plancher.

Une minuscule partie de moi souhaitait lui offrir le canapé-lit, mais je savais que je serais idiote de faire ça.

— Eh bien, c'était super d'avoir de tes nouvelles, dis-je plutôt en le raccompagnant à la porte.

Sur le seuil, il me serra un peu d'une manière hésitante.

— Je le pense aussi.

Je fermai les yeux et savourai la sensation de ses bras puissants autour de moi, entrevoyant derrière mes paupières de brefs épisodes de mon ancienne vie.

— Tu ne devrais pas être avec lui, dit Henry alors que nous nous séparions.

Je clignai des paupières, l'esprit momentanément embrouillé

— Qui?

— Ton petit ami.

— Pourquoi pas?

— Parce que tu ne l'aimes pas.

Je croisai les bras. En l'espace d'un instant, Henry était redevenu une tête de nœud.

— Et comment tu pourrais savoir ça?

Sa bouche forma un petit rictus.

— Beaucoup de choses ont changé chez toi, Elsie, mais une chose qui est demeurée la même, c'est que tes émotions transparaissent encore sur ton visage. Si tu l'aimais, tu ne rougirais pas chaque fois que je te touche.

Il pressa son index froid sur ma joue chaude pour montrer qu'il n'avait pas tort. Dieu que je détestais quand il avait raison.

— Eh bien, ça ne te regarde plus vraiment, dis-je en écartant sa main et en reculant dans la sécurité de mon appartement.

— Bonne nuit.

Je commençai à refermer la porte quand il leva la main pour la bloquer.

— Sors avec moi, dit-il.

Malgré mon cœur qui battait la chamade, j'essayai de la jouer cool.

— J'ai un petit ami, tu te souviens? Nous venons *tout juste* de parler de lui.

Il se gratta l'arrière de la tête.

— Je sais, dit-il en cherchant ses mots. C'est seulement... que tu me manques.

296 • JUNE GRAY

Auparavant, mon cœur se serait rempli d'espoir en entendant cet aveu. À cet instant, il sautilla un peu sur place, craignant de s'élancer.

— J'apprécie ta franchise, mais...

— Une seule sortie, dit-il en levant son index. Si après ça, tu décides que tu ne veux plus de moi, alors je vais partir. Je vais déménager dans un autre État.

Je secouai la tête.

— Je ne pense pas que ce soit une bonne idée.

— Donne-moi une chance. Ce n'est pas nécessaire que ce soit un rendez-vous galant. Ce peut être seulement une rencontre entre vieux amis, fit-il en me prenant la main. Je sais que je peux te rendre plus heureuse que ce gars.

C'était vrai, mais il pouvait aussi me bouleverser bien davantage.

— S'il te plaît.

C'est cette expression de la bouche de l'homme le plus autoritaire que je connaissais qui me fit en fin de compte changer d'avis.

— OK, dis-je. Nous pouvons sortir ensemble une fois.

Son visage s'illumina d'un grand sourire qui me rappelait le garçon que j'avais connu si longtemps auparavant.

— Demain? demanda-t-il en m'embrassant rapidement sur la joue quand j'acquiesçai.

Puis, il m'adressa un clin d'œil et partit dans la nuit. Quelques secondes plus tard, j'entendis un grondement bruyant qui ressemblait étrangement à celui d'une motocyclette s'éloigner.

38

POURPARLERS DE PAIX

Henry se présenta chez moi le lendemain après-midi vêtu d'un pantalon de jogging noir et d'une chemise Under Armour à manches longues, un sac accroché à l'épaule.

Je baissai les yeux sur mon jean serré, mon grand chandail de cachemire et mes talons hauts et me demandai s'il n'y avait pas eu malentendu.

— Je pensais que nous allions au musée ? lui demandai-je en m'écartant pour le laisser entrer.

Il sourit et m'embrassa sur la joue. Je sentis sa transpiration.

— Désolé, les douches ne fonctionnaient pas au gym. Je peux utiliser la tienne ?

En acquiesçant, j'essayai de ne pas fixer ses muscles à travers son tee-shirt serré.

— Première porte à gauche.

— Ça ne prendra que quelques minutes, dit-il en m'adressant un sourire avant de partir à grands pas vers la salle de bain.

J'essayai de m'occuper en regardant une émission de cuisine à la télé, mais je n'arrêtais pas de penser au gars nu dans ma douche, à l'eau qui ruisselait sur sa peau basanée tandis qu'il se savonnait...

Je me réprimandai. J'avais un petit ami, il s'appelait Seth, et il était merveilleux et drôle. Henry était seulement en train de prendre une douche, comme des milliards de gens avant lui. Le fait qu'il soit nu dans ma salle de bain en ce moment ne signifiait rien.

Absolument rien.

Mais Henry revint, trempé des pieds à la tête, complètement nu sauf pour la chemise roulée en boule qu'il tenait contre son entrejambe. Je suis pratiquement certaine qu'une petite bombe nucléaire éclata dans mon bas-ventre en le voyant.

— Où sont tes serviettes? demanda-t-il en haussant un sourcil.

Faisant mon possible pour dissimuler mes pensées, je me levai du canapé et le dépassai pour me rendre à la lingerie.

— Tu n'en as pas apporté une? lui demandai-je en lui lançant une serviette.

Je détournai les yeux en passant de nouveau près de lui, mais ne pus m'empêcher de sentir son odeur fraîche.

— Merci. Je n'en apporte jamais parce qu'ils en ont, d'habitude, au gym, dit-il.

Il pivota sur lui-même et retourna dans la salle de bain en m'exhibant volontairement son cul ferme et ses cuisses musclées.

— Henry, habille-toi! criai-je en me retournant, son rire se répercutant dans la salle de bain tandis qu'il refermait la porte.

———

Dix minutes plus tard, nous partions enfin. Il portait un jean noir, des souliers noirs et une chemise pourpre sous un chandail gris, et il s'était rasé. J'étais un peu triste de ne plus voir sa barbe de quelques jours, mais ainsi rasé de près, Henry était quand même douloureusement superbe.

Ça n'avait pas vraiment d'importance, me dis-je, parce que j'avais un petit ami. Le look d'Henry n'avait rien à voir. C'était seulement un copain et nous ne faisions qu'aller au musée ensemble.

Pourtant, il était vraiment beau pendant qu'il conduisait sa Volvo S80 d'occasion jusqu'à l'Oklahoma City Museum of Art au centre-ville. Même si je m'en sentais coupable, je ne pouvais m'empêcher de lui jeter des regards obliques.

Nous payâmes chacun notre billet parce que j'insistai sur le fait que ça ressemblerait trop à un rendez-vous amoureux s'il payait le mien. Il essaya de résister, mais j'étais résolue à ce que les choses demeurent platoniques et je finis par l'emporter. C'était un caprice du destin, évidemment, mais c'était aussi parce que quand je voulais quelque chose, je n'abandonnais jamais.

Nous parcourions l'exposition de verre soufflé de Dale Chihuly quand je demandai finalement :

— Pourquoi ici ?

Nous approchions d'un mur recouvert de sculptures de verre en tourbillon de formes et de couleurs différentes, qui ressemblaient à une série de créatures sous-marines congelées.

— C'est l'endroit le plus neutre auquel j'ai pu penser, dit-il en me jetant un coup d'œil avant de retourner son attention vers les objets. Je me suis dit que ni l'un ni l'autre n'étions venus ici auparavant, alors il n'y aurait aucun souvenir rattaché à cet endroit qui te rendrait mal à l'aise.

Nous traversions un étroit vestibule au plafond bas rempli de sculptures de verre qui répandaient tout autour des lueurs colorées.

— Les souvenirs ne *te* rendent pas mal à l'aise ?

Nous marchâmes jusqu'au milieu du vestibule désert et nous nous arrêtâmes. Il leva les yeux pour regarder les centaines de sculptures.

— Non, répondit-il en prenant ma main. Nos souvenirs m'apportent la paix. Ils me donnent un sentiment d'identité.

Je regardai le kaléidoscope de couleurs sur son visage.

— T'es-tu trouvé, Henry ? lui demandai-je doucement tout en craignant la réponse.

Son regard croisa le mien et il acquiesça.

Je me sentis évidemment soulagée, mais, en même temps, envahie d'un doute irrésistible.

— Comment le sais-tu?

— Je le sens, répondit-il en portant ma main à sa poitrine. J'ai découvert un tas de choses sur moi-même, des choses que je n'aurais jamais sues si nous étions encore ensemble.

— Comme quoi?

— Comme le fait que j'adore *Firefly*.

Je pouffai de rire.

— Tu l'aimais déjà avant.

— Je sais, dit-il en souriant. Mais je n'étais jamais certain si c'était parce que toi et Jason l'aimiez ou si c'était vraiment mon opinion.

Je serrai sa main.

— Henry, je n'ai jamais eu l'intention de m'emparer de ta vie, dis-je. Tout ce que je voulais, c'était en faire partie.

Il secoua la tête, les sourcils froncés.

— Ce n'était pas ta faute Elsie. Je suis un idiot perturbé qui pense trop et qui foutait tout en l'air.

Il se tourna vers moi, et je sentis des papillons dans mon ventre.

— Je connais ce gars. Toute sa vie, il a aimé cette fille parfaite sous tous les angles, mais au moment exact où il a fini par la convaincre d'être sienne et où ils étaient follement heureux, il est parti et il a tout gâché.

Je ravalai le sanglot qui menaçait de surgir. Je clignai des yeux pour chasser les larmes qui commençaient déjà à se former. Je chassai l'espoir qui menaçait d'exploser dans mon cœur.

— Mais ce que ce gars a finalement compris, c'est qu'après qu'il eut fait la paix avec lui-même, il se sentait toujours perdu sans cette fille. C'était comme s'il vivait sans ses fémurs; il était incomplet sans elle, dit-il en répétant les paroles que je lui avais dites à Monterey.

Je m'écartai de lui et quittai ce damné vestibule romantique, craignant ses paroles et la façon dont elles attaquaient la barricade autour de mon cœur.

— Elsie?

— Je ne sais pas comment te croire, dis-je.

Je marchai rapidement, trop effrayée pour m'arrêter au cas où mes jambes me lâcheraient.

— Elsie, arrête, dit-il en saisissant mon poignet, mais je le libérai et continuai à marcher vers la sortie.

En ce qui me concernait, ce non-rendez-vous était terminé.

———

— Tu as écouté mes enregistrements? demanda Henry pendant qu'il me ramenait chez moi.

Je regardai par la vitre côté passager et répondis :

— Oui.

— Eh bien?

— Eh bien quoi? lui demandai-je en le regardant finalement. Que veux-tu que je dise?

— Que tu me pardonnes.

Je haussai les sourcils.

— Oh, est-ce que c'étaient tes excuses? demandai-je. Tu aurais simplement dû me faire une compilation.

Il soupira tandis qu'il entrait sur le stationnement de mon immeuble.

— Je crois comprendre que tu ne vas pas me rendre la tâche facile.

— Ah.

Comme s'il m'avait déjà rendu les choses faciles. Je sortis rapidement de l'auto avant qu'il puisse venir ouvrir ma portière, puis me dirigeai à grands pas vers mon appartement.

Henry était sur mes talons, encore dans mon espace.

— Je t'ai donné ta chance. Maintenant, tu vas partir? lui demandai-je en essayant maladroitement de mettre la clé dans la serrure.

— C'est vraiment ce que tu veux? demanda-t-il.

Je détournai les yeux, incapable de supporter l'expression douloureuse sur son visage.

— C'est ce qui est le mieux pour moi en ce moment.

— OK.

— OK? criai-je en sentant s'évanouir ma résolution. Je pensais que tu allais te battre à corps perdu pour me faire revenir?

— Je choisis mes batailles, répondit-il. J'ai le reste de ma vie pour te reconquérir.

Je ne savais pas si je voulais qu'il continue d'essayer, mais une chose était certaine à ce moment : je l'aimais encore tel qu'il avait changé. Bien sûr, je le détestais aussi, mais l'amour que j'avais toujours éprouvé pour lui était encore présent.

Si seulement je pouvais chasser ce sentiment.

Henry commença à s'éloigner, mais se retourna brusquement et revint sur ses pas.

— Mais avant que je parte, tu veux venir avec moi à Dallas le week-end prochain?

Sa question me désarçonna.

— Qu'est-ce qu'il y a à Dallas?

— Il y a quelqu'un que je veux te faire rencontrer.

— Pas une petite amie, j'espère? demandai-je, cette idée me remplissant à la fois de terreur et de colère.

Il laissa échapper un rire étranglé.

— Si c'était ça, j'agirais vraiment comme une tête de nœud.

— Ça ne m'étonnerait pas de ta part puisque tu en es une.

J'avais l'impression d'avoir cinq ans, mais parfois, c'est thérapeutique de dire exactement ce qui nous passe par la tête.

Il acquiesça.

— C'est vrai. Mais non, ce n'est pas une petite amie, une fiancée ou une épouse.

— Qui alors?

— Viens et tu le sauras.

L'idée d'un voyage avec Henry semblait risquée. Trois heures de route avec lui sans autre chose à faire que de parler allait être dangereux pour ma santé.

— Je ne crois pas que ce soit une bonne idée.

— Et si nous nous arrêtions chez Braum's à l'aller et au retour? demanda-t-il.

— Tu veux me tenter avec une crème glacée? C'est un coup bas.

Il tendit le bras pour me prendre la main.

— Tu vas adorer ça, je te le promets.

Je scrutai son visage en songeant à quel point il avait changé au cours de la dernière année. Je le reconnaissais encore, mais je voyais en lui de minuscules changements et je savais qu'il était plus heureux. Malgré mes réserves, j'éprouvais quand même le besoin de connaître ce nouveau Henry, ne serait-ce que pour satisfaire ma curiosité.

Je soupirai.

— D'accord, je vais t'accompagner.

Il sourit.

— Prends des vêtements chauds, dit-il, puis il m'adressa un petit geste de la main et partit.

———

Seth m'appela ce soir-là, me demandant comment s'était passé mon dimanche. Je ne lui avais pas dit qu'Henry était en ville, mais seulement que j'étais sortie avec un ami, ce qui n'était pas à proprement parler un mensonge. Mais je savais que les petits mensonges pieux avaient le don de s'accumuler jusqu'à ce qu'ils deviennent une avalanche de faussetés, alors je lui parlai d'Henry pour éviter de me retrouver ensevelie.

Après cet aveu, Seth demeura silencieux pendant un long moment. Finalement, il dit :

— Alors, il repart dimanche ?

— C'est ce qu'il a dit, répondis-je en éprouvant un peu de remords.

Seth était un type bien et il ne méritait pas d'avoir une petite amie qui était encore amoureuse de quelqu'un d'autre.

— Je suis désolée, Seth. Je ne voulais pas te mentir à ce propos.

Il se racla la gorge.

— Penses-tu qu'il va vraiment partir ?

— Je l'espère.

— Vraiment ? demanda-t-il. Je ne suis ni sourd ni aveugle, Elsie. Je vois bien ce qui se passe. Je peux déjà constater qu'il y a quelque chose de différent chez toi.

— J'ai seulement besoin de temps pour intégrer les événements.

— Tu ne vas pas emménager avec moi ? demanda-t-il d'une voix douce.

Je poussai un soupir. Je connaissais déjà la réponse avant même qu'Henry revienne au pas de charge dans ma vie. Aussi gentil soit-il, Seth n'était certainement pas fait pour moi. Je le savais depuis le début, mais je refusais simplement de l'admettre.

— Je ne pense pas, non.

— Nous rompons ?

Mes yeux s'emplirent de larmes à cette pensée.

— Tu le veux ?

— Non, bien sûr que non. Je sais que je ne te l'ai pas dit, mais je t'aime, dit-il en me brisant le cœur.

Je n'avais pas compris la profondeur de ses sentiments pour moi.

— Alors non, poursuivit-il, je ne veux pas que nous nous quittions, mais il le faut parce que tu n'éprouves pas la même chose pour moi.

— Je le souhaiterais vraiment, dis-je. Je veux être avec toi.

Seth soupira. Il voyait clairement ma tentative dépourvue de conviction.

— Non, tu ne le veux pas. Tu veux être avec Henry.

Il avait raison, alors nous avons rompu.

39

MISSION CONFIÉE

Il était précisément neuf heures, samedi matin, quand Henry sonna à la porte, vêtu d'un jean et d'un blouson de cuir.

— Tu es prête ? demanda-t-il, debout sur le seuil, les mains dans les poches.

— C'est bien comme ça ? lui demandai-je en indiquant mon jean, mes longues bottes et un chandail à col roulé pourpre.

Il me sourit en me regardant des pieds à la tête.

— Presque, fit-il sans en dire davantage.

Il me tendit la main.

— Viens, mettons-nous en route.

— Je le savais, dis-je tandis qu'il me conduisait à sa Harley Davidson.

Elle était rouge, noire et chromée et me paraissait plus grande que nature. En fait, dangereuse pour ma santé.

— C'est une Softail Deluxe. Je l'ai achetée le jour de mon arrivée.

Sur son siège se trouvaient deux casques et un blouson de cuir noir. Il prit le blouson et vint se placer derrière moi.

— Essaie-le, fit-il.

Je glissai mes bras dans le cuir doux, puis me retournai pour lui faire face.

— Il me va parfaitement, dis-je. C'était à ton ex-petite amie ?

— D'une certaine façon, répondit-il. Il est à toi.

Il remonta lentement la fermeture éclair, ses jointures frôlant légèrement mes seins, puis ferma le bouton-pression au col. Je ne savais pas si c'était le blouson ou la proximité d'Henry, mais je sentis tout à coup une chaleur se diffuser en moi.

— Je ne peux pas garder ça.

— Oui, tu le peux, fit-il en remontant la fermeture éclair de son propre blouson. Dis-toi que c'est un cadeau d'anniversaire et de Noël en retard.

Je jouai avec l'ourlet froissé du blouson qui ajoutait une touche sensuelle, féminine, à ce qui n'était autrement qu'un blouson unisexe.

— Merci. C'est exactement ce que j'aurais acheté.

Il m'adressa un petit sourire.

— Je sais, dit-il avant de me tendre le plus petit des deux casques.

— Tu sais que ça va gâcher ma coiffure ? demandai-je en posant délicatement le casque sur ma tête.

Tant pis pour la jolie tignasse aujourd'hui.

— Ça en vaudra le coup, dit-il avant de descendre ma visière.

Il grimpa sur la moto et sourit, me renvoyant une image toute de muscles, de métal et de pure confiance en soi. Il n'avait jamais paru plus sexy. Je dus retenir mon souffle derrière la visière.

— Monte, ajouta-t-il en enfilant son casque.

Je n'étais jamais montée sur une moto auparavant, alors j'ignorais même comment approcher le monstre de métal. J'avançai lentement, un peu inquiète de ce qu'il pourrait me faire.

Il rit.

— Tu peux te servir de la béquille pour monter.

— OK.

Je m'assis derrière lui et entourai sa taille de mes bras, sentant ses muscles solides même sous cette épaisseur de cuir.

— Nous allons parcourir tout ce chemin jusqu'à Dallas sur ça ?

Il acquiesça.

— C'est une belle journée ; je pense que nous pouvons y arriver en deux heures maximum, dit-il en serrant mon bras. Si tu as besoin d'arrêter, tapote-moi la poitrine deux fois.

— Comment diable vais-je faire pour tenir pendant deux heures entières ? demandai-je.

Mes muscles me faisaient déjà mal seulement en me tenant fermement à lui.

Il tourna la tête vers moi.

— Tu n'as pas besoin de me serrer si fort. Une fois que nous serons partis, tu pourras desserrer ta poigne et te détendre, dit-il. Ne t'inquiète pas. Je ne laisserais jamais quoi que ce soit t'arriver, ajouta-t-il en baissant sa visière.

Quelques secondes plus tard, la moto rugit en démarrant.

J'inclinai la tête. Nous étions partis.

Le trajet se fit plus en douceur que je ne l'avais cru. Après avoir compris que nous n'allions pas nous écraser chaque fois que nous prenions un virage, je me détendis finalement et desserrai les bras. Heureusement, il y avait un dossier qui m'empêchait de tomber à la renverse chaque fois qu'Henry accélérait.

Nous ne pouvions pas parler, ce qui me soulagea quelque peu. J'ignorais comment lui raconter ce qui s'était passé avec Seth sans donner l'impression que nous avions rompu à cause de lui, même si c'était le cas. Henry était déjà trop confiant en lui-même ; il n'avait pas besoin d'un autre prétexte pour s'enorgueillir. Pour l'instant, j'allais garder cette carte dans ma manche.

Au bout d'environ une heure, nous nous arrêtâmes à Gainesville, au Texas, pour utiliser les toilettes et nous étirer pendant quelques minutes.

— Alors, pourquoi as-tu quitté l'armée ? lui demandai-je en me massant le cou. Tu ne me l'as jamais dit.

Henry se passa une main dans les cheveux.

— Ils ne m'ont pas expulsé, si c'est ce que tu veux savoir.

— Alors quoi ?

— En vivant en Corée, j'ai compris plusieurs choses à propos de moi-même, de ma vie. J'ai beaucoup hésité parce que je n'étais pas sûr si je voulais vraiment en sortir.

— Qu'est-ce qui t'a décidé, en fin de compte ?

Il me regarda directement dans les yeux.

— Toi, dit-il, et il remit rapidement son casque.

— Quoi ? Qu'est-ce que tu veux dire ? demandai-je, mais il fit semblant de ne pas m'entendre. Tu ne peux pas seulement dire une chose comme ça et...

Il démarra la moto, mettant fin automatiquement à toute conversation. Carrément fâchée, je montai derrière lui et frappai son casque. Je crus l'entendre pouffer de rire alors que nous quittions le stationnement.

———

Il était presque onze heures trente au moment où nous quittâmes la route nationale pour entrer dans un quartier de banlieue parsemé de maisons de briques. Nous nous arrêtâmes devant une belle maison à deux étages avec une porte rouge flanquée de deux colonnes blanches. Nous descendîmes de la moto en retirant nos casques et j'essayai de sauvegarder ma chevelure en la montant en chignon.

— Qu'est-ce que tu as voulu dire, là-bas ? lui demandai-je en le suivant le long du trottoir de ciment.

Il regarda par-dessus son épaule en fronçant les sourcils d'un faux air interrogateur.

— Je ne sais pas ce que tu veux dire, fit-il avant d'appuyer sur la sonnette.

— Tu sais exactement ce que je veux dire, grommelai-je.

Je n'avais pas terminé, mais une femme élancée répondit à la porte. Elle était bronzée, ses cheveux blonds ramenés sur le côté en une queue de cheval d'un chic négligé et elle avait les plus beaux yeux bleus que j'aie jamais vus.

Peu importe qui elle était, j'avais l'impression de faire bien piètre figure.

— Henry? fit-elle avec un sourire enthousiaste.

Il lui tendit la main, mais elle lui écarta le bras et le serra plutôt contre elle.

— Je suis si heureuse d'enfin te rencontrer.

Henry s'écarta.

— Je pense qu'en fait, nous nous sommes déjà rencontrés. En Floride?

Elle écarquilla les yeux.

— Tu as raison. Désolée, c'était il y a longtemps, dit-elle. De toute façon, entrez. Je n'ai vraiment pas de manières.

Nous entrâmes et fûmes accueillis par une odeur de pommes et de cannelle. La maison était superbe avec ses meubles confortables qui dégageaient une atmosphère de vieille maison de campagne. J'aperçus sur le manteau de la cheminée une collection de figurines d'oiseaux. Il devait y en avoir des dizaines, de formes et de matériaux différents.

— Oh, je sais, c'est un peu éculé, dit la femme en suivant mon regard. Les oiseaux sont en quelque sorte mon emblème.

J'inclinai finalement la tête, décidant que je l'aimais bien, qui qu'elle soit. Elle était trop resplendissante pour la détester, même si elle et Henry étaient liés.

Henry posa une main au bas de mon dos.

— Je te présente Elsie.

— Je m'appelle Julie, dit la femme en me serrant la main d'une poigne ferme. Je suis contente de te rencontrer enfin. Jason m'a tellement parlé de toi.

Je frissonnai à la fois de chaleur et de froid.

— Jason ? fis-je.

Je priai pour que Julie soit sur le point de me dire que Jason avait été vivant pendant tout ce temps et n'habitait qu'à deux heures au sud de chez moi.

Je sentis Henry me serrer la main. Je baissai les yeux sur nos doigts entrelacés, ignorant même quand ils s'étaient joints.

— Elle et Jason se fréquentaient quand il a été tué, dit-il.

— Vraiment ? fis-je en levant les yeux vers son joli visage. Je ne savais même pas qu'il voyait quelqu'un.

— Nous nous sommes fréquentés par intermittence depuis l'université, répondit Julie en nous enjoignant d'un geste à nous asseoir. J'ai vécu à New York jusqu'à il y a cinq ans, au moment où j'ai déménagé ici à Dallas pour le travail, et je me suis rendu compte que Jason ne vivait qu'à quelques heures d'ici. Nous avons recommencé à nous fréquenter quelques mois avant son déploiement.

Elle pencha la tête, son sourire radieux disparaissant. Ses grands yeux bleus se remplissaient de larmes quand elle expira tout à coup et se leva.

— Je suis vraiment désolée pour cette perte dans ta famille.

— Elle l'était pour toi aussi, dis-je, et à ce moment, alors que nos regards se croisaient, j'eus l'impression qu'elle et moi deviendrions des amies.

J'ignorais comment je le savais ; je sentais seulement une affinité avec elle parce que nous aimions toutes deux Jason.

Elle cligna des yeux et secoua la tête comme pour chasser sa tristesse.

— Vous prendriez un verre ? Ou peut-être un peu de tarte aux pommes ?

— Je meurs de faim, dit Henry en se massant le ventre. Tu veux que je t'aide ?

— Avec plaisir, dit-elle tandis qu'ils quittaient la pièce, me laissant seule dans le salon.

Je me levai pour regarder de nouveau les oiseaux, mes yeux s'arrêtant sur un aigle de verre aux ailes déployées comme s'il était sur le point de s'envoler. Il n'était pas tout mignon comme les autres oiseaux et je me demandai si ce n'était pas un cadeau que lui avait fait Jason.

Je m'apprêtais à toucher le bout d'une aile de verre quand une petite voix dit derrière moi :

— Qui t'es ?

Je me retournai et aperçus un garçon d'environ quatre ans, debout près de la table basse.

— Salut, toi, dis-je. Je m'appelle Elsie.

Il s'avança droit sur moi, la main tendue.

— Moi, c'est Will, dit-il en me serrant la main comme un petit homme.

Je réprimai un sourire.

— Heureuse de faire ta connaissance, Will. Est-ce que Julie est ta mère ?

Il acquiesça.

— Mais je n'ai pas de papa, dit-il d'un ton solennel. Ma maman dit qu'il est mort en *Apganistan*.

Je sentis mon cœur chavirer et le sang me monter à la tête.

— Comment... comment s'appelait ton père ?

— Jason, comme mon deuxième prénom, dit fièrement le garçon. Je m'appelle William Jason Keaton.

— Will.

Nous tournâmes tous deux la tête en entendant la voix de sa mère, et mes yeux croisèrent immédiatement ceux d'Henry. Il jeta un coup d'œil vers Will, puis vers moi, en inclinant légèrement la tête avec un petit sourire.

— Je vois que tu as fait la connaissance de Will, dit Julie en déposant un plateau sur la table. Elle caressa la chevelure blonde de l'enfant, laquelle était de la même couleur que celle de Jason.

— Will, voici Henry Logan. C'était le meilleur ami de ton père.

Mes yeux se remplirent de larmes et je détournai le visage.

— Content de te connaître, Henry, dit Will.

— Je suis très heureux de te rencontrer, Will, répondit Henry en s'approchant de moi.

Il posa une main sur mon épaule.

— Voici ta tante Elsie.

Il me fallut quelques secondes pour reprendre mes esprits avant de me retourner vers mon neveu.

Jason avait un fils.

— Salut, dis-je d'une voix tremblante.

Julie me tendit un papier-mouchoir et je la regardai avec reconnaissance. Elle me plaisait de plus en plus.

— Est-ce que Jason le savait ? murmurai-je.

Julie inclina la tête et prit pour elle-même un papier-mouchoir qu'elle appliqua aux coins de ses yeux.

— Je le lui ai dit le même jour où il...

Elle serra les lèvres, incapable de poursuivre.

— J'ai reçu un courriel quand j'étais à Osan, intervint Henry pour alléger l'atmosphère. Julie m'écrivait qu'elle m'avait cherché et qu'elle voulait vraiment que je rencontre son fils. Je lui ai parlé de toi, Elsie.

— Tu en es sûre, Julie ?

Au moment même où je posais la question, j'en connaissais déjà la réponse. Avec ce sourire engageant et ce visage curieux, le petit garçon était l'image même de mon frère.

— Il n'y a eu personne d'autre, dit-elle en s'assoyant sur le canapé et en prenant Will dans ses bras. Jason et moi parlions même de nous marier.

Je me tournai vers Henry.

— Est-ce que mes parents le savent ?

— Pas encore, dit-il. J'ai pensé que tu voudrais peut-être le leur annoncer.

Je me sentis envahie d'émotion en regardant Henry, me demandant comment j'avais pu vivre sans lui pendant si long-temps. Je me dis que peut-être, comme cette enregistreuse, j'avais simplement mis ma vie sur « pause » pendant que j'attendais son retour.

Je me tournai de nouveau vers Julie et le magnifique enfant dans ses bras.

— Je peux te serrer dans mes bras? demandai-je à Will.

Il inclina timidement la tête et s'approcha de moi.

Je le pris dans mes bras, son corps encore si petit, mais débordant de vie. Il m'enlaça à son tour, me serrant le cou comme seul un enfant pouvait le faire. Quand il s'écarta, il tira sur une de mes boucles rebelles exactement comme le faisait son père, et mon cœur se remplit d'un amour doux-amer.

Je lui chatouillai les côtes et me délectai de son complet abandon et de son rire joyeux, me les appropriant un peu. Jason était peut-être mort là-bas en Afghanistan, mais une petite partie de lui survivait ici à Dallas, se perpétuant dans son enfant.

———————

— Ça va? demanda Henry en m'accompagnant à mon appartement après être revenus du Texas.

— Je vais on ne peut mieux, répondis-je en cherchant mes clés.

Je secouai la tête, encore étourdie à la suite des révélations de la journée.

— Je suis une tante.

— Ouais, tu l'es.

Je lui jetai un regard radieux.

— Merci de m'y avoir emenée. C'était une surprise des plus agréables.

— Je suis content de t'avoir fait plaisir, dit-il en enfouissant les mains dans ses poches.

J'ouvris la porte, franchis le seuil et attendis.

— Tu entres?

Il secoua les épaules.

— Je ne savais pas si tu le voulais.

J'inclinai la tête, le laissai passer devant moi et lui emboîtai le pas en direction de la cuisine. Je lui servis une bière et pris une bouteille d'eau pour moi-même, et nous nous assîmes encore une fois à la table à manger.

— Alors, tu as une Volvo et une Harley, dis-je. Ça reflète quelque chose de bipolaire en toi.

— J'ai acheté la Harley la journée où je suis revenu et la Volvo, eh bien, je me suis dit que j'avais besoin d'un véhicule solide pour faire contrepoids à mon piège de métal sur deux roues.

— Je les aime toutes les deux.

— Même la moto? demanda-t-il avec espoir.

— Surtout la moto, répondis-je.

Il ne dit rien, se contentant de me regarder d'un air joyeux.

— Alors, dis-moi, nouveau Henry, fis-je en pointant ma bouteille vers lui. Qu'est-ce qu'il y a de changé chez toi?

Je pris une gorgée d'eau en attendant sa réponse.

— Eh bien, j'ai commencé à peindre.

Ébahie, je faillis m'étouffer et recracher ma gorgée sur la table.

— Vraiment? J'ignorais ton côté artistique.

Il rit.

— En fait, je dessinais déjà un peu au secondaire. Puis j'ai suivi un cours de peinture abstraite en Corée parce que je mourais d'ennui et j'ai continué par la suite.

— Je peux voir une de tes œuvres?

— Pas question, dit-il. Enfin, peut-être un jour. Elles n'ont rien de particulier.

Je souris en soupçonnant que tout ce qu'Henry faisait était le contraire de *rien de particulier*.

— Et à propos de ce que tu as dit à Gainesville, commençai-je en sachant qu'il n'avait nulle part où s'enfuir.

J'en étais certaine : j'avais verrouillé la porte d'entrée.

— Le fait que tu aies quitté l'armée à cause de moi. Qu'est-ce que tu voulais dire?

Ses narines palpitèrent.

— Ça n'a pas d'importance. J'aurais dû me taire.

— Pourquoi ça n'aurait pas d'importance? Ça me concerne.

— Parce que tu fréquentes quelqu'un, dit-il. Ça ne t'apporterait rien de bon si je te disais que j'en suis sorti parce que je voulais que tu deviennes ma priorité, parce que je ne voulais plus être séparé de toi. Qu'est-ce que ça donnerait de te dire que je suis encore amoureux de toi et que je te suivrais où que tu ailles?

Quand il eut terminé, je souriais.

— Tu as raison, dis-je. Ça ne servirait à rien.

— C'est ce que je pensais, dit-il en jouant avec l'étiquette sur sa bouteille de bière.

— Sauf que Seth et moi avons rompu.

Il releva brusquement la tête.

— Quoi?

— Tu m'as bien entendue.

Il fronça les sourcils, changea de position et glissa une main dans la poche de son pantalon. Une seconde plus tard, il plaçait un objet sur la table avec un bruit sourd, sa main le dissimulant à ma vue.

— Qu'est-ce que tu as là? demandai-je d'une voix nerveuse.

Il leva la main et j'aperçus un galet en forme d'étoile de travers.

— Je pensais que tu l'avais perdu, dis-je en le prenant et en le faisant tourner dans ma main, me souvenant du jour où je l'avais trouvé.

Je m'étais assise sur le sable et je songeais à Henry quand j'avais senti un objet dur sous ma cuisse. J'avais ramassé le caillou et pensé que c'était un parfait symbole puisque Henry et le caillou me dérangeaient tous les deux.

— Je le croyais, mais je vidais mon armoire avant de partir en Corée et je l'ai trouvé dans une vieille espadrille.

Il me regarda pendant un long moment.

— Tu te souviens de ce que tu m'as dit ce jour-là à la plage?

— Que tu étais le même, au fond.

— Oui, mais tu me l'as aussi donné pour que je puisse me souvenir de toi, dit-il en me prenant doucement le galet des mains. Le jour où j'ai revu ce caillou, je me suis *souvenu* de toi. Je l'ai retrouvé au moment précis où j'en avais besoin. En le retrouvant, j'ai pensé que c'était un signe du destin, que je devais revenir vers toi avant qu'il ne soit trop tard.

Il déposa le galet sur la table entre nous.

— Ce matin, je savais que j'arrivais déjà trop tard. Mais je l'ai mis dans ma poche quand même. J'allais te le donner comme cadeau de départ quand tu me dirais finalement de partir pour que tu te souviennes de moi chaque fois que tu le regarderais.

Il regarda la pierre, puis leva les yeux vers moi.

— Dis-moi que je vais la garder, Elsie murmura-t-il.

Je ne pouvais détourner la tête. Nos regards étaient soudés l'un à l'autre. Je voulais tellement croire ses belles paroles.

— Comment saurais-je que tu ne vas pas me quitter encore et repartir à la recherche de toi-même?

Il secoua la tête.

— Je ne vais pas le faire. Donne-moi une chance de le prouver.

— Je t'ai déjà donné une chance et tu as échoué.

— Alors, donne-m'en une autre, s'il te plaît, dit-il d'un ton ferme pendant qu'il se levait de son siège et s'accroupissait devant moi. Accorde-moi... trois rendez-vous pour me faire pardonner et effacer tout doute dans ton esprit. Et à la fin de ces trois rendez-vous, si tu crois encore que je ne suis pas ici pour rester, alors je vais te redonner le galet.

— C'est un ancien marché, Henry, dis-je en haussant les sourcils. Et tu l'as perdu.

— Je te propose un meilleur marché, dit-il en posant ses paumes sur mes jambes. Je parie tout.

— Je veux la moto si tu perds, dis-je avec un sourire.

— Tu peux avoir la Volvo aussi si tu veux. Et n'importe quoi d'autre.

— OK.

— OK? demanda-t-il les yeux écarquillés. Tu m'accordes trois rendez-vous et je peux t'emmener n'importe où et faire n'importe quoi?

— Dans des limites raisonnables.

— N'importe quoi? demanda-t-il avec un sourire suave en agitant les sourcils.

Je poussai un petit hennissement.

— Jusqu'à un certain point.

— Tu peux me désigner ce point?

Je lui donnai une tape sur le bras et éclatai de rire, éprouvant un nouvel optimisme. L'instinct de conservation en moi me criait de courir me mettre à l'abri, mais l'autre partie — celle qui s'élancerait au combat sans armure — ne souhaitait rien de plus que d'accorder une autre chance à Henry. Tout le monde, y compris l'homme qui m'avait complètement brisé le cœur, méritait une seconde chance, non?

Malgré les larmes que j'avais versées ces dix-huit derniers mois et les promesses que je m'étais faites de ne plus jamais me faire blesser, j'étais toujours au fond la même fille naïve et remplie d'espoir. Merde, je voulais encore couler des jours heureux avec Henry. Si ça faisait de moi une fille stupide, tant pis.

— Alors, nouveau Henry, commençai-je, le cœur battant, ta mission consiste à me faire tomber amoureuse de toi en trois rendez-vous ou moins. Tu penses pouvoir le faire?

— Je vais faire encore mieux, dit-il en me jetant ce regard entêté que je connaissais si bien.

Il me serra les jambes en se levant et se dirigea vers la porte.

— Et Elsie?

— Oui?

— Mission acceptée.

SIXIÈME PARTIE

CAPTURE

40

PREMIER RENDEZ-VOUS

Je me réveillai en souriant. Pour la première fois depuis longtemps, la douleur qui avait élu domicile dans ma poitrine était absente, remplacée par de l'optimisme et un sain sentiment de curiosité. J'avais accordé à Henry Logan trois rendez-vous pour pouvoir lui faire de nouveau confiance et les possibilités me remplissaient d'excitation. Notre premier rendez-vous n'était prévu que pour le samedi suivant, alors je dus souffrir pendant toute la semaine en tentant d'imaginer ce qu'il allait bien pouvoir trouver.

J'attendis le week-end avec impatience. L'amour de ma vie était revenu et il essayait de me reconquérir. Si cela ne me faisait pas souhaiter que samedi arrive plus tôt, alors j'ignore ce qui aurait pu le faire.

Je sautai du lit, pressée de commencer la journée. Après avoir pris une douche et m'être habillée pour le travail, je trouvai un message texte d'Henry sur mon téléphone.

Je n'arrête pas de penser à toi.

Cette simple phrase m'accompagna tout au long de la journée, gardant bien vivante la petite lueur joyeuse qui brillait en moi.

La flamme s'éteignit après le lunch, quand je reçus sur mon téléphone un appel provenant d'un autre État.

— Allô ? dit une voix féminine. Puis-je parler à Elsie Sherman ?

— Elle-même, dis-je en tenant l'appareil contre mon épaule tout en continuant à travailler à mon projet Web.

— Salut, Elsie, c'est Rebecca Holt de Shake Design, à Denver.

J'étais si surprise que je laissai tomber le téléphone. J'avais complètement oublié les curriculum vitæ que j'avais envoyés l'an dernier, au moment où je voulais absolument quitter l'Oklahoma. L'endroit n'avait aucune importance à mes yeux, pourvu que ce soit dans un autre État, loin de tous mes souvenirs. Rebecca était la seule qui m'avait rappelée. La conversation s'était bien déroulée et même s'ils n'embauchaient pas pour le moment, elle m'avait dit qu'elle conserverait mon CV.

Je n'avais pas repensé à cet appel jusqu'à maintenant, alors que la dernière chose que je souhaitais, c'était de quitter l'Oklahoma.

Je m'efforçai de recommencer à respirer et repris le téléphone.

— Salut, Rebecca. Désolée.

— Pas de problème, répondit-elle. Je t'appelle à propos du poste de directrice artistique et conceptrice principale. C'est un poste à deux volets, créé pour notre dernier concepteur, mais il nous a quittés depuis.

Je n'en croyais pas mes oreilles. C'était exactement l'emploi que j'avais essayé de convaincre mon patron de créer pour moi, mais la chose avait été impossible à cause de la situation économique précaire.

Rebecca décrivit le travail et les responsabilités qui y étaient associées, puis dit :

— Nous avons reçu ton CV l'an dernier et nous étions vraiment impressionnés. Maintenant que le poste est ouvert, nous aimerions te l'offrir.

Je baissai la voix pour ne pas qu'on m'entende.

— Et le salaire ?

Au diable la délicatesse, je voulais des faits. L'enjeu était trop considérable pour tourner autour du pot.

Rebecca me nomma un chiffre qui me renversa. Inutile de le dire, la somme était considérable. Presque le double de ce que je gagnais à ce moment.

— Merci, Mademoiselle Holt, dis-je, le cœur battant. Je peux vous donner une réponse dans quelques jours ?

— Bien sûr, répondit Rebecca. Mais ça devra être au plus tard vendredi.

— Merci. Quand pourrai-je commencer si j'accepte ?

— Dans trois semaines.

Je me sentis découragée. Cinq jours pour décider de quitter l'amour de ma vie pour un boulot de rêve ; ça me semblait loin d'être suffisant.

— OK. Merci beaucoup, Rebecca.

Je raccrochai et fixai l'écran d'ordinateur pendant un long moment en ayant l'impression que le rythme normalement paisible de ma vie venait de s'accélérer à la vitesse de la lumière.

Je n'avais jamais été aussi heureuse de ne pas avoir de nouvelles d'Henry que ce jour-là. Je n'avais reçu de lui ni texto ni appel jusqu'à ce que j'arrive à la maison et que je sois en train de cuisiner le dîner.

— Qu'est-ce que tu fais ? demanda-t-il en entendant le bruit métallique du wok sur la cuisinière.

Je mis le mains libres en commençant à trancher des légumes avec une intensité presque maniaque. Je me sentais pratiquement désolée pour les pauvres carottes et les poivrons.

— Un sauté de bœuf aux légumes, dis-je.

Le wok grésilla quand j'y jetai les légumes.

— Humm. Je peux le sentir jusqu'ici.

— Qu'est-ce que tu manges ? lui demandai-je, distraite par le dîner et le cours de la vie.

Il rit.

— Des nouilles Ramen.

— Désolée d'entendre ça.

Je pris une carotte et commençai à la mâcher distraitement pendant que le reste de la nourriture cuisait, l'esprit complètement ailleurs.

— S'il te plaît, invite-moi.

Je remarquai finalement le ton intéressé de sa voix. À ce moment, je me rappelai ses enregistrements et ce qu'il avait dit à propos du fait de revenir chez lui soir après soir dans une maison vide et n'avoir à manger que des nouilles Ramen ou des burritos congelés. J'eus un pincement au cœur à cette pensée, incapable d'accepter l'idée qu'il revivait son enfance solitaire.

— OK, viens.

— Vraiment? demanda-t-il, étonné. Mais ça ne comptera pas comme un rendez-vous?

Je laissai échapper un soupir d'impatience.

— Contente-toi de venir, dis-je. Tu as quinze minutes.

— Je suis déjà dehors! répondit-il, et j'entendis la porte se refermer avant qu'il raccroche le téléphone.

Même si le trajet de chez lui prenait habituellement au moins dix-sept minutes, j'entendis le grondement de sa moto moins de dix minutes plus tard.

— Tu ne devrais pas faire de la vitesse sur cet engin, dis-je après avoir ouvert la porte et l'avoir laissé entrer.

Il ignora mes paroles et passa plutôt ses bras autour de mon dos, puis me serra contre lui. Il soupira longuement.

— Je mourais d'envie de faire ça toute la journée, dit-il dans mes cheveux.

Je me permis de jouir de sa chaleur pendant un moment, fermant les yeux et respirant son odeur particulière, avant de l'écarter et de retourner à la cuisine.

— J'espère en avoir fait assez, dis-je en lui tournant le dos pendant je préparais deux bols.

— Quoi que ce soit que tu puisses m'offrir sera suffisant, dit-il, et je me demandai si c'était vrai.

Nous nous assîmes sur le plancher du salon, adossés à mon canapé par habitude, les bols de sauté de bœuf et de riz sur les genoux. D'habitude, je préparais assez de nourriture pour au moins deux repas et j'en avais, Dieu merci, suffisamment pour nourrir même un homme affamé de sa taille, et Henry l'était drôlement. Il termina son repas en un temps record.

Il déposa son bol sur le plancher et se pencha la tête contre le canapé en me regardant tranquillement. Il paraissait si heureux à ce moment que je décidai de ne pas lui parler tout de suite de mon boulot, alors je me contentai de sourire et essayai de jouir de ce moment paradisiaque.

— Comment s'est passée ta journée? demanda-t-il en souriant paresseusement.

Il me prit la main et se mit à tracer des cercles sur ma paume avec son pouce.

— Bien, répondis-je. Et toi?

— Eh bien, j'ai eu des nouvelles du Service de police d'Oklahoma City, aujourd'hui, dit-il tandis que son visage s'animait. Ma candidature a été approuvée. J'y vais demain pour l'examen physique et écrit.

— Alors, tu le fais vraiment.

— Ouais, je le fais vraiment.

Il sourit de toutes ses dents, paraissant extrêmement enthousiaste à l'idée de devenir policier. Évidemment, une nouvelle carrière dans la police de même qu'une entente de location de maison qu'il venait de signer signifiaient qu'il était ancré en Oklahoma, maintenant. Ce ne serait pas impossible pour lui de briser cette chaîne, mais la vraie question était : est-ce que je voulais qu'il le fasse?

Plutôt que de faire face à cette difficile question, j'optai pour la facilité.

— Tu sais, je ne pense pas que tu seras aussi sexy dans cet uniforme que dans celui de l'Armée de l'air, mais je suppose que ça devra faire l'affaire, dis-je.

Il haussa un sourcil.

— J'ai encore cet uniforme quelque part. Je vais le porter si tu portes ton costume de Lara Croft.

Je pouffai de rire.

— Tu as encore ce fantasme ?

— Pourquoi pas ? C'était super, répondit-il en me baisant la main. Tu es super.

Son expression se radoucit et je sus tout à coup exactement vers quoi nous nous dirigions. Un seul baiser d'Henry Logan avait le pouvoir de m'envoyer directement dans une ville souvent visitée du nom de Problème.

Je retirai ma main et ramassai nos bols.

— Tu laves la vaisselle, dis-je en les lui remettant.

Il scruta mon visage pendant un moment avant de se lever et de se diriger vers la cuisine.

Une demi-heure plus tard, il avait lavé, essuyé et rangé les bols, les ustensiles et le wok. Il avait de toute évidence envie de s'attarder, mais il regarda autour de lui et ne trouva rien d'autre à faire.

— Je pense que j'ai fini, dit-il en se séchant les mains avec une serviette.

Je me levai de la table à dîner, où je faisais semblant de travailler sur mon ordinateur portable tout en le regardant du coin des yeux. À en juger par la façon dont il souriait pendant tout ce temps, j'avais l'impression qu›il le savait probablement.

— Je suppose qu'il est temps que je parte, dit-il en s'attendant à un refus.

— Je le suppose.

À la porte, il se tourna, puis se pencha pour déposer un baiser chaleureux sur mon front.

— Merci de m'avoir laissé m'inviter à dîner.

— C'est la tradition, répondis-je en souriant. Ça ne semblerait pas normal si tu ne t'invitais pas à dîner chez un membre de la famille Sherman.

Il sourit faiblement.

— Tu as écouté tous les enregistrements ?

— Oui.

Peut-être que je les avais même écoutés plus d'une fois, mais il n'avait pas besoin de savoir que je m'étais accrochée à ses paroles comme à des bouées de sauvetage pour m'empêcher de sombrer dans les profondeurs du désespoir. Le seul fait de savoir qu'il m'avait aimée m'avait permis de passer la nuit à plus d'une occasion.

— Tu ne te souviens pas de cette nuit pendant la fête de ma remise de diplôme ? demanda-t-il en scrutant mon visage.

— J'aimerais bien, répliquai-je en secouant la tête.

Je donnerais n'importe quoi pour me souvenir de la première fois où Henry m'avait dit qu'il m'aimait.

Il m'attira contre lui.

— Moi aussi.

— Tu veux que je te remette les enregistrements ? Ils sont dans ma chambre, dis-je en essayant d'échapper à son étreinte, mais il ne me laissait pas partir.

— Non, garde-les. Tu es la gardienne de mes secrets.

Je figeai en entendant ses paroles. Je retins mon souffle, puis expirai longuement, laissant passer l'occasion de lui parler d'un autre secret.

Alors qu'il franchissait le seuil, je lui criai :

— Hé, Henry ?

Il se retourna.

— Quoi ?

— Nous pourrions devoir rapprocher les trois rendez-vous.

— Pourquoi ?

Je haussai les épaules d'un air que j'espérais nonchalant.

— Je ne peux pas attendre si longtemps.

— Alors quand ?

— Demain soir ?

Il réfléchit un moment puis dit :

— OK.

— Je suis impatiente.

— Hé, Elsie? me cria-t-il en s'éloignant, sa voix se répercutant dans le vestibule.

— Oui?

— Je t'aime.

———————

Henry revint à mon appartement le lendemain après mon retour du travail.

— Tu te souviens que nous avions rendez-vous, n'est-ce pas? lui demandai-je en regardant ostensiblement sa chemise à manches longues Under Armour et ses pantalons noirs d'entraînement.

Pendant un moment terrible, je me demandai s'il entendait m'emmener au gymnase, mais je rejetai rapidement cette idée. Ce ne serait pas en tête de liste des dix pires rendez-vous que j'ai eus, mais j'étais certaine qu'il en aurait fait partie.

Il croisa les bras sur sa large poitrine.

— Va mettre des vêtements de sport. Je t'emmène pratiquer le Krav-maga.

— Krav quoi? demandai-je. Ça semble douloureux.

Il me dépassa pour entrer dans ma chambre.

— Krav-maga. C'est un style de combat israélien.

Je m'arrêtai sur le seuil et le regardai fouiller dans mon placard. Il en sortit un pantacourt de course, une chemise en tissu mèche et mes espadrilles.

— Tu m'emmènes au gym pour notre premier rendez-vous? lui demandai-je, quelque peu déçue.

Je venais tout juste de rentrer à la maison après une longue journée de travail et je n'avais vraiment pas envie de faire de l'exercice.

Il me tendit les vêtements.

— Je suis désolé si c'est une mauvaise idée en matière de rendez-vous, mais tu ne m'as pas laissé beaucoup de temps pour me préparer. Et comme le cours se donne d'habitude le mardi soir, j'ai pensé t'emmener voir une chose à laquelle je travaillais.

— Tu vas vraiment m'emmener te regarder pendant que tu vas battre d'autres personnes ?

— Non, répondit-il avec un sourire. Tu auras toi-même l'occasion de te battre.

Je laissai échapper un soupir résigné, puis entrai dans ma chambre pour me changer. Henry vint sur le seuil et s'adossa au chambranle, puis se croisa les bras.

— Euh, j'aimerais me changer, dis-je.

— Vas-y. Je vais attendre, dit-il.

— Je vais te botter le cul si tu ne sors pas, marmonnai-je en le poussant hors de la chambre et en verrouillant la porte. Il se pourrait que je me mette tout de suite à battre quelqu'un ici.

Je l'entendis rire de l'autre côté de la porte pendant que je me déshabillais.

— Je t'ai déjà vue nue, tu te souviens ? dit-il. J'ai vu tes seins reposer confortablement dans mes mains. J'ai vu ton cul devenir rouge quand je l'ai claqué.

Je rougis en entendant ces paroles. Je m'aperçus dans le miroir pleine grandeur et me tournai pour regarder mes fesses, curieuse de savoir de quelle teinte de rouge il parlait.

— Et j'ai vu l'intérieur de tes cuisses quand j'ai fait courir ma langue le long de ta peau de satin jusqu'à...

Il ne put en dire plus et s'éclaircit la gorge.

Je collai mon oreille contre la porte, désireuse d'en entendre davantage. Mais il ne dit rien.

— Henry ? demandai-je.

— Habille-toi, Elsie, dit-il d'une voix tendue. Sinon, je vais enfoncer cette porte et nous n'allons jamais nous rendre au cours.

———————

Nous arrivâmes à temps au cours. Il y avait de la tension dans l'air tout au long du trajet et il se peut que j'aie aperçu quelquefois Henry en train d'ajuster son pantalon, mais il n'ajouta pas un mot à propos de parties nues de mon corps. Il semblait avoir compris que j'avais besoin de mon espace et il essayait de respecter mes limites. *Essayait* est le mot-clé parce qu'il continuait à tirer parti du pouvoir mystérieux qu'il avait de m'exciter sexuellement.

Henry avait averti plus tôt son entraîneur qu'il allait emmener une invitée et ils prirent un moment pour m'expliquer les principes de ce style de combat, puis exécutèrent quelques mouvements de base en bougeant moins rapidement pour moi. Je pratiquai quelques coups de coude et de genoux avec Henry, mais abandonnai après quelques moments, me sentant coupable de l'empêcher de s'entraîner réellement.

Je m'assis en retrait, heureuse d'observer Henry et les autres. Je le fixai des yeux pendant qu'il s'exerçait à des doubles coups de poing avec un partenaire. Sa fluidité et sa rapidité me renversaient. Il semblait dans son élément pendant qu'il frappait du poing et des coudes les gants coussinés, bondissant sur le bout des pieds pendant tout ce temps. Alors qu'ils changeaient de côté, il me jeta un coup d'œil et me fit un grand sourire que je lui rendis automatiquement.

Après le cours, il m'emmena chez lui. C'était un bungalow de briques rouges avec deux chambres à coucher et un garage simple. Il stationna la voiture dans l'allée et entra dans la maison par le garage, passant devant la Harley, la tondeuse à gazon et une petite collection d'outils.

— Alors, merci de m'avoir emmenée dans un gym malodorant pour le premier des trois rendez-vous très importants, le taquinai-je pendant qu'il me conduisait à l'intérieur. Là-bas, parmi tous ces gens suant et grognant, je me suis sentie follement amoureuse de toi.

Surpris, il éclata de rire. Je souris comme une idiote près de lui, influencée par sa bonne humeur.

— J'ai pensé que tu aimerais voir ce sur quoi j'ai travaillé au cours de la dernière année. Et comme je l'ai dit, j'ai en quelque sorte ruiné mon projet de premier rendez-vous.

— Qu'est-ce que c'était?

— Maintenant, tu ne le sauras jamais, dit-il.

Je gonflai ma lèvre inférieure pour simuler une moue.

— Ah, allez.

— C'est la première et la dernière fois que ce truc va fonctionner avec moi, dit-il en frôlant ma lèvre de ses doigts et en souriant. J'avais l'intention de t'emmener prendre un dîner romantique à la nouvelle tour Devon, puis ensuite peut-être faire un tour de calèche dans Bricktown. Ou peut-être un tour de bateau le long du canal.

Je ne réussis pas à réprimer un grognement.

— Quoi?

— Désolée, désolée, dis-je rapidement. C'est seulement... que c'est trop.

— Heureusement que j'ai modifié mon plan, alors, dit-il avant de disparaître le long du corridor, me laissant seule au milieu du salon.

Je regardai autour de moi, constatant que l'intérieur n'avait de toute évidence pas changé depuis les années 1980, avec sa moquette brun foncé et ses panneaux de bois. Henry n'avait pas encore décoré; les cadres à photo étaient encore rangés le long des murs et des boîtes encore empilées et fermées.

Je m'avançai dans le vestibule et jetai un coup d'œil dans sa chambre, qui n'avait apparemment changé en rien, jusqu'aux couvertures bleues qui étaient demeurées les mêmes. J'aurais eu tendance à croire que le nouveau Henry aurait au moins acheté des draps convenant à sa nouvelle vie.

J'étais sur le point de regarder dans la deuxième chambre à coucher dans l'espoir de voir ses peintures quand la porte de la salle de bain s'ouvrit et qu'il sortit en se frottant la tête avec une serviette.

— Est-ce que tu viens de prendre une douche? demandai-je en remarquant ses vêtements frais lavés. Pendant que tu avais une invitée qui attendait?

Il émit un petit sourire impatient et me fit signe de m'approcher.

— Viens ici.

J'avançai vers lui, feignant de ne pas avoir été surprise à fouiner, et regardai dans la salle de bain. Les lumières étaient éteintes, mais la pièce était remplie du doux scintillement d'une série de chandelles placées sur les côtés du bain rempli d'eau.

Je ne pus qu'émettre un « Oh » de surprise.

— Est-ce que c'est trop? demanda-t-il.

— Non.

J'entrai en secouant la tête, puis me retournai en me frappant pratiquement contre lui.

— Mais je n'ai pas d'autres vêtements, dis-je.

— Tu peux emprunter certains des miens, dit-il en désignant d'un geste une pile de vêtements sur le comptoir. Et avant que tu commences à t'imaginer des choses, non, je ne vais pas me joindre à toi. C'est seulement pour toi. Je vais préparer le dîner pendant que tu prends un bain, dit-il.

Il m'embrassa sur la joue et je humai son odeur fraîche.

— Fais-toi plaisir.

D'accord, je devais admettre que le bain de mousse était une manœuvre habile. Je soupirai en me laissant glisser dans l'eau chaude, ne m'étant pas rendu compte jusqu'à ce moment que mon corps avait été tendu pendant tout l'après-midi. En vérité, même si j'avais accepté sa proposition, j'avais encore très peur. Chaque fois qu'Henry était près de moi, je craignais que les moments que nous passions ensemble soient les derniers. Je cherchais toujours des signes pouvant indiquer qu'il allait me quitter encore.

Mais n'était-ce pas le but? Il s'agissait d'une occasion pour lui de montrer que je pouvais lui faire confiance, que je pouvais de nouveau le croire. Au moins, il essayait. Je devais lui accorder ça.

Je fermai les yeux, me penchai vers l'arrière et essayai de m'éclaircir les idées, mais j'entendais Henry qui allait et venait dans la cuisine, faisant cliqueter des chaudrons et d'autres trucs, ce qui le mettait en première ligne de mes pensées.

Respectant sa parole, il me laissa seule pendant mon bain, mais plusieurs minutes plus tard, les bruits cessèrent dans la cuisine et je me rendis compte que je ne pouvais plus demeurer immobile. Je sautai de la baignoire et enfilai ses vêtements — une chemise brun clair et une paire de pantalons de jogging gris — et sortis pratiquement de la salle de bain en courant.

Heureusement, Henry était toujours là. Il ne s'était pas enfui.

Je m'assis à la table à dîner tout près de la cuisine et le regardai égoutter des pâtes tout en me reprochant silencieusement d'avoir été si idiote. Évidemment qu'il était encore ici. Croyais-je réellement qu'il allait me larguer là, dans sa propre maison?

— C'était rapide, dit-il en mettant du spaghetti dans des bols qu'il déposa sur la table avec un grand geste gracieux.

Puis il dit :

— Voilà! Un spaghetti à la Henry.

Je reniflai la nourriture d'un air théâtral.

— Mmm. Quel est l'ingrédient secret, chef?

Il m'adressa un clin d'œil.

— L'amour.

J'éclatai de rire.

— Et du fromage. Plein de fromage, dis-je.

Il sourit à son tour, s'assit près de moi et nous commençâmes à manger, l'atmosphère dans la minuscule pièce me rappelant une époque beaucoup plus simple alors qu'il n'y avait entre nous qu'une tranquille attirance.

———————

Après le dîner, nous regardâmes la télévision, mais, inévitablement, il devait me ramener chez moi.

— Tu peux garder les vêtements, dit-il devant ma porte en m'adressant un regard sexy de biais.

— Ah non, tu ne vas pas me dire que je parais bien dans tes vêtements, n'est-ce pas? demandai-je. Tu sais ce cliché que servent les gars?

— Non. J'allais te dire de les garder jusqu'à ce que tu les laves, me répondit-il en me pinçant la joue. Mais tu es vraiment mignonne dans mes vêtements.

J'éclatai de rire et le frappai légèrement au ventre avec mon coude.

Il me saisit le poignet, porta ma main à ses lèvres, puis il passa un bras autour de ma taille et me serra contre lui.

— Eh bien, je ferais mieux de partir, dit-il d'un air qui laissait entendre exactement le contraire.

J'aurais voulu l'inviter à rester — tout au moins, une partie de moi le voulait —, mais il était encore trop tôt pour le laisser encore sauter à pieds joints dans ma vie, alors je me hissai sur le bout des pieds et pressai mon front contre sa bouche.

— Bonne nuit, Henry. Merci pour le rendez-vous bizarre.

Je sentis ses lèvres former un sourire contre ma peau.

— Es-tu amoureuse de moi, maintenant?

— Pas encore.

Il ne parut pas vexé quand il s'écarta.

— Il me reste encore deux autres rendez-vous pour te reconquérir, dit-il en agitant deux doigts dans ma direction.

— Bonne chance, monsieur Logan, dis-je en lui serrant la main d'une manière très formelle.

Il m'embrassa rapidement sur les lèvres avant de s'écarter.

— Bonne nuit, mademoiselle Sherman. Je t'aime.

41

DEUXIÈME RENDEZ-VOUS

Le lendemain matin, je reçus un courriel de Rebecca, qui m'exposait en détail la nouvelle description de tâches et me communiquait l'adresse du site Web de l'entreprise. Je m'assis à ma table de travail, me sentant le cœur lourd en regardant les photographies de l'immense espace de bureau, qui comportait entre autres un jardin zen et un mur d'escalade. Shake Design était une des compagnies les plus prometteuses de Denver et avait comme clients plusieurs grandes entreprises nationales. Et selon leur site Web, ils traitaient bien leurs employés. Les avantages sociaux que mentionnait Rebecca le montraient suffisamment.

Shake Design m'offrait une occasion en or — un boulot qui me permettrait de diriger tout en continuant de faire de la conception. De plus, j'avais toujours voulu vivre au Colorado. Bref, c'était l'offre de toute une vie et seul un idiot pourrait la refuser.

Pourtant, quand il s'agissait des affaires du cœur, je n'avais pas toujours agi intelligemment.

Henry m'attendait dans le stationnement quand je quittai le travail mercredi après-midi. Il était assis nonchalamment sur sa moto, son casque sur les genoux, et ressemblait à ces hommes ultra-sexy dans les annonces de magazines pour Harley Davidson.

Son visage s'éclaira en me voyant approcher.

— Salut.

Je mis mon sac à main dans une des sacoches et m'installai derrière lui, sentant sa chaleur à travers son blouson. Je me glissai contre lui, mon entrejambe pressé contre son cul.

— Arrête ça, dit-il, sinon je vais te prendre ici même sur cette moto.

— Que des promesses, fis-je pour le taquiner, soudain incapable de m'empêcher de penser à faire l'amour sur sa moto.

J'ignorais même si c'était possible, mais ça semblait terriblement érotique.

Il se tourna en me souriant d'un air pervers.

— Ce n'est pas une fausse promesse, Elsie, dit-il tandis que sa voix prenait ce ton graveleux indiquant qu'il était vraiment excité. Ces derniers jours ont vraiment été une torture. Tu n'as qu'à prononcer un seul mot et je suis tout à toi.

J'avalai ma salive, songeant sérieusement à dire oui seulement pour voir ce qu'il ferait.

— Tu as raison, nous ferions mieux d'y aller, dis-je en mettant mon casque pour cacher mon visage empourpré.

Henry m'emmena dans un petit restaurant au nord de la ville, près du campus d'Oklahoma City.

— Le Red Cup? demandai-je, tandis que nous descendions de la moto.

Je ne voulais pas me montrer difficile, mais il m'emmenait à un café prétentieux pour notre deuxième rendez-vous?

— Ouais.

Il me prit la main et m'entraîna à travers le stationnement vers la maison d'un vert brillant. Au sommet du toit, il y avait une tasse rouge géante avec une cuillère d'argent. C'était original et mignon, bien sûr, mais ça n'indiquait pas vraiment qu'il avait fait de grands efforts.

À l'intérieur, il y avait plein de couleurs criardes sur les murs, des carreaux noirs et blancs sur le plancher et des œuvres d'art partout. Après avoir passé notre commande, Henry me conduisit à l'arrière — vers ce que je supposais être un ancien salon — et nous nous assîmes dans un box incurvé au banc de cuir jaune.

— Un endroit intéressant, dis-je en regardant la collection éclectique d'œuvres d'art et de gens.

Il y avait des étudiants, des peintures, des bohémiens, des imprimés, des jeunes qui se la jouaient *cool* et des hommes en complet.

— Pourquoi ici ? On ne peut pas dire que cet endroit soit romantique.

Il se pencha vers l'arrière et sa tête faillit heurter la peinture sur le mur au-dessus de lui.

— Tu ne voulais pas que je sois romantique, tu te souviens ? C'était *trop* ?

Je jetai un coup d'œil alentour.

— Oui, mais...

Il leva un sourcil.

— Oui ?

— Je veux un peu de romantisme, dis-je en lui montrant deux doigts entrelacés.

Il secoua la tête.

— Je ne peux pas gagner avec toi, n'est-ce pas ?

Je lui adressai un large sourire.

— C'est trop te demander que de lire dans mes pensées ?

— Désolé. La prochaine fois, je me servirai de mes pouvoirs extrasensoriels et t'emmènerai plutôt chez Starbucks.

Il eut un large sourire, les traits détendus.

J'étudiai son visage pendant un long moment, puis dis :

— Tu sembles heureux.

C'était vrai. Il semblait tellement à l'aise, ne présentant plus l'image de ce gars qui broyait du noir et qui ne se connaissait pas. Ce nouveau Henry avait les pieds sur terre et il était détendu, différent, mais toujours le même garçon de qui j'étais tombée amoureuse plusieurs années auparavant. J'avais l'impression étrange d'être infidèle à l'ancien Henry avec le nouveau.

— Je le suis, fit-il en étirant les bras et en m'approchant de lui. Jusqu'au délire, dit-il, avec un soupir.

Je penchai la tête sur son épaule en souhaitant pouvoir en dire autant et que ce soit tout à fait vrai. Nous restâmes assis dans un silence serein pendant un long moment, sa main frottant mon épaule tandis qu'il m'embrassait parfois sur le sommet du crâne. C'était confortable, même si je sentais courir sous ma peau une certaine tension et une certaine inquiétude. Nous nous séparâmes finalement quand la serveuse apporta notre commande et nous mangeâmes en silence en nous jetant constamment des regards. J'étais tout à fait consciente des petits détails : la vague odeur de l'eau de Cologne d'Henry, la teinte orangée dans la vinaigrette sur ma salade, la chanson d'amour qui jouait doucement en arrière-plan. C'était comme si tous mes sens se trouvaient accentués, et même si c'en était presque renversant, je voulais davantage.

Puis je la vis.

Je regardais la chevelure ondulée d'Henry — remarquant à quel point elle était différente de sa coupe au rasoir — quand je vis que la toile derrière lui était signée H. Logan. Je me retournai sur mon siège pour mieux voir la grande peinture abstraite teintée de bruns, de brun clair et de bleus.

— Il est à peu près temps que tu la remarques, dit Henry en gloussant, puis il essuya sa bouche avec une serviette de table et se retourna.

— Tu as fait ça ? lui demandai-je, fixant toujours la toile en essayant de trouver un sens à ses formes et ses volutes.

— Tu aimes ça ?

— Oui, répondis-je. Qu'est-ce que c'est ?

— Je vais te donner un indice : c'est une demi-abstraction. Ça s'intitule *Elle est Amour.*

Puis tout se rassembla dans mon esprit, l'ovale qui se terminait en un point en bas, les ombres vert brunâtre pour les yeux et les longs cheveux ondulés.

— C'est moi ?

Il acquiesça.

— C'est superbe, tu ne trouves pas ?

— Oui, vraiment, dis-je, incapable de croire qu'Henry pouvait créer quelque chose d'aussi magnifique.

Étant conceptrice de métier, j'aimais me considérer comme une personne sélective sur le plan esthétique ; j'avais vu beaucoup d'illustrations et de peintures, et j'en avais même réalisé quelques-unes. Peut-être étais-je un peu subjective puisque j'avais inspiré cette œuvre, mais la peinture d'Henry avait de toute évidence cette qualité qui lui valait d'être accrochée dans une galerie.

— Je ne parlais pas de la peinture, dit-il, les yeux fixés sur mon visage.

J'avais du mal à respirer. Il était sur le point de m'embrasser et, même si je le souhaitais, je ne pouvais risquer de m'attacher de nouveau. Pas quand je songeais à partir au Colorado.

Je clignai des yeux et me raclai la gorge.

— Alors, tu as appris à peindre en Corée ?

Il s'écarta en essayant de dissimuler sa déception.

— Ouais, sur la base, j'ai suivi un cours donné par un vieux gars maigrichon qui sentait toujours le whisky, dit-il. Il était très critique, ce qui m'a vraiment aidé à m'améliorer. Il me disait sans arrêt de me détendre, de prendre du recul pour avoir une meilleure perspective.

— Et ça a marché ?

Il avait les yeux fixés sur moi, la chaleur de son regard me faisant monter le rouge aux joues.

— Ça m'a aidé dans ma peinture et j'espère que ça m'aidera pour d'autres choses dans ma vie.

Je retournai mon attention vers ma nourriture, prenant ici et là un morceau de laitue.

— Alors, qu'est-ce que tu as fait d'autre, en Corée ?

— J'ai beaucoup travaillé, puis j'ai essayé de suivre plusieurs cours.

— Tu es sorti avec des filles ?

La question m'avait échappé sans que je puisse l'en empêcher. Je n'avais pas eu l'intention d'aborder tout de suite ce sujet.

Il hésita avant de répondre.

— Oui. J'ai fréquenté deux femmes avant d'abandonner, puis il s'arrêta en prenant ma main. Mais aucune des deux relations n'a duré plus que quelques rendez-vous.

Je levai les yeux vers lui.

— Pourquoi pas ?

— Tu sais bien pourquoi.

Mon cœur battait à tout rompre dans ma poitrine, me suppliant de ne pas poser l'inévitable question suivante. J'avalai avec difficulté.

— Tu as couché avec elles ?

Son regard était intense quand il me regarda.

— J'y ai pensé, mais non.

Il s'interrompit pendant un long moment de tension avant de demander :

— Et toi ? Est-ce que toi et Seth… ?

Je ne m'étais pas attendue à cette réponse. Je m'étais préparée à une réponse affirmative et je me trouvais maintenant confrontée à une confession qui ne correspondait pas à la mienne.

— Oui, nous l'avons fait.

Ses narines se dilatèrent tandis qu'il fixait la table des yeux.

— Merde, dit-il dans un souffle en chiffonnant sa serviette de table.

J'eus l'impression que je devais m'en excuser, mais après réflexion, de nous deux, c'était plutôt moi qui méritais des excuses.

— Je suis désolé, Elsie, fit-il en me regardant dans les yeux. Je suis une tête de nœud de première. C'est moi qui ai tout foutu en l'air et maintenant, je suis terriblement jaloux que quelqu'un d'autre, quelqu'un *qui ne soit pas moi*, ait couché avec toi.

— Tu *devrais* être désolé, laissai-je tomber en me surprenant moi-même. Tu as foutu en l'air tout ce que nous avions.

Je pouvais sentir crépiter l'énergie dans l'air autour de nous. C'était la première fois que j'abordais vraiment le sujet, que j'exprimais mon opinion sur le fait que, oui, il avait tout foutu en l'air. En fin de compte, ces paroles me faisaient sentir bien d'une certaine façon, mais encore plus terrible d'une autre manière encore plus importante.

— Tu as rejeté du revers de la main ce que nous avions parce que tu te sentais confus, dis-je en élevant la voix. Eh bien, devine quoi, Henry? Il nous arrive à tous de nous sentir confus, mais nous ne nous mettons pas à blesser les gens que nous aimons seulement pour y voir plus clair.

— Je suis désolé, Elsie. J'ai été un salaud égoïste.

Il me saisit la main sur la table et j'essayai de la retirer, mais il la tenait fermement.

— Je suis tellement, tellement désolé, ajouta-t-il.

Je secouai la tête et essayai d'empêcher mes lèvres de trembler.

— Il est peut-être trop tard, Henry. Je ne sais vraiment pas comment tu pourrais me prouver que tu vas rester avec moi pour de bon, que je peux encore te faire confiance.

— Je ne sais pas comment non plus, murmura-t-il.

C'était la première fois que je le voyais perdre confiance depuis son retour de la Corée. Il semblait avoir vraiment peur, et son sentiment s'empara de moi également.

— Je n'ai aucune idée de la façon de regagner ta confiance.

Je détournai les yeux en essayant de rassembler mes idées et de calmer ma respiration. Jusqu'à ce moment, je n'avais pas pris conscience à quel point j'étais encore fâchée, à quel point j'étais peu désireuse de lui pardonner. Il m'avait rendue malheureuse ces dernières années. Il aurait fallu que je sois une sainte pour le lui pardonner et oublier tout ça si facilement.

— Elsie ? demanda Henry d'un air hésitant en me serrant la main.

Je baissai les yeux sur nos mains, puis les levai vers lui.

— On m'a offert un emploi à Denver, dis-je d'un ton bravache que je ne ressentais pas tout à fait. Je vais le prendre.

Il parut sur le point de s'étouffer et lâcha un seul mot :

— Quoi ?

— Une grosse entreprise de conception informatique de Denver m'a offert un boulot. Je serais stupide de le refuser.

— J'ignorais que tu cherchais un emploi, dit-il en fronçant les sourcils.

— J'en cherchais un il y a plusieurs mois, avant que tu reviennes et même avant que je rencontre Seth.

Il fronça davantage les sourcils.

— Quand l'as-tu su ?

— Lundi.

Il rougit et les veines de son front s'enflèrent.

— Alors, ces rendez-vous ne servent à rien ? Je me suis creusé la tête en essayant de trouver comment faire en sorte que tu m'aimes et que tu me fasses confiance à nouveau, mais tu pars de toute façon ?

Je retirai vivement ma main.

— Tu n'es pas vraiment en colère du fait que je pars, n'est-ce pas ? Parce que la dernière fois que j'en ai fait le compte, tu m'avais quittée quatre fois en tout. C'est ça, notre histoire, Henry : je te fais confiance, puis tu pars. Eh bien, devine quoi, mon vieux : ce n'est pas toi qui pars cette fois.

Je me glissai hors du box, pris mon sac à main et mon blouson, puis sortis à grands pas. Bon Dieu que c'était gratifiant d'être finalement celle qui partait.

Toutefois, ma joie fut de courte durée en arrivant à l'extérieur et en me rendant compte que j'étais venue ici avec Henry. Je frappai le pneu arrière de la Harley en imaginant que c'était son entrejambe. Il avait du culot.

Une minute plus tard, Henry sortit en trombe du Red Cup. L'inquiétude s'atténua sur son visage quand il me vit debout dans le stationnement.

— Elsie, dit-il en s'arrêtant à un mètre de moi.

Il n'ajouta rien pendant un long moment, se contentant de me fixer des yeux, les sourcils froncés.

— Dis-le, Henry ! Exige que je reste en Oklahoma pour toi, parce que c'est que tu fais. Tu exiges et tu prends. Et moi, je donne. Mais j'ai fini de donner.

— Alors, dis-moi ce que tu veux que je fasse et je vais le faire, répondit-il avec un soupçon de désespoir dans la voix.

— Je ne sais pas ce que je veux faire, répondis-je. Je sais seulement ce que j'ai *besoin* de faire.

Ce soir-là, je m'étendis sur mon lit, fixant le plafond pendant un long moment en songeant seulement à ma vie — à ce que j'avais été et à ce vers quoi je me dirigeais.

Je ne doutais pas un instant que j'aimais Henry, mais l'aimais-je plus que moi-même ? Je lui avais tant donné, l'avais suivi et l'avais attendu, et ça n'avait pourtant pas suffi.

Il était revenu pour moi, et même si je ne souhaitais rien de plus que d'être finalement avec lui pour toujours, une petite voix dans mon cœur insistait sur le fait que je devais d'abord faire ce qu'il fallait pour moi. Mon travail ici ne m'apportait plus rien ; la promotion que j'avais espérée était disparue quand l'entreprise avait connu une période difficile. L'emploi à Denver allait faire progresser de beaucoup ma carrière. Plus que jamais, il fallait que je tienne d'abord compte de mon avenir même si ça signifiait laisser mon passé derrière moi.

Si Henry m'aimait vraiment comme il l'affirmait, il allait faire ce qu'il fallait et me libérer. Je l'avais laissé partir une fois pour qu'il se trouve ; il fallait qu'il fasse la même chose pour moi, maintenant.

Ainsi, ce fut le cœur déchiré que j'allumai mon portable, composai un nouveau courriel et fis savoir à Rebecca Holt de Shake Design que j'allais accepter l'emploi.

42

LE DERNIER RENDEZ-VOUS

Je n'entendis pas parler d'Henry pendant les jours suivants, ce qui était tout aussi bien. Je n'avais pas besoin de lui dans les environs pour qu'il essaie de me faire changer d'avis et qu'il m'embrouille les idées au sujet de ce qui était devenu un cheminement clair pour moi. Le vendredi, je donnai ma lettre de démission officielle au travail et j'eus une conversation émotive avec ma patronne à propos de ma carrière. Elle me dit qu'elle aurait fait n'importe quoi pour me garder, mais qu'elle ne pouvait malheureusement pas m'offrir une augmentation ou une promotion. C'était difficile de me séparer de cet endroit qui avait été mon lieu de travail pendant tant d'années, mais au fond de moi-même, je savais qu'il était temps d'avancer.

Quand je revins à la maison ce soir-là, Henry m'attendait dans le stationnement de l'appartement. Il sortit de son auto en même temps que moi de la mienne et il m'approcha d'un air hésitant.

— Salut, dit-il, les mains dans les poches.

Je pris mon sac à main et mon manteau en évitant de le regarder dans les yeux.

— Salut.

— Comment ça va ?

— Je suis fatiguée, répliquai-je en me dirigeant vers mon appartement. Et toi ?

— Je suis dans un sale état.

Il me suivit à l'intérieur, tous les deux trop fatigués pour faire des manières. Il se tenait dans le salon, les mains dans les poches, semblant vouloir dire quelque chose, mais ne sachant trop s'il le devait.

— Quoi ? demandai-je, quelque peu irritée.

— J'ai passé l'examen écrit et physique. La semaine prochaine, je vais passer la première entrevue.

— Oh. Félicitations, dis-je, occupée à débarrasser le comptoir de cuisine. J'ai remis ma lettre de démission.

Il soupira, l'air visiblement découragé.

— Alors, tu pars toujours.

Je ne pouvais pas le regarder en sachant que ce que je verrais sur son visage me ferait pleurer, et c'était la dernière chose dont j'avais besoin.

— Oui. Je dois commencer dans trois semaines.

— Quand déménages-tu ?

— Vendredi prochain.

— Je vais t'aider.

Je levai la tête, étonnée.

— Tu veux m'aider à déménager ?

Il se frotta le front avec sa paume.

— Qu'est-ce que je peux faire d'autre, Elsie ? Tu pars et il n'y a rien que je puisse faire pour t'en empêcher. Alors je vais passer le plus de temps possible avec toi même si pour ça, je dois t'aider à me quitter.

— Henry, tu sais que je ne pars pas à cause de toi, n'est-ce pas ?

— Ouais, fit-il doucement. Je n'ai pas arrêté d'y réfléchir et, même si je déteste ça, je comprends que tu doives le faire. Je t'ai quittée une fois, alors ce n'est que justice que tu en fasses autant.

— Ce n'est pas une question d'être juste ou de me venger. Il s'agit de réaliser un rêve, même si...

Il hocha la tête.

— Même si je ne dois pas en faire partie.

— Je dois accepter cet emploi, dis-je, tandis qu'une larme glissait sur ma joue malgré ma résolution.

Je l'essuyai rapidement.

— Si je ne le fais pas, je me demanderai toujours ce qui serait arrivé, ajoutai-je.

— Je comprends, Elsie, fit-il d'une voix brisée.

Nous restâmes silencieux pendant un long moment, nous fixant simplement des yeux, jusqu'à ce qu'il dise :

— Je peux te serrer dans mes bras, maintenant ?

Les lèvres tremblantes, je marchai jusqu'à lui et me blottis dans ses bras. Il m'embrassa le front de cette manière tendre que j'aimais tant.

— Je t'aime, Elsie.

Je n'étais pas capable de lui dire la même chose, non pas parce que je ne le ressentais pas, mais parce que ça signifierait que je lui avais pardonné.

— Je suis vraiment désolé pour ce que je t'ai fait, Elsie, dit-il. Désolé de t'avoir quittée et de t'avoir fait douter de toi-même, de t'avoir fait souffrir et d'avoir fait en sorte que tu doutes de moi.

J'inclinai la tête contre sa poitrine, la gorge serrée.

— Je ne vais plus jamais te faire de mal. Je suis de retour pour de bon.

— Je veux te croire.

Il me tint à bout de bras, me regardant dans les yeux.

— Je reste autour, Elsie. Je vais demeurer à tes côtés jusqu'à ce que tu me dises de partir. J'ignore comment te prouver autrement que je suis ici pour de bon sauf en étant ici jour après jour, dit-il. S'il te plaît, essaie de me croire.

— Je veux te croire, répétai-je. C'est tout ce que je peux faire pour l'instant.

Il se retourna et se dirigea vers la porte.

Je sentis ma gorge se serrer, sentant l'inquiétude m'envahir comme un raz-de-marée.

— Où vas-tu? lui demandai-je en panique.

Il se retourna.

— Je reviens tout de suite, dit-il rapidement. Je dois seulement aller chercher quelque chose dans l'auto.

Je me forçai à incliner la tête et à me calmer.

À mon grand soulagement, Henry revint moins d'une minute plus tard avec à la main un grand canevas.

— Je voulais te donner ça, fit-il en retournant la peinture. Pour ton nouvel appartement.

J'avais pensé que ç'aurait pu être la peinture du Red Cup, mais c'était une autre. Le style et les couleurs étaient les mêmes, mais il y avait sur le canevas deux visages stylisés, un ovale et l'autre carré. Les visages se superposaient en se rencontrant aux lèvres.

— Je n'arrive pas à choisir un titre. Soit *H et E* ou encore *Le baiser*, dit-il en haussant les épaules d'un air gêné.

Je tendis la main pour y toucher, mais il dit :

— Fais attention, elle est peut-être encore un peu humide. Je viens tout juste de finir de la peindre il y a moins d'une heure.

— Merci, dis-je en tentant de comprendre les émotions que j'éprouvais.

J'essayais toujours de supprimer cette vive douleur dans ma poitrine, de dire à mon cœur que je ne pouvais me permettre de retomber amoureuse d'Henry, pas maintenant. Tandis que je regardais le tableau, je me rappelai qu'il s'agissait d'un cadeau d'adieu.

Je m'étais presque convaincue d'arrêter de souhaiter l'impossible quand il dit :

— À bien y penser, je crois avoir trouvé un nouveau titre.

— Qu'est-ce que c'est? demandai-je.

Ses yeux bleus brillaient, illuminant la seule chose qui avait toujours été vraie à propos de nous.

— Ça s'appelle *Je vais toujours t'aimer*.

———————

Je commandai des mets chinois et Henry resta à dîner. Je me disais que c'était le moins que je puisse faire puisqu'il venait de me donner un cadeau d'une grande importance. Son amour éternel contre une boîte de riz vapeur et de poulet général Tao ; c'était presque une transaction équitable.

Après le dîner, nous nous assîmes sur le canapé pour regarder *Top Gear*. Plusieurs minutes après le début de l'émission, Henry passa un bras autour de mes épaules et m'attira contre lui.

Je pense que ni lui ni moi n'avions l'intention de nous embrasser. Je levai les yeux pour lui poser une question en même temps qu'il se penchait pour me murmurer à l'oreille et nos visages se heurtèrent.

— Désolé, fit-il.

Il déglutit pendant que ses yeux se fixaient sur mes lèvres.

— Ça va.

Nous restâmes tranquilles pendant un moment chargé d'émotion, puis il me murmura d'une voix rauque :

— Je meurs d'ennui, Elsie, je ne sais pas quoi faire de moi-même.

— Qu'est-ce que tu voudrais faire ?

— Ceci.

Il se pencha et m'embrassa, doucement au départ, puis en devenant de plus en plus audacieux. Je lui rendis son baiser, sentant un gémissement monter dans ma gorge. À cet instant, j'étais prête à renoncer à tout — oui, même à ce fantastique boulot — et me contenter de rester dans les bras d'Henry pour toujours. Nous pourrions peindre, et faire l'amour, et laisser passer les jours dans une étreinte permanente. Nous pourrions être heureux.

Je reculai, m'arrachant de ce rêve éveillé avant de m'y perdre.

— Tu devrais rentrer, Henry, dis-je en posant ma main sur sa bouche.

Il haussa les sourcils et essaya de parler, mais je tins sa bouche fermée.

— Oui, j'en suis sûre, ajoutai-je.

————

Notre troisième rendez-vous commença tôt le lendemain quand Henry vint frapper à ma porte à neuf heures avec un bouquet de fleurs à la main.

— Qu'est-ce c'est ? demandai-je, encore abrutie de sommeil.

Je venais tout juste de réussir à me rincer la bouche et à monter mes cheveux en chignon avant de répondre à la porte.

Il me tendit le bouquet qui, en le regardant de plus près, consistait en du papier roulé et plié pour ressembler à des roses. Certaines fleurs étaient complètement rouges tandis que d'autres avaient été faites avec les pages d'un livre.

— La femme de mon copain les fait, alors j'en ai commandé pour toi, dit-il en enfouissant les mains dans ses poches de pantalon.

— Elles sont magnifiques, dis-je.

Je les regardai plus attentivement, essayant de voir de quel livre étaient tirées les pages, quand je vis le nom de M. Rochester. L'histoire de Jane Eyre semblait étrangement appropriée ; la femme inexpérimentée refusait d'accepter quoi que ce soit de moins que ce qu'elle méritait de la part de l'unique amour de sa vie.

— Je me souviens qu'il y a longtemps, après que Brian t'eut apporté des fleurs à votre premier rendez-vous, tu as dit que c'était une dépense inutile parce qu'elles allaient mourir de toute façon, fit Henry en effleurant du doigt une rose de papier. Celles-là vont durer pour toujours.

— Merci, répondis-je, étonnée qu'il se souvienne d'un commentaire que j'avais émis en passant plusieurs années auparavant.

Je le vis reluquer mon short et mon haut tandis qu'il entrait dans l'appartement, mais il essaya de minimiser la chose avec un haussement d'épaules.

— Je vais aller me changer avant que les yeux ne te tombent de la tête, dis-je.

— S'il te plaît, ne fais pas ça. J'ai un faible pour ce haut, fit-il. Ou plutôt une force.

— Il est trop tôt pour des allusions sexuelles, grommelai-je.

Il rit.

— OK, dit-il, levant les mains en signe de reddition. Aucune allusion au moins jusqu'après le petit déjeuner.

Je posai les fleurs sur le comptoir et ouvris le frigo pour y prendre des œufs.

— Où est ton café? demanda-t-il, et il le prit quand je pointai le sac du doigt.

Il remplit la cafetière et la fit démarrer. Il trouva le pain sur le four à micro-ondes et en glissa deux tranches dans le grille-pain pendant que je faisais cuire des omelettes et les déposais dans les assiettes. Ce n'était que trop facile de retomber dans nos vieilles habitudes.

— Qu'est-ce que tu as prévu pour ce troisième rendez-vous capital? demandai-je en prenant une petite gorgée de café alors que nous étions assis l'un en face de l'autre à la table.

— J'avais l'intention de te laisser choisir, répondit-il.

Il prit un moment pour finir de manger sa rôtie avant de poursuivre :

— Aujourd'hui, nous faisons ce que tu veux. Quoi que ce soit.

— Ça sonne comme une planification paresseuse à mes oreilles.

Il sourit de toutes ses dents.

— Les deux derniers rendez-vous me concernaient. Je ne voulais pas paraître égoïste, mais tout ce que je voulais, c'était de te faire découvrir un peu plus de moi-même. Mais aujourd'hui, c'est ta journée.

— Tu as dit « quoi que ce soit » ? demandai-je en haussant un sourcil.

— Même si tu voulais seulement faire l'amour toute la journée, dit-il en inclinant la tête d'un air sérieux. Je ferais ce sacrifice.

J'éclatai de rire et levai les yeux au ciel.

— C'est ce que tu souhaites.

— En effet, dit-il.

Je sentis mon visage s'empourprer. Est-ce qu'il faisait chaud ici?

— Je vais prendre une douche, fis-je en m'écartant de la table. Et non, ce n'est pas une invitation pour que tu m'y rejoignes.

— Eh bien, je vais faire la vaisselle, alors, dit-il en souriant, puis il ramassa les assiettes vides.

———————

Pour notre troisième et dernier rendez-vous, je choisis d'aller à Dallas pour voir Julie et Will une journée à l'avance. J'avais déjà prévu m'y rendre dimanche parce que mes parents allaient prendre l'avion pour venir faire la connaissance de leur petit-fils, mais je voulais connaître Julie un peu mieux avant que mes parents la rencontrent.

Les trois heures de trajet dans ma Prius nous permirent de rigoler et de bavarder, mais même si nos conversations consistaient surtout en des blagues et des sous-entendus, l'air était chargé de paroles non exprimées.

Nous arrivâmes chez Julie vers deux heures de l'après-midi. Will semblait un peu timide au début, ce qui n'avait rien d'étonnant puisque nous ne nous étions connus que la semaine précédente, mais il s'anima quand Henry lui donna un pistolet à élastiques que nous avions acheté en route.

— *Cool*! s'exclama Will pendant qu'Henry lui montrait le fonctionnement du jouet en me tirant sur les fesses pendant que je parlais avec Julie.

Celle-ci secoua la tête, un petit sourire sur les lèvres.

— Tu as une mauvaise influence, Henry.

— Jason aurait fait la même chose, dit-il en haussant les épaules d'un air espiègle.

Il se tourna vers Will et lui dit :

— Alors, ta mère ne t'achète pas d'armes-jouets ?

— Qu'est-ce que c'est, des armes ? demanda Will.

— Des pistolets, des arcs et des flèches, des grenades propulsées par fusée.

— Non, répondit Will avec un regard de chiot. Elle ne m'achète que des blocs Lego et des jeux vidéo.

Je regardai les sourcils froncés de Julie, comprenant tout à coup ce qu'elle avait pensé. Jason avait été tué par une arme ; bien sûr qu'elle ne voudrait pas donner la même chose à son fils.

Henry dut avoir senti le changement chez Julie parce qu'il dit :

— OK, pas de grenades. Que penserais-tu d'un Super Soaker alors ?

Julie acquiesça avec un sourire approbateur.

— Un Super Soaker, c'est bien. Même un pistolet Nerf, ça va, dit-elle avec un soupir résigné. Mais ça s'arrête aux lance-flammes.

———————

À la demande de Will, nous allâmes tous dans un petit endroit appelé JumpStreet. C'était une zone de jeux intérieure avec des trampolines. La moitié de la pièce était occupée par de longues rangées de trampolines alignés pour constituer des pistes de courses à rebondissements. L'autre partie était composée de différentes sections : un court de ballon-chasseur, quelques glissades et un espace réservé aux plus jeunes enfants.

J'avais cru qu'Henry demeurerait assis à regarder, mais il paraissait plus excité que Will. Julie et moi renonçâmes aux trampolines, non pas parce que nous ne voulions pas jouer, mais surtout parce que je voulais en apprendre davantage sur la femme qui avait connu un aspect de mon frère que j'avais toujours ignoré.

Nous nous assîmes dans la salle d'attente, regardant Henry et Will bondir sur les trampolines à travers le mur de plexiglas. Encore mal à l'aise sur la surface instable sous ses pieds, Will s'accrochait à la main d'Henry tandis qu'ils bondissaient d'un trampoline à l'autre. Henry l'avait conduit sur le trampoline le plus près de nous et ils nous avaient fait des signes de la main avant d'exécuter quelques sauts exploratoires.

— Will n'est jamais monté sur un de ces trucs, dit Julie. Est-ce que ça paraît?

— Comment est-ce possible?

Elle secoua les épaules.

— Je ne sais pas. Je suis une mère tellement protectrice. J'ai toujours peur qu'il lui arrive quelque chose.

Je tournai les yeux vers mon neveu et vis avec plaisir qu'il avait lâché la main d'Henry et avait déjà commencé à bondir tout seul.

— Je suppose que je vais devoir me contenter de le laisser être lui-même, trouver sa propre voie. Un peu comme tu as fait avec Henry.

— Oui, acquiesçai-je sans réfléchir en observant Henry.

Puis je saisis tout à coup le sens de ses paroles et je me retournai vers elle.

— Euh, quoi?

Elle eut un petit sourire penaud.

— Désolée, fit-elle. C'était la pire transition dans l'histoire de l'humanité, dit-elle. Je voulais seulement aborder le sujet de ta relation avec Henry. Lui et moi avons échangé plusieurs courriels pendant qu'il était en Corée, alors nous avons pu parler de beaucoup de choses.

— À propos de Will?

— Surtout à propos de Jason et de Will. Mais j'ai remarqué que ton nom apparaissait toujours dans ses courriels, alors je lui ai demandé tout bêtement ce qui se passait entre vous deux. Il était étonnamment ouvert à ce propos et il m'a parlé de sa thérapie et de ce qu'il t'avait fait.

— Est-ce qu'il t'a paru déchiré ? demandai-je.

J'imaginai Henry pleurant dans ses nouilles réchauffées et réprimai un sourire.

— Non. Il semblait... résolu. Il disait qu'il allait te ramener à lui.

Julie attendit une réponse. Ne l'obtenant pas, elle demanda :

— Eh bien ? Il a réussi ?

— Pas tout à fait. Il essaie encore de se racheter à mes yeux.

Je lui expliquai le défi qu'il s'était donné et lui parlai du problème que constituait mon déménagement imminent.

Julie parut attristée par ces nouvelles.

— Je suis vraiment heureuse pour toi, mais j'espérais que Will ait l'occasion de connaître sa tante.

— J'y ai déjà pensé, la rassurai-je. Les billets d'avion entre Denver et Dallas ne sont pas dispendieux, à peu près cent dollars pour un aller-retour. Je prévois venir chaque mois si ça te va.

— Bien sûr, répondit-elle avec un sourire radieux. Viens aussi souvent que tu le veux !

Je lui souris en souhaitant qu'elle ait pu devenir ma belle-sœur.

— Tu aimais Jason ? demandai-je, ce qui la prit par surprise.

Elle cligna des yeux à plusieurs reprises.

— Oui. De tout mon cœur.

— Comment vous êtes-vous rencontrés ?

Les yeux de Julie s'étaient embués, mais elle sourit d'un air contrit.

— Tu vas me prendre pour une salope, mais je l'ai rencontré à une fête pendant la semaine de relâche du printemps et nous avons couché ensemble, dit-elle avant d'ajouter : mais c'est le seul gars avec qui j'ai couché pendant toute cette semaine.

Je compris tout à coup.

— Henry m'a parlé de toi. Il m'a dit que Jason t'aimait vraiment, mais que vous viviez trop loin l'un de l'autre.

— On pourrait dire que nous avons eu une aventure à temps partiel.

— Je me demande pourquoi il ne nous en a jamais parlé.

Julie parut réfléchir pendant un moment.

— Je me suis aussi posé la question. À mon avis, il voulait seulement s'assurer que nous nous retrouvions de manière permanente avant de vous l'annoncer.

Elle baissa les yeux sur sa main gauche dépourvue d'anneau.

— C'est pendant le déploiement qu'il a abordé le sujet du mariage.

Je lui pris la main, celle où aurait dû être l'anneau de fiançailles, et la serrai.

— Pourquoi tu n'as pas essayé de communiquer avec nous plus tôt? Tu n'avais pas le numéro de téléphone de l'appartement?

— Je l'avais, mais je savais que Jason ne devait pas revenir avant encore quelques mois, alors quand je n'ai pas eu de nouvelles de lui pendant deux semaines, il ne m'est même pas venu à l'esprit d'appeler à son appartement. J'ai seulement commencé à parcourir les journaux pour y voir son nom, cherchant ce que j'espérais profondément ne jamais trouver. Le jour où j'ai vu l'histoire de ce pilote tué par un tireur embusqué à Kaboul, j'ai sombré dans une grave dépression. Ma colocataire a même appelé ma mère, qui est venue et a essayé de me faire entendre raison sans savoir que je portais en moi l'enfant d'un homme décédé.

Elle tira un papier-mouchoir de son sac à main et s'essuya les yeux pour empêcher son mascara de couler.

— Je suis désolée. Nous n'avons pas besoin de parler de ça si tu ne le veux pas, dis-je.

Mes propres larmes menaçaient de surgir également.

— Je veux que tu saches ce qui s'est passé, dit-elle. Je suis demeurée avec ma mère pendant un moment et j'ai essayé de reprendre ma vie. Quand mon collègue Kyle — qui était amoureux de moi depuis toujours — m'a invitée à sortir, j'ai accepté et j'ai commencé à le fréquenter, même si j'étais enceinte. Quand

Will est né, Kyle est venu nous voir à l'hôpital avec un ourson en peluche pour Will et un anneau pour moi. Tu dois comprendre que j'étais vulnérable et bourrée d'hormones, alors j'ai dit oui. Je ne voulais tout simplement pas que Will grandisse sans père.

» Kyle et moi nous sommes mariés, puis avons vécu à Denton et la vie a été belle pendant quelque temps. Il voulait même adopter Will, mais je le lui ai toujours refusé parce que, dans mon cœur, ça ne me semblait pas correct. Peut-être que c'était le premier signe que notre mariage n'allait pas durer.

Julie regarda dans le vide pendant quelques secondes avant de rassembler ses idées.

— En tout cas, au moment où je l'ai quitté et où j'ai songé à vous chercher, toi et Henry aviez déménagé. Je suis désolée qu'il m'ait fallu si longtemps pour vous trouver.

Je serrai sa main de nouveau.

— Ne sois pas désolée. Je te suis tellement reconnaissante de nous avoir rejoints, fis-je en jetant un coup d'œil à Will, qui bondissait autour d'Henry en riant. J'ai l'impression de retrouver une partie de mon frère.

— Est-ce que tes parents vont me détester quand ils vont entendre cette histoire? demanda-t-elle.

— Pas du tout, répondis-je en secouant la tête. Comment pourraient-ils te détester alors que tu leur as donné un petit-fils?

Nous nous retournâmes en entendant pleurer et aperçûmes Henry qui s'approchait, tenant Will en pleurs dans ses bras.

— Il s'est égratigné un genou, dit Henry, les sourcils froncés.

Il déposa Will sur une chaise et s'accroupit devant lui.

— Ça va, garçon?

Julie prit une lingette antibactérienne dans son sac à main et la tendit à Henry, qui entreprit de nettoyer doucement le genou éraflé.

— Outch, ça fait mal! s'exclama Will en écartant sa jambe.

— Ne bouge pas, Will, dit fermement Henry.

L'enfant remarqua immédiatement le changement de ton d'Henry et s'assit.

— Je sais que ça fait un peu mal,
mais il faut l'essuyer pour s'assurer qu'il soit propre. Penses-tu que tu peux rester immobile pour moi ?

La lèvre inférieure de Will tremblait, mais il inclina la tête. Il grimaça quand Henry lui toucha de nouveau le genou avec la lingette, mais il se retint de gémir.

Après avoir terminé, Henry dit :

— C'était bien, Will. Tu es un dur à cuire.

Will se redressa sur son siège.

— Merci, Henry.

Julie me donna un petit coup de coude et murmura :

— Il fera un super papa.

J'acquiesçai. J'étais absolument d'accord.

———

Julie insista pour que nous passions la nuit chez elle et nous installa dans une charmante chambre d'invités avec un grand lit.

Aussitôt qu'Henry le vit, il me regarda et dit :

— Je peux dormir par terre.

J'acceptai, mais le soir, quand vint le moment d'éteindre les lumières, je me rendis compte que je ne pouvais pas dormir. J'éprouvais une douleur sourde au ventre pendant que j'étais étendue dans ce lit confortable, songeant à Denver et à quoi ressemblerait ma nouvelle vie. Au moment où je décidai que les choses seraient beaucoup plus simples sans Henry, la douleur s'était déplacée dans ma poitrine.

— Tu es bien en bas ? lui demandai-je dans l'obscurité.

Il mit si longtemps à répondre que je pensai qu'il s'était déjà endormi. Puis il dit :

— Pas vraiment.

Sans réfléchir, je répondis :

— Tu veux dormir ici ?

Sa tête apparut au-dessus du matelas.

— Tu en es sûre ?

Je tapotai le lit.

— Allez, viens te coucher.

Il grimpa sous l'édredon près de moi, s'assurant de garder une certaine distance, et il replia les bras derrière sa tête.

— Tu te souviens quand cette situation nous semblait si naturelle ?

— Ouais, dis-je avec nostalgie.

Je me tournai sur le côté et posai une main sur sa poitrine en faisant courir mes doigts sur la toison foncée qui recouvrait ses pectoraux.

— J'ai du mal à croire à quel point nous avons changé depuis, ajoutai-je.

Il me prit la main et la pressa contre son cœur.

— Mais certaines choses sont demeurées les mêmes.

— Vraiment ?

— Ce que je ressens pour toi ne changera jamais, dit-il d'une voix rauque.

Mais je savais que cela avait aussi changé. Comment pouvait-il en être autrement quand la personne elle-même avait changé ?

— Je ne suis pas sûre que ce soit vrai, dis-je.

Il soupira bruyamment.

— Est-ce que tu vas remettre en question tout ce que je dis ?

Sa colère me prit par surprise et je restai bouche bée.

— Je fais des efforts, Elsie. J'essaie tellement d'être un bon gars pour te montrer que tu représentes tout pour moi, dit-il d'un ton un peu sec. Mais ça ne fonctionnera pas si tu ne me laisses jamais le bénéfice du doute.

— Eh bien, est-ce que tu me le reproches ? demandai-je.

Il se tut pendant un long moment, puis dit finalement :

— Non, mais j'aimerais que tu arrêtes de douter de moi, fit-il avant de me tourner le dos. Bonne nuit.

J'entendais la frustration dans ses paroles, mais sa colère ne faisait qu'alimenter la mienne.

— C'est toi qui as soulevé le doute dans mon esprit, dis-je, me tournant sur le côté en tirant sur moi une grande partie de la couverture.

Sa voix bourrue résonna dans l'obscurité.

— Je t'aime.

Je soupirai en souhaitant que, pour une fois, cet homme exaspérant me laisse demeurer fâchée.

————————

Le lendemain matin, quand le soleil commençait à se montrer à travers les stores, je me réveillai en découvrant le corps d'Henry pressé contre mon dos. Je m'aperçus qu'il n'avait pas envie que de câlins quand sa main se glissa sous ma chemise pour saisir un de mes seins. Il gémit contre mon oreille et me tira vers lui, frottant doucement son érection contre mon dos.

Même si nous nous trouvions en ce moment en terrain instable, je n'étais qu'humaine et j'avais besoin de relâcher la tension qui avait commencé à s'accumuler depuis le retour d'Henry dans ma vie. Incapable de résister, je pressai mes fesses contre son membre durci et le sentis palpiter.

Sa main quitta mon sein pour descendre jusqu'à mon ventre et sous l'élastique de mon pantalon de pyjama. Le souffle me manqua quand ses doigts glissèrent dans ma culotte et commencèrent à faire des cercles lents sur mon clitoris. Son autre main saisit un sein, son pouce jouant avec mon mamelon.

— Elsie, gémit-il, et il mordilla mon lobe d'oreille avant de m'embrasser le long du cou.

Il enfonça un long doigt en moi, puis deux.

— Je veux être en toi comme ça, dit-il, ses hanches s'agitant au même rythme que sa main.

Il poussa un doux gémissement quand les muscles de mon vagin serrèrent ses doigts, les faisant plier de sorte qu'ils effleuraient ce point sensible chaque fois qu'ils me pénétraient.

— Oui, serre-moi comme ça.

Bientôt, je haletais, mon corps tout entier se tendant de plus en plus. Henry était partout, prenant d'assaut tous mes sens, à l'intérieur comme à l'extérieur et tout autour. Je tournai la tête et l'embrassai, soupirant quand il bougea légèrement sa main de sorte que son pouce frottait mon clitoris pendant qu'il me baisait avec ses doigts.

— Jouis pour moi, me souffla-t-il à l'oreille, et j'explosai.

J'enfouis mon visage dans l'oreiller, mordant le tissu tandis que j'essayais de jouir le plus discrètement possible.

Ses doigts maintenaient leur assaut pendant qu'il tirait chaque sensation de cet orgasme jusqu'à ce que je ne sois plus qu'une masse frémissante et gémissante. Quand les tremblements en moi s'arrêtèrent, il retira ses mains. Je me retournai pour lui faire face juste à temps pour le voir porter ses doigts à sa bouche, suçant chacun d'eux avec un sourire.

Je lui saisis la nuque et l'embrassai, goûtant mon sexe sur sa langue.

— Bon sang, Elsie, gémit-il contre ma bouche.

Il me prit par les cheveux et me renversa la tête pour me lécher le cou.

— Je te veux. Je veux être en toi et te baiser jusqu'à ce que tu oublies tout sauf mon nom.

Ses paroles eurent un étrange effet sur moi, me faisant vibrer tout entière de plaisir anticipé. Je glissai une main entre nous et demandai d'une voix rauque :

— Tu veux me baiser, Henry ?

— Tu parles.

Tout son corps se tendit quand ma main enveloppa son membre. J'en serrai l'extrémité une fois, deux fois, mais au moment même où je commençais à le masturber, la porte de la chambre s'ouvrit en grinçant et une petite voix dit :

— Excusez-moi.

Henry enfonça son visage dans l'oreiller et réprima un gémissement. Il prit quelques profondes respirations, puis leva la tête pour regarder vers la porte.

— Oui, garçon? demanda-t-il d'une voix tendue.

— Tu veux jouer sur ma Xbox? dit Will, qui s'était approché jusqu'au pied du lit. Maman m'a acheté un nouveau jeu qu'on peut jouer à deux.

Henry me jeta un coup d'œil chargé de désir et je serrai son membre en retour. Il ferma les yeux, ses sourcils se fronçant pendant que je le serrais de nouveau, puis il se retourna vers Will.

— OK, répondit-il en retirant subrepticement ma main de son pantalon de pyjama et en s'assoyant. Je dois seulement prendre une longue douche froide, OK?

Le visage de Will se fendit d'un grand sourire.

— Super! Je vais préparer le jeu! cria-t-il avant de sortir en courant de la chambre.

Je souris à Henry pendant qu'il quittait le lit pour rassembler ses vêtements et ses articles de toilette, les lèvres serrées et une bosse dans son pantalon.

— Bon matin, fis-je avec un sourire languissant en étendant les bras au-dessus de ma tête.

— Parle pour toi, grommela-t-il, puis il se pencha pour m'embrasser.

Il me dévora des yeux quelques secondes de plus avec un soupir exagéré, puis quitta la chambre à grands pas.

43

ARRIVÉES ET DÉPARTS

Julie était terriblement nerveuse à l'aéroport pendant qu'elle attendait que mes parents débarquent. Au départ, Henry devait aller les chercher, mais Julie décida que ce serait moins stressant de les rencontrer d'abord en terrain neutre. À mon avis, elle s'inquiétait du fait qu'ils pourraient porter un jugement sur la vie qu'elle avait procurée à Will avant qu'ils aient eu l'occasion de jauger sa personnalité. Je la rassurai de nouveau en lui affirmant qu'ils l'aimeraient quoi qu'il arrive, mais ça ne l'empêchait pas de taper nerveusement du pied pendant qu'elle attendait.

Je fus la première à accueillir mes parents quand ils émergèrent de la zone de sécurité et les embrassai tous deux chaleureusement. Bras dessus bras dessous, je les conduisis vers le groupe.

— Maman, papa, je vous présente Will, dis-je en faisant signe au petit garçon de s'avancer.

Ma mère laissa tomber ses bagages et s'accroupit. Elle avait déjà des larmes aux yeux avant même que Will n'arrive jusqu'à elle.

Il lui tendit la main d'un air tout à fait sérieux.

— Bonjour. Je m'appelle William Jason Keaton.

Ma mère éclata de rire en lui serrant la main.

— Eh bien, bonjour, chéri, je suis Elodie Sherman. Je suis ta grand-mère.

— Vous êtes la mère de mon père? demanda Will.

— Oui, c'est ça, fit-elle en lui souriant d'un air ému. Je peux te serrer dans mes bras?

Will inclina légèrement la tête et ma mère l'entoura immédiatement de ses bras.

— Oh mon Dieu, disait-elle encore et encore, mon petit-fils.

Je jetai un coup d'œil à mon père et lui aussi avait les yeux quelque peu humides.

— C'est le portrait même de Jason, murmura-t-il.

Il déglutit pour atténuer la tristesse qui menaçait de l'envahir et fit un pas vers Julie, la main tendue.

— Julie, je suppose? dit-il. Je suis heureux de te rencontrer enfin.

— Moi de même, monsieur Sherman, répondit Julie avec un sourire timide.

— S'il te plaît, appelle-moi John.

Maman se leva, mais plutôt que de lui serrer la main, elle étreignit plutôt Julie, qui parut tout étonnée.

— Merci, dit ma mère. Merci d'avoir donné naissance à ce merveilleux enfant et de nous laisser faire partie de sa vie.

Julie secoua la tête.

— Je suis désolée de ne pas l'avoir fait plus tôt.

Ma mère baissa les yeux sur la version miniaturisée de son fils.

— Eh bien, nous aurons le temps de nous reprendre, ce qui signifie que nous allons devoir le gâter encore plus.

Julie rit.

— Du moment où vous ne lui donnez pas un lance-flammes, tout ira bien.

Quand ma mère lui jeta un coup d'œil perplexe, Julie ajouta :

— Henry a donné à Will des armes-jouets.

Tous les yeux se tournèrent vers Henry, qui se tenait debout tranquillement près de la foule, les mains dans les poches. Il croisa les regards de mes parents et je jure qu'il y avait de l'appréhension sur son beau visage.

Sur le chemin du retour, je montai en voiture avec Julie et Will parce que mes parents insistaient pour faire le trajet avec Henry. En arrivant à la maison, Henry sortit de la voiture avec un air un peu hébété, le visage pâle. Je ne lui avais pas encore dit que mes parents étaient au courant qu'il était revenu de Corée et qu'il avait bien l'intention de me reconquérir. Je suppose que j'aurais pu le mettre au courant, mais ça n'aurait pas été aussi drôle.

Mon père m'attira à l'écart tandis que nous nous dirigions vers la maison.

— J'ai eu une bonne conversation avec ce garçon, dit-il, les lèvres pincées. J'ai essayé de lui faire entendre raison.

Je jetai un regard en direction d'Henry, qui rentrait les bagages.

— Qu'est-ce que tu lui as dit ?

— En résumé, je lui ai dit que s'il t'aimait vraiment, il devait te laisser partir et réaliser ton rêve.

— Et ?

— Il m'a répondu que c'était ce qu'il essayait de faire, dit mon père. C'est vrai ?

J'acquiesçai.

— Oui. Il essaie de me soutenir.

— Bien, dit papa. Je détesterais qu'Henry soit égoïste au point de t'empêcher d'obtenir l'emploi dont tu rêves.

— Il essaie, dis-je. Tu lui as dit autre chose ?

Mon père me regarda d'un air malicieux quand il répondit :

— Je l'ai averti que si jamais il te faisait encore du mal de cette façon, j'allais le castrer.

———

Nous passâmes le reste de la journée chez Julie à rattraper les années perdues. Ma mère lui dit à quel point elle aimait le style de décoration de sa maison et s'intéressa à sa collection d'oiseaux.

Julie lui montra l'aigle de verre qui, comme je l'avais deviné, était un cadeau de Jason.

— Il savait que j'adorais les oiseaux, fit doucement Julie. Chaque fois que nous nous quittions, il aimait me dire : « Vole à la maison, petit oiseau. »

Ma mère prit bien soin de replacer la fragile figurine sur le manteau de la cheminée.

— Tu pourrais venir bientôt à Monterey. Nous pourrions te montrer où il a grandi.

Julie inclina la tête.

— J'aimerais bien.

Après que Will leur eut montré sa chambre et son impressionnante collection de blocs Lego, il brancha la Xbox et les hommes commencèrent une partie de Lego Star. Maman, Julie et moi — heureuses, pendant un après-midi, de jouer les stéréotypes sexistes — nous rendîmes à la cuisine pour commencer à préparer le repas du soir.

— Je suis heureuse que tu aies donné à Henry une deuxième chance, me dit ma mère en tranchant les légumes pour la salade.

— Vraiment ? demandai-je en déchirant les feuilles de laitue. Je pensais que tu voulais mettre sa tête à prix.

Julie éclata d'un rire surpris tandis qu'elle se dirigeait vers le garde-manger.

Ma mère sourit.

— Je sais, mais il semble si sincèrement désolé, dit-elle. Toutefois, j'espère quand même que tu le fais languir.

— En tout cas, c'est certain qu'il souffre, répliquai-je en pensant à ce matin.

Julie nous rejoignit au comptoir en apportant des accompagnements pour le poulet.

— Vous n'êtes pas fâchée contre lui? demanda-t-elle à ma mère.

Ma mère secoua les épaules.

— Oui et non. Je pense seulement qu'il n'était pas aussi égoïste qu'on aurait pu le croire au départ en agissant de cette façon, répondit-elle avant de se tourner vers moi. Avant que ton père prenne sa retraite, j'ai rencontré beaucoup de pilotes qui étaient sous son commandement. J'ai remarqué que lorsqu'ils revenaient de leur déploiement, ils se sentaient étrangers au monde, comme s'ils n'y avaient plus leur place. Et ce qui n'arrangeait rien, c'était que leurs amis et leurs familles ne comprenaient pas, ou ne pouvaient tout simplement pas comprendre, ce qu'ils avaient traversé. C'est un problème assez courant chez les soldats qui reviennent de la guerre et chaque personne compose avec ça d'une manière différente.

Je la fixai des yeux tandis que j'absorbais ses paroles.

— Henry aurait pu mieux composer avec ça, mais en plus, il avait perdu son meilleur ami, me dit-elle en me touchant le bras. Bien sûr qu'il est revenu perturbé. Est-ce qu'il a agi sans réfléchir? Est-ce que c'était compréhensible dans les circonstances? Probablement. Il m'a fallu un moment pour finalement voir ça.

Je me sentis émue par ses paroles.

— Pourquoi tu ne me l'as pas dit plus tôt? Ça m'aurait évité beaucoup de souffrances.

— Je ne voulais pas te donner trop d'espoir, ma chérie, dit-elle.

— Mais dans l'auto en nous rendant à l'aéroport de Monterey, tu m'as dit que ce n'était pas encore la fin de l'histoire.

— Ça ne l'est pas, répondit-elle en me regardant tendrement. C'est seulement que je ne voulais pas que tu retiennes ton souffle pendant que tu attendais que la page suivante se tourne.

———————

Henry et moi arrivâmes à Oklahoma vers dix-huit heures ce soir-là. Mon père et ma mère voulaient rester une autre journée au Texas, mais je devais retourner à la maison pour terminer ma dernière semaine de travail et commencer à empaqueter mes choses pour le déménagement.

— À propos d'hier soir, dis-je entre Ardmore et Pauls Valley, je ne veux vraiment pas remettre en question tout ce que tu dis.

— Si tu ne crois jamais quoi que ce soit que je dise, fais-moi seulement confiance à propos du fait que ce que j'éprouve pour toi n'a jamais changé, répondit-il d'une voix tendre et profonde. Tu te souviens de ce que j'ai dit sur les enregistrements concernant le jour où tu m'as coupé les cheveux à l'école secondaire?

— Que tu étais certain que j'allais te rendre heureux pour l'éternité, dis-je en me souvenant qu'il avait dit la même chose le soir où il avait rompu avec moi.

— J'en suis encore certain, dit-il. C'est la seule chose qui soit demeurée constante dans ma vie.

Je fixais la route des yeux, les jointures blanches tant je serrais le volant.

— Crois-moi, dit-il. Crois *en* moi.

J'inclinai la tête, décidant de lever la barricade autour de mon cœur pour laisser s'y glisser ce petit aveu.

— Je crois en toi.

Il tendit la main et caressa doucement ma joue. Je penchai la tête contre sa main, appréciant sa force et sa vulnérabilité.

Un peu plus d'une heure plus tard, nous arrivâmes à mon appartement et nous dîmes au revoir dans le stationnement.

— Alors, à propos de ce matin, fit-il en me prenant dans ses bras, est-ce que ça signifie que...

Je levai les yeux vers lui tout en réfléchissant à sa question.

— Peut-être, dis-je avec un minuscule sourire.

— Tout de suite?

Je me mordis la lèvre.

— Je ne suis pas sûre. Nous le saurons quand le bon moment sera venu.

— Je peux vivre avec ça.

Il me saisit la tête et m'étreignit, m'embrassant avec toute la passion qui s'était accumulée depuis ce matin. Sa langue s'introduisit dans ma bouche pendant que son autre main m'agrippait les fesses et me pressait contre son membre en érection.

J'aurais voulu rester là pour l'éternité, nos langues entremêlées. Les paroles de ma mère me revinrent à l'esprit, fragilisant la barricade autour de mon cœur et me faisant voir ses agissements sous un nouveau jour.

Nous nous dégageâmes quand quelqu'un passa tout près et s'éclaircit la gorge. Henry respirait fortement quand il dit :

— Il faut que j'aille prendre une autre douche froide.

J'essayai également de reprendre mon souffle.

— Moi aussi, murmurai-je.

— Est-ce que ça ne serait pas le bon moment, maintenant ? demanda-t-il.

Je secouai la tête. Je désirais terriblement Henry, mais il y avait encore une partie de moi qui hésitait, qui ne lui avait pas encore tout à fait pardonné.

— Ça valait la peine d'essayer, répondit-il en prenant les clés de la voiture dans son blouson et en glissant son sac à dos sur son épaule.

— Je te vois demain après le boulot ?

J'inclinai la tête et agrippai les revers de son blouson, l'attirant à moi pour un dernier baiser langoureux.

— Bonne nuit, Henry, fis-je contre ses lèvres.

— Bonne nuit, Elsie, répondit-il en s'éloignant avec un sourire sur le visage. Je t'aime.

Ce n'est qu'après qu'il fut parti que je murmurai :

— Je t'aime aussi.

La semaine s'écoula à toute vitesse. Henry vint tous les soirs, mais nous parlions davantage que nous ne remplissions des boîtes. Henry avait une histoire à raconter au sujet de tout, se rappelant des souvenirs à propos de chaque objet avant de le placer dans la boîte. Il posait des questions sur ceux qu'il n'avait jamais vus. Inutile de dire que ce qui n'aurait pu durer qu'une journée s'étira sur toute la semaine. J'eus l'impression que c'était ce qu'Henry avait en tête depuis le début.

Les frais de déménagement que m'accordait Shake Design m'auraient permis d'embaucher une entreprise spécialisée, mais je décidai plutôt de garder l'argent afin d'effectuer un dépôt pour l'appartement et de tout déménager moi-même au Colorado. C'était surtout un prétexte peu subtil pour qu'Henry m'accompagne. Il avait accepté de conduire le camion pendant que je le suivais dans ma Prius et j'avais acheté des talkies-walkies pour que nous puissions continuer de nous parler pendant le trajet.

Le jeudi, j'allai chercher le camion et invitai mes amis pour une fête de déménagement. Ils apportèrent de la bière, de la pizza, des assiettes de carton et leurs muscles. Tous mirent la main à la pâte pour transporter les boîtes et les meubles dans le camion et, ensuite, nous retournâmes dans l'appartement pour nous faire nos adieux. Beth et Sam furent les derniers à partir, s'attardant bien après les autres.

— Tu vas me manquer, jeune fille, dit Beth en m'étreignant chaleureusement. Tu reviendras nous rendre visite, n'est-ce pas?

— Bien sûr.

— Peut-être que nous pourrions être postés au Colorado la prochaine fois, dit-elle en jetant un regard interrogateur à son fiancé.

— C'est possible, répondit Sam en m'enlaçant rapidement. La base aérienne de Peterson figure sur ma liste de rêves.

Beth se tourna vers Henry.

— Toi aussi, Henry. Bonne chance là-bas.

Il fronça les sourcils.

— Je ne vais que la conduire, puis je reviens immédiatement. Je ne reste pas.

Beth eut un petit sourire et je me demandai si elle savait quelque chose que j'ignorais.

— Oh, désolée, dit-elle.

Quoi qu'elle ait su, Henry n'était pas au courant. Nous nous regardâmes d'un air perplexe pendant que Beth et Sam partaient.

Je couchai chez Henry ce soir-là, dans le même lit que lui, blottie dans ses bras. Il ne fit aucune tentative d'ordre sexuel et ne voulut même pas parler avant que nous tombions endormis. Il m'embrassa simplement, me dit qu'il m'aimait et sombra tout de suite dans le sommeil.

———————

Le lendemain matin, il était parti quand je me réveillai. Après avoir pris une douche et m'être habillée, je le trouvai au comptoir de la cuisine, le petit déjeuner déjà prêt.

— Je ne voulais pas te réveiller, dit-il sans croiser mon regard pendant qu'il prenait une gorgée de café.

Il baissa la tête vers le journal qu'il était en train de lire.

Ravalant ma déception, je m'assis avec lui et mangeai tranquillement en lui jetant des coups d'œil. Il avait les yeux cernés de fatigue, mais il s'efforça de sourire quand il s'aperçut que je le regardais.

— Tu as bien dormi? lui demandai-je pour attirer son attention.

— Merveilleusement bien, dit-il en gardant les yeux sur le journal.

Je déposai ma tasse de café.

— Nous n'avons pas besoin de nous dire au revoir tout de suite, Henry. Nous avons encore beaucoup de chemin à faire ensemble.

Il leva finalement les yeux de son foutu journal.

— Je ne te dis pas au revoir encore.

— Alors, pourquoi j'ai l'impression que c'est ce que tu fais?

Je sentis les larmes me monter aux yeux et pris de profondes respirations pour ne pas éclater en sanglots.

Il me regardait avec intensité.

— J'ai le cœur brisé en ce moment, Elsie, fit-il doucement. Je fais tout ce que je peux pour m'empêcher de te supplier de rester.

Je baissai les yeux sur mon assiette pour cacher les larmes qui menaçaient de couler.

— T'aider à faire tes boîtes et te laisser partir, c'est la chose la plus difficile que j'aie jamais faite. J'étais sincère quand je t'ai dit que je voulais que tu réalises ton rêve. Cette attitude que j'ai, c'est seulement ma façon de tout intérioriser pour que tu ne sois pas plus triste.

Mais ce poids représentait déjà plus que ce que pouvait supporter mon cœur fatigué, alors je me levai pour le rejoindre. Je passai mes bras autour de lui et enfouis mon visage dans son cou, laissant éclater les sanglots que j'avais réprimés toute la semaine.

— Je t'aime, Henry.

Il m'étreignit de toutes ses forces.

— Tu as remporté la partie, dis-je. Tu m'as reconquise.

Il prit mon visage entre ses mains, puis me regarda, les yeux rouges et les joues humides.

— Merci de me faire de nouveau confiance, dit-il en me couvrant de baisers.

––––––––––

Je suivis tristement le camion de déménagement hors du quartier jusqu'à la route nationale. Je fis silencieusement mes adieux en passant devant les endroits que j'avais aimés, m'imprégnant de leur vue une dernière fois. J'avais eu tant de fois le cœur brisé pendant que j'avais vécu ici, mais c'était à Oklahoma City que j'avais le plus grandi et où j'étais vraiment devenue moi-même. Cette ville aurait toujours une place particulière dans mon cœur.

Quelque part le long de la Nationale 35, la voix d'Henry se fit entendre dans le talkie-walkie.

— Il y a une halte routière plus loin. Range-toi sur le côté, dit-il d'un ton urgent.

— Pourquoi ? Quelque chose ne va pas avec le camion ?

— Vite, range-toi ! C'est urgent.

Inquiète, je le suivis jusqu'à la halte routière et me garai à côté du camion. Mon cœur fit un bond dans ma poitrine quand la porte du camion s'ouvrit toute grande et qu'il sauta par terre en se précipitant vers moi. Je luttai avec ma ceinture de sécurité et sortis en me demandant ce qui pouvait bien nous arriver maintenant.

— Qu'est-ce qu'il y a ? criai-je une seconde avant qu'il me saisisse les côtés de la tête et m'embrasse si passionnément que j'en eus littéralement le souffle coupé. Il me pressa contre la voiture, son corps musclé me retenant prisonnière pendant qu'il continuait à m'embrasser.

J'ignore combien de temps dura ce baiser avant qu'il s'écarte finalement de moi.

— Il n'y avait pas d'urgence, dit-il en se mordant la lèvre inférieure pendant qu'il souriait. J'avais seulement besoin de faire ça, ajouta-t-il en retournant à grands pas dans le camion.

Ce ne fut pas la seule « urgence » du genre pendant le trajet.

D'après Google Maps, le trajet jusqu'à Denver était censé prendre neuf heures trente minutes, mais nous nous arrêtâmes presque à chaque restaurant pour nous embrasser, et il nous fallut deux heures de plus. Malgré tout, ça en valait la peine. Ça me rappelait les débuts de notre relation, quand nous ne pouvions pas nous rassasier l'un de l'autre même si le temps que nous allions passer ensemble était compté.

Nous arrivâmes au Holiday Inn de Denver vers vingt-deux heures. Nous étions si épuisés que nous nous mîmes au lit sans même dîner. J'avais l'intention de le séduire, de finalement lui faire l'amour encore une fois comme je me l'étais imaginé toute la journée, mais je m'endormis immédiatement.

Je me réveillai le lendemain matin en entendant la sonnerie de mon téléphone portable sur la table de chevet.

— Allô? fis-je d'une voix rauque.

— Mademoiselle Sherman? demanda une voix masculine. C'est Ian Lang, le directeur des appartements Heritage Creek. Je crois que nous avions un rendez-vous à neuf heures?

Je me redressai avec un sursaut, remarquant que l'horloge sur la table indiquait neuf heures quinze.

— Oh, mon Dieu, je suis désolée! lui dis-je en descendant du lit. Nous avons trop dormi.

— Pas de problème, mademoiselle Sherman, dit-il. Si vous pouvez arriver ici avant dix heures, je vais quand même pouvoir vous recevoir.

— J'y serai dans un quart d'heure.

Je jetai mon téléphone dans mon sac à main et enfilai mon jean, qui gisait en tas sur le plancher. Je fouillai dans mes bagages et y pris la première chemise que je trouvai, bleue avec un bouclier délavé du capitaine America, et la passai par-dessus ma tête. Je finis de m'habiller avant de me rendre compte que j'oubliais quelque chose, ou plutôt quelqu'un.

Je regardai par-dessus mon épaule Henry qui ronflait encore doucement et décidai de le laisser dormir. Le pauvre avait besoin de sommeil et, de plus, l'appartement que j'allais choisir en fin de compte ne le concernait pas. Alors, je partis sans laisser un mot.

L'immeuble se trouvait dans le quartier Glendale. L'appartement était moderne et lumineux. Même si le loyer était légèrement trop cher, il y avait une piscine, un spa et un centre de conditionnement physique. Mais ce qui me convainquit de le louer, ce fut sa proximité de mon lieu de travail et le sentier de jogging de l'autre côté de la rue.

Alors, c'est le cœur battant que je signai sur la ligne pointillée, m'approchant davantage de ma radieuse nouvelle vie.

Quand je revins à l'hôtel, Henry s'était douché et habillé, buvant son café tout en regardant la télé.

— Salut, fit-il d'un ton un peu sec. Ça s'est bien passé ?

— Oui. J'ai signé mon bail.

Il fronça les sourcils dans ma direction.

— Je pensais que nous y allions ensemble.

— Je suis désolée. Je ne voulais pas te réveiller, dis-je. De plus, ce n'était pas vraiment nécessaire que tu y sois. C'était peu de chose.

Il inclina la tête, les muscles de sa mâchoire tendus, mais ne dit rien.

Ça le dérangeait d'être mis à l'écart de mes décisions, mais nous savions tous les deux que ça ne le concernait pas. C'était de ma vie dont il s'agissait.

— Es-tu fâché que je ne t'aie pas emmené ?

Il haussa les épaules d'un air qui n'avait rien de nonchalant.

— Je pensais seulement que j'irais le voir avec toi. Pour pouvoir te dire ce que je pensais de l'endroit, du quartier, de l'état de l'appartement.

— Je suis parfaitement capable de faire tout ça moi-même. Je l'ai déjà fait.

Son visage était impassible quand il se retourna vers le téléviseur.

Je croisai les bras sur ma poitrine, douloureusement consciente de l'atmosphère qui s'était refroidie dans la pièce.

— J'ignore comment t'expliquer ça sans te blesser, alors je vais le dire carrément : je n'avais pas besoin de toi pour prendre ma décision.

Il se tourna vers moi et, plutôt que de me transpercer d'un regard glacial, il prit un air maussade.

— Je sais, dit-il. Ça me rend malade que tu n'aies pas besoin de moi dans ta vie.

— Nous avons vécu des années l'un sans l'autre. Nous pouvons le faire encore.

Et en prononçant ces paroles, je savais qu'elles étaient tout à fait vraies.

Il secoua vivement la tête et une mèche de cheveux noirs lui tomba sur le front.

— Pendant ces années sans toi, je ne vivais pas ; je survivais à peine, dit-il. Je veux seulement en connaître autant que je le peux sur ta nouvelle vie avant de repartir en Oklahoma et de simplement recommencer à survivre.

Je marchai jusqu'à lui et lui pris la main. Il la saisit et la serra.

— Bien, alors allons-y, fis-je en le mettant sur pieds. Allons voir mon appartement. Tu pourras vivre l'expérience de vider les boîtes avec moi.

44

RETOUR

Ce ne fut pas aussi difficile que je le craignais de décharger mes affaires puisque mes meubles étaient légers et que j'avais choisi un appartement au rez-de-chaussée. Seules ma grosse bibliothèque et ma commode nous causèrent des problèmes, mais avec l'aide d'un chariot manuel, nous pûmes les rentrer sans trop d'égratignures. C'était un travail exigeant, mais nous travaillâmes en équipe, sachant d'instinct quand l'autre avait besoin d'un coup de main. Nous plaçâmes les meubles où ils devaient aller, montâmes le lit et empilâmes les boîtes contre le mur.

— Et la pièce de résistance, dis-je en enfonçant un clou dans le mur au-dessus du manteau de la cheminée auquel je suspendis la peinture d'Henry. Est-ce qu'elle est droite?

Henry inclina la tête de côté et sourit.

— C'est parfait.

Je descendis de l'escabeau et me tins debout devant lui en lui tenant la main tandis qu'il admirait son œuvre.

— N'arrête pas de peindre. Tu as fait là quelque chose de merveilleux.

Il baissa les yeux vers moi.

— J'ai quelque chose de merveilleux juste ici, dit-il en portant ma main à sa poitrine et en la tenant contre son cœur.

Il bâilla.

— Je suis épuisé. Faisons une sieste, dit-il en me conduisant jusqu'au canapé et en me faisant asseoir devant de lui.

J'enfouis mon visage dans son cou, moulant mon corps dans les espaces creux entre ses muscles. Avec un soupir, je fermai les yeux. Je me concentrai sur le battement régulier de son cœur et son rythme m'entraîna dans le sommeil.

Je me réveillai un peu plus tard, les jambes et les pieds froids. J'essayai de me dégager de l'étreinte d'Henry, mais il me serra plus fort.

— Reste, murmura-t-il dans mes cheveux.

Si seulement il savait à quel point j'étais près de lui demander exactement la même chose.

— Je dois prendre une douche, dis-je plutôt.

— Mmm, bonne idée, fit-il en me relâchant puis en s'étirant, ses mains et ses pieds dépassant des accoudoirs du canapé.

— Ça me fera du bien.

Je souris, puis me levai pour aller chercher la boîte d'articles de toilette et pris tout ce dont j'avais besoin pour la douche. Je me sentais détendue après notre sieste jusqu'à ce que j'entre dans la salle de bain. En y trouvant Henry qui prenait beaucoup d'espace, je ressentis des papillons dans le ventre. Il y avait plus d'un an depuis que nous avions fait l'amour. Qu'est-ce qui arriverait si ce n'était pas aussi bon? Ou pire encore, qu'arriverait-il si c'était fantastique au point de me faire changer d'avis?

Voyant l'hésitation sur mon visage, Henry dit :

— Nous ne sommes pas obligés de faire quoi que ce soit.

Il retira sa chemise, exposant son torse musclé.

— Je pensais seulement que nous pourrions prendre notre douche ensemble pour économiser l'eau, termina-t-il.

Je dus éclater de rire pour dissimuler le tremblement de mes doigts. Je déposai les serviettes sur le comptoir et pris tout mon temps pour mettre les articles dans le bain. Henry s'apprêtait à descendre la fermeture de son jean quand je m'exclamai :

— Oh, nous n'avons pas de rideau de douche !

Il sourit, passa une main derrière la porte et fit apparaître une barre de métal avec les anneaux et le rideau déjà en place.

— Je m'en suis occupé, dit-il en étirant la barre pour la placer au-dessus du bain.

Je l'observai pendant qu'il travaillait, les muscles de son dos bougeant à chaque mouvement, jusqu'à ce que je ne puisse plus me retenir. Je me penchai et effleurai des lèvres le milieu de son dos.

Il figea. Je sentis un frisson le traverser. Il reprit son travail, manipulant la barre plus fébrilement. Je fis courir mes doigts le long de son dos pour obtenir une autre réaction.

— Oh, tu fais tout pour me provoquer, fit-il, les dents serrées.

Mon anxiété se transforma en gaieté ; je descendis son jean et lui pinçai les fesses à travers ses boxers.

— Pourquoi cette barre est-elle si difficile à mettre en place ? marmonna-t-il.

Je passai une main autour de lui et caressai son membre en érection.

— Oui, la barre est *vraiment* dure ; pour ce qui est de la mettre en place...

Il travaillait de plus en plus vite puis, avec un cri de triomphe, il se retourna pour me faire face.

— Viens ici, sale môme, dit-il en me prenant par la taille.

Il pencha la tête et frotta sa barbe de plusieurs jours contre mon cou, ses doigts caressant sans arrêt la peau sensible de mes hanches. Je rejetai la tête en arrière et éclatai de rire, essayant sans conviction de me dégager de son étreinte.

Mon rire cessa immédiatement quand je sentis la chaleur humide de sa langue sur mon cou pendant qu'il la faisait courir le long de ma mâchoire jusqu'à mes lèvres. Puis il m'embrassa, et toute ma nervosité s'évanouit, remplacée par une chose si palpable que je pouvais pratiquement la sentir dans l'air autour de nous.

Je m'écartai de lui tout en le regardant pendant que je me dés-habillais, ma confiance alimentée par la lueur de désir dans ses yeux. Quand je me tins debout devant lui, complètement nue, il glissa un doigt le long de ma clavicule jusqu'à ma poitrine et autour d'un sein avant d'en pincer le mamelon, puis il me regarda d'un air interrogateur.

Je lui agrippai le poignet et portai ses doigts à mes lèvres, les enfonçai dans ma bouche et me mis à les sucer tandis que j'acquiesçais.

— C'est le bon moment, dis-je.

— Tu en es sûre?

Alors même qu'il posait la question, il laissait tomber ses boxers sur le plancher.

J'acquiesçai de nouveau pendant que je regardais sa toison de son bas ventre jusqu'à son entrejambe, où sa queue se tenait au garde-à-vous. Était-ce possible qu'elle ait grossi au fil des années?

Je m'agenouillai pour la prendre dans ma bouche, mais il m'arrêta.

— Non, je veux que tu sois la première, dit-il en me hissant sur le comptoir.

Il m'écarta les cuisses, puis plaça mes jambes sur ses épaules et allait pencher la tête quand je l'agrippai par les cheveux.

— Arrête, dis-je. Je n'ai pas pris de douche depuis hier.

Il osa éclater de rire.

— OK, dit-il en tendant une main derrière moi vers le robinet.

Il remplit sa main d'eau qu'il frotta partout sur mon pubis et à travers les replis de mon sexe. Il répéta le geste, cette fois en frot-tant un peu plus lentement, un peu plus délibérément.

— Satisfaite? demanda-t-il pendant que son pouce caressait mon clitoris.

— Presque, répondis-je avant de me pencher vers l'arrière sur mes mains en m'ouvrant à lui.

Il m'agrippa les cuisses et, sans me quitter des yeux, descen-dit lentement son visage. Il frôla mon clitoris à quelques reprises du bout de sa langue et au moment même où j'allais crier de frustration, il plongea la tête entre mes cuisses et se mit à me lécher vigoureusement. Sa langue était à la fois dure et douce, épaisse et mince, tournant et léchant. Il n'y avait aucune délicatesse dans ses mouvements ; il était comme un concurrent impatient de commencer un concours du plus grand mangeur de tartes.

Je l'observai en me rendant compte que le fait de regarder sa langue s'enfoncer en moi m'excitait encore davantage. Puis sa bouche recouvrit mon pubis. Il leva les yeux vers moi et fronça les sourcils tout en poursuivant son assaut.

La pression s'accumula en moi jusqu'à ce que je rejette la tête vers l'arrière et que je jouisse violemment, mon sexe tremblant autour de sa langue pendant qu'il continuait de me dévorer.

Une seconde plus tard, sa langue avait disparu, remplacée par l'extrémité de son membre. Il se pencha vers moi en posant les mains de chaque côté de mes hanches et en me demandant, à quelques centimètres de mon visage :

— Tu me veux en toi ?

Je sortis la langue pour parcourir sa lèvre supérieure.

— Qu'est-ce que tu crois ?

Je passai une main autour de lui et agrippai ses fesses, l'attirant vers moi, en moi. C'était douloureusement délicieux de le sentir en moi après tout ce temps, m'ouvrant lentement pour le laisser me pénétrer.

Je me souvins de ses paroles sur les enregistrements alors qu'il avait déclaré avoir l'impression de revenir à la maison quand il était en moi. À ce moment, je comprenais exactement ce qu'il avait voulu dire.

Il se tint immobile, complètement enfoui en moi, tandis que ses yeux se fixaient sur les miens.

— Elsie, souffla-t-il quand je serrai son membre. Fais-le encore.

J'ignore comment il pouvait se tenir immobile, mais il ne bougea pas un muscle quand les parois de mon vagin le serrèrent encore et encore. Seule l'expression d'euphorique torture sur son visage révélait son combat intérieur.

Puis il commença à se mouvoir peu à peu jusqu'à ce qu'il se retire presque complètement, puis il s'enfonça de nouveau. Ses mains saisirent mes hanches pendant qu'il poursuivait son assaut, nos regards toujours rivés l'un à l'autre.

Au moment même où mon excitation recommençait à grimper, Henry se retira. Je le regardai d'un air mécontent en comprenant qu'il n'allait pas revenir immédiatement.

— Il est temps de prendre une douche.

Il haleta pendant qu'il m'aidait à descendre du comptoir.

— Pourquoi nous nous arrêtons? demandai-je alors que nous entrions dans le bain.

Il se tourna et ouvrit le robinet. Le jet lui frappa le dos, me protégeant du changement brutal de température.

— Je veux faire durer le plaisir, dit-il en faisant courir ses doigts le long de ma lèvre inférieure.

Je le mordis.

— Tu essaies seulement de me torturer.

Il leva un sourcil.

— Tu as déjà joui une fois, tu te souviens?

Je me léchai la lèvre.

— J'en veux plus.

Je passai derrière lui si bien que l'eau me frappait le dos et je tendis la main pour prendre le savon. Je frottai sa large poitrine, puis savonnai ses cheveux noirs. Mes mains s'aventurèrent plus bas, massant les contours de ses pectoraux.

— Mmm, tu es affamée, dit-il.

Il saisit mon poignet et guida ma main plus bas.

— Il faudrait que tu te concentres sur cette zone, ajouta-t-il. Je suis vraiment, vraiment sale à cet endroit.

Je tins son membre en érection dans ma main et me servis du savon pour le caresser de la base jusqu'à l'extrémité en un mouvement de va-et-vient. Il gémit alors que l'eau évacuait le savon et provoquait davantage de friction.

— C'est mon tour, dit-il.

Il me savonna, passant davantage de temps sur chacun de mes seins, les massant tendrement. Il me leva une jambe, faisant reposer mon pied sur le rebord du bain, puis s'agenouilla pour me laver l'entrejambe. Il remonta ses doigts jusqu'entre mes fesses, l'un d'eux s'arrêtant à mon anus, puis revenant vers l'avant. Quand le savon eut disparu, il pencha la tête et lécha l'intérieur de ma cuisse, du genou jusqu'à mon sexe, où il mordilla ma peau frémissante.

Puis il se leva, me dominant de toute sa hauteur, et me retourna, le dos contre le mur froid. Il tint mes poignets au-dessus de ma tête d'une main pendant que, de l'autre, il relevait ma cuisse. Il plia les genoux et poussa sa queue en moi en même temps que sa langue envahissait ma bouche, me plaquant contre le mur de tout son corps. Son membre frottait mon clitoris tandis qu'il entrait et sortait, provoquant la plus délicieuse sensation, puis il libéra mes poignets et joignit ses mains sous mes genoux, me soulevant et portant tout mon poids tandis qu'il me baisait.

— C'est tellement bon, dit-il entre ses dents.

Mes lèvres parcouraient son visage, embrassant le creux dans son menton et la barbe de quelques jours sur sa mâchoire carrée. Il était tout et partout, et je l'aimai et le serrai contre moi comme s'il n'y avait pas de lendemain.

Quand je sentis ses muscles se tendre, je le serrai plus fort encore et accélérai mon propre orgasme imminent. Il haletait tout en continuant à plonger en moi au moment où il commença à jouir.

— Je t'aime tellement, Elsie, fit-il d'une voix rauque, et je vins en entendant ses paroles, l'intérieur de mon corps tremblant avec autant d'intensité que les émotions qui me traversaient.

Je posai ma joue contre la peau trempée de son épaule, éperdue d'amour pour cet homme. Il était mon commencement, mon milieu et ma fin inévitable.

Nous fîmes encore l'amour sur mon lit avant de tomber endormis d'épuisement. Mon corps était fourbu, mais c'était mon cœur qui éprouvait le plus de fatigue. J'étais heureuse que le sommeil m'emporte, parce que j'étais certaine que je serais demeurée éveillée toute la nuit en essayant de trouver une bonne raison pour ne pas déménager.

Cette nuit-là, je rêvai à Jason, mais, contrairement à mes rêves précédents, il y était vivant. Nous étions tous deux encore enfants, assis sur notre perron à Monterey, attendant l'autobus scolaire. Je ne pouvais pas entendre de quoi nous parlions. Je ne voyais que nos bouches qui bougeaient. Puis nous nous arrêtâmes pour regarder approcher un Henry adulte. Il s'assit près de nous sur les marches, puis se joignit à la conversation avec sa voix profonde, graveleuse.

L'autobus arriva et s'arrêta devant nous avec un crissement aigu, puis Jason et Henry grimpèrent à bord. Je demeurai assise sur ce perron et regardai les portes du bus se refermer, tandis qu'il s'éloignait de mon perron solitaire et de moi.

Au matin, je me réveillai en sentant mon épaule se couvrir de baisers. Quand j'ouvris les yeux, je découvris Henry, la bouche ouverte autour de mon sein et me caressant de sa langue.

— Bonjour, dit-il contre ma peau avec un petit sourire sexy, les cheveux encore tout ébouriffés.

— Bonjour.

J'arquai le dos et m'étirai pendant qu'il continuait à adorer mon corps, portant son attention sur l'autre sein. Il glissa ses bras sous mon dos, m'embrassant le cou pendant qu'il me plaçait en position assise.

Je passai mes bras autour de ses épaules et fis courir mes ongles sur sa nuque, gémissant pendant qu'il mordillait ma mâchoire.

Nous évitâmes de parler du fait qu'il partait aujourd'hui pour ramener le camion à Oklahoma City. Nous ne parlâmes pas de ce que l'avenir nous réservait. Nous nous contentâmes de nous tenir serrés l'un contre l'autre pendant qu'il se glissait en moi et nous fîmes l'amour pour la dernière fois.

Je commençai à bouger, montant et descendant sur lui, mais c'était loin d'être suffisant ; j'avais besoin d'Henry tout entier. J'accélérai le rythme, le serrai plus fortement, mes doigts lacérant ses épaules alors que je poussais les muscles de mes jambes — et aussi mon cœur — au-delà du point de non-retour.

Les mains chaudes d'Henry caressèrent mon dos, puis descendirent pour agripper mes fesses.

— Ralentis, Elsie, murmura-t-il. Nous avons du temps.

— Non, répondis-je en maintenant la cadence.

Beaucoup trop tôt, mes jambes cédèrent et je m'effondrai sur lui, profondément frustrée. J'enfouis mon visage dans son cou et pleurai, incapable de réprimer ma tristesse plus longtemps. Mes larmes dévalèrent le long de ma joue jusque sur son dos alors que je m'accrochais à lui, le tenais si serré contre moi que je nous imaginais nous fondre l'un dans l'autre ; peut-être qu'alors nous ne pourrions plus jamais nous quitter.

Il avait les yeux rougis quand il s'écarta. Il tint mon cou dans ses mains et frotta mes joues de ses pouces pendant que la douleur marquait son visage.

— Ça n'est pas terminé, dit-il, les narines palpitantes. Rien ne me tiendra éloigné de toi.

Il m'embrassa tendrement en commençant à soulever les hanches, me portant parce que j'étais trop paralysée de tristesse pour bouger.

— Je t'aime, Henry, dis-je encore et encore contre sa bouche.

Je vins la première, mon corps tout entier frémissant pendant que je l'embrassais désespérément. Puis il jouit à son tour, me retenant sur lui comme s'il avait l'intention de ne jamais me laisser partir.

Trop tôt, le moment vint de nous dire au revoir. Nous essayâmes de le repousser avec un petit déjeuner élaboré (qui, bien sûr, l'obligea à fouiller dans les boîtes pendant que j'allais à l'épicerie), mais

388 • JUNE GRAY

après notre deuxième tasse de café, nous sûmes que nous ne pouvions plus retarder cet instant.

Il pleuvait quand nous franchîmes le seuil et traversâmes le sentier de ciment vers le stationnement. J'étais collée à lui, pressée contre sa hanche alors que nous nous serrions sous mon ridicule petit parapluie usé par les années.

— Conduis prudemment et appelle-moi quand tu arriveras, dis-je pour combler le silence. Merci de m'avoir aidée à déménager.

Il m'embrassa le sommet de la tête.

— Je t'en prie.

Nous atteignîmes le camion et restâmes là un long moment, aucun des deux ne voulant lâcher l'autre. Finalement, nous nous séparâmes et nous fîmes face.

— Alors..., dit-il en jouant nerveusement avec les clés dans sa poche de jean.

Je rassemblai mon courage pour poser *la* question. Je ne savais pas trop à quoi m'attendre, mais j'avais besoin de connaître sa réponse.

— Henry, pourquoi tu ne m'as pas demandé d'emménager avec moi ?

Il plissa les lèvres en me regardant.

— Parce que mes désirs pourraient embrouiller les tiens. Tu as besoin de prendre des décisions qui sont dans ton propre intérêt.

— J'apprécie ça, dis-je, aucunement surprise d'entendre sa réponse logique, diplomatique, pourtant, je ne pouvais m'empêcher d'éprouver un frisson de déception.

— Avant de partir, il y a une chose que je dois te donner, dit-il en enfonçant sa main dans sa poche.

Mon cœur fit un bond dans ma poitrine.

— Qu'est-ce que c'est ?

Il tendit la main, ses doigts refermés sur l'objet.

— Quelque chose qui t'appartient.

Il déplia ses doigts en faisant apparaître non pas une bague de diamants, mais une pierre tout à fait différente qui avait la forme d'une étoile tordue.

J'eus l'impression de recevoir un coup au ventre. Jusqu'à ce moment, j'ignorais à quel point je souhaitais qu'Henry reste, à quel point je voulais l'épouser et vieillir avec lui.

— Je ne la veux pas, dis-je, mais il insista en la pressant dans ma main jusqu'à ce que, finalement, je la garde.

— C'est seulement temporaire, Elsie, dit-il en portant mon poing à sa joue. Quand tu seras prête, fais-le-moi savoir.

J'acquiesçai et levai la tête pour l'embrasser, fixant dans ma mémoire chaque goût, chaque sensation, me créant des souvenirs auxquels je pourrais m'accrocher pendant les prochaines semaines. Il n'y avait plus de force dans ce baiser, seulement une triste acceptation.

Les muscles de sa mâchoire palpitaient quand il s'écarta, ses yeux bleus me regardant de la tête aux pieds. Il m'embrassa le front une dernière fois.

— Ne m'oublie pas, dit-il avant de grimper dans le camion.

Le cœur brisé, je le regardai reculer, puis sortir du stationnement et de ma vie. Le monde se referma sur moi, m'étouffant jusqu'à ce que je cherche mon souffle.

Je me tournai vers les appartements et refermai le parapluie, laissant la pluie m'inonder le visage pour tenir compagnie à mes larmes. Je baissai les yeux sur cette stupide pierre dans ma main, lui reprochant tout ce qui n'allait pas dans ma vie. Je refermai les doigts dessus, désirant de tout cœur la lancer dans les fourrés, mais je savais que je me précipiterais immédiatement et m'agenouillerait pour la chercher. Il y a simplement dans la vie des choses qui ne valent pas la peine qu'on les perde.

Je n'avais conscience que de la pluie et des battements sourds de mon cœur, alors quand j'entendis appeler mon nom, je pensai rêver.

Puis j'entendis de nouveau crier.

— Elsie !

Je me retournai à temps pour voir Henry sauter du camion et courir vers moi. Il faillit me renverser quand il m'atteignit, mais il me rattrapa et me stabilisa.

— Je n'ai pas pu y arriver, dit-il en pleurant avant de prendre ma tête entre ses mains et de m'embrasser désespérément. J'ai tourné le coin de la rue et j'étais incapable de me forcer à partir. Je serais le plus parfait imbécile sur la planète si je te quittais de nouveau. Je t'aime, Elsie. Je veux que tu sois heureuse et que tu réalises ton rêve, mais je ne peux pas prétendre que je ne veux pas être à tes côtés tout au long. Je veux faire partie de ta vie pour toujours, termina-t-il en couvrant mon visage de baisers.

Je me délectai de la chaleur de ses lèvres et du pouvoir des deuxièmes chances.

— Je le veux aussi. Je veux que tu restes avec moi.

— Vraiment ? demanda-t-il. Tu en es sûre ?

— Je le souhaite plus que tout au monde, dis-je dans un sanglot joyeux.

Il glissa de nouveau la main dans sa poche.

— Je ne veux pas vivre un jour de plus sans toi, Elsie, fit-il en me prenant la main. J'ai fait de terribles erreurs, mais je sais, je *sais*, que si je pars maintenant sans te poser cette question, je vais le regretter pendant le reste de ma vie.

Il s'agenouilla sur le sol trempé, tenant l'anneau au bout de son doigt.

— Je sais que j'ai trahi ta confiance, mais si tu me le permets, je vais passer le reste de ma vie à essayer de me faire pardonner. Je te demande seulement… de m'épouser.

Je tombai à genoux devant lui et fis glisser l'anneau le long de mon doigt.

— Oui, répondis-je en souriant d'un air radieux. Je vais t'épouser, Henry.

Il laissa échapper un rire de soulagement et m'attira contre lui, me soulevant en même temps qu'il se relevait. Je passai mes bras autour de son cou et me contentai de le regarder tandis qu'il me transportait le long du sentier.

Ma vision d'Henry était peut-être brouillée par les larmes et la pluie, mais ce que je ressentais pour lui était clair comme le cristal. Les années pendant lesquelles nous avions été séparés — la douleur et la colère —, tout cela s'évanouit jusqu'à ce qu'il ne reste plus que nous deux.

45

BONHEUR ÉTERNEL

— Tu es prête? demanda Henry en arrivant derrière moi et en posant son menton sur ma tête.

— Attends. Une dernière chose, dis-je en mettant une dernière touche à l'image sur mon écran et en la sauvegardant.

Pendant que j'envoyais par courriel le fichier au concepteur novice de mon équipe, je jetai de nouveau un coup d'œil à mon anneau, au diamant de taille princesse posé sur une simple bande de platine qui entourait mon doigt.

— Parle-moi encore de cette bague, dis-je, quelque peu gênée de révéler qu'après quatre mois passés, j'étais toujours hypnotisée par elle et par ce qu'elle symbolisait.

— Tu as déjà entendu cette histoire.

— J'aimerais l'entendre encore, fis-je en me penchant contre le dossier de ma chaise d'ordinateur pour lever les yeux vers mon fiancé.

Il laissa échapper un soupir d'impatience, mais me raconta quand même l'histoire.

— Après que tu m'eus accordé trois rendez-vous, je suis allé chez BC Clark et je l'ai achetée. La femme au comptoir m'a posé des questions à ton sujet pour m'aider à choisir celle qui te conviendrait le mieux.

— Et qu'est-ce que tu lui as dit à propos de moi?

Il fit tourner la chaise, puis se pencha, ses mains sur les accoudoirs pendant qu'il me faisait face.

— Que tu es une sale môme, répondit-il en me pinçant le nez, et que tu portes des bijoux simples et classiques.

— Quoi d'autre? insistai-je en souriant.

J'avais entendu l'histoire plusieurs fois, mais je pensais ne jamais me fatiguer de l'écouter.

— Je lui ai parlé de nos trois rendez-vous et je lui ai dit que tu m'avais posé un défi pratiquement impossible à relever. Elle m'a répondu que cette bague, que cette babiole dispendieuse, allait sûrement me faire pardonner, et j'ai secoué la tête en lui disant que je n'essayais pas d'acheter ton pardon ou ton amour. Je voulais que cette pierre remplace l'autre.

Il me regarda dans les yeux, puis eut un sourire contrit.

— La journée où j'allais te quitter à Denver, j'avais les deux dans mes poches et je n'arrêtais pas de les manipuler en me demandant laquelle te donner. Je voulais te donner la bague, mais j'ai pensé qu'il valait mieux que ce soit la pierre, dit-il. C'est une bonne chose que je ne fasse pas toujours ce qu'il faut.

Je l'embrassai tendrement sur les lèvres. Quatre mois s'étaient écoulés depuis cette proposition sous la pluie, quatre mois depuis qu'Henry m'avait donné la bague et retardé d'une journée son retour à la maison. Il était resté en Oklahoma quelques semaines de plus pour me laisser libre de réfléchir, pour que je m'habitue à mon travail et à ma nouvelle vie. En fin de compte, j'avais pris une des meilleures décisions de ma carrière en acceptant ce boulot. Il m'était maintenant possible de vivre dans les deux univers de la conception en étant à la fois directrice artistique et conceptrice en chef. Parfois, je pouvais même travailler chez moi.

Henry avait mis ses affaires en ordre en Oklahoma avant de déménager pour de bon au Colorado. Il avait abandonné le dépôt qu'il avait fait pour la maison qu'il louait, vendu la plupart de ses affaires et annulé sa demande auprès du Service de police d'Oklahoma City, puis recommencé tout le processus à Denver.

Pour le moment, il vivait chez moi et c'était presque comme dans le bon vieux temps, sauf que je n'avais pas une autre chambre où m'échapper quand la situation devenait trop étouffante. Heureusement, je n'avais signé qu'un bail de six mois, alors nous allions pouvoir trouver un appartement plus grand très bientôt.

Ai-je complètement pardonné à Henry? J'aime le croire, mais je garde encore une certaine anxiété, l'inquiétude qu'il pourrait partir à tout moment me taraudant encore de temps en temps. Mais, respectant sa parole, il était là jour après jour, construisant une vie avec moi.

— Tu es prête? demanda-t-il, debout à côté de nos bagages à l'entrée.

J'éteignis l'ordinateur et inclinai la tête. J'attrapai mon blouson de cuir et mon sac à main, et nous plaçâmes les bagages dans la Volvo.

Le vol jusqu'en Californie dura sept heures. Nous avions une correspondance à Phoenix, alors c'était le soir quand nous arrivâmes à Monterey.

Nous pensions que ce serait mon père qui viendrait nous chercher, mais c'était Helen, la mère d'Henry, qui nous attendait derrière la barrière, un sourire enthousiaste sur le visage.

Elle m'embrassa d'abord, puis lança un petit sourire fier à son fils avant de l'attirer dans ses bras. Henry garda les lèvres serrées tout au long, mais je perçus dans ses yeux une lueur qui ressemblait beaucoup à de l'optimisme.

Je demandai à Helen de garer son auto chez elle pour qu'Henry et moi puissions simplement marcher jusqu'à la maison de mes parents. La lune brillait dans le ciel nocturne, illuminant les rues d'une douce lumière bleutée. J'espérai de tout cœur que les prochains jours soient tout aussi beaux et chauds.

— À quoi penses-tu? demanda Henry pendant que nous marchions jusqu'à la maison.

— J'espère qu'il ne pleuvra pas dimanche, répliquai-je.

Nous nous tenions devant l'entrée en nous regardant sans un mot.

— J'ai du mal à croire que ça arrive vraiment, fit Henry en brisant le silence.

— Il n'est pas trop tard pour changer d'avis, blaguai-je faiblement.

Il me toucha la joue.

— Il n'est pas question que je change d'avis. Tu es coincée avec moi pour toujours.

Il écarta les bagages et s'approcha de moi.

— Je n'arrive simplement pas à croire que dans deux jours, je serai ton mari et toi, ma femme. S'il y a une chose, c'est que j'ai un peu peur que ça n'arrive pas du fait que je le veuille tellement.

— Ça va arriver, dis-je en lui touchant la joue.

Il penchait la tête pour m'embrasser quand la porte s'ouvrit tout à coup et que Will sortit, interrompant ce moment d'intimité.

— Hé, grand-maman, ils sont là! cria-t-il par-dessus son épaule.

Il me saisit la main et la tira.

— Venez.

Henry secoua la tête en prenant les bagages, un petit sourire jouant sur ses lèvres.

— Ce jeune a élevé l'interruption jusqu'au niveau d'un art, marmonna-t-il. Exactement comme son père.

Ce soir-là, Julie dormit dans la chambre d'amis de la maison de mes parents pendant que Will avait l'immense plaisir de dormir dans l'ancienne chambre de Jason. Ma mère avait pris bien soin de sortir les vieux jouets et les photos de Jason et de les lui montrer. Il était captivé. J'ignore s'il comprend maintenant qu'il dort dans le même lit que son père utilisait ou qu'il joue avec les mêmes jouets, mais j'espère qu'un jour, il en viendra à connaître un tant soit peu Jason à travers ce qui lui avait appartenu. Peut-être qu'alors, Will ne grandira pas en ayant l'impression de n'avoir jamais connu son père d'aucune façon.

———————

La veille du mariage fut une journée complètement folle. Tout le monde courait pour finir les préparatifs de dernière minute. Julie, maman et moi nous affairions fébrilement à terminer les décorations, à rassembler les fleurs pour les centres de table et à remplir de cire les coquillages pour qu'ils servent de chandelles. Pendant ce temps, papa et Henry travaillaient dans le garage pour finir de construire l'arche qui allait constituer notre arrière-scène pendant la cérémonie. Comme à l'habitude, les parents d'Henry étaient débordés de travail, mais ils arrivèrent suffisamment tôt pour nous prêter main-forte.

La répétition du repas ne comprenait que les deux familles partageant la même salade et la même lasagne chez les Logan. C'était confortable et chaleureux, plein de rires et d'énergie nerveuse. Je tournais constamment les yeux pour voir Henry qui me regardait et nous échangions un petit sourire discret.

— À Elsie, dit mon père vers la fin du repas en m'adressant un regard chaleureux. Tu seras toujours ma petite fille.

Nous portâmes un toast.

— Et à Henry, poursuivit-il, qui a essayé d'infiltrer ma famille pendant des années et qui, semble-t-il, a finalement réussi.

Nous éclatâmes tous de rire en portant le toast, le ventre plein et le cœur débordant de joie.

———————

Finalement, le grand jour arriva et ce fut le chaos dans toute la maisonnée. Ma mère courait dans tous les sens pour s'assurer que

398 • JUNE GRAY

chacun était prêt et elle faillit devenir folle jusqu'à ce que Julie la calme et lui dise qu'elle allait l'aider à terminer les décorations.

— Et Will ? demanda-t-elle, les cheveux à moitié coiffés.

— Je suis prêt ! s'exclama Will, debout dans son petit costume brun clair et sa cravate bleue.

— Tu es magnifique, dis-je alors que les larmes me montaient aux yeux en souhaitant pour la millionième fois que Jason soit présent pour assister à la célébration.

Je pris de profondes respirations pour me remettre les idées en place et empêcher que les larmes ruinent mon maquillage.

On livra le gâteau chez nous, un truc à trois étages, entièrement blanc, avec des décorations en forme de vagues au bas de chaque couche. Sur le dessus se trouvait le fameux mot « amour » en bleu auquel on avait enlevé le O pour le remplacer par l'étoile tordue. C'était parfait.

Je ne pus l'apercevoir qu'un bref instant avant qu'on l'apporte, avec les autres décorations, à l'endroit où nos pères s'occupaient des installations sur la plage.

Je portais une longue robe sans manche de style sirène avec une ceinture ornée de perles et trois étages d'organdi froissé en bas du genou, et mes cheveux bouclés étaient retenus sur le côté par une pince de cristal. Quand j'eus fini de m'habiller, je restai debout devant le miroir, complètement ébahie par la personne que me renvoyait mon regard. Elle était absolument radieuse.

Derrière moi, ma mère avait les larmes aux yeux. J'avais toujours su qu'elle pleurerait à mon mariage, mais je n'étais aucunement préparée à la voir fondre en larmes aussi tôt.

— Tu es superbe, ma chérie, dit-elle en écartant une boucle de mon épaule.

Elle m'étreignit par-derrière et nous nous regardâmes dans le miroir, nous délectant de ce moment doux-amer.

— Une histoire se termine et une autre commence, ajouta-t-elle.

Je lui saisis les poignets et enserrai ses bras un peu plus autour de moi.

— Je t'aime, maman. Merci d'avoir cru en Henry même quand je ne croyais pas en lui.

Au moment où je sortis de ma chambre, mon père était revenu de la plage. Il me regarda d'un air plus qu'étonné et avec peut-être une touche de tristesse.

— Ma petite Elsie, dit-il en me serrant vigoureusement dans ses bras. Tu as grandi trop vite.

Nous roulâmes ensemble jusqu'à la plage de Carmel et j'attendis dans la voiture pendant que les invités prenaient place. Assise dans cette voiture, je tremblais littéralement de nervosité et me demandai comment tout cela avait fini par arriver. Comme si elle lisait dans mes pensées, Julie m'envoya sur mon téléphone une photo de la plage — des chaises, de l'arche drapée de gaze et du beau fiancé arrivant avec ses garçons d'honneur.

Cette minuscule photo rendait la chose encore plus réelle. Ça arrivait vraiment. J'étais vraiment sur le point de me marier.

Avant que la panique s'empare de moi, Henry m'envoya un message qui me ramena à la réalité : *Où es-tu ?*

Je souris en l'imaginant près du prêtre en train de m'expédier un message texte.

J'attends dans l'auto. Où es-tu ?

Je suis ici, Elsie. Je t'attends.

———

Puis le moment vint de descendre ces marches ensablées jusqu'à la plage, où on avait installé deux sections de chaises pliantes en bois et décoré l'allée de gaze et de fleurs pâles. Au bout se trouvait l'arche et, sous elle, le prêtre avec sa bible dans les mains. La photo m'avait donné une idée de ce à quoi je devais m'attendre, mais la réalité réussit quand même à me couper le souffle.

— Tu es prête, ma chérie ? murmura mon père en me présentant son bras.

Je soulevai le bouquet de roses en papier, serrant contre moi la médaille de la bravoure de Jason à l'intérieur de ma robe, puis joignis mon bras à celui de mon père.

— Tu l'es? le taquinai-je.

Même s'il souriait, ses yeux étaient humides.

— Je ne le serai jamais.

Le violoniste entama une musique lente, pleine d'espoir, et nous commençâmes à avancer. Julie et Beth marchaient devant dans leurs robes bleu marine et, bientôt, les accords de la marche nuptiale s'élevèrent dans l'air. Papa et moi avançâmes sans nous presser pendant que je regardais chaque visage autour de moi en essayant de sourire à chacun des membres de notre famille et de nos amis. Trop tôt, nous atteignîmes le bout de l'allée et je me permis finalement de regarder Henry.

Il me fixait intensément de ses yeux bleus, l'expression de son visage presque indéchiffrable, mais quelque part dans ce fouillis d'émotions, je vis celle que je cherchais : la certitude. Je laissai échapper le souffle que je retenais depuis des mois, émergeant finalement des profondeurs de l'insécurité.

Mon père m'embrassa la joue avant de me rendre à Henry en lui serrant la main. Il lui donna une petite claque sur l'épaule et dit :

— Prends soin d'elle, fiston.

Henry exécuta un salut parfait et dit :

— Oui, monsieur.

Puis nous nous retrouvâmes tous les deux, Henry et moi, sous le ciel d'un bleu immaculé. Les vagues derrière nous jouaient une symphonie apaisante alors que le prêtre commençait la cérémonie, souhaitant à tous la bienvenue pour ce moment où nous joignions nos cœurs.

Je ne pouvais détourner le regard d'Henry, de son beau visage, de son costume kaki et de sa cravate bleue qui s'agençait à ses yeux. Ses cheveux étaient peignés vers l'arrière, mais quelques boucles folles s'agitaient dans le vent venu de l'océan.

— Tu es magnifique, me souffla-t-il.

Je lui souris, trop submergée d'émotions pour bouger. Je me contentai de lui serrer la main davantage en espérant ne jamais me réveiller de ce rêve. Quand vint le temps d'échanger les anneaux, Henry s'accroupit près de son petit garçon d'honneur.

— Tu as les anneaux, mon pote ?

Will inclina la tête et glissa la main dans la poche de son pantalon. Il se pencha vers Henry et dit :

— Je voulais que tu maries ma mère.

Je luttai pour contenir mon rire, mais Henry secoua simplement les épaules.

— J'épouse ta tante, alors je serai ton vrai oncle.

— Je voulais que tu sois mon père.

— Les oncles, c'est mieux que les pères, dit-il pour que seuls Will et moi puissions l'entendre. Les pères doivent faire appliquer les règlements. Par contre, les oncles peuvent être *cool* et acheter plein de jouets et te gâter sans gêne.

Un sourire s'épanouit sur le visage de Will.

— Tu as raison ! C'est mieux !

Henry se releva avec les anneaux dans la main et j'eus le temps d'apercevoir l'expression abattue sur son visage avant qu'elle ne soit remplacée par un sourire.

— Jason est ici, lui murmurai-je pendant qu'il prenait ma main gauche. Il est ici avec nous.

Puis le moment arriva de prononcer nos vœux devant Dieu et nos témoins.

Henry devait parler d'abord. Il prit une profonde inspiration avant de commencer.

— Moi, Henry Logan, je te prends toi, Elsie, comme épouse telle que tu es. Je promets de t'aimer, de te respecter, et de t'encourager à travers les triomphes et les embûches de notre vie à deux. Je m'engage avec amour et loyauté à partager avec toi le reste de ma vie.

»Elsie, je n'ai pas toujours fait ce qu'il fallait, mais je te promets que je vais m'efforcer de devenir l'homme que tu mérites. Je t'aimais alors, je t'aime maintenant et je t'aimerai toujours.

J'essuyai une larme en lui tenant la main, l'anneau nuptial en équilibre sur son doigt. Il me fallut une minute pour rassembler mes esprits, pour m'empêcher d'éclater en sanglots, mais j'y parvins finalement.

— Moi, Elsie Sherman, je te prends toi, Henry, comme époux tel que tu es, commençai-je doucement. Je promets de t'aimer, de te respecter, et de t'encourager à travers les triomphes et les embûches de notre vie à deux. Je m'engage avec amour et loyauté à partager avec toi le reste de ma vie.

Le prêtre ouvrait la bouche pour poursuivre quand je secouai la tête dans sa direction. La foule poussa un petit gloussement.

Je me tournai vers mon époux.

— Je t'aime, Henry. Ces mots ont une longue histoire. Ils sont issus de toute une vie de rires et de larmes. Alors quand je les prononce, j'espère que tu ressens le poids de mes paroles parce qu'elles renferment toutes mes espérances. Elles portent toutes mes espérances.

Henry n'attendit pas que le prêtre prononce les paroles officielles. Il me prit simplement le visage entre ses mains et m'embrassa devant tous nos amis et nos familles, devant la mer infinie, et devant qui que ce soit qui aurait pu regarder de là-haut.

Et nous étions mariés.

———

La réception était toute simple. Nous montâmes deux tables de bois chaulées et plaçâmes les chandelles en coquillage et les bouquets de fleurs en une rangée au milieu. Les couverts représentaient un joli mélange d'assiettes dépareillées et d'argenterie avec une minuscule étoile de mer attachée à chaque serviette de table blanche.

Quand le soleil se coucha, on alluma les chandelles et notre petit groupe brilla dans la nuit. Papa et moi dansâmes sur le sable pendant qu'Henry dansait avec sa mère.

Il y eut quelques anicroches — de la cire répandue sur les coquillages et sur la table, des serviettes de table qui s'envolèrent au vent et du sable qui s'infiltra partout —, mais nous nous en fichions. Rien de cela n'avait d'importance.

Après le repas, Henry et moi exécutâmes sous les étoiles notre première danse en tant que mari et femme. Hass joua une version acoustique de *I Won't Let You Go* de James Morrison sur sa guitare pendant qu'Henry me prenait par la taille et m'attirait contre lui, déposant un baiser sur mon front. Je penchai la tête contre la poitrine de mon époux, respirant son odeur fraîche, maintenant certaine que d'un moment à l'autre, toute cette joie et cet amour en moi allaient me faire m'envoler. Seuls les bras puissants d'Henry me retinrent.

— Je suis là, Elsie, dit-il contre mon oreille en tenant ma main contre son cœur pendant que nous tanguions. Je te garde pour toujours.

Tournez la page pour découvrir une nouvelle
inédite sur la lune de miel d'Henry et d'Elsie.

REPOS ET RÉCUPÉRATION

— Cet endroit est... euh... intéressant, dit Henry à l'instant où nous entrions dans la pièce.

Il plissait les lèvres devant le décor ringard du chalet près de la mer. Les murs étaient recouverts de lattes chaulées et les meubles étaient tous en rotin blanc, même la tête de lit. Presque chaque surface était parsemée de coquillages réels et en plastique.

Il déposa les bagages sur le plancher de bois usé et franchit la seule autre porte dans la pièce, peinte en bleu délavé.

— Eh bien, au moins, nous avons notre propre salle de bain.

— Nous n'aurons pas à partager la chambre avec d'autres invités, alors, lui criai-je en ouvrant les rideaux blancs à dentelle et en jetant un coup d'œil à la rue déserte et à la petite cabane abandonnée de l'autre côté de la route avec un grand panneau « À vendre » dans sa fenêtre brisée.

Je souris pour moi-même. Cet endroit avait certainement ses charmes.

— Cet endroit ne ressemble pas *du tout* à ce qu'ils disaient sur le site Web, fit Henry qui sortait de la salle de bain en secouant la tête.

— Je trouve ça plutôt mignon.

Henry haussa un sourcil.

— Mignon ?

J'indiquai la fenêtre du pouce.

— Ouais, comme est mignon le clochard au coin.

— Il n'y a pas...

Il marcha jusqu'à la fenêtre et jeta un coup d'œil à l'extérieur. Il laissa échapper un soupir exaspéré.

— Parmi tous les gîtes du passant à Key West, j'ai choisi le plus minable.

Je l'enlaçai par-derrière, pressant ma joue contre son dos.

— Ça va, Henry, dis-je. Du moment où nous sommes ensemble.

Il saisit mes mains et les porta à ses lèvres.

— Ce n'est pas comme ça que j'envisageais notre lune de miel, Elsie. Je voulais quelque chose de luxueux et de joli pour toi.

— C'est parfait, insistai-je.

Nous n'avions pas pu nous permettre le voyage à Prague que nous avions envisagé, alors nous avions choisi un endroit un peu plus près de chez nous. Key West, avec ses eaux chaudes et son atmosphère dynamique, semblait une merveilleuse solution de rechange.

Henry se retourna dans mes bras et prit mon visage entre ses mains.

— Tu en es sûre ? demanda-t-il, les sourcils froncés. Nous pouvons prendre une chambre au Waldorf Astoria.

Je secouai la tête.

— Nous n'en avons pas les moyens.

Nous avions tous deux vidé nos comptes d'épargne après le mariage en versant une mise de fonds sur une maison à Cherry Creek, au Colorado ; c'était un petit miracle que nous ayons même réussi à nous payer une lune de miel. Je n'allais pas commencer à chercher la petite bête parce que, en fin de compte, j'étais avec Henry, nous étions en bonne santé et nous étions en amour. Tout le reste était sans importance.

— Que dirais-tu du Best Western, alors ? demanda-t-il avec un sourire taquin.

Je le serrai contre moi.

— Ce gîte du passant est parfait. Vraiment.

Il m'embrassa le front en inspirant profondément.

— C'est seulement que je voudrais te donner bien davantage.

Je m'écartai et marchai jusqu'au lit à simples couvertures blanches et m'étendis en me penchant sur les coudes.

— Alors, donne-le-moi, dis-je de ma voix la plus séductrice possible.

Henry passa les mains derrière son cou et retira sa chemise d'un mouvement rapide, puis s'avança vers moi tout en descendant la fermeture éclair de son short.

Je parcourus des yeux son corps ferme et anguleux, le complément parfait de mon corps doux et lisse.

Le visage sérieux, il se pencha sur moi et m'embrassa avec la même passion que nous avions éprouvée depuis le début. Il glissa ses mains sous mon dos et me pressa contre sa poitrine nue, son membre rigide plaqué contre mon sexe. Une main glissa le long de ma cuisse et sous l'ourlet de ma jupe, où ses doigts trouvèrent ma culotte. Il la retira d'un mouvement lent et délibéré, puis la jeta à travers la pièce.

Il rampa au-dessus de moi, me déshabillant pendant que nous nous embrassions, nos lèvres ne se séparant que le temps de passer mon débardeur par-dessus ma tête.

— Étoile de mer, dis-je contre ses lèvres en me positionnant sur le dos.

Il s'écarta avec un sourire espiègle.

— Tu veux que je joue avec ton étoile de mer? demanda-t-il pendant que ses doigts massaient mon cul.

J'éclatai de rire.

— Non, je parlais de l'étoile de mer dans mon dos, dis-je en me déplaçant de nouveau et en délogeant la grosse étoile de mer rouge qui se trouvait sur l'oreiller un moment plus tôt. Je la lui tendis, toujours secouée de rire.

Il rit avec moi, saisit l'étoile et jeta par terre. Il se laissa tomber de côté sur le lit, le visage encore fendu d'un sourire, et il m'attira à lui.

Je regardai avec admiration le bel homme dans mes bras, me rappelant sans cesse qu'il était maintenant mon époux. Quand il m'agrippa la hanche et me pénétra, je réalisai qu'aucun autre homme ne pourrait jamais me compléter comme le pouvait Henry. Personne d'autre n'en était même venu près. Je lui pris la nuque et pressai mon front contre le sien, nos regards intenses, tandis que nous disions avec nos corps ce que les mots ne pouvaient exprimer.

Nous fîmes l'amour sur ce simple lit cet après-midi-là, baignant dans la chaude lumière du soleil, complètement absorbés l'un par l'autre. Le monde extérieur aurait pu s'effondrer autour de nous et ça n'aurait rien changé.

Nous étions ensemble.

———————

Après avoir fait une sieste sur le lit étonnamment confortable, nous partîmes passer la soirée en ville. Nous déambulâmes le long de Duval Street, nos yeux et nos oreilles absorbant le décor et les sons. La rue était flanquée de restaurants et de boutiques de souvenirs qui semblaient tous déborder de clients.

— Je ne savais pas à quel point cet endroit était achalandé, dis-je en éprouvant un certain malaise devant cette foule qui déambulait autour de nous.

Partout où je portais le regard, il y avait des gens en shorts et en robes, la plupart d'entre eux plus ou moins ivres.

Henry me serra la main en marchant devant moi pour écarter la foule comme il l'avait toujours fait. Il devait avoir senti que je commençais à devenir claustrophobe, parce qu'il m'attira soudain dans le recoin d'une boutique, une niche tranquille loin de la foule.

— Ça va mieux?

J'acquiesçai tandis que mon rythme cardiaque ralentissait.

— Qu'est-ce qui se passe? Il y a un défilé ou quoi?

— Je pense avoir vu une banderole annonçant un festival de la bière.

— Tu te rends compte, dis-je en riant doucement. Nous avons prévu notre lune de miel pendant une soulerie collective.

— Un festival de la bière, corrigea-t-il.

— Même chose.

Je le regardai tandis qu'il tournait la tête d'un côté et de l'autre, cherchant sans aucun doute l'endroit où se tenaient les festivités.

— Tu veux y aller, n'est-ce pas? demandai-je avec un petit sourire.

Il tourna les yeux vers moi, jaugeant ma réaction.

— Seulement si tu veux y aller.

Sa réponse ne me surprit pas. Henry n'était pas du genre à refuser une bière bien froide.

— Allons trouver cette fête, alors, dis-je en le tirant par la main.

— Tu en es sûre? demanda-t-il en m'enlaçant. Nous pouvons faire autre chose si tu préfères.

— Pas vraiment. J'aimerais bien essayer quelques bières aussi.

Il me serra contre lui en me soulevant de terre.

— Tu es la meilleure épouse du monde, dit-il dans mes cheveux.

— Tu as drôlement raison, répondis-je en riant.

Après avoir erré quelque peu, nous nos aperçûmes finalement que le festival s'était déplacé de la plage à un endroit appelé le Porch, que nous trouvâmes finalement à quelques pâtés de maisons de Duval Street. Il s'agissait en fait d'une maison qui avait été convertie en un bar. Les clients pouvaient soit s'asseoir au bar à l'intérieur, soit apporter leurs boissons dehors et s'asseoir sur des chaises de rotin sur le perron. C'est ce que nous fîmes, préférant rester à l'écart de la foule bruyante.

Nous prîmes nos chopes givrées et nous assîmes dans une causeuse blanche au bout du perron. Henry leva automatiquement son bras. Je me blottis contre lui et nous soupirâmes en même temps.

— Je t'aime, dit-il.

Je levai les yeux pour lui dire que je l'aimais aussi, quand je m'aperçus qu'il regardait ostensiblement la bière dans sa main.

— Je t'aime tant, fit-il avant de prendre une gorgée, puis il me jeta un coup d'œil et me sourit.

Je lui assenai une claque sur le ventre.

— Je t'aime aussi, mon cidre de poire, dis-je en prenant une grande gorgée de mon verre.

Henry choisit ce moment pour toucher ma joue avec sa chope froide, me prenant par surprise. J'avalai ma gorgée d'un trait, levant trop mon verre et tachant de mousse ma lèvre supérieure et mon nez.

Il éclata d'un rire profond et insouciant, puis m'adressa un regard chaleureux. Il posa sa main sur ma joue et pencha la tête, mais, plutôt que de m'embrasser, il lécha la mousse sur ma lèvre. Une seconde plus tard, il m'embrassait le bout du nez.

— Le cidre a bon goût sur toi, mais si tu goûtais la bière, tu serais la femme parfaite.

Je m'écartai en levant un sourcil.

— Si tu goûtais le chocolat, je te sucerais à longueur de journée.

Il écarquilla les yeux.

— Eh bien, qu'est-ce que tu attends? demanda-t-il en prenant une grande gorgée de bière. Partons d'ici et allons faire fondre un peu de chocolat.

J'éclatai de rire.

— De la fondue pour le souper, alors?

— J'irais jusqu'à saucer ma queue dans le chocolat brûlant si ça signifiait que tu me sucerais toute la journée.

— Ta flûte de pan-pan, tu veux dire? demandai-je en souriant.

Il rejeta la tête en arrière avec un grand rire.

— Mon grand chauve à col roulé, dit-il.

— Ton cyclope.

Je secouai la tête et pouffai de rire, réalisant que d'autres personnes nous avaient entendus, mais je m'en fichais.

Je sentis tout à coup le souffle d'Henry dans mon oreille.

— Bon Dieu, je t'aime tant, dit-il et, immédiatement, ses lèvres se posaient sur les miennes et le reste de Key West disparaissait.

Vingt minutes plus tard, nous étions de retour dans notre chambre avec à la main une barre de chocolat. Nous n'avions pas trouvé de service à fondue ou même de sirop de chocolat, mais nous espérions qu'il serait tout aussi sexy de faire fondre le chocolat sur nos corps chauds.

Henry s'étendit sur le lit, complètement nu, les bras repliés sous sa tête pendant que nous regardions le morceau de chocolat fondre sur son pénis en érection.

— C'est presque prêt, dis-je, à genoux entre ses jambes en tenant son membre droit.

Il soupira.

— Nous attendons depuis dix minutes. Mon guérillero est impatient de passer à l'attaque.

— Attends encore quelques minutes, dis-je en me penchant pour examiner le chocolat. On dirait qu'il commence à ramollir.

— Le chocolat ou moi?

Je sortis la langue et léchai la peau tendre à la base de son pénis.

— C'est mieux.

— Mmm, dit-il en fermant les yeux. Peut-être que tu dois le faire un peu plus pour que le chocolat fonde.

Je pris une profonde inspiration, inhalant son odeur masculine.

— Ah, et puis merde, dis-je en montrant les dents.

Je n'eus que le temps d'entrevoir les yeux écarquillés d'Henry avant que ma bouche ouverte descende sur son membre, puis je mordis dans le morceau de chocolat. Je le laissai fondre dans ma bouche pendant un bon moment, puis pris son pénis dans ma bouche et enduisis sa peau de pâte molle. Je relevai la tête pour contempler mon œuvre.

— Miam.

— Tu es un génie, dit-il entre deux halètements.

Il se redressa et m'embrassa, la saveur du chocolat au lait se mêlant sur nos langues.

Je m'écartai et me concentrai sur ma friandise au chocolat, enveloppant son extrémité avec ma langue et, serrant les lèvres, je la suçai jusqu'à sa base. Les doigts d'Henry s'entrelacèrent dans mes cheveux sans me presser ni me ralentir.

— Bon sang, Elsie, grogna-t-il, ses hanches se soulevant quand je saisis ses couilles dans ma main.

J'arrêtai quand j'entendis sa respiration changer, quand ses muscles tendus me signalèrent qu'il était sur le point de franchir le seuil de la jouissance. Ses yeux s'ouvrirent d'un coup.

— Qu'est-ce qu'il y a? Tu as besoin de plus de chocolat? demanda-t-il tandis que sa main cherchait la barre.

Je m'essuyai les coins de la bouche.

— C'est mon tour.

Il essaya de reprendre son souffle et acquiesça.

— Tu es un génie, mais un méchant génie.

D'un geste rapide, il me renversa et se retrouva au-dessus de moi. Il mit deux morceaux de chocolat dans sa bouche et les mâcha. Puis il pencha la tête vers mon sexe, mais je l'arrêtai.

— Pas là, dis-je.

Quand il fronça les sourcils, j'ajoutai :

— Fais-moi confiance.

Il acquiesça, puis monta jusqu'à mon torse, s'arrêtant à mes seins. Il en couvrit un avec sa bouche et je sentis sa langue visqueuse glisser sur ma peau en faisant des cercles jusqu'à ce qu'il atteigne mon mamelon. Il en prit l'extrémité entre ses dents et me sourit une seconde avant de le mordre doucement. Il lécha le chocolat et se déplaça sur l'autre sein, lui accordant la même attention amoureuse.

Il me vint tout à coup une idée. Je glissai de sous lui et me levai. Nous avions déjà joué avec la nourriture. Nous pourrions tout aussi bien essayer ça aussi.

— Où est-ce que tu vas? demanda-t-il essayant d'agripper mon poignet.

— Attends, dis-je.

J'allai fouiller dans ma valise, puis courus à la salle de bain pour me changer.

— Savais-tu que cet endroit avait été un bordel? lui criai-je.

— Oui, j'ai lu ça quelque part sur leur site Web.

De longues minutes plus tard, je revins et pris une pose sous le chambranle de la porte. Henry demeura bouche bée tandis que ses yeux parcouraient mon corps des pieds à la tête, me faisant sentir terriblement sexy. Je gambadai jusqu'à lui dans mon corset rouge camion de pompier et ma culotte de dentelle agencée, avec à la main un fouet muni d'une plume. Il déglutit visiblement quand je le chevauchai en faisant glisser la plume le long de son torse.

— Elsie, tu es tellement sexy, dit-il en enfonçant ses doigts dans mes fesses.

— Je ne suis pas Elsie, ce soir, répondis-je en me penchant, si bien que mes seins sortaient presque du corset. Appelle-moi Madame.

— Tu avais prévu ça, non? demanda-t-il avec un sourire. J'approuve... Madame.

— N'importe quoi pour plaire à mon seul et unique client, dis-je en faisant glisser mes ongles le long de ses côtes.

Il joignit ses mains derrière sa tête.

— Alors, fais-moi plaisir.

Je me penchai et lui pris les poignets, profitant de l'occasion pour passer ma langue le long de sa lèvre supérieure.

— Garde tes mains là, lui ordonnai-je d'une voix enrouée. La seule règle dans ce bordel, c'est que tu ne dois pas me toucher avec tes mains.

Il souleva les hanches, me poussant de la plus délicieuse façon avec son membre en érection tandis qu'il levait un sourcil d'un air interrogateur.

— Oui, tu peux me toucher avec ça.

Je m'assis et fouettai timidement son mamelon avec le côté en cuir du fouet. Il émit un son inarticulé avant que je fouette l'autre mamelon. Les muscles de sa mâchoire palpitaient, mais il garda les mains sous sa tête.

— Je ne savais pas que tu aimais ce genre de trucs, fit-il.

— J'aime tout ce qui peut t'exciter, répondis-je en faisant courir le bout de la plume le long de son membre.

— Ce qui m'excite ? fit-il d'une voix souffrante. C'est plus une torture.

Je souris, puis m'assis sur mes talons et me mis à fouetter doucement son pénis, le faisant palpiter chaque fois. Six, sept, huit fois, chaque coup à un endroit différent en finissant par l'extrémité.

Sa poitrine se soulevait puis descendait, et les muscles de ses bras étaient tendus.

— Je veux essayer ce fouet sur toi, dit-il entre ses dents.

— Tu ne dois pas me toucher, tu te souviens ? fis-je en me mettant debout sur le lit.

Je fis glisser mes paumes le long de ma taille, mes doigts accrochant ma culotte et la faisant descendre alors que mes mains continuaient de glisser le long de mes cuisses. Complètement penchée, j'enlevai ma culotte et lui adressai un sourire séducteur, sachant fort bien que mes seins se trouvaient directement devant ses yeux. Je fis marcher mes doigts de mes pieds à ses jambes, puis jusqu'à ses cuisses musclées et au muscle palpitant entre elles. Mes ongles raclèrent sa peau satinée, l'excitant davantage.

— C'est assez, dit-il en se redressant subitement et en me prenant dans ses bras.

L'instant d'après, je me retrouvais sur le dos, et Henry se penchait sur moi avec un air triomphant.

— Tu enfreins les règles du bordel, dis-je d'une voix haletante, complètement excitée devant sa démonstration de domination.

— Au diable les règles, dit-il, et il me saisit les cuisses et les écarta sans douceur.

Puis il plongea en moi, me prenant comme un homme en manque. Il souleva mes jambes, les faisant reposer sur ses épaules pendant qu'il me pilonnait encore et encore. Il se pencha vers l'avant, la tension sur mes jambes devenant un délicieux mélange de douleur et de plaisir, puis il s'enfonça en moi encore davantage. Il pressa sa joue contre l'intérieur de ma cuisse, puis mordit ma peau.

Je jouis immédiatement, mes jambes tremblant au-dessus de moi pendant qu'il léchait l'endroit sensible sur mon mollet. Il poursuivit son assaut, me prenant encore et encore avant d'agripper mes deux chevilles et de plonger en moi une dernière fois, le visage tordu par l'extase.

Plus tard ce soir-là, après avoir rangé le chocolat et le costume, nous nous allongeâmes ensemble, complètement rassasiés.

— Tu étais merveilleuse, Madame, dit-il en m'embrassant la tête. Je pense que je pourrais devoir t'embaucher à temps plein.

— Ça me va, dis-je en me blottissant contre lui, les poils de sa poitrine me chatouillant la joue.

— Elsie?

— Quoi?

— Tu aimes ce genre de choses? demanda-t-il d'une voix douce et haletante. Jouer un jeu comme ça?

J'ouvris mes yeux et levai ma tête.

— Comme le bondage?

— Pas seulement ça, dit-il rapidement. Je veux dire, seulement essayer d'autres trucs.

Je me mordis la lèvre inférieure et réfléchis à sa question. Je le regardai, le visage rempli d'espoir, et je sus que je ferais tout et n'importe quoi avec lui.

— Je vais essayer tout ça avec toi.

Il sourit comme un enfant d'école enthousiaste. Un instant plus tard, son expression changea alors qu'il me jetait un regard chargé de signification.

— Tu en es sûre? Je peux imaginer plein de choses perverses à te faire.

— Perverses, hein? demandai-je, mon cœur battant follement à l'idée de ce qui pourrait venir. N'hésite pas.

———————

Le lendemain, nous nous réveillâmes en respirant une odeur de brioches à la cannelle. Nous nous habillâmes et descendîmes les marches jusqu'à la salle à manger. Jan, le propriétaire du gîte du passant, préparait la nourriture sur un buffet pendant que les hôtes s'assoyaient à la table à manger. L'eau me vint immédiatement à la bouche en voyant et en sentant tout ça.

— Bonjour, dit Jan en faisant un geste en direction d'une table. Assoyez-vous.

Il ne restait qu'une seule place à la table. Comme tout le monde mangeait encore, je me dis que l'un d'entre nous devrait manger debout.

Henry se dirigea vers la chaise vide et s'assit immédiatement. J'étais sur le point de maugréer en invoquant l'esprit chevaleresque quand il tapota sa cuisse.

— J'ai le meilleur siège de la maison pour toi, fit-il en souriant.

Je m'assis sur sa jambe, m'inquiétant légèrement à propos des bonnes manières. Assise à la table avec nous se trouvaient deux femmes dans la vingtaine, de même qu'un couple plus âgé, un homme et une femme à la chevelure grise et aux visages ridés.

— Vous êtes en lune de miel ? demanda une des filles en regardant nos anneaux de mariage.

Henry passa un bras autour de ma taille.

— Oui. C'est si évident ?

Jan déposa deux tasses devant nous et les remplit. Je pris la crème et le sucre et préparai nos cafés.

La fille, qui avait de longs cheveux noirs et un joli visage exotique, acquiesça.

— Oui. Vous en avez l'air.

— Quel air ? demandai-je en prenant une gorgée hésitante.

— L'air de deux personnes qui viennent de tomber amoureux, intervint l'autre fille.

La vieille dame secoua la tête.

— Je pense qu'ils ont davantage l'air d'avoir tout juste fait l'amour comme des bêtes, dit-elle avec un petit sourire. Du genre sucré et collant.

Je faillis recracher mon café. Henry émit un sourd gloussement.

— C'est si évident ? demanda-t-il.

— Notre chambre est voisine de la vôtre, dit la dame, et je sentis immédiatement mon visage s'empourprer.

Je ne m'étais pas rendu compte qu'Henry et moi avions été si bruyants.

Le vieil homme lui toucha le bras.

— Arrête, Lori. Tu ne vois pas que tu mets la jeune dame mal à l'aise ?

— Je suis désolée si nous avons été un peu bruyants, dis-je.

Lori secoua la tête.

— Non, il n'y a pas de quoi être embarrassée. Vous êtes en lune de miel. Faites autant de bruit que vous le voulez.

— Alors, racontez-nous votre histoire, dit une des filles. Comment vous êtes-vous rencontrés ?

— Eh bien, son frère était mon meilleur ami, alors nous avons pratiquement grandi ensemble, commença Henry, sa main chaude et réconfortante posée sur mon dos. Nous étions seulement colocataires jusqu'à ce qu'Elsie change tout.

— Ça n'était pas ma faute, dis-je, indignée. En tout cas, pas tout à fait.

Alors nous racontâmes notre histoire en commençant par la soirée au Tapwerks quand nous avions dansé ensemble et que les flammes du désir nous avaient dévorés. Le petit déjeuner était depuis longtemps terminé quand nous finîmes notre histoire. Les jeunes filles avaient quitté la table et étaient allées rencontrer des amis, mais le couple âgé, Lori et Stan, était demeuré jusqu'à la toute fin.

— Vous êtes chanceux, jeune homme, dit Lori en agitant un doigt anguleux devant Henry. À sa place, j'aurais emménagé avec Seth et je vous aurais envoyé promener.

Je sentis les muscles d'Henry se tendre sous moi en entendant la dame, mais il ne dit rien. Il se contenta de demeurer assis en silence pendant que Lori le réprimandait, lui disant des choses qu'il avait déjà sans aucun doute déjà pensées.

Finalement, je n'en pus plus. Après tout, c'était de mon mari que nous parlions.

— Faites-moi confiance, Lori, *il le sait* et il essaie de se racheter depuis, dis-je en serrant la jambe d'Henry sous la table.

Le visage de la dame se radoucit.

— Je suis heureuse de l'entendre.

— En principe, Seth semble être le choix logique, mais je ne l'aimais pas, dis-je en m'appuyant contre la poitrine d'Henry. C'est ce gars-là que j'aime, celui qui fait des erreurs et les admet. Ce gars qui m'aime depuis le début de mon adolescence.

Stan nous regardait, solide et silencieux, me rappelant quelqu'un que je connaissais.

— Effectivement, dit-il. Si vous aviez fait le choix logique, vous ne seriez pas ici en lune de miel.

Lori sourit, une lueur espiègle dans les yeux.

— Je voulais seulement m'assurer que votre mari savait à quel point il était chanceux.

— J'en suis parfaitement conscient, dit Henry, si près de mon oreille que j'eus l'impression qu'il me parlait. Je suis le gars le plus chanceux du monde.

———————

Après le petit déjeuner, nous marchâmes le long de quelques pâtés de maisons jusqu'à une boutique de location de scooters. Nous avions suffisamment d'argent pour en louer deux, mais décidâmes qu'un seul était beaucoup plus romantique. Henry croyait à tort que je jouerais la passagère et il sembla surpris quand j'insistai pour prendre le volant.

C'était un minuscule scooter jaune à deux places et je suis sûre qu'il se sentait comme un géant sur cet engin, mais il ne se plaignit pas. Il se contenta de grimper derrière moi et de me prendre par la taille.

— Tu es prêt ? demandai-je en mettant les gaz.

Le scooter fit un bond, nous projetant vers l'arrière sur notre siège. Henry posa immédiatement les pieds par terre et nous stabilisa pendant que j'appliquais les freins.

— S'il te plaît, ne nous tue pas, dit-il en riant.

Je me tournai et lui adressai un bref sourire.

— Poule mouillée ?

— Avec toi aux commandes ? Oui.

Je vérifiai la sensibilité de l'accélérateur et, après quelques essais sur le stationnement, nous partîmes finalement.

Je nous conduisis sans véritable but autour de Key West, passant devant la maison d'Ernest Hemingway, puis devant l'aquarium à ciel ouvert. C'était merveilleux de décider où nous allions et quand. C'était peut-être mon imagination, mais j'eus tout à coup une impression de pouvoir, comme si je prenais finalement en main ma destinée. Henry m'avait cédé les commandes de notre relation et me laissait en prendre la direction. C'était à la fois grisant et effrayant, mais surtout libérateur.

Il était environ seize heures trente quand nous nous retrouvâmes à l'extrémité sud de l'île, devant la célèbre bouée rouge, noire et jaune. Nous descendîmes du scooter pour prendre des photos comme les autres touristes. Je me sentais grisée du fait qu'Henry et moi nous trouvions ici ensemble, à l'endroit le plus au sud du continent américain pendant que nous étions à l'apogée de nos vies.

Après avoir avalé un délicieux dîner cubain, nous prîmes une marche sur la plage et regardâmes le coucher de soleil. Alors que le soleil passait de l'orange au pourpre, Henry m'arrêta au bord de l'eau et me pressa contre lui.

— Il n'y a rien de plus beau que la façon dont la mer refuse d'arrêter d'embrasser le rivage, peu importe qu'elle soit chaque fois repoussée, murmura-t-il.

Ses paroles me firent frissonner de plaisir.

— C'est magnifique.

Il me serra l'épaule.

— C'est une citation de Sarah Kay, une poétesse qui pratique la poésie orale. Je me disais que ça convenait bien en ce moment.

Il se tourna pour me faire face, le visage ombragé dans la lumière déclinante.

— Tu es le rivage et je suis la mer, et je n'arrêterai jamais de revenir à toi.

Il me conduisit dans l'eau, les vagues nous léchant pratiquement les genoux.

Il prit ma tête entre ses mains.

— Chaque fois que je te regarde, je ne peux m'empêcher de vouloir te dire à quel point je t'aime, dit-il, puis il sourit.

Sentimental, n'est-ce pas?

J'enfonçai mes orteils dans le sable pour éviter de vaciller. Ses paroles de même que son regard tendre me serrèrent le cœur d'un sentiment si puissant que j'en restai bouche bée. Je me contentai d'incliner la tête en faisant de mon mieux pour ne pas pleurer.

Il porta les yeux sur l'horizon, là où la mer embrassait les derniers rayons de soleil, et prit une profonde respiration vivifiante.

— La vie est belle.

J'allais lui répondre que j'étais de tout cœur d'accord quand je sentis sur ma jambe une piqûre qui commença à la cheville, puis s'étendit rapidement à mon mollet.

— Qu'est-ce qui se passe? demandai-je en reculant vivement. Outch.

Henry me souleva dans ses bras et me ramena sur la plage, où il me déposa avant de s'accroupir près de ma jambe.

— Une méduse, dit-il, les sourcils froncés.

Il me souleva de nouveau et se dirigea vers l'eau.

— Qu'est-ce que tu fais? lui demandai-je en panique.

— Il faut nettoyer la plaie, dit-il en scrutant l'eau pour s'assurer qu'il n'y avait plus de méduse avant de m'y laisser descendre jusqu'aux chevilles.

Il sortit son portefeuille et en tira une carte de crédit, puis commença à gratter sur les tentacules encore accrochés à ma jambe.

Je grimaçai, émettant un sifflement entre mes dents pour m'empêcher de crier. Je ne savais pas ce qui était le plus douloureux : les tentacules ou le grattement du plastique sur ma peau tendre. De toute manière, ça faisait drôlement mal.

— Désolé, dit-il en grattant doucement, mais avec insistance. Il faut absolument enlever tout ça.

Quand il fut satisfait, il prit de l'eau de mer et la versa sur ma jambe, qui commençait déjà à enfler. Il répéta le geste plusieurs fois puis demanda :

— Tu te sens un peu mieux?

— Étonnamment, oui, dis-je.

Je pensais que l'eau de mer allait empirer les choses, mais elle eut l'effet contraire.

— Allons à la pharmacie.

Henry essaya de me soulever de nouveau, mais je me dégageai.

— Je peux marcher, dis-je en grimaçant à chaque pas.

Il leva les yeux au ciel, se pencha puis me balança sur son épaule.

— Ce n'est pas parce que tu le peux que tu le devrais, dit-il en marchant vers la rue.

— Je vais bien, protestai-je en remarquant quelques personnes qui nous jetaient des regards. Je ne suis pas tout à fait impotente.

Il me déposa près du scooter.

— Écoute, fit-il en me frottant le bras. J'ai promis devant Dieu et tous nos invités que je prendrais soin de toi ; alors laisse-moi faire, OK ?

— D'accord, répondis-je, puis j'enfouis la main dans ma poche et lui tendis la clé. Voilà. Tu conduis.

Nous nous arrêtâmes à la pharmacie, où Henry demanda un médicament contre les piqûres de méduse, puis nous achetâmes tout ce que le pharmacien avait suggéré.

Au moment où nous arrivâmes à notre chambre, ma jambe me faisait terriblement mal, mais nous étions munis de tout un tas de trucs, y compris une bouteille de vinaigre, de la crème à l'hydrocortisone et même une cannette de crème à raser au cas où le vinaigre ne fonctionnerait pas. Henry vida le sac de plastique sur le lit et examina le tout, les mains sur les hanches.

— Qu'est-ce que nous devrions essayer, d'abord ?

— Le vinaigre, répondis-je en me levant pour aller prendre un gant de toilette.

Henry me prit par la taille et m'installa sur le lit.

— Laisse-moi faire, dit-il, puis il se rendit à la salle de bain avec la bouteille de vinaigre.

Il revint quelques minutes plus tard avec le gant de toilette humide et malodorant dans les mains et une serviette sur l'épaule. Il glissa la serviette sous ma jambe et plaça le gant de toilette sur les zébrures rouges de ma cheville.

— OK, traitement d'une demi-heure, dit-il en s'assoyant près de moi. Comment tu te sens ?

— Ça fait du bien, dis-je en m'appuyant sur les coudes. Mais ça brûle encore assez.

— Tu veux une Advil ?

Je secouai la tête.

— La douleur est supportable, dis-je. Je trouve seulement dommage que ça ait gâché le moment que nous passions ensemble. Ce n'est pas tous les jours que tu me récites de la poésie.

Il sourit.

— Ça arrivera encore. Peut-être.

— Maintenant ? lui demandai-je en lui jetant un regard rempli d'espoir.

Il me fixa pendant un long moment et dit finalement :

— Il n'y a rien qui me vienne à l'esprit.

— Tiens donc, Henry, c'est la première fois que tu souffres de l'anxiété de rendement ? le taquinai-je.

Son visage se fendit d'un sourire malicieux.

—Ce n'est pas ça, dit-il en se penchant sur moi.

Il prit mon visage entre ses mains et m'embrassa avec insistance.

— C'est seulement que tu sens comme un pot d'oignons marinés.

— Wow, tu sais vraiment parler aux femmes.

Je glissai les mains sous sa chemise et fis courir mes doigts le long des muscles tendus de son ventre.

— Comment va ta jambe ? demanda-t-il de cette voix rauque d'excitation qu'il avait.

— Elle me fait encore mal. Je pense que tu devrais mieux l'embrasser.

— Oh, je vais le faire. Je vais tout embrasser mieux, dit-il en enfouissant ses mains sous ma jupe et en caressant mes cuisses.

Ses lèvres se pressèrent de nouveau contre ma bouche, mais même excitée comme je l'étais, la sensation de brûlure sur ma jambe réussit à me distraire. Henry dut sentir que je n'étais pas d'humeur, parce qu'il s'écarta et jeta un coup d'œil à ma jambe sous le gant de toilette. Il le remit en place, puis se laissa tomber sur le lit près de moi.

— Hé, Henry, dis-je en plongeant mon regard dans ses yeux bleus.

Je me passai la langue sur les lèvres, ma bouche tout à coup asséchée à l'idée d'aborder un sujet qui me préoccupait depuis des mois.

— Hé, Elsie, fit-il en écho du coin de la bouche.

— Tu te rappelles quand tu as dit au musée que nos souvenirs te donnaient un sentiment d'identité ? demandai-je.

Il se tourna sur le côté en appuyant la tête sur sa main.

— Oui ?

— Mais sur les enregistrements, tu disais que tu t'étais perdu de vue parce que je t'avais totalement absorbé, poursuivis-je. Qu'est-ce que tu voulais dire ?

— Ce sont les deux choses à la fois, répondit-il en toute sincérité. Ce sont les deux faces de la même pièce. Cette chose qui m'embrouillait, qui me faisait me sentir perdu, a fini par me sauver aux heures les plus sombres. Tout change. Cela a changé.

Je déglutis.

— Et si ça change encore et que tu me quittes ?

— Ça n'arrivera jamais. Tu es ma femme maintenant.

Je détournai la tête.

— C'est vraiment gentil, dis-je d'une voix aussi amère que le liquide sur ma jambe. Rester avec moi parce que c'est ce qui est écrit sur un morceau de papier.

Il souleva ma main gauche et y manipula les anneaux.

— S'il te plaît, cesse d'essayer d'engager une dispute, dit-il en embrassant mes jointures. Je ne reste pas parce qu'un morceau de papier ou un quelconque prêtre l'ont dit. Tu le sais.

— Tu vas encore changer, Henry. Nous allons tous les deux changer.

— Elsie, te quitter a été la chose la plus difficile que j'aie faite de ma vie, mais ça m'a aidé à me réconcilier avec moi-même.

— Et qu'arriverait-il si *moi* j'avais besoin de partir pour me retrouver?

— Alors, je te laisserais faire.

Je tressaillis.

— Tu me laisserais partir?

— Si c'était ce dont tu avais besoin.

— Et si je ne revenais pas?

— Alors, je viendrais te chercher, dit-il simplement en glissant une main autour de mon cou. Tu es coincée avec moi pour toujours, tu te souviens?

— Nous revenons au fait de rester ensemble parce que nous sommes juridiquement liés.

— Je considère notre mariage comme un ensemble de concessions mutuelles, quelque chose de flexible, de souple, qui va se transformer au fil du temps. Une maison, des enfants, des petits-enfants; tout ça va inévitablement nous changer. Mais ce sur quoi tu peux compter, c'est que je serai là pour toi parce que j'en ai fait la promesse.

Il déposa un baiser sur mon front.

— Et j'ai fermement l'intention de la tenir.

Ses yeux bleus me scrutaient avec intensité, me demandant silencieusement de le croire.

— Je ne vais plus jamais te quitter, Elsie, dit-il. Et si nécessaire, je vais te le répéter tous les jours de notre vie. Si c'est ce que ça prend pour te convaincre.

J'inclinai la tête et pris une profonde inspiration.

— Je suis désolée, dis-je en chassant cette nervosité qui semblait s'abattre sur moi aux moments les plus inattendus. C'est une conversation qui ne convient pas à une lune de miel.

Il déglutit, et je vis monter et descendre sa pomme d'Adam.

— J'espère qu'un jour, tu vas enfin me pardonner tout à fait.

Je ne répondis pas. Je regardai seulement son visage en espérant la même chose. Parce qu'aussi heureux que nous le fussions à ce moment, nos vieux problèmes effleuraient encore la surface brillante de notre nouvelle vie ensemble et, tôt ou tard, le lustre allait disparaître et les problèmes ressurgir.

Henry se leva, puis se rendit à la salle de bain pour rincer le gant de toilette.

— Une autre demi-heure de vinaigre ? me cria-t-il.

Je baissai les yeux sur les zébrures rouges et évaluai la douleur par rapport à l'odeur.

— Non. Je pense qu'on peut appliquer l'hydrocortisone, maintenant.

Il revint avec une lingette et essuya ma jambe avant d'appliquer une bonne dose de crème.

— Tu te sens mieux ? demanda-t-il en déplaçant tous nos achats faits à la pharmacie du lit à la table de chevet.

— Presque, dis-je en lui jetant un regard significatif. Merci de prendre soin de moi.

Il reprit sa place sur le lit à côté de moi.

— Tout pour te plaire.

La dernière nuit de notre lune de miel fut la seule pendant laquelle nous ne fîmes pas l'amour. Nous étions suffisamment heureux pour simplement nous pelotonner, peau nue contre peau nue, et parler. Henry s'occupa de ma jambe quelques fois de plus avant de me laisser finalement en paix avec cette foutue piqûre. Ce n'est que plus tard, quand son souffle se fit plus régulier contre mon oreille, que je compris finalement ses raisons.

Henry n'attendait pas que mon pardon parce qu'il ne s'était pas tout à fait pardonné lui-même.

———

Notre lune de miel prit fin le lendemain. Nous nous levâmes tôt pour ramener le scooter, Henry le conduisant chez le concessionnaire pendant que je suivais dans la voiture de location.

Puis commença notre trajet de retour de trois heures jusqu'à Miami pour prendre l'avion qui allait nous ramener à la réalité. De retour à la vieille maison pour laquelle nous venions de verser une mise de fonds, de retour à mon travail chez Shake Design et de retour à l'Académie de police où Henry allait suivre le cours de vingt-sept semaines pour devenir policier.

Le soleil commençait à peine à se lever quand nous traversâmes le pont reliant Stock Island à Boca Chica Key. Je regardai à l'horizon les jaunes et les oranges brillants qui striaient le ciel et y vis un symbole approprié pour l'aube de notre nouvelle vie.

Henry tendit le bras et me prit la main.

— À quoi penses-tu?

— Je pensais seulement à notre nouvelle vie ensemble en me demandant ce que l'avenir nous réservera.

— Ce sera parfait, dit-il en inclinant la tête d'un air confiant. Nous allons devenir ce vieux couple ennuyeux avec une vie pépère.

Je lui souris en espérant qu'il avait raison.

— Je vais apprendre à tricoter et tu pourras fumer une pipe en lisant le journal du soir.

Il perçut la taquinerie dans ma voix et me chatouilla les côtes.

— Exactement. Ce sera une vie tranquille à partir de maintenant.

Nous aurions vraiment dû nous douter qu'il ne fallait pas tenter le destin.

Est-ce que je suis censé croire que tu m'as absolument tout dit sur toi, chaque petit détail honteux de ton passé?

— Oui, pratiquement tout, fis-je avant de secouer la tête. De toute façon, il ne s'agit pas de moi. Il s'agit de toi qui gardes encore des secrets.

Il contourna rapidement le comptoir et vint vers moi avec un regard exaspéré.

— Elsie, pouvons-nous s'il te plaît oublier ça pour le moment et profiter du reste de la journée? demanda-t-il en me frottant les bras.

— Pourquoi tu ne peux pas simplement me le dire? Quoi que ce soit, ça ne peut pas être pire que ce que je peux imaginer.

Il fronça les sourcils pendant que ses yeux parcouraient mon visage.

— Oui, c'est possible, dit-il, puis il laissa tomber le sujet.

———————

Bergen resta jusque tard le soir. Lui et Henry enfilaient bière après bière pendant qu'ils rattrapaient le temps perdu et, quand minuit sonna, il était clair qu'il n'allait pas pouvoir conduire. Je lui offris le lit d'invités et il accepta immédiatement, quoi qu'avec un certain manque d'élégance, se débarrassant de ses souliers avant de tomber tête première dans les oreillers.

Quand il était ivre, Henry était d'habitude bavard et affectueux, mais il sentit que mon état d'esprit ne présageait rien de bon et ne fit aucune tentative au lit. Je lui tournai le dos, de plus en plus frustrée. Combien de fois m'avait-il caché des choses pour finalement me les balancer au visage? J'aurais cru qu'il aurait appris sa leçon, maintenant.

Bouillante de rage, je fixai les chiffres numériques sur le réveille-matin. Quand je ne pus plus garder cette colère à l'intérieur, je m'assis et lui secouai l'épaule.

— Réveille-toi, fis-je d'un ton dur.

Il remua et regarda immédiatement autour de lui.

— Quoi? Qu'est-ce qui se passe?

Essayant de profiter du fait qu'il soit ivre, je lui dis :

— Dis-moi ce qui est arrivé en Corée.

Il se tourna sur le dos en soupirant et posa un bras sur ses yeux.

— Elsie, grogna-t-il.

Il se tut pendant un long moment et je crus qu'il s'était rendormi, mais il poussa finalement un profond soupir et dit :

— Je me suis retrouvé coincé dans une ruelle et un groupe d'homme m'a agressé.

— Quoi ? Pourquoi ?

Il secoua les épaules.

— Pour de l'argent. Peut-être parce que j'avais l'air d'un gros Américain stupide.

— Ils t'ont blessé gravement ?

— Assez pour qu'on m'hospitalise, répondit-il.

— Où ? Comment ?

Je n'arrivais pas à trouver d'autres mots à part ces questions fébriles. Comment n'avais-je pas su qu'Henry avait été blessé à ce point ? N'aurais-je pas dû le sentir d'une manière ou d'une autre ?

— Je ne veux plus en parler, Elsie, dit-il. S'il te plaît. Je t'ai dit ce qui s'était passé, alors ne me fais par revivre toute cette soirée.

Je ne pus dormir cette nuit-là parce que j'imaginais Henry subir une attaque sans pouvoir se défendre. Quand mon alarme retentit à six heures, je décidai que c'était mieux ainsi parce que de toute façon, mon sommeil aurait sans aucun doute été hanté par des images violentes, horribles.

REMERCIEMENTS

La vie militaire n'est pas facile. Quand on épouse un membre des Forces armées, on ne sait jamais vraiment à quoi s'attendre: les déploiements, les changements constants d'affectation, les périodes de service temporaire, etc. On est souvent séparés des êtres qui nous sont chers et on doit apprendre à composer avec la situation, à devenir à la fois la mère et le père dans notre foyer. Cette histoire s'inspire de ma vie personnelle en tant qu'épouse de militaire, et je suis à la fois craintive et ravie à l'idée de la partager avec le monde entier.

Je dois d'abord remercier mon mari, dont je suis tombée follement amoureuse en Oklahoma il y a plus d'une dizaine d'années. Merci d'avoir répondu à mes incessantes questions sur la vie militaire et, bien sûr, pour tes talents en matière de tableurs. Je t'aime ainsi que cette famille que nous avons fondée ensemble.

Salamat à mon extraordinaire famille, qui m'a accordé son soutien tout au long de cette entreprise.

À mes premières lectrices, Beth, Lara, Alicia, Kerry et Shannon, merci pour votre immense contribution. Je ne peux exprimer à quel point votre amitié compte pour moi.

À mon premier éditeur, M.J. Heiser, de Clean Leaf Editing, merci d'avoir peaufiné mon écriture et de m'avoir aidée à rédiger un manuscrit qui vaille la peine d'être publié.

Mes remerciements à Kim Whalen pour m'avoir donné la possibilité de me dépasser et d'aborder des sujets que je n'aurais jamais eu l'audace de toucher auparavant, et à Cindy Hwang pour avoir cru en mon histoire. Merci à Todd, à Rina et au personnel du Cherry Bean Cafe. Vous m'avez toujours chaleureusement accueillie même si, parfois, je restais trop longtemps. Un grand bravo à Mimi Strong de m'avoir convaincue de prendre mon courage à deux mains et d'écrire quelque chose d'érotique.

Finalement, je remercie les lecteurs et lectrices d'avoir donné leur chance à Henry et Elsie.

Rendez-vous sur mon blogue à l'adresse authorjunegray.blogspot.com pour en savoir plus sur mes projets en cours, apprendre ce qu'il y a de neuf et lire des nouvelles littéraires.

À SUIVRE...
DANS

ARRESTATION
TOME 2

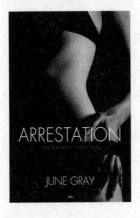

PROLOGUE

Je passai les mains dans les douces ondulations des cheveux sombres, dont les extrémités s'enroulaient autour de mes doigts. Je levai les yeux vers l'homme au torse nu qui me regardait dans le miroir mural.

— Tu es sûr qu'il faut les raser complètement? demandai-je, déçue de devoir une fois de plus couper la chose même qui nous avait unis.

— Oui. Ce sont les normes de l'Académie.

Je suis peut-être sentimentale, mais j'adorais la chevelure d'Henry, qui était d'un brun très foncé et avait allongé au cours de la dernière année. Pendant longtemps, je l'avais vu les cheveux courts et ce n'est qu'après qu'il eut quitté la vie militaire que j'avais pu les voir s'allonger de nouveau. Centimètre par centimètre, j'avais l'impression que l'ancien Henry revenait avec chaque mèche ondulée, non seulement en apparence, mais aussi en attitude. La lueur espiègle revenait dans ses yeux, ses sourires semblaient plus larges, son rire plus profond.

J'aimais ce fouillis indiscipliné parce qu'il représentait ce qu'était Henry adolescent. C'était un rappel constant du fait que nous nous aimions depuis presque toujours.

Et maintenant, je devais les couper. Encore.

— Elsie ? dit Henry en se tordant le cou pour me regarder. Ce ne sont que des cheveux.

— Ce ne sont pas *que* des cheveux, dis-je en repassant mes mains dans ses boucles foncées. Du moment où tu entreras à l'Académie de police, ce sera fini. Tu ne pourras plus jamais les porter longs.

— Je le pourrai quand je prendrai ma retraite.

— À ce moment, tu seras vieux et ridé et tu ne paraîtras plus sexy, dis-je, mi-figue mi-raisin.

Il pivota sur la chaise d'ordinateur et m'agrippa la taille.

— Tu me trouves sexy ? demanda-t-il avec un sourire espiègle.

— Toujours.

Je tins son visage entre mes mains, trouvant difficile d'imaginer sa peau olivâtre ridée par l'âge. Puis il m'apparut soudain que j'avais le reste de ma vie pour découvrir ce à quoi il ressemblerait et cette pensée me combla de joie.

— OK, vieil homme, dis-je en le ramenant à sa position initiale avant de prendre la tondeuse. Allons-y.

Je coupai d'abord le sommet de sa tête en descendant vers l'arrière. Je lui souriais à travers le miroir, m'arrêtant parfois pour pouffer de rire devant sa bizarre apparence, puis je me remettais au travail en faisant plus attention.

Pendant que ses cheveux tombaient lentement par terre, je pensai aux paroles d'Henry sur ses enregistrements de thérapie quand il avait parlé de la première fois où je lui avais coupé les cheveux à l'école secondaire.

C'est à ce moment que j'ai su que j'étais foutu. Cette fille devant moi allait faire mon bonheur à tout jamais.

Je parierais qu'au moment où il avait pris conscience de ça, il n'aurait jamais pensé se retrouver pratiquement au même endroit des années plus tard avec notre bonheur éternel non plus seulement un souhait murmuré, mais une réalité.

— Tu es tellement belle, dit Henry d'une voix douce en me sortant de mes réflexions.

Je levai les yeux et étudiai mon reflet dans le miroir, regardant mes cheveux bruns bouclés, mes yeux noisette, ma peau pâle qu'Henry avait déjà comparée à du lait. Je m'étais toujours considérée comme étant d'une beauté moyenne, mais personne ne me faisait sentir aussi superbe d'un seul coup d'œil. Personne, sauf Henry.

Je croisai son regard dans le miroir et, pendant un bref instant, je revis cet adolescent, celui qui portait un appareil dentaire, qui volait des babioles chez les gens, qui retournait chez lui soir après soir pour se retrouver dans une maison vide. Qui eût pu deviner que cet adolescent deviendrait cet homme noble, honnête, affectueux?

— Je crois que ça va comme ça.

Je frottai sa chevelure raide, puis balayai les cheveux sur ses épaules nues.

Rapide comme l'éclair, sa main jaillit et saisit la mienne. Il porta ma paume à ses lèvres, déposant un doux baiser sur ma peau. Puis il se leva et se tint debout tout près de moi, mon souffle agitant les poils de sa poitrine.

— C'est ce que j'aurais dû faire cette fois-là, dit-il, et il m'embrassa comme si nous n'étions que deux ados en amour ne se doutant pas de ce que l'avenir leur réservait. À cette époque l'an dernier, j'étais en Corée, croyant t'avoir perdue pour de bon.

Maintenant, je suis ici, avec toi, à construire une vie ensemble, dit-il. Je ne pourrais rien demander de plus.

— Je dirais que nous avons été très chanceux.

Il secoua la tête en souriant tendrement.

— La chance n'a rien à voir avec ça, dit-il. Nous sommes seulement deux personnes obstinées qui ont déplacé des montagnes pour être ensemble.

1

Plusieurs mois plus tard...

— Chéri, je suis de retour.

Je déposai mon sac à main et mon sac d'ordinateur portable sur le plancher aussitôt que j'eus fermé la porte. N'entendant rien, je retirai mes souliers et les portai à travers le salon et la cuisine. Toujours aucun signe d'Henry.

— Il y a quelqu'un ?

— Je suis là-haut.

Je regardai avec envie la salade de pâtes froides sur le comptoir, mon estomac me rappelant qu'il était passé vingt heures et que je n'avais pas encore dîné. Je saisis une fourchette et pris quelques bouchées que je mâchai rapidement avant de monter à l'étage.

Je trouvai Henry dans la salle de bain des maîtres, qui pliait une boîte et la mettait dans la petite poubelle.

— Salut, dit-il en m'embrassant.

Il s'écarta en se léchant les lèvres.

— Tu goûtes la vinaigrette italienne.

Je regardai autour de la salle de bain en essayant de voir ce qu'il y avait de changé maintenant. Depuis que nous avions acheté la maison en août, nous essayions lentement d'en rénover l'intérieur démodé. Mais avec les longues journées d'Henry à l'Académie de police et mes horaires trépidants au travail, nous n'avions pas pu accomplir grand-chose. Nous approchions de l'Action de grâces et nous n'avions pu que remplacer la carpette miteuse, peindre la moulure en blanc et changer la couleur des murs.

Trop fatiguée pour continuer à jouer au détective, je dis finalement :

— OK. Qu'est-ce que tu as fait ?

— Laisse-moi te montrer.

Il passa son tee-shirt par-dessus sa tête, puis tendit les mains et commença à détacher les boutons de perle de ma chemise bleu sarcelle.

Bon sang, malgré sa tête presque chauve, la beauté austère d'Henry ne manquait jamais de me frapper. Même à la fin d'une longue journée, quand j'étais si fatiguée que je pouvais à peine tenir debout, sa simple proximité réussissait à m'exciter.

— Comment tu y arrives ?

— Arrive à quoi ? demanda-t-il en passant les mains derrière mon dos pour détacher mon soutien-gorge.

— À te lever à six heures du matin et réussir à être aussi parfait à la fin de la journée ?

Il prit mes seins dans ses larges mains, jouant avec chaque mamelon.

— J'ai laissé tomber le gym et j'ai fait une sieste.

Eh bien, j'avais ma réponse. J'aurais fière allure aussi si je pouvais me permettre une sieste.

— Puis je suis allé chez Home Depot et t'ai acheté quelque chose.

Ses yeux brillaient pendant qu'il écartait le rideau de douche gris et m'indiquait d'un geste le nouvel accessoire de chrome muni de deux pommeaux de douche, dont l'un était posé sur une poignée.

— Tu te plaignais depuis une éternité de l'ancien.

Je grimpai dans le bain et tournai le robinet en criant presque de joie quand l'eau se mit à jaillir forte et droite. Henry grimpa derrière moi et saisit la douche téléphone. Il tourna la poignée du robinet, puis tint le jet contre mes épaules.

— Oh, c'est tellement bon, dis-je en penchant la tête et en fermant les yeux.

Il dirigea le jet sur mon autre épaule et je faillis fondre.

— Alors, comment s'est passée ta journée? demanda-t-il en poursuivant son massage à l'eau.

— Pas terrible, dis-je. Mon ordinateur a gelé, alors je l'ai redémarré et j'ai vu s'effacer mon disque dur. J'ai dû travailler sur mon vieux iMac le reste de la journée et c'était horriblement frustrant.

— J'espère que tu n'as pas perdu de travail.

— Non. Heureusement, tout est sauvegardé sur les serveurs. C'était seulement un peu stressant parce que nous travaillons encore à cette campagne pour Go Big.

Go Big Sports était le plus important client de Shake Design à ce jour, alors nous avions recours à beaucoup de ressources et de personnel pour nous assurer que la compagnie soit satisfaite. Nous étions en plein milieu d'une révision de la marque de commerce et d'un nouveau concept de magasinage en ligne. Tout le projet représentait déjà une tâche difficile et épuisante, mais en tant que chef de l'équipe, je subissais encore davantage de pression. La perte d'un ordinateur n'était pas si importante en soi, mais ça ajoutait de la pression dans une journée déjà difficile.

Henry m'embrassa doucement dans le cou, évacuant mes pensées à propos du travail.

— Hé, reviens. Tu ne penses plus au travail du reste de la soirée, murmura-t-il.

— Plus facile à dire qu'à faire, répondis-je, et j'étais sur le point d'énoncer ma longue liste de tâches du lendemain quand l'eau se mit tout à coup à inonder mon ventre en descendant.

— Écarte les jambes, dit-il en les poussant du pied.

Il posa une main sur mon dos et me fit pencher, exposant mes fesses pendant que j'appuyais mes mains sur le mur.

— Je vais tout te faire oublier pendant la prochaine demi-heure.

— La prochaine demi-heure? Nous allons manquer d'eau chaude bien avant... oh!

Il était passé à un jet plus puissant, plus concentré, qu'il dirigeait carrément sur mon clitoris.

— J'adore ce pommeau de douche, dis-je entre deux gémissements.

— Moi aussi.

Le jet disparut, remplacé par la sensation différente de sa langue se promenant entre les replis de ma chatte.

Je jetai un coup d'œil entre mes jambes et le vis palper son érection pendant qu'il me léchait, et je me sentis traversée d'un élan de désir énergisant.

— Je te veux.

Il se releva, puis se pencha sur moi.

— Tu me veux où? demanda-t-il en frottant son membre entre mes fesses.

Je passai une main derrière moi et le pris entre mes doigts, le guidant vers l'entrée de mon sexe.

— Je veux te sentir ici, que tu me remplisses.

— Tu veux que ce soit lent ou rude?

Je reculai pour laisser l'extrémité de sa queue me pénétrer.

— Rude. Dur.

Il passa ses bras autour de ma poitrine et d'une brusque poussée, il se retrouva en moi, m'étirant, me remplissant.

— Comme ça? fit-il d'une voix rauque contre mon oreille, allant et venant en moi, me faisant vaciller vers l'avant par la force de ses coups.

— Ah oui!

Il s'exécuta, m'embrassant le long du cou et mordillant ma peau pendant qu'il poursuivait son assaut. Il murmurait sans arrêt des mots doux et coquins pendant qu'il me pilonnait, le claquement bruyant de nos peaux se mêlant au son de l'eau qui coulait.